Jen Gilroy

Wenn ich dir nahe bin

Roman

Aus dem Amerikanischen
von Veronika Dünninger

PENGUIN VERLAG

Die amerikanische Originalausgabe erschien 2017 unter dem Titel
»Summer on Firefly Lake« bei Grand Central Publishing, New York.

Verlagsgruppe Random House FSC® N001967

PENGUIN und das Penguin Logo sind Markenzeichen
von Penguin Books Limited und werden
hier unter Lizenz benutzt.

1. Auflage 2019
Copyright © 2017 by Jen Gilroy
This edition published by agreement with
Grand Central Publishing New York, New York, USA.
Copyright © der deutschsprachigen Ausgabe 2019 by
Penguin Verlag, München,
in der Verlagsgruppe Random House GmbH,
Neumarkter Straße 28, 81673 München.
Dieses Werk wurde vermittelt durch die Literarische Agentur
Thomas Schlück GmbH, 30161 Hannover.
Umschlag: Bürosüd
Umschlagmotiv: GettyImages/Simon Watson
und Motiven von Bürosüd
Satz: Uhl + Massopust GmbH, Aalen
Druck und Bindung: GGP Media GmbH, Pößneck
Printed in Germany
ISBN 978-3-328-10414-8
www.penguin-verlag.de

Für meine Tochter, mit all meiner Liebe.
Ich schätze mich so glücklich, deine Mum zu sein.

Kapitel
1

»Du willst mich einstellen?« Mia Connell verhakte die
Finger ineinander, und die Kuppe ihres Daumens verharrte an der Stelle, wo früher ihr Ehe- und ihr Verlobungsring gesteckt hatten.

»Warum nicht? Freunde helfen nun mal einander.«
Nick McGuires Lächeln hatte eine sexy Note, und Mias
Atem beschleunigte sich unwillkürlich. »In diesem Teil
von Vermont können wir aufeinander zählen.«

Dieses Gemeinschaftsgefühl war einer der Gründe,
weshalb Mia im vergangenen Monat nach Firefly Lake
gezogen war. »Ich weiß das Angebot zu schätzen, aber
ich habe schon einen Job. Sobald die Schule anfängt,
werde ich private Musikschüler unterrichten und als Vertretungslehrerin arbeiten. Außerdem hast du mir schon
jetzt so viel geholfen.«

Mia hatte einen Plan: Sie wollte unabhängig sein und
auf ihren eigenen Füßen stehen. Die Kontrolle über das
Leben übernehmen, das in die Warteschleife gelegt worden war, als sie jung geheiratet und für ihre Familie alles
gegeben hatte.

Nicks Lächeln wurde breiter. »Wenn ich dich einstelle, um meiner Mutter zu helfen, warum kann das nicht zu deinem Neuanfang dazugehören? Es wäre doch nur für ein paar Wochen.«

Dieser Neuanfang war ein Teil des Lebens, das Mia sich aus den Trümmern der Vergangenheit mit all ihrer Entschlossenheit aufbauen wollte. Sie sah sich in der vornehmen Eingangsdiele um, die zu einer Landhausküche führte, wo die Julisonne durch die Verandatüren an der Rückseite des Hauses hereinströmte. »Ich wundere mich, dass deine Mom Harbor House verkaufen will.«

»Dieses Haus ist viel zu groß für sie.« Nick rieb sich mit einer Hand übers Gesicht. »Wir haben ein Gebot für einen Bungalow in dem Neubaugebiet unten am See abgegeben. Sie ist begeistert. Dort wird sie nicht mehr jeden Tag Treppen steigen müssen. Das Haus hat einen kleineren Garten, daher wird es leichter zu unterhalten sein.«

»Aber sie hat so lange hier gelebt.« Mia legte sich den Kleidersack aus der Reinigung mit den Sachen seiner Mom über den Arm und ging zurück zur Küche.

»Zu lange.« Nick nahm ihr den Kleidersack ab, hängte ihn an einen Haken hinter der Küchentür und folgte Mia. Er war ein groß gewachsener Mann, um die eins fünfundneunzig, und mit seinen windzerzausten dunklen Haaren, dem weißen Hemd mit dem offen stehenden Kragen und der locker gebundenen Krawatte war er Welten entfernt von dem harten Typen, den Mia in Erinnerung hatte ... Jenem Mann, der sich in all den endlosen Ferien, die sie im Sommercottage ihrer Familie am Firefly Lake außerhalb der Stadt verbracht hatte, am Rande ihres Lebens herumgetrieben hatte. Er war vom bösen Jungen zu einem Mann herangewachsen, der nie die Kontrolle verlor und der im vergangenen Jahr ihr Freund, Unterstützer und beständiger Kompass in einer Welt geworden war, die aus den Fugen geraten war.

»Ich bin keine professionelle Organisatorin.« Sie versuchte, das Flattern in ihrer Brust zu ignorieren, das neu war. Es hatte nichts mit Freundschaft und alles damit zu tun, wie Nicks breite Schultern sein Hemd ausfüllten.

»Mom will niemand Fremdes in ihrem Haus haben. Sie wünscht sich jemanden, den sie kennt und dem sie vertraut. So oft, wie du umgezogen bist, musst du ein Naturtalent sein.«

»Deine Schwestern wollen doch sicher mit einbezogen werden. Sie sind schließlich ihre Familie.«

»Sie würden helfen, wenn ich sie bitten würde, aber ...« In Nicks Kiefer zuckte ein Muskel. »Cat unterrichtet an einer Sommerschule in Boston. Und Georgia könnte weder sich selbst noch irgendjemand anders organisieren. Außerdem ist sie bis Weihnachten in diesem Retreatzentrum in Indien.«

»Meine Töchter ...« Mias Brust schnürte sich zu, und ihre Kehle wurde trocken.

»... sind den ganzen nächsten Monat bei ihrem Vater in Dallas.« Nick trat einen Schritt näher an sie heran.

Als ob sie eine Erinnerung an die Sorge- und Umgangsrechtsvereinbarung mit ihrem Ex-Mann bräuchte.

9

Es hatte ihr das Herz zerrissen, ihre beiden Mädchen Tausende von Meilen weit wegzuschicken, damit sie für die Ferien bei ihm und einer anderen Frau wohnten. »Meine Schwester braucht meine Hilfe bei den Vorbereitungen für das Baby. Es ist Charlies erstes, und ich bin ihre einzige Angehörige.«

»Ihr Ehemann und seine ganze Familie wuseln rund um die Uhr um Charlie herum.«

Mia hielt die Luft an, als Nick noch näher trat.

»Außerdem ... Wenn Charlie dich so dringend braucht, warum habe ich sie dann gestern in einer Nische des Diners gesehen, wie sie sich hinter ihrem Laptop verschanzte? Und warum hat sie mir das Versprechen abgenommen, niemandem, dich eingeschlossen, zu sagen, wo sie war?«

»Sie ist fast im achten Monat schwanger. Schwangere Frauen haben Hormonschwankungen.«

Ein Schatten huschte über Nicks Gesicht und war wieder verschwunden, fast bevor Mia ihn registrierte. »Charlie sah nicht so aus, als ob sie Hormonschwankungen hätte. Wenn du mich fragst, war sie stocksauer.«

»Ich sage ja, sie hat Hormonschwankungen.«

Mia blickte durch die Verandatüren hinaus auf die Terrassengärten, die das stattliche viktorianische Haus, das hoch über dem Firefly Lake thronte, umgaben. Die Kleinstadt breitete sich unter ihnen aus, und der Turm der Episkopalkirche ragte in der Nähe des Stadtangers zwischen den Bäumen auf. Ein Patchwork aus den verschiedensten Häuserdächern fiel zu der sanften Biegung des Sees hin ab, von der Harbor House seinen Namen hatte. Die ganze Szene wurde von den wogenden Vermonter Hügeln umrahmt, die Mia das Gefühl gaben, in dieser kleinen Ecke des Northeast Kingdom sicher und geborgen zu sein.

»Bitte …« Nicks Atem erwärmte ihre Wange, und der Geruch seines Aftershaves hüllte sie ein, Zedernholz und Amber, abgerundet mit irgendetwas Frischem, Selbstbewusstem und zugleich Lieblichem. »Solange deine Mädchen in Dallas sind, könntest du hier wohnen. Mom könnte deine Gesellschaft auf jeden Fall gebrauchen.«

Sein sanfter Bariton ließ eine fast vergessene Saite in ihr erklingen. Mia strich sich eine eigenwillige braune Haarsträhne aus dem Gesicht. Sie führte sich lächerlich auf. Warum sollte sie Gabrielle nicht helfen? Der Lohn, den Nick ihr bot, war mehr als großzügig, und sie konnte das Geld als zusätzliche Sicherheit für die Mädchen dringend brauchen. Außerdem wäre es perfekt, im Harbor House zu wohnen. Sie würde nicht auf einer Baustelle leben müssen, während in ihrem Haus die neue Küche eingebaut wurde.

Es war Zeit, den Ausflüchten ein Ende zu setzen. Es war auch Zeit, mit den Selbstzweifeln aufzuhören, die dafür gesorgt hatten, dass sie sich ständig den Wünschen anderer Leute fügte und ignorierte, was sie selbst wollte und brauchte.

»Ich müsste einen Vertrag haben.« Sie gab sich Mühe, kompetent und professionell zu klingen. »Dieses Haus für den Verkauf auf Vordermann zu bringen ist mehr Arbeit, als du vielleicht denkst.«

»Natürlich.« Nick schenkte ihr ein lässiges und zugleich geschäftsmäßiges Lächeln. Seine Augen waren dunkelblau, mit einer Spur von Stahl. »Lass uns zusammen einen aufsetzen.«

»Ich könnte allerdings nicht zu festen Zeiten arbeiten.« Sie lächelte ebenfalls. Die Art Lächeln, die sie als Tochter des Arztes, Ehefrau des Managers und Königin von mehr Schönheitswettbewerben, als sie zählen konnte, perfektioniert hatte.

»Völlig flexibel. Du würdest mir einen Riesengefallen tun.« Nick zog an seiner Krawatte, nahm sie ab und stopfte sie in die Tasche seines Jacketts.

»Ich kann heute anfangen, wenn du willst.« Mias Magen rumorte.

»Mom wird begeistert sein. Ich wusste, dass wir auf dich zählen können.«

Alle hatten immer auf sie gezählt. Zuerst ihre Eltern, dann ihr Ehemann und ihre Töchter und natürlich auch all die Organisationen, bei denen sie in jeder neuen Stadt, in die der Job ihres Ehemanns sie geführt hatte, ehrenamtlich gearbeitet hatte. Sie war die hilfsbereite und verlässliche Mia. Aber sie war auch eine neununddreißigjährige Frau, und es war höchste Zeit, dass sie lernte, auf sich selbst zu zählen. Sich auf sich selbst zu verlassen.

»Eine Sache noch.« Sie schüttelte ein herumliegendes Kissen auf und legte es zurück auf einen Stuhl in der Frühstücksnische, einem sonnigen Alkoven mit Blick auf einen Teich voller Seerosen.

»Was immer du willst.« Nick schenkte ihr wieder dieses Lächeln, das sie fast vergessen ließ, dass er nur ein Freund war – der einzige männliche Freund, den sie je gehabt hatte und der nichts von ihr wollte, was sie nicht geben konnte.

Sie schob ein Hundekörbchen mit einem Fuß beiseite. Die roten Kitten Heels, die sie an diesem Tag trug, verliehen ihr ein Selbstbewusstsein, das sie nicht empfand. »Ich gebe dir recht, dass deine Mom Hilfe braucht. Sie ist nach ihrer Krankheit noch nicht wieder völlig zu Kräften gekommen. Du arbeitest rund um die Uhr, und deine Schwestern sind nicht oft da, daher ist sie hier ganz allein.«

»Ich habe ihr Pixie geschenkt.«

Beim Geräusch seines Namens schoss ein winziger Wirbelwind mit aufgerichtetem Schwanz an ihnen vorbei. Er hatte ein flauschiges weißes Fell und kurze Beine. Und er hatte ein Bellen, das nicht zu seiner geringen Körpergröße passte.

Ein Lachen stieg in ihr auf und perlte über ihre Lippen, bevor Mia es verhindern konnte. »Deine Mom braucht mehr in ihrem Leben als einen Hund.«

Der Malteser starrte sie mit leuchtenden Augen an.

»Aber ...«

Mia hob eine Hand, als sie unter der Trauerweide neben dem Teich etwas Orangefarbenes aufblitzen sah. Nicks Mom in ihrem Gartenkittel. »Du findest, dass deine Mom umziehen sollte, aber ich bin mir da nicht so sicher. Dieses Haus ist seit Generationen im Besitz ihrer Familie. Sie ist hier verwurzelt.«

Wurzeln, nach denen Mia sich sehnte.

»Es ist ja nicht so, dass sie Firefly Lake verlassen muss. Sie wird immer noch Freundinnen in der Nähe haben und auch ihre ganzen Clubs.« Nick wich Mias Blick aus.

»Harbor House ist ihr Zuhause. Es muss ihr das Herz zerreißen, es aufzugeben, selbst wenn sie sich so sehr auf den neuen Bungalow freut, wie du behauptest.« Mia umrundete Pixie und deutete zum Fenster. »Sieh dir diese wunderschönen Gärten an. Die Pflanzen bedeuten ihr die Welt.«

Und es waren nicht nur die Pflanzen. Es waren die Erinnerungen an Kinder, die auf pummeligen Beinchen zwischen den Gartenwegen umhergestolpert waren, und die Bleistiftstriche an der Küchentür, die zeigten, wie viel sie gewachsen waren. Die Erinnerungen an Weihnachtsfeste und Thanksgivings und Geburtstage, die alles in allem den Stoff eines Lebens bildeten und ein Haus zu einem Zuhause machten.

Mia schluckte. Es war nicht ihr Zuhause, nicht ihr Garten. Sie musste sich auf ihre Töchter konzentrieren. Für sie sorgen und ihnen eine Mutter sein, auf die sie stolz sein konnten.

»Ich kümmere mich um Mom.« Nicks Miene verhärtete sich. »Das ist mein Job.«

»Natürlich ist es das.« Mia blieb mit einem Absatz an Pixies Körbchen hängen und hielt sich an einem Küchenstuhl fest, um nicht das Gleichgewicht zu verlieren. »Aber wenn ich deiner Mom so helfen soll, wie du es dir vorstellst, dann wird es auch mein Job sein, mich um sie zu kümmern. Es bedeutet mehr, als ihre Kleidung zur Reinigung zu bringen und alle paar Tage mit Keksen oder einer Kasserolle vorbeizuschauen.« Sie holte einmal tief Luft und richtete sich zu ihrer ganzen Größe auf. Aber selbst in ihren hohen Schuhen reichte sie Nick damit nur bis zu seinem steifen, unnachgiebigen weißen Kragen.

»Genau dafür würde ich dich bezahlen.«

Mia schöpfte Kraft aus ihrer Vision von der Frau, die sie sein wollte, anstatt der, die alle erwarteten. »Wenn deine Mom ihre Meinung darüber ändern sollte, ob sie Harbor House verkaufen will, wirst du ihre Entscheidung dann akzeptieren und dich ihr nicht in den Weg stellen?«

»Warum sollte sie ihre Meinung ändern?« Nick hob den Hund hoch, der Mia beäugte, ohne mit der Wimper zu zucken. »Ich will, dass du Mom hilfst, aber ich will nicht...«

»Du kannst nicht beides haben. Ich werde deiner Mutter helfen und in den nächsten Wochen hier bei ihr wohnen, aber ich werde nicht zulassen, dass du sie zu irgendetwas drängst.«

Oder zulassen, dass er sie, Mia, zu irgendetwas drängte.

»Ich tue nur, was für Mom am besten ist.« Nicks Miene war völlig ausdruckslos.

»Am besten für sie oder am besten für dich?«

Nick klappte den Mund auf und wieder zu, während er mit seinem Uhrarmband spielte.

Bevor sie die Nerven verlor, wandte Mia sich ab und verließ die Küche, ihre Absätze ein tröstliches Stakkato auf dem gefliesten Boden.

Nick setzte die zappelnde Pixie in ihr Körbchen und presste sich die Finger an die Schläfen, in einem vergeblichen Versuch, das Bild von Mias Hüftschwung zu verscheuchen, während sie sich in diesen sexy roten Schuhen von ihm entfernte. Das Bild ihres Haars, das mit einer Spange zusammengefasst war und wie ein geschmeidiger dunkler Pelz aussah, bis auf eine einzelne Locke, die entwichen war, um über ihre perfekt geschwungene Wange zu fallen.

Er ballte die Hände zu Fäusten und sah aus dem Fenster. Auf der oberen Terrasse setzte eine Brise vom Firefly Lake den Sonnenschirm in Bewegung, während seine Mom den Kiesweg zur alten Sommerküche hinaufging. Ihm stockte der Atem, als er sah, wie sie damit kämpfte, die leichte Fliegentür aufzudrücken. Sie wollte seine Hilfe nicht, aber die Krankheit hatte dafür gesorgt, dass sie seine Hilfe *brauchte*, hatte sie verletzlich gemacht.

Auch Mia war verletzlich. Man sah es an ihrem verkrampften Kiefer und ihrer steifen Körperhaltung. Man sah es an der Anspannung, die sie ausstrahlte, und an dem Schmerz, der in den Tiefen ihrer schönen braunen Augen lauerte.

Dieser Schmerz überrumpelte ihn und löste Gefühle in ihm aus, die ebenso unwillkommen wie unerwartet waren. Mia war eine Freundin und eine alleinerziehende Mutter. Zwei gute Gründe, falls er überhaupt Gründe brauchte, weshalb er nicht zulassen durfte, dass diese Gefühle irgendwohin führten.

Er schlüpfte aus seinem Jackett und hängte es über

einen Küchenstuhl. Seine Mutter musste umziehen. Das war der Plan. Dann konnte er nach New York City zurückkehren, die Wohnung über der Kanzlei in der Main Street hinter sich lassen, sein Leben neu beginnen und die Selbstachtung zurückerobern, die seine Ex-Frau ihm entrissen hatte.

Nick trat in die Diele. Das förmliche Esszimmer befand sich zu seiner Rechten. Auf dem massiven Eichentisch, an dem er dreißig seiner neununddreißig Jahre das Weihnachtsessen gegessen hatte, türmten sich Malutensilien. Vor dem Erkerfenster stand eine Staffelei. Sonnenstrahlen spiegelten sich auf dem Kristall in den Vitrinenschränken und funkelten auf dem silbernen Teeservice seiner Urgroßmutter.

»Mia?«

Pixie stupste sein Bein an und kläffte, ihre Schritte gedämpft von dem dicken Teppich.

Er schüttelte den Kopf und ging durch die Diele zurück zum Wohnzimmer im vorderen Teil des Hauses. Helles Sonnenlicht schimmerte durch schwere gemusterte Vorhänge. In verblassten Gold- und Cremetönen gehalten, war das Zimmer ein Hindernisparcours aus Beistelltischen, Spindelstühlen, zwei viktorianischen Pferdehaarsofas und einem Stutzflügel, auf dem nie jemand spielte.

»Du weißt ja gar nicht, wie viel deine Hilfe mir bedeuten wird, Liebes.« Die Stimme seiner Mom kam aus dem Alkoven seitlich des Wohnzimmers. Früher war der kleine Raum, der über einen kurzen Gang mit der

Sommerküche verbunden war, das Büro seines Dads gewesen.

»Ich kann eine Weile hier wohnen, während meine Töchter bei ihrem Vater sind.«

Mias sanfte Stimme tröstete ihn wie der flüssige Bernstein eines Single-Malt-Scotch. Nur dass diese Zeiten längst vorbei waren. Er hatte seinem Leben eine Wende gegeben. In jeder Hinsicht, auf die es ankam, war er nicht mehr der Typ, der er einmal gewesen war.

»Nick hat recht. Dieses Haus ist zu groß für eine alte Frau, um allein darin herumzuwerkeln.« Die Silberarmreife seiner Mom klimperten.

»Du bist erst zweiundsechzig«, wandte Mia ein. »Das ist nicht alt.«

»Der Krebs war ein Weckruf.« Die Stimme seiner Mom war leise geworden. »Ich dachte, ich hätte alle Zeit der Welt, aber wie sich herausgestellt hat, bin ich ebenso sterblich wie jeder andere auch. Außerdem braucht dieses Haus eine Familie.«

Nicks Körper fühlte sich schwer an. Seine Familie hätte hier leben sollen. Bevor er herausgefunden hatte, dass er seiner Frau nicht die Kinder schenken konnte, die sie beide sich wünschten, und er niemals ein Familienvater sein würde.

»Ich helfe dir doch gern, Gabrielle.« Mia sprach den Namen seiner Mutter französisch und mit der musikalischen Betonung aus, die ein Vermächtnis ihrer Kindheit in Montreal war. »Was immer du brauchst, du musst nur fragen.«

»Ach, Liebes.« In der Stimme seiner Mom lag ein Schwanken, das Nick hasste, da es ihm in Erinnerung rief, wie kurz davor er gewesen war, sie zu verlieren.

Er räusperte sich und steckte den Kopf ins Zimmer. »Hey, Mom. Mia.«

Seine Mutter kauerte auf der Kante eines niedrigen blauen Zweiersofas. Sie trug einen orangefarbenen Kittel, der das Zimmer wie ein Leuchtfeuer erhellte und einen starken Kontrast zu ihrem kurz geschnittenen silbergrauen Haar bildete. Sie zuckte anmutig mit den Schultern und warf einen Blick auf Mia, die neben ihr saß. Kühl, selbstbewusst und noch immer so unnahbar wie das glamouröse Mädchen, das seine Sommer in Firefly Lake verbracht hatte und mit dem alle Jungen hatten ausgehen wollen.

Nick trat in den Alkoven. Die juristischen Bücher seines Dads waren längst verschwunden, ebenso der große Schreibtisch und der schwarze Bürosessel, in dem Nick und seine Schwestern sich früher gedreht hatten, bis ihnen schwindelig geworden war. Sie waren in den Umzugswagen verladen worden, zusammen mit den Kleidern, Footballtrophäen, Golfschlägern und dem Becher mit der Aufschrift »Nummer-1-Dad«, den Nick ihm zum Vatertag geschenkt hatte. Es war, als hätte sein Dad nie existiert.

»Ich habe deiner Mutter gesagt, dass ich ihr bei allen Umzugsvorbereitungen helfen kann.« Mia klang forsch und effizient, und diese lose Haarlocke machte sich noch immer über Nick lustig und sorgte dafür, dass er am liebsten die Spange gelöst und mit den Händen durch die dichten dunklen Strähnen gefahren wäre.

»Meine Blumen werde ich vermissen.« Der Ton seiner Mom war wehmütig, während sie aus dem halb geöffneten Fenster sah, wo weiße Rosen an einem Holzspalier emporrankten.

»Denk nur, wie viel Freude du in diesem Winter damit haben wirst, den Garten deines neuen Zuhauses zu planen«, sagte Nick. »Außerdem kannst du Ableger von hier mitnehmen.«

»Wahrscheinlich hast du recht. Ich weiß ja, dass du es nur gut meinst.« Seine Mom seufzte und legte ihren Zeichenblock und die Aquarellstifte auf einem Beistelltisch ab. »Aber einige dieser Pflanzen sind unersetzlich. Zum Beispiel die Bäume, die ich gepflanzt habe, als du und deine Schwestern geboren wurdet und als meine Eltern starben. Sie zurückzulassen, nun ja ...«

Mia legte eine Hand auf die seiner Mom. Ihre Brust hob und senkte sich unter ihrem eng anliegenden Top. Von ihrem glänzenden dunklen Haarschopf bis zu den Spitzen ihrer Designerschuhe war Mia eine wandelnde Erinnerung an die Welt, die er hinter sich gelassen hatte. An die Frau, die ihn hinter sich gelassen hatte.

»Hast du dir je überlegt, dass dieses Haus auch Ballast sein könnte?«

War seiner Mom denn nicht klar, dass er sie beschützen wollte? Dass das sein Job gewesen war, seit er elf war?

Mia sah auf, und irgendetwas knisterte zwischen ihnen. Dann schenkte sie ihm ein Lächeln, das sie jünger und weitaus zugänglicher wirken ließ. »Überlass die Psychologie den Profis. Du solltest dich entspannen.«

»Ich bin entspannt«, log er. In letzter Zeit, als er wieder etwas Stabilität in sein Leben gebracht hatte, hatte ihre Nähe ihn nervös gemacht und dafür gesorgt, dass er jemanden wollte, etwas wollte, das er sich nicht gestatten konnte.

»Nein, das bist du nicht. Du solltest es mit Yoga versuchen. Ich habe Charlie vom Yoga überzeugt, und sie fühlt sich wie neugeboren.«

Nicks eingerostetes Lachen brach aus ihm heraus. »Deine Schwester fühlt sich wie neugeboren, weil sie mit Sean im siebten Himmel ist.« Auch sein Freund war im siebten Himmel und bereits dermaßen eingerichtet in seinem Eheleben, als hätte er nie etwas anderes gekannt, eine gemütliche Häuslichkeit, die ebenso befremdlich wie beunruhigend war. »Als Nächstes erzählst du mir, dass ich eine Katze brauche.«

Mia zuckte mit den Schultern, und ein Grübchen zeigte sich auf ihrer rechten Wange. »Auch wenn ich nie eine hatte, mag ich Katzen. Sie sind pflegeleicht und unabhängig.«

Und kühl und distanziert, so ähnlich wie sie. Noch ein Grund, weshalb sie beide nicht zueinanderpassten. Wenn er Zeit hätte, würde er sich einen Hund zulegen. Offen und unkompliziert, wedelten Hunde mit dem Schwanz, wenn sie einen sahen, weil sie sich freuten. Anders als Katzen, die mit hoch erhobener Nase und einem Zucken im Schwanz durch die Gegend stolzierten.

»Wie ich dir bereits gesagt habe, ich will das, was am besten für meine Mom ist.«

»Das will ich auch.« Mias Lächeln reichte nicht bis zu ihren Augen.

»Schön, dass wir einer Meinung sind.« Nick rammte die Hände in seine Hosentaschen.

Pixie kletterte auf das Zweiersofa und fixierte ihn mit starrem Blick.

»Siehst du, Nick, du hast bekommen, was du wolltest. Du kannst jetzt zurück zu deiner Arbeit fahren, und Mia und ich werden loslegen.« Seine Mom entließ ihn mit einer Handbewegung. »Ich bin sicher, du hast jede Menge Wichtigeres zu tun.«

Das hatte er, aber während er Mia und seine Mom mit Pixie in der Mitte betrachtete, war das Wichtigste von allem – das, was er wirklich wollte – vielleicht genau hier.

Kapitel 2

Vier Tage später klappte Gabrielle ihren Zeichenblock zu und ließ die halb fertige Skizze einer Rose, deren Knospe noch fest geschlossen war, liegen. Sie rückte den breitkrempigen Strohhut zurecht und starrte auf den See hinaus.

Sie hatte Nick und Mia gesagt, sie würde ihre Blumen vermissen, die Terrassengärten, die ihre französisch-kanadische Mutter aus dem felsigen Boden gehauen hatte, als sie als Braut hierhergekommen war. Aber noch mehr würde sie diese Aussicht auf den Firefly Lake vermissen.

Dieser See, ihr See, war im Winter still und vom Eis umschlossen, behaglich unter einer Decke aus silbrig blauem Schnee. Im Frühjahr erwachte er zum Leben, wenn das Eis, von der Sonne erwärmt, aufbrach und das Krachen von den Klippen unterhalb von Harbor House widerhallte, wo dunkles Wasser an das Ufer schäumte. Im Sommer war er ein sanftes Blau, gesprenkelt mit grünen Inseln und weißen Segeln. Und wenn es Herbst wurde, war er von einem Panorama aus roten und gelben Blättern umrahmt, mit ein paar Tupfern Orange dazwischen, eine Palette voller Farben, auf die sie sich das ganze Jahr über freute.

Doch während die Jahreszeiten vorbeirauschten, Tag für Tag und Jahr für Jahr, tat ihr Leben dasselbe. Und es war ihr durch die Finger geglitten.

»Ich bin eine törichte, sentimentale Frau, Pixie.«

Am Fußende des Liegestuhls schlug Pixie ein schläfriges Auge auf und sah sie fragend an.

»Und du bist ein sehr weiser Hund.« Gabrielle leerte ihr Glas mit Eiswasser. »Nick hat recht. Ich kann nicht in diesem Haus bleiben. Weder er noch die Mädchen wollen es haben. Aber dieser Bungalow? Versprich mir, dass du ihm nicht erzählst, wie sehr ich die Idee hasse.«

Pixie winselte und kam herbei, um Gabrielle über das Gesicht zu lecken.

»Ich weiß, du versprichst es.« Gabrielle stieß einen langen und schweren Seufzer aus. »Vielleicht kannst du mir ja sagen, was ich mit meinen Kindern falsch gemacht habe. Cat und Georgia kommen nur nach Hause, wenn sie es unbedingt müssen. Und Nick kann es kaum erwarten, wieder wegzufahren, auch wenn er es niemals sagen würde.«

»Haben Sie je daran gedacht, dass Ihre Kinder vielleicht eine Mitschuld trifft?«

Gabrielle zuckte zusammen, und ihr Zeichenblock landete mit einem dumpfen Geräusch auf dem Terrassenboden. Sie schwang die Beine von dem Liegestuhl, hielt Pixie mit einer Hand am Halsband fest und strich mit der anderen ihren leichten Pullover glatt. »Wer ist da?«, rief sie, während Pixie bellte.

»Entschuldigung.« Ein Mann etwa in ihrem Alter stand am oberen Ende der steinernen Stufen, die vom See heraufführten. »Ich wollte Sie nicht erschrecken.« Er trug Jeans und ein blaues Hemd, die Ärmel bis zu den Ellenbogen hochgekrempelt. Ein Rucksack hing über einer Schulter, und eine Kamera baumelte von einem Riemen um seinen Hals.

Pixie bellte lauter. Gabrielle nahm den Hund auf den Arm und stand auf. Auch wenn der Ort keine Brutstätte des Verbrechens war und der Mann nicht bedrohlich aussah, konnte eine alleinstehende Frau nicht vorsichtig genug sein. »Das hier ist ein Privatgrundstück.«

»Das war mir bewusst, sobald ich Sie entdeckt hatte.« Als er lächelte, furchten tiefe Falten zwischen Nase und Mund sein Gesicht. Ein grauer Haarschopf blitzte unter einer zerbeulten roten Baseballmütze hervor. »Aber da war es bereits zu spät, um in die Richtung zurückzugehen, aus der ich gekommen bin.« Seine warmen blauen Augen sahen sie forschend an. »Ihr Hund hatte mich bereits gesehen.«

»Was tun Sie hier?« Gabrielle kraulte Pixies Ohren. »Still.«

Der Fremde stieß einen Pfiff aus, leise und musikalisch. Pixie hörte auf zu bellen und stellte ein Ohr auf.

»Ich habe unten am See Fotos gemacht. Als ich die Stufen zwischen den Bäumen entdeckte, musste ich sehen, wo sie hinführten.« Er streckte eine Hand aus. »Ward Aldrich.«

»Gabrielle Brassard.« Sie legte ihre Hand in seine. Sein Händedruck war kühl, fest und entschlossen. Sie zog ihre Hand zurück und tätschelte Pixie, ihre Finger noch immer kribbelnd von Wards kurzer Berührung.

»Sie haben ein wunderschönes Haus.« Seine Augen waren dunkelblau, fast violett, die Farbe der Schwertlilien, die sie in dem Jahr, in dem Nick geboren wurde, in der Rabatte neben dem Haus gepflanzt hatte.

»Danke.«

Pixie wand sich, und sie setzte den Hund auf den Steinplatten ab. Der Hund schoss hinüber zu Ward und schnupperte an seinen Schuhen.

»Pixie, nein.« Gabrielle trat einen Schritt vor, aber Ward lachte.

»Sie ist okay.«

Mehr als okay. Was war er? Irgendeine Art Hundeflüsterer? Pixie war misstrauisch gegenüber Fremden, und abgesehen von Nick, mochte sie Männer im Allgemeinen nicht. »Machen Sie hier Urlaub?«

»Arbeitsurlaub.« Ward berührte die Kamera. »Ich bin Filmemacher, hauptsächlich Naturdokumentationen, aber auch Beiträge über die Menschen, die an einem Ort wie diesem leben.« Er grinste jungenhaft. »Als Kind wollte ich Forschungsreisender werden. Mein jetziger Beruf kommt dem sehr nahe.«

Gabrielle stockte der Atem. Er war ein attraktiver Mann, aber sie war eine Frau, die ein ganzes Stück Leben hinter sich hatte, und nicht mehr die leicht zu beeindruckende Jugendliche, die ihre Schlafzimmerwände mit

Peace-Zeichen und David-Cassidy-Postern beklebt hatte. Nicht das Mädchen, das in Lust entbrannt war und das Gefühl mit Liebe verwechselt hatte. »Ich sollte Sie wieder Ihrer Arbeit überlassen.«

»Ich hab's nicht eilig.« Er zeigte auf ihren Zeichenblock. »Sind Sie Künstlerin?«

»Amateurin. Ich habe hier an der Highschool Kunst unterrichtet.« Bevor sie krank geworden war und ihr Körper sie verraten hatte. Als das Leben noch voller Möglichkeiten gesteckt hatte.

»Darf ich mal sehen?«

Sie hob den Block auf und reichte ihn ihm. Gabrielles kleines Hobby, hatte Brian es immer mit herablassendem Lächeln genannt, als wäre sie eines der Kinder. »Ist nichts Besonderes.«

»Da widerspreche ich Ihnen aber. Die Details und die Art, wie Sie das Licht eingefangen haben, sind außergewöhnlich.« Er blinzelte, während er die Seiten durchblätterte. »Sie haben einen aufmerksamen Blick.«

Ein Gefühl von Wärme durchströmte sie bei seinen lobenden Worten. »Ich habe immer gern gezeichnet, aber ...«

Pixie bellte und schoss wieder an Gabrielles Seite.

»Mir war nicht bewusst, dass du Gesellschaft hast.« Mia trat auf die Terrasse, ihre Ballerinas lautlos auf den Steinplatten. Sie hielt ihr ein Tablett hin. »Ich habe dir einen Snack gemacht, aber es gibt mehr als genug für zwei. Ich hole noch eine Tasse und ...«

»Nein, warte.« Gabrielle atmete den schweren Duft der Rosen ein. Das Summen einer Biene, halb berauscht von Nektar, untermalte die plötzliche Stille. »Ward, das hier ist meine Freundin Mia.«

Ward tauschte einen Gruß mit Mia, dann nahm er das Tablett und stellte es auf einem niedrigen Tisch neben dem Zeichenblock ab, bevor er sich wieder an Gabrielle wandte. »Ich will nicht aufdringlich sein, aber wenn es nicht zu viele Umstände macht, würden Sie mir gelegentlich den Garten zeigen?«

Ihr Blick fing seinen auf und schloss Mia aus, schloss alles andere aus. »Natürlich.« Sie führte ständig Leute durch den Garten. Oder sie hatte es zumindest getan. Es gab keinen Grund für das leichte Beben in ihrer Brust.

»Wie wär's mit morgen früh? So gegen zehn?«

»Gut.« Seine Augen waren so blau, dass sie darin schwimmen könnte. Gabrielle versuchte, ihren trockenen Mund zu befeuchten.

»Hat mich gefreut, Sie kennenzulernen, Mia. Und Sie auch, Gabrielle.« Er hielt inne, sein Blick gebannt, als blicke er in ihre Seele. Dann wandte er sich, noch immer lächelnd, zu den Stufen um und verschwand zwischen den Bäumen, wie eine Fata Morgana, die sie sich nur eingebildet hatte.

Mia kniete sich neben den Tisch und schenkte eine Tasse Tee aus Gabrielles Lieblingskanne mit dem Chintzmuster ein. »Das war, was meine Tochter Naomi ›einen richtig heißen Typen‹ nennen würde.«

»Er ist Filmemacher. Er interessiert sich für Pflanzen.« Gabrielles Gesicht begann zu glühen, während sie wieder auf dem Liegestuhl Platz nahm.

»Er interessiert sich für mehr als nur Pflanzen.« Mia sah sie mit hochgezogenen Brauen an, bevor sie sich aufrichtete, und ihre Miene wurde ernst; das entzückende Gesicht verbarg eine Verletztheit, die Gabrielle nur zu gut nachvollziehen konnte. »Was Nick betrifft, ich will nicht, dass du denkst, ich werde…«

»Mich zwingen umzuziehen?« Gabrielle nahm die Teetasse entgegen, die Mia ihr hinhielt.

»Er sorgt sich um dich, aber wenn du Harbor House nicht verlassen willst, dann musst du es ihm sagen.« Mia breitete eine Leinenserviette über Gabrielles Schoß aus.

Gabrielle nahm einen Schluck Tee, und die heiße Flüssigkeit besänftigte den Druck in ihrer Kehle. »Nick ist mein Sohn, aber manchmal ist er…« Voreingenommen und kontrollsüchtig, aber auch leidenschaftlich. Und so verletzt, dass Gabrielle schwer ums Herz wurde. »Er glaubt, dass sich jemand um mich kümmern muss. Das tut er, seit sein Dad uns verlassen hat. Aber vielleicht hat er recht mit diesem Haus. Ausnahmsweise sollte ich mal praktisch denken.« Gabrielle stellte ihre Teetasse ab und legte eine Hand auf Mias.

Die jüngere Frau schenkte ihr ein strahlendes Lächeln. »Ich will mich nicht zwischen dich und Nick stellen, aber ich bin auf deiner Seite, egal, was du willst.«

Gabrielle schluckte einen Seufzer hinunter. Mia war eine andere verwundete Seele. »Danke, Liebes. In diesen letzten Wochen warst du für mich mehr wie eine Tochter als meine eigenen Mädchen.« Auch wenn Cat und Georgia sich ebenso sehr um sie sorgten wie Nick, huschten sie durch ihr Leben wie Libellen, hielten niemals inne, blickten immer nur nach vorn und nie zurück.

Mia drückte Gabrielles Hand. »Deine Töchter sind sehr beschäftigt, und Firefly Lake ist eine kleine Stadt. Du kennst doch das Schild draußen an der Lake Road, auf dem ›Einwohnerzahl 2500‹ steht? Nick witzelt immer, dass die Stadt, seit die Mädchen und ich hierhergezogen sind, die Zahl in ›2503‹ ändern sollte, weil die Bevölkerung so langsam wächst.« Sie schenkte Gabrielle ein ironisches Lächeln. »Sieh mal, ich habe dir Melonenkugeln mit den frischen Beeren, die ich am Bauernstand gekauft habe, gemacht.«

Gabrielle nahm die Schale mit Obst, die Mia vorbereitet hatte, und langte nach der silbernen Gabel. Das Monogramm war abgegriffen vom Alter, aber frisch poliert und glänzend. Vielleicht hatte Ward recht damit, dass das, was zwischen ihr und ihren Kindern schiefgelaufen war, nicht allein ihre Schuld war. Vielleicht hatte sie eine Chance, es wieder hinzubiegen, angefangen mit Nick.

Und vielleicht sogar eine Chance, Mia zu helfen.

Gabrielle beäugte die hübsche Frau unter ihrer Hutkrempe hervor. Mia brauchte einen guten Mann in ihrem Leben, einen, der sie und ihre schönen Töchter mit der Fürsorge und dem Respekt behandeln würde, die sie verdient hatten. Ihr Sohn war ein guter Mann, der eine gute Frau brauchte. Und Harbor House brauchte eine Familie. Ihre Familie.

Es war so einfach. Gabrielle beugte sich abrupt vor,

sodass der Liegestuhl kippelte. Und es war so perfekt, dass sie schon früher darauf hätte kommen sollen.

»Kann ich dir sonst noch irgendetwas bringen?« Mia bückte sich neben Gabrielles Liegestuhl.

»Absolut nicht. Leiste mir einfach noch ein bisschen Gesellschaft. Du erledigst schon jetzt viel mehr als das, wofür Nick dich eingestellt hat.«

»Das tue ich doch gern.« Mia tätschelte Gabrielles Knie. »Ich will nicht, dass du dich übernimmst.«

Gabrielle steckte sich eine Himbeere in den Mund und genoss die Süße der Frucht wie Sonnenschein. Sie schenkte Mia ihre Unschuldsmiene. »Das werde ich nicht.«

Jedenfalls nicht in dem Sinn, den Mia meinte. Aber war es denn falsch von ihr, sich um zwei Leute zu sorgen, die sie liebte? Sie warf einen Blick auf Pixie, die sich im Kreis drehte, um einem Schmetterling nachzujagen. Nein, das war es nicht. Ihre liebe Mutter hatte immer zu sagen gepflegt: Hilf dir selbst, dann hilft dir Gott.

Gabrielle löffelte eine perfekte Melonenkugel, während Mia auf dem Liegestuhl ihr gegenüber saß. Sie würde Mia und Nick nur einen leichten Schubs in die richtige Richtung geben, so unauffällig, dass sie es gar nicht bemerken würden.

Und sie würde auch Pixie helfen. Der kleine Hund stupste Mias schlanken Knöchel mit der Schnauze an. Pixie würde es noch mehr als Gabrielle hassen, in einem Bungalow eingepfercht zu sein.

»Nein.« Am nächsten Abend beäugte Mia ihre Schwester über den Gartentisch auf Seans und Charlies Terrasse hinweg. Die Sonne stand tief und versank hinter den Hügeln, während ihre Strahlen das Wasser des Sees rosig färbten.

Seans graues Schindelhaus lag am Rande des Firefly Lake, fünf Meilen außerhalb der Stadt in der Nähe des Cottages, das Charlies und Mias Mom gehört hatte und wo sie ihre Kindheitssommer verbracht hatten. Nach ihrer Hochzeit letztes Jahr an Weihnachten war Seans Haus auch zu Charlies geworden, und Mia und ihre Mädchen hatten in der ersten Zeit hier gewohnt, als sie nach Firefly Lake gezogen waren.

»Warum denn nicht? Die Modenschau ist für Moms Stiftung. Ich dachte, du würdest dich freuen zu helfen.« Charlie legte eine Hand auf ihren runden Bauch, der von einer grünen Umstandsbluse bedeckt war. Ihr dunkles Haar glänzte, und ihre braunen Augen funkelten. »Selbst wenn ich nicht eine Figur wie ein Wal hätte, war es noch nie mein Ding, über einen Laufsteg zu stolzieren.«

»Du siehst absolut nicht wie ein Wal aus. Du siehst süß und knuddelig wie ein Koala aus.« Sean drückte seiner Ehefrau einen Kuss aufs Haar. Die beiden tauschten ein liebevolles Lächeln, bevor Sean mit den leeren Tellern und Essensresten ihres Barbecues ins Haus ging.

Ihre jüngere Schwester strahlte, und auch wenn Mia Charlie das Glück nicht missgönnte, das sie mit Sean, ihrer Kindheitsliebe, gefunden hatte, mit dem sie seit fast einem Jahr wieder zusammen war, fühlte sich Mia dadurch noch ausgeschlossener und einsamer. »Über einen Laufsteg zu stolzieren, ist heutzutage auch nicht mehr mein Ding.«

Vielleicht war es nie ihr Ding gewesen, aber während sie an all den Schönheitswettbewerben teilgenommen hatte, hatte sie ihrer Mom ein seltenes Lächeln ins Gesicht gezaubert und sich in der Anerkennung ihres Dads geaalt. Sie war die Friedensstifterin in der Familie gewesen, die die Wogen glättete, eine andere und selbstbewusstere Mia als das unsichere und verängstigte Mädchen, das sie innerlich oft war.

»Okay, du hast deinen Standpunkt klargemacht.« Charlie erhob sich, eine Hand ins Kreuz gelegt. »Ich muss Sean helfen, aufzuräumen und das Dessert herzurichten.« Sie schenkte Mia ein freches Grinsen. »Das ich bei der Bäckerei in der Stadt besorgt habe, da ich noch nie eine Möchtegern-Betty-Crocker wie meine große Schwester war.«

»Charlie ...«, begann Mia, aber ihre Schwester war bereits verschwunden, verblüffend schnell für eine Frau, die in sechs Wochen entbinden würde. »Ich habe mich bereit erklärt, die Modenschau zu organisieren. Ich will aber nicht auftreten.«

»Dann lass es eben.« Nick klappte den Deckel des Grills zu und ließ sich auf Charlies frei gewordenen Platz sinken. »Niemand setzt dir die Pistole auf die Brust.«

»Auch wenn sie klein beigegeben hat, weiß ich genau, Charlie will, dass ich es tue. Der Stiftungsrat will, dass ich es tue. Ich möchte die Leute nicht enttäuschen, und irgendwie ist es ja auch für Mom.«

Nicks blaue Augen blickten ernst. »Deine Mom lebt nicht mehr, wie kannst du sie da enttäuschen?« Selbst im lässigen Sommerlook, mit marineblauen Shorts und einem weißen Polohemd mit offenem Kragen, sah er noch immer geschäftsmäßig aus. Als wäre er auf einem Golfplatz gewesen, um mit Typen, die in Yale, Princeton und Harvard studiert hatten, Geschäfte zu machen. »Und was alle anderen angeht, was kümmert es dich?«

»Darum geht es nicht.« Mia sah auf den See hinaus, wo rosa Wolkenfetzen wie Zuckerwatte über den westlichen Horizont zogen. »Ich möchte Moms Andenken in Ehren halten. Du hast deine Mutter noch, aber ich nicht, und …« Sie brach ab. Der Schmerz dieses Verlusts war wie eine Wunde und würde es vielleicht immer sein.

»Das verstehe ich. Du musst tun, was für dich richtig ist.« Nicks Miene wurde etwas sanfter. »Was meine Mom betrifft, ich habe noch einmal mit ihr geredet, so wie du mich gebeten hast. Sie ist einverstanden mit dem Umzug, wirklich.«

»Sie hat ihr ganzes Leben im Harbor House verbracht. Das ist ihr Zuhause. Sie hat ihr Leben damit zugebracht, sich um diese Gärten zu kümmern, so wie es ihre Mutter vor ihr getan hat. Gabrielle zu entwurzeln, ist, als würde man eine dieser alten Pflanzen ausreißen.«

»Ich weiß, du sorgst dich um Mom, aber du zerbrichst dir zu sehr den Kopf über sie.« Er rieb sich den Kiefer, der überschattet von dunklen Bartstoppeln war. »Sie scheut die Veränderung, das ist alles.«

Mia wollte sich nicht um ihren Job reden, aber sie

wollte auch nicht, dass Nick Gabrielle um ihr Zuhause brachte. Sie hatte die Traurigkeit in Gabrielles Augen gesehen, hatte beobachtet, wie sie auf den See und die Gärten hinausblickte, wenn sie dachte, dass Mia es nicht bemerkte. Und sie hatte auch gesehen, wie Gabrielles Hand einen Moment länger auf dem glänzenden Holz des Treppengeländers ruhte und wie ihr Finger zärtlich über das Blumenmuster in dem kleinen Buntglasfenster in der Diele glitt. »Du könntest mehr Leute einstellen, die ihr zur Seite stehen.«

Nicks dunkle Augenbrauen schossen hoch. »Mom hat sich immer selbst um sich gekümmert. Es geht ihr gut. Sie will nicht, dass ich irgendjemand außer dir einstelle.« Er lachte humorlos auf.

»Hat sie das gesagt?« Mia war es gelungen, Nick aus dem Weg zu gehen, als er vorbeigeschaut hatte, um Gabrielle zu sehen, aber heute Abend, als er zu Charlies und Seans Haus gekommen war, um mit Sean über ein Golfturnier des Rotary Clubs zu reden, und zum Essen geblieben war, konnte sie ihn nicht länger ignorieren.

»Natürlich nicht.« Er warf ihr einen erschöpften Blick zu. »Aber ich kenne meine Mutter. Es wird ihr gut gehen, sobald sie sich in dem Bungalow eingerichtet hat. Alles neu und praktisch, keine Treppen und eine angeschlossene Garage, sodass sie im Winter nicht mal das Haus verlassen muss, um zu ihrem Wagen zu kommen. Es ist perfekt.«

Mia stand auf, um etwas Abstand zwischen sich und Nick zu bringen. Seit sie hergezogen war, verunsicherte er sie auf eine Art, die sie irritierte. Eine Art, die mehr als nur freundschaftlich war. »Das verstehe ich, aber vielleicht will deine Mom nichts Neues und Praktisches. Oder Perfektes.«

Der Ausdruck von Unglück und Verlust in Gabrielles Augen, als sie davon redete, Harbor House zu verlassen, hatte sich in Mias Herz eingebrannt.

»Sie muss es wollen. Ich kann nicht zulassen, dass Mom ganz allein in diesem großen Haus lebt. Sie ist gebrechlich und ...« Nicks Stimme brach, und er hüstelte, bevor er sich zu Mia an das Geländer gesellte, das die hölzerne Terrasse umgab.

Unter ihnen schlängelte sich ein sandiger Weg hinunter zum See und zu Carmichael's Jachthafen und Bootswerft, dem Familienunternehmen, das Sean führte. Grillen zirpten, und der Wind flüsterte in den Kiefern.

Mia sah Nick im Halbdunkel an. »Was ist los?«

»Du hast deine Mom verloren, daher weißt du ja, wie es sich anfühlt. Ich bin nicht bereit dafür, meine zu verlieren. Ich kann nicht.« Er umklammerte das Geländer. »Nach ihrer Operation und der Chemo und ...«

»Man ist nie bereit dafür, die eigene Mutter zu verlieren. Man hat aber auch keinen Einfluss darauf, wann ihre Zeit gekommen ist.« Mia legte eine Hand auf seine beiden, und ihre Finger kribbelten von der Wärme seiner Haut. »Aber Gabrielle geht es gut. Ich will ihr nur helfen, damit es ihr noch besser geht.«

»Ich weiß.« Er nahm seine Hände fort und wandte sich zum See. »Du musst verstehen, dass Mom viel durchgemacht hat, und Harbor House ist für sie zu groß, um es zu bewältigen. Meine Schwestern geben mir da recht.«

Mia verschränkte die Hände hinter dem Rücken. Die Art, wie er sich eben von ihr zurückgezogen hatte, besagte alles. Nick war nicht an ihr als Frau interessiert – aber warum fühlte sie sich dann nicht erleichtert?

»Hi, Mrs. Connell, Nick.« Die Stimme kam von dem Weg unter ihnen, und der Name, auf den Mia fast siebzehn Jahre lang gehört hatte, fühlte sich auf einmal falsch an. Wie das Paar spitzer schwarzer Schuhe, die drückten, die sie aber trotzdem behalten und in die sie ihre Füße für all die förmlichen Dinnerabende gezwängt hatte, zu denen ihr Ex-Mann sie geschleift hatte.

»Ty.« Sie setzte ein Lächeln auf. »Nenn mich Mia.«

»Okay.« Seans sechzehnjähriger Sohn, Charlies Stiefsohn, erwiderte ihr Lächeln, und sein sonnengebräuntes Gesicht rötete sich.

»Hey, Ty.« Nicks Stimme erklang dicht neben Mia.

»Sind Dad und Charlie da?« Die untergehende Sonne spiegelte sich auf Tys blonden Haaren, und seine blauen Augen blickten aufrichtig und offen.

»In der Küche«, antwortete Mia. »Charlie hat dir das Abendessen aufgehoben, es sei denn, du willst das Dessert zuerst.«

»Cool.« Tys Lächeln wurde breiter. »Hast du heute schon was von Naomi gehört?« Er grub die Spitze seines Sneakers in den sandigen Weg.

»Sie hat mich heute Morgen angerufen. Ich habe mit ihr und mit Emma gesprochen.« Und die Stimmen ihrer

Töchter hatten einen Unterton gehabt, der Mia beunruhigt hatte, auch wenn sie nicht genau sagen konnte, was es war oder warum es sie beklommen machte. »Sie hat gesagt, dass ihr Dad mit ihnen heute in ein Erlebnisbad fährt.«

»Ja, das hat sie mir auch erzählt. Wir haben gestern Abend über FaceTime miteinander gesprochen.« Ty zögerte. »Meinst du, es geht ihr gut? Sie klang, ich weiß nicht, irgendwie traurig, nehme ich an. Sie hat auch traurig ausgesehen. Nicht wie sie selbst. Und sie freut sich auch nicht besonders auf ihren Geburtstag.« Die Röte in seinem Gesicht vertiefte sich, als er die Stufen hochkam und sich zu Nick und Mia auf die Terrasse gesellte.

Shadow, Seans und Charlies schwarzer Labrador, folgte ihm auf den Fersen.

»Ich bin sicher, Naomi geht es gut.« Mia zwang sich dazu, es zu glauben.

Naomis sechzehnter Geburtstag war in drei Tagen, und Mia würde ihn über FaceTime erleben. Sie würde nicht da sein, um für Naomi einen Kuchen zu backen oder irgendetwas anderes zu tun, um den Tag für ihre Tochter zu einem besonderen zu machen. Ein Kloß bildete sich in ihrer Kehle.

Jay hatte ihre Besorgnis mit einem Lachen abgetan und gesagt, Naomi sei ein Teenager, und alle Teenager seien launisch. Nur dass ihr Ex-Mann nie genug Zeit mit Naomi verbracht hatte, um zu wissen, was sie dachte oder fühlte, ob sie nun Launen hatte oder nicht.

»Natürlich geht es den Mädchen gut«, sagte Nick. »Warum sollte es das nicht tun?«

Mia nahm an, dass er sie beschwichtigen wollte, aber wie konnte er es wissen? Er hatte nie eigene Kinder gehabt, wohingegen ihre Töchter ihr Leben waren. Und Emma war erst acht, zu klein, um von ihrer Mom getrennt zu sein. »Naomi hat mir ein paar Fotos geschickt.« Sie kramte in der Tasche ihres Sommerkleids nach ihrem Handy. »Siehst du?«

Ty nahm das Telefon und starrte auf das Display. Die Sehnsucht in seinen Augen berührte Mias Herz. Naomi war fast erwachsen, und Mia war nicht bereit dafür. Und sie war auch nicht bereit dafür, dass ihre Tochter die Sache mit Ty noch ernster nahm, als sie es ohnehin schon tat.

»Naomi wird hier immer noch auf die Highschool gehen, oder?« Ty gab Mia das Telefon wieder.

Shadow schnupperte an ihren Schuhen, und Mia wich einen Schritt zurück.

»Das ist der Plan.«

Nachdem sie ihr Leben lang nur nach Plänen und Terminen gelebt hatte, war dies nun Mias einziger fester Plan. Ausgeschlossen, dass sie ihre Familie auseinanderreißen und Naomi auf dieses Internat in Connecticut schicken würde, das ihr, wie Jay beharrlich erklärt hatte, guttun und sie aufs College vorbereiten würde.

Ein Lächeln breitete sich auf Tys Gesicht aus. »Sie wird in null Komma nichts Freunde finden.«

Mias Magen zog sich zusammen. Ty und ihre Tochter waren schon jetzt Freunde – mehr als Freunde, auch wenn sie etwas anderes behaupteten.

»Hey, Shadow.« Nick pfiff, und der Hund entfernte sich von Mias Füßen. »Du weißt, dass sie Schuhe mag.«

»Aber nicht meine Jimmy Choos.« Sie schenkte ihm ein halbes Lächeln. »Noch ein Grund, weshalb mir Katzen lieber sind.«

»Katzen zerkratzen die Möbel.«

Nick warf dem Hund einen ausgetretenen Pantoffel hin.

»Keine Katze, die mir gehört, würde das tun.« Mia ging zurück zu ihrem Stuhl, setzte sich und zog die Füße an.

Nicks tiefes Lachen schallte über die Terrasse. »Hast du noch immer nicht gelernt, dass du nicht alles kontrollieren kannst?«

Doch, das hatte sie, immer und immer wieder. Stattdessen schenkte sie ihm ihr kessestes Lächeln. »Weise Worte, über die du vielleicht selbst nachdenken solltest.«

»Okay, es gibt Schokoladen- und Vanille-Cupcakes und Eiscreme.« Charlie kam durch die Terrassentür aus dem Haus, gefolgt von Sean mit einem Tablett. »Und Wassermelone für Mia.« Sie stellte eine Schale mit Obst neben Mia ab. »Ich habe sogar diesen Portionierer benutzt, den du mir geschenkt hast, weil du dein Obst gern geschnitten magst, so wie Mom.«

»Danke.« Mias Blick verschwamm. Sie griff nach ihrer Gabel und schob die Obststücke in der Schale hin und her. Auf der anderen Seite des Tischs redeten Charlie und Sean mit Ty über seinen Arbeitstag, ihre Pläne für Charlies Geburtstag, der am gleichen Tag wie Naomis war, und darüber, wann seine Mom, sein Stiefdad und seine beiden Halbschwestern aus dem Urlaub zurückkämen. Die drei waren eine Familie, in die sich ihre Schwester mit Geduld, Freundlichkeit und reichlich Liebe eingefügt hatte.

Mia kaute und schluckte eine Wassermelonenkugel, das Obst geschmacklos in ihrem Mund. Sie warf einen verstohlenen Blick auf Nick und schob ihre Schale beiseite. »Was für Eiscreme gibt es denn, Charlie? Und wenn genug für alle da ist, hätte ich auch gern einen Cupcake.«

»Was?« Ihre Schwester brach mitten im Satz ab, den Mund vor Staunen halb geöffnet. »Außer zu Geburtstagen und Weihnachten isst du doch nie Eiscreme oder Kuchen.«

»Vielleicht ist es für mich an der Zeit, ein paar Veränderungen vorzunehmen.« Im flackernden Schimmer der Kerzenlaterne in der Tischmitte fing Nick Mias Blick auf und hielt ihm stand. Ihr Herz hämmerte, und sie wandte sich ab.

»Es gibt Erdbeer-, Vanille-, Schokoladen-, Ahorn-Walnuss- und Tigerschwanz-Eis.« Charlie zählte die Sorten an den Fingern ab. »Und jede Menge Cupcakes. Ich füttere schließlich einen wachsenden Jungen, schon vergessen?« Sie grinste Ty an.

»Tigerschwanz-Eiscreme von Simard's Molkerei?«

»Genau die, deine Lieblingssorte.« Charlie nahm die Eiscremeschaufel und noch eine Schale von Sean entgegen. »Ich habe sie für Emma besorgt, aber sie wollte nur Schokolade.«

»Ich nehme zwei Portionen.« Damals, als Mia in Emmas Alter gewesen war, war das Orangeneis mit den schwarzen Lakritzwellen eines der wenigen guten Dinge daran gewesen, dass sie jeden Sommer nach Firefly Lake kamen. Sie freute sich den ganzen Winter in Montreal darauf, und später in Boston, wohin sie gezogen waren, als ihr Dad einen Job bei Massachusetts General angenommen hatte.

Das Wasser lief ihr im Mund zusammen, als sie ihren Löffel in die Hand nahm. Sie musste sich nicht mehr vor Jay rechtfertigen. Sie musste nicht länger hungern, um die Kleidergröße halten zu können, in der sie ihrem Ex-Mann gefiel. Die Größe, die sie getragen hatte, bevor sie zwei Kinder zur Welt gebracht hatte. Als sie über diese endlosen Laufstege stolziert war, um die Krone für das hübscheste Mädchen mit dem schönsten Lächeln für sich zu beanspruchen. Das Mädchen, das verborgen hatte, was es dachte und fühlte. Das Mädchen, das alle anderen Mädchen sein wollten.

Sie sah wieder zu Nick, und sein Lächeln wärmte sie. Er hob den Löffel zu einem angedeuteten Salut, und ihr Gesicht begann zu glühen.

Mia machte sich über die Eiscreme her, die Charlie ihr hinstellte, und genoss die Süße, während die Kälte ihre Kehle hinabbrann.

»Tigerschwanz-Eiscreme, ach ja?« In Nicks blauen Augen lag ein neckendes Funkeln, das sie prompt zurück in ihre Jugend katapultierte. »Du sagst immer, du erinnerst dich nicht mehr an viel von Firefly Lake, aber ich nehme an, es gibt zumindest eine Sache, die du nicht vergessen hast.«

Schattenhafte Erinnerungen an das Mädchen und den Jungen, die sie und Nick einmal gewesen waren, regten sich am Rande von Mias Bewusstsein. Sie neigte den Kopf, dankbar für die Dunkelheit, die ihr Gesicht verbarg. Und ob sie sich erinnerte. Sie erinnerte sich an mehr als nur die Eiscreme, und an genug, um sich zu fragen, ob sie zu lange auf Nummer sicher gegangen war. Und wie ihr Leben aussehen könnte, wenn sie diese Kontrolle ein klein wenig aufgab.

Kapitel
3

Nick warf einen verstohlenen Blick auf Mia, die auf dem Beifahrersitz seines Lexus saß. Schon bevor sie sich mit einer Leidenschaft, die ihn verblüffte, der Eiscreme gewidmet hatte, hatte er sich etwas vorgemacht. Er begehrte sie. Früher wäre sie die Art Frau gewesen, mit der er etwas Ernstes hätte anfangen können. Nur dass er nach seiner Ex-Frau grundsätzlich nichts Ernstes mehr anfing.

»Du hättest mich nicht zurück in die Stadt fahren müssen. Sean hätte mich nach Hause gebracht.« Im Schimmer des Mondlichts erinnerte ihr gemeißeltes Profil an einen Marmorengel, den er einmal in einer Kirche in Rom gesehen hatte.

»Klar hätte er das, aber er hat dich vorhin mitgenommen, weil er sowieso in der Stadt war. Er will Charlie nicht allein lassen, wenn er nicht unbedingt muss, nicht einmal für eine halbe Stunde.« Er legte den Gang ein, und sie rumpelten über Seans ausgefahrene Auffahrt. »Moms Haus liegt auf meinem Weg.«

»Danke.« Ihre Stimme war kühl. Als ob er sich den

atemberaubenden Blick, den sie auf der Terrasse getauscht hatten, nur eingebildet hätte. »Deine Mom hat gesagt, ich könnte mir ihren Wagen borgen, solange meiner in der Werkstatt steht, aber heute Abend hatte sie selbst Pläne.«

Nick bremste an der nächsten Kreuzung. »Was denn für Pläne?« Es war nicht ihr Gartenvereinsabend, und ihr Buchclub und die Zeichengruppe trafen sich im Sommer nicht. Als er sie vorhin gesehen hatte, hatte sie nichts davon erwähnt, dass sie ausgehen würde.

»Vielleicht solltest du sie selbst fragen.« Mia wandte den Blick ab, aber nicht, bevor Nick einen Funken Argwohn in ihrer Miene bemerkt hatte, der seinen inneren Radar in Alarmbereitschaft versetzte.

»Gibt es etwas, das du mir nicht gesagt hast?« Er blinkte links und bog auf den zweispurigen Highway ein. Eine einzelne gelbe Linie teilte ihn in der Mitte, und hohe Kiefern säumten ihn zu beiden Seiten wie Wachposten.

»Gabrielle ist zum Essen verabredet.« Mias Ton wurde noch ein paar Grad kälter. »Ich dachte nicht, dass sie dich um Erlaubnis bitten muss, um auszugehen.«

»Natürlich nicht.« Nick atmete hörbar aus. Er hatte überreagiert. Seine Mom hatte viele Freundinnen. Es war gut, dass sie mal rauskam und sich amüsierte. Er wollte, dass sie das Leben zurückeroberte, das der Krebs ihr um ein Haar geraubt hätte. »Ich sorge mich um sie, aber möglicherweise benehme ich mich dabei wie ein Kontrollfreak.«

»Das hast du gesagt, nicht ich.« Mias Ton wurde warm und belustigt. »Als gute Freundin gebe ich dir da natürlich recht.«

Aber sie als gute Freundin anzusehen, würde so schnell zu nichts führen. Er verlangsamte den Wagen und suchte nach einer Lücke zwischen den dunklen Bäumen. Vielleicht ging er die ganze Sache völlig falsch an. Er musste Mia so betrachten, als ob sie eine seiner Schwestern wäre, oder eine der Frauen, mit denen er zusammenarbeitete. Nur dass seine Gefühle jedes Mal, wenn er sie ansah, alles andere als brüderlich waren. Oder kollegial.

Sie neigte den Kopf in seine Richtung. »Wohin fahren wir?«

»Wonach sieht es aus?« Obwohl er sich geschworen hatte, sie auf direktem Weg zurück in die Stadt zu fahren, bog er noch einmal links in eine andere ausgefahrene Auffahrt ab, wo weiße Lichter, die um die Zaunpfosten gebunden waren, ein kleines hölzernes Schild erhellten.

»Nick.« Ihr Atem stockte. »Ich habe zu viele Sommer hier verbracht. Unglückliche Sommer. Charlie hat dieses Cottage geliebt. Ich nicht.«

»Es ist nicht mehr das Cottage der Gibbs-Familie. Es ist das Regenbogen-Camp. Du hast diese ganze Arbeit auf dich genommen, um ein Sommercamp zu organisieren, damit Kinder, die auch mal eine schöne Zeit brauchen, einen Ort haben, um glückliche Erinnerungen zu schaffen. Aber abgesehen davon, dass du feierlich das Band durchschnitten hast, hast du dich hier draußen nie blicken lassen. Meinst du nicht, deine Mom wäre stolz auf das, was du erreicht hast?«

Mia biss sich auf die Unterlippe. »Du und Charlie, ihr habt mir geholfen.«

»Ein Camp für benachteiligte Kinder war Charlies Idee, aber du warst es, die sie in die Tat umgesetzt hat. Charlie war mit ihrer Hochzeit und ihrem neuen Job bei Associated Press in Boston beschäftigt. Dann ist sie schwanger geworden, und man könnte glauben, es hat noch nie jemand ein Baby bekommen, so wie Sean sich aufführt.«

»Er liebt sie. Charlie ist Seans ganze Welt. Und das Baby auch. Eine Schwangerschaft ist in jedem Alter ein Segen, aber in ihrem ist es erst recht etwas Besonderes. Sean ist besorgt, dass irgendetwas schiefgehen könnte.«

»Charlie schafft das schon. Hat sie uns nicht heute Abend erzählt, der Arzt hätte gesagt, ihre Schwangerschaft sei lehrbuchmäßig? Du solltest dir selbst mehr Anerkennung zollen. Du hast die Arbeit geleistet, um aus dem Grundstück mit dem Cottage ein Sommercamp zu machen. Charlie und ich haben nur Papierkram erledigt.«

»Wichtigen Papierkram.« Aber in Mias Stimme lagen ein Lächeln und ein Gefühl von Entschlossenheit.

Am Ende der Auffahrt fuhr Nick auf einen Parkplatz neben dem zweistöckigen weißen Schindelcottage und stellte den Motor ab. Leise Klaviermusik und ein Chor von Grillen und Fröschen durchbrachen die Stille der Nacht.

Dieser spontane Abstecher war für Mia gedacht. Nicht

weil er eine Ausrede wollte, um mehr Zeit mit ihr zu verbringen. »Zehn Minuten. Zehn Minuten schaffst du. Geh hinein, sag Hi, und ich bringe dich in einer halben Stunde zurück zu Moms Haus.«

Ihr Lächeln traf ihn mit voller Wucht. »Hat dir eigentlich schon mal jemand gesagt, dass du aufdringlich bist?« Sie schnallte sich los und öffnete die Wagentür, während er noch immer überrumpelt von diesem Lächeln war, von der Art, wie es ihr Gesicht veränderte und die Traurigkeit wegwischte, die er inzwischen gewohnt war. Wie es die Maske verdrängte, die sie im Allgemeinen aufsetzte, um die Welt auf Abstand zu halten.

»Ständig.« Er stieg aus dem Wagen, um sie zu begleiten, und versuchte zurückzulächeln, obwohl ihm der Boden unter den Füßen wegbrach. »Das ist einer der Gründe, weshalb ich so ein guter Anwalt bin.«

Seine Arbeit bedeutete ihm alles. Sie definierte, wer und was er war. Nicht mehr der außer Kontrolle geratene Junge. Brian McGuires Sohn, der in die Fußstapfen seines alten Herrn getreten war. Er war vielleicht Anwalt wie sein Dad, aber er hatte seinen eigenen Weg eingeschlagen, einen aufrichtigen Weg.

Mia stolperte auf dem unebenen Gelände, und er streckte eine Hand aus, um sie zu stützen. Sie ließ ihn los, als hätte sie sich verbrannt, und wandte sich zu dem ehemaligen Sommercottage um, das zu den Büros und dem Freizeitraum des Camps umgewandelt worden war. »Klingt, als ob da drinnen gesungen wird.« Ihre Stimme war brüchig, und die Maske lag wieder auf ihrem Gesicht.

Schuldgefühle durchzuckten ihn, heiß und scharf. »Du musst das nicht tun. Nicht, wenn es dich an deine Mom und die Zeit deiner Kindheit erinnert.«

Das hier war nicht seine Arbeit. Das hier war Mias Verdienst. Und als Experte für Vermeidungsstrategien konnte er Mias Beweggründe vielleicht verstehen. »Ein Wort von dir, und ich fahre dich zurück in die Stadt.«

»Ich bin hier, oder?« Sie ging um das Gebäude herum, und ihr weißes Kleid mit den roten Blumen schimmerte in der Dunkelheit. »Außerdem, wie du selbst gesagt hast, ist es nicht mehr das Cottage der Gibbs'. Es ist das Regenbogen-Camp. Mom und Dad sind nicht mehr. Charlie und ich sind erwachsen und haben unsere eigenen Familien.«

Am unteren Ende der Stufen hielt er inne. Eine misstönende Version von »On Top of Old Smokey« drang von drinnen an sein Ohr. Viele Dinge hatten sich verändert, seit er ein Kind gewesen war, aber Lagerlieder gehörten nicht dazu.

»Diese Musik nervt.«

Die Stimme kam von schräg rechts. Ein Mädchen von etwa elf Jahren saß auf der Verandaschaukel. Ihre Füße klopften mit einem rhythmischen Hämmern auf den Boden.

»Findest du?«

»Sie nervt so, dass sie gar nicht noch mehr nerven könnte.« Die Kleine saß zusammengekauert in einer violetten Kapuzenjacke da. Ihre hellen Haare waren halb verdeckt von einer Baseballmütze, die sie verkehrt herum aufgesetzt hatte.

Nick warf einen Blick auf eine rothaarige Frau, die hinter dem Mädchen den Kopf aus dem halb geöffneten Fenster steckte. Sie war eine der Camp-Leiterinnen, mit der er ein Einstellungsgespräch geführt hatte. Kurz lächelte sie ihn an, bevor sie wieder im Cottage verschwand.

»Was würdest du denn gern singen?« Mia lehnte sich gegen das Verandageländer und sah das Mädchen an, als wäre ihr die Antwort wichtig.

»Egal.« Das Mädchen zuckte betont lässig mit den Schultern und schnitt ein Gesicht. Die Art »Leck-mich«-Gesicht, das Nick bei jugendlichen Straftätern gesehen hatte, als er damals, während seines Jura-Studiums, einen Sommer lang Rechtsberatung angeboten hatte. Das Gesicht, das er selbst zwischen zwölf und siebzehn mehr oder weniger ständig aufgesetzt hatte.

»Ich bin Mia, und das hier ist Nick.« Mia schenkte dem Mädchen ein warmes Lächeln. »Wir haben geholfen, dieses Camp aufzubauen. Als ich in deinem Alter war, habe ich hier die Sommerferien mit meiner Mom und meinem Dad und meiner Schwester verbracht. Damals war es noch kein Camp. Der Freizeitraum war unser Cottage.«

»Sie Glückspilz.« Der Sarkasmus des Mädchens hätte einer Hollywood-Diva gut zu Gesicht gestanden. Sie zog an ihrer Baseballmütze, und eine blonde Haarsträhne fiel über ein Auge. Violett lackiert, passten ihre Fingernägel farblich zu ihrer Kapuzenjacke, und in ihrer Nase steckte ein kleiner silberner Knopf.

»Ich war kein Glückspilz. Ich habe es gehasst, hier zu

sein.« Mia klopfte mit ihrem hochhackigen Schuh auf den Verandaboden. Ihre Beine waren lang und straff. Beine, an die Nick unwillkürlich auf ziemlich unangemessene Weise denken musste. Zum Beispiel mitten auf seinem riesigen Doppelbett um seine Taille geschlungen.

»Wirklich?« Das Mädchen sah auf und strich die Haare zur Seite. Ihre grünen Augen waren wie die einer Katze und funkelten im Mondlicht.

»Meine Schwester hat es geliebt, hier zu sein, aber ich nicht. Ich konnte es kaum erwarten, zurück in die Großstadt zu kommen.« Sie sah das Mädchen wieder an, das ihr Lächeln zögernd erwiderte. »Ich habe hier jeden Sommer fast drei Monate festgesessen, jedes Jahr, seit ich ein Baby war, bis in meine späten Teenagerjahre. Du bist für drei Wochen hier, richtig?«

»Noch achtzehn Tage.« Das Mädchen streckte die Beine von sich, dünn wie die einer Spinne unter schwarzen Shorts, und beugte sich zu Mia vor. »Es sei denn, Sie können mir helfen, früher von hier zu verschwinden.«

Nick verbiss sich ein Lachen angesichts des hoffnungsvollen Tons der Kleinen. Sie hatte die falsche Frau gefragt, um ihr zur Flucht aus dem Gefängnis zu verhelfen.

»Nein.« Mia schüttelte den Kopf, als täte es ihr leid. »Da musst du mit den Camp-Betreuern reden. Wenn du nicht glücklich bist, ist es ihr Job, deine Situation zu verbessern.« Sie zögerte. »Du bist?«

»Kylie«, murmelte das Mädchen. Die Schaukel quietschte, und Kylies nackte Füße landeten wieder auf den Verandabrettern.

»Die Betreuer können dir helfen, wenn du sie lässt. Ich will nicht, dass noch mehr Kinder es hassen, hier zu sein«, sagte Mia.

»Ich habe nie gesagt, dass ich es hasse. Nicht wirklich, aber, ich weiß nicht ... Diese Lieder sind bescheuert, und die Spiele sind bescheuert. Die anderen Mädchen lachen mich aus, und da draußen könnte es Bären geben, und ich kann nicht schwimmen, und nachts ist es so dunkel bis auf diese kleinen blinkenden Lichter, die wie Blitze aussehen.« Sie brach ab, wie ein Spielzeug, das wieder aufgezogen werden musste.

»Verstehe.« Mia dämpfte ihre Stimme. »Als sie klein war, ist meine Schwester mir überallhin nachgelaufen. Bis ich sie davon überzeugte, dass in unserem Bootshaus ein Bär mit scharfen gelben Zähnen lebte und er sie einfach auffressen würde, wenn sie einen Fuß von dieser Veranda setzte. Aber es hat hier in der Gegend nie einen Bären gegeben, seit mein Großvater dieses Cottage gebaut hat.«

»Mia hat recht«, warf Nick ein. »Ich habe noch nie von einem Bären auf dieser Seite des Sees gehört, aber ich werde mich umsehen, wenn du willst.«

»Das würden Sie tun? Im Ernst?« Kylies Unterlippe bebte, und sie rieb sich mit einer Hand übers Gesicht. Ihr violetter Nagellack war abgeblättert und ihre Fingernägel völlig abgekaut.

»Na klar. Und was diese kleinen blinkenden Lichter betrifft, ich möchte wetten, das sind Glühwürmchen. Sehen sie vielleicht so aus?« Er zeigte zu den dunkleren

Schatten hinter dem Cottage, wo Funken aus Licht umherhuschten und herabstießen.

»Ja. Sie meinen Käfer?« Kylies Augen verengten sich.

»Insekten. Leuchtkäfer, um genau zu sein, auch wenn manche Leute sie Glühwürmchen nennen.« Nick lächelte Kylie an. »Sie führen jeden Abend eine magische Lichtershow für uns auf. Das sagt jedenfalls meine Mom. Da das hier Firefly Lake ist, sind sie ein ganz besonderer Teil des Sommers in dieser Gegend.«

»Das sind sie auf jeden Fall, und Glühwürmchen sind nichts, wovor man Angst haben muss«, bestätigte Mia. »Und was die Bären angeht, falls es welche gibt, was ich bezweifle, wird Nick sie so weit verscheuchen, dass sie nie wiederkommen werden. Stimmt's?«

»Absolut.«

Die verängstigte Miene in Kylies Gesicht berührte ihn auf eine Art, wie es die jugendlichen Straftäter vor geraumer Zeit getan hatten. Damals, als er Anwalt werden wollte, um auf der Welt etwas Gutes zu tun und Leuten zu helfen, die eine Auszeit brauchten. Um ein anderer Mann zu sein als sein Dad.

Mia lächelte, als hätte er ihr eine All-inclusive-Reise nach Paris geschenkt. »Während Nick sich nach Bären umsieht, kommst du am besten mit mir ins Haus, und wir werden eine Taschenlampe finden, die uns im Dunkeln hilft. Ich bin sicher, die Betreuer können etwas wegen der Musik und dieser anderen Mädchen unternehmen. Und was das Schwimmen angeht: Ich möchte wetten, du brauchst nur ein bisschen zusätzliche Hilfe, um aufzuholen. Wir können das hinkriegen, Kylie. Wirst du den Camp-Mitarbeitern eine Chance geben?«

Hitze breitete sich in Nicks Brust aus. Seine Ex-Frau wäre einfach an Kylie vorbeigelaufen. Er hatte es anfangs nicht erkannt, aber Isobel war seicht, egoistisch und selbstbezogen. Mia war anders. Auch wenn sie es die meiste Zeit verbarg, war sie hinter ihrem perfekten Gesicht und ihrer Designergarderobe ein echter Mensch. Ein liebevoller und fürsorglicher Mensch.

»Nick?« Mia wandte sich halb um, mit fragender Miene. »Die Bären?«

»Ich bin dran.«

Kylie sah ihn an, ihre Augen weniger wie die einer Wildkatze und eher wie die eines verängstigten Mädchens. »Kannst du dich bei den Hütten und dem Speisesaal umsehen? Ich habe nie etwas gesehen, aber gestern Nacht habe ich dieses Kratzen gehört und, na ja, du weißt schon ...«

»Ja, ich weiß schon.« Auch wenn er es nie vor jemandem zugegeben hatte, hatte er sich damals, als er im Sommercamp in Quebec und zum ersten Mal von zu Hause fort war, eingebildet, ein Wolfsrudel würde in dem Wald hinter dem Speisesaal leben. »Ich werde mich überall umsehen, wo du willst.«

»Bevor sie ins Gefängnis gekommen ist, hat meine Mom gesagt, dass man Typen nie vertrauen kann. Vor allem nicht Typen, die schicke Kleider tragen und coole Autos fahren.« Kylie warf einen Blick auf seinen silbernen Lexus.

»Wenn Nick sagt, dass er sich umsehen wird, dann meint er es ernst.«

Kylie zuckte mit den Schultern. »Egal.« Sie kletterte von der Verandaschaukel, und die Schaukel schlug mit einem dumpfen Geräusch gegen die Wand hinter ihr. Kylies Augen waren düster, als hätte sie zu früh zu viel vom Leben gesehen. Die Art Augen, die kein Kind haben sollte.

»Es stimmt, Kylie. Nick ist ein guter Mann.« Mias Blick war so warm und liebevoll, dass Nick schwer ums Herz wurde und er sich unwillkürlich fragte, wie es sich wohl anfühlen würde, wenn sie ihn je so ansehen sollte.

»Er wäre nicht mein Freund, wenn er das nicht wäre.«

Und brachte es das nicht auf den Punkt? Nick ging die Stufen hinunter zu den dunkleren Schatten, die das Cottage warf, wo die Glühwürmchen hell leuchteten. Er hatte sich von dem Weg abgewandt, den er als Siebzehnjähriger eingeschlagen hatte, und sich durch scharfe Intelligenz und Willenskraft in einen guten, einen ehrenhaften Mann verwandelt. Aber das hatte Isobel nicht davon abgehalten, ihn zu betrügen. Und es hatte ihn nicht davon abgehalten, sich wie ein Schwindler zu fühlen. Wenn er gut genug gewesen wäre und mehr wie der Sohn, den sein Vater sich gewünscht hätte, dann wäre der vielleicht länger geblieben.

Nick ging hinunter zum Ufer des Sees, wo der Sand unter seinen Schuhen nachgab. Wasser schlug gegen den hölzernen Steg, im Rhythmus zu dem Hämmern der Musik aus dem Cottage. Musik, die nichts mit den Lagerliedern zu tun hatte, an die er sich erinnerte, und alles mit einem grünäugigen Kobold namens Kylie. Das Kind, das ihn hierher in die Dunkelheit geschickt hatte, während er in seinem Büro sitzen und an einem Stapel juristischer Schriftsätze arbeiten sollte.

Das Kind, das ihm geholfen hatte, Mia in einem ganz neuen Licht zu sehen, und ihn dazu gebracht hatte, sich einer Wahrheit über sich selbst zu stellen. Auch wenn er noch immer grundsätzlich nichts Ernstes anfangen wollte, konnte er diese Freundschaftsfarce nicht viel länger aufrechterhalten.

Er warf ein Stück Treibholz in die Feuerstelle, die von einem Ring geschwärzter Steine umgeben war, und starrte auf das dunkle Wasser des Sees. Es war glatt, undurchdringlich und trügerisch, auf der Lauer, dass er seine Deckung aufgab, um ihn zu verschlucken.

Was dachte er sich eigentlich? Sobald er seine Mom in ihrem neuen Zuhause untergebracht hatte, würde er von hier verschwinden und erneut auf der Überholspur leben. Er würde sich von nichts und niemandem, schon gar nicht von einer Frau, je wieder ablenken lassen.

Keine Ausflüchte und keine Selbstzweifel mehr. Mia wiederholte die Worte wie ein Mantra, während sie früh am nächsten Morgen aus Harbor House schlüpfte. Die Luft war kühl, und die Sonne färbte den östlichen Himmel rot. Zum ersten Mal seit langer Zeit baute Mia sich ein unabhängiges Leben auf.

Ihr Haus. Ihre Lippen verzogen sich zu einem Lächeln, während sie sich die gemütlichen Zimmer in dem kleinen Schindelcottage vorstellte, das Sean und sein Bruder für sie renovierten. Sie planten, eine neue Küche mit Schränken einzubauen, die sie vom Freund eines Freundes ergattert hatten. Sean würde kein Geld dafür nehmen, da sie und die Mädchen Familie waren.

Ihr Job. Ihr Lächeln wurde breiter. Zum ersten Mal seit dem College verfügte sie über Geld, das sie mit ihrer eigenen Arbeit verdient hatte. Auch wenn sie bislang nur einen einzigen Musikschüler hatte, hatte sie bereits viele Anfragen für September.

Und Freunde, die nie ein Teil ihres Lebens mit ihrem Ex-Mann gewesen waren. Gabrielle. Nick.

Mias Puls beschleunigte sich, und in ihrer Magengegend flatterte es. Als wäre sie wieder sechzehn, als sie vor dem North Woods Diner herumgehangen hatte, in der Hoffnung, einen Blick auf Nick zu erhaschen, während er auf seinem Motorrad vorbeischoss, mit irgendeinem Mädchen mit tollen Haaren und eng anliegenden Kleidern auf dem Sozius. Damals hatte er mit Mädchen herumgehangen, die das hatten, was Mias Mom und die anderen Frauen im Golfclub einen schlechten Ruf nannten.

Ein scharfes, schrilles Bellen holte sie mit einem Ruck in die Gegenwart zurück. »Pixie?« Sie beäugte den Hund durch die Fliegentür. »Okay, aber nur weil ich nicht will, dass du Gabrielle aufweckst.« Sie öffnete die Tür und schnappte sich die Hundeleine, um sie an dem mit Rheinkieseln besetzten rosa Halsband zu befestigen.

Der Hund winselte, und Mia legte einen Finger an die

Lippen, während sie die Tür hinter ihnen beiden schloss. Sie setzte sich eine Baseballmütze auf den Kopf, steckte sich Kopfhörer in die Ohren und tänzelte im Rhythmus zu ABBAs »Dancing Queen« umher. Dem Glückssong ihrer Mom.

Gestern Abend hatte sie sich sogar dem Cottage gestellt, das nun nicht länger das Haus der Familie war, wo sie all die Sommer mit einer unglücklichen Mom und einem Dad, der fremdging, verbracht hatte, sondern vielmehr das Regenbogen-Camp, wo Kinder wie Kylie sich neue Erinnerungen schaffen konnten.

Mia beschleunigte ihre Schritte, und Pixie passte sich ihrem Tempo an, während sie an den prächtigen alten Häusern vorbeikamen, die einst den Mühlenbesitzern gehört hatten und wo große Ahornbäume breite Veranden überschatteten. Am Fuß des Hügels überquerten sie die Kreuzung, um zu ihrem Haus zu gelangen. Es lag versteckt an einer sumpfigen Biegung des Sees, wo, wie Nick ihr erzählt hatte, im Frühjahr Haubentaucher nisteten. Das kleine Haus, das sich schon jetzt wie ein Zuhause anfühlte.

Um diese frühe Stunde lag die Stadt ruhig da, und der See war still. Ein Zug donnerte an dem Bahnübergang am anderen Ende der Main Street vorbei, und sein leiser Pfiff hallte wider. Am Fuß des Hügels bog Mia rechts in die Main Street ab, wo die einsame Ampel ständig auf Grün geschaltet war. Die Gehsteige waren leer und die Ladenfronten dunkel. Vor der Kanzlei McGuire und Pelletier zerrte Pixie an der Leine, und Mia zögerte. Die goldenen Buchstaben über der Fensterscheibe funkelten in der Morgensonne, und zwei Kübel mit roten Petunien zu beiden Seiten der Tür waren feucht von Tau.

Ihr Handy vibrierte. Sie warf einen Blick auf das Display und riss sich die Kopfhörer aus den Ohren, während sie abnahm. »Naomi?«

»Mom?« Die Stimme ihrer älteren Tochter klang gedämpft. »Ich habe dich doch nicht geweckt, oder?«

»Natürlich nicht. Was ist los?« Mias mütterlicher Radar ging in Alarmbereitschaft. »Bist du verletzt? Ist Emma verletzt?«

»Nein, es geht uns gut.« Naomi schniefte, und ein Rascheln war zu hören, als hätte sie das Telefon ins Bettzeug fallen lassen.

»Naomi? Schatz?« Ihre Knie drohten vor Sorge nachzugeben, und Mia setzte sich rasch auf die Bank vor dem Heizungs- und Installateurbetrieb Tremblay & Söhne, zwei Türen hinter McGuire und Pelletier. Pixie zwängte sich neben sie. »Was ist los? Du rufst doch nie so früh an.«

»Dad hat einen Job in San Francisco angeboten bekommen.« Naomi machte ein ersticktes Geräusch. »Er will, dass Emma und ich mit ihm dorthin ziehen, weil unser Leben in Firefly Lake immer nur als vorübergehend gedacht war, sagt er.« Das erstickte Geräusch wurde zu einem Schluchzen. »Warum hast du mir nichts davon gesagt?«

Weil der Job in San Francisco neu für sie war. »Schatz, hör zu.« Mia ballte die Faust ums Telefon und holte einmal tief Luft, die erfüllt war von dem Hefegeruch aus der Bäckerei Täglich Brot. »Dein Dad hat mir nichts davon gesagt, dass er einen neuen Job hat oder dass ihr Mädchen umziehen sollt. Er war damit einverstanden, dass ihr zwei bei mir in Firefly Lake lebt.«

Naomi hickste. »Dad hat versprochen, er würde sich nach einem Job in Boston oder New York umsehen, um näher bei Emma und mir zu sein.«

»Wann hat er das versprochen?« Mias Magen rumorte, und sie umklammerte das Telefon noch fester.

»Bevor wir Dallas verlassen haben. Er hat gesagt, es sei unser besonderes Geheimnis.« Naomis Stimme war belegt von Tränen. »Und dann, gestern Abend, hat er mir erzählt, er hätte diese einmalige Gelegenheit bekommen. Er hat schon zugesagt, und Tiffany ist ganz dafür. Dad will seine neue Familie mehr als uns.«

Tiffany, die schöne blonde Marketingpraktikantin, mit der Jay sie betrogen hatte. Die schwanger geworden war und Jay den Sohn geschenkt hatte, den er sich immer gewünscht hatte. »Das ist nicht wahr.« Mia presste die Worte hervor und hoffte, dass sie recht hatte. Und sie hoffte auch, dass Jay seine Töchter nicht so verraten würde, wie er sie verraten hatte.

»Abgesehen von der Arbeit, kümmert er sich nur um Tiffany und das Baby.«

»Dein Dad, er …« Mia brach ab. Die Zeiten, in denen sie Jay in Schutz genommen hatte, waren vorbei.

»Warum hat Daddy sein Versprechen gebrochen?«

Mias Herz krampfte sich zusammen. Naomi hatte Jay nicht mehr *Daddy* genannt, seit sie sechs war. »Ich weiß es nicht, Schatz.«

Nur dass sie es doch wusste. Ihr Ex-Mann war ein Lügner und ein Betrüger, der sich mehr um sich selbst kümmerte als um irgendjemand anders, sogar seine Töchter. Und sie war darauf hereingefallen, immer und immer wieder. Mia rutschte auf der Holzbank umher. Sie sehnte sich danach, ihre Tochter in die Arme zu schließen und ihr zu sagen, dass alles gut werden würde.

»Er hat es mir versprochen. Ich habe ihm vertraut. Ich will nicht nach San Francisco ziehen.«

»Natürlich ziehst du nicht nach San Francisco.«

Pixie wand sich auf Mias Schoß und leckte ihr Gesicht.

»Wir haben uns gemeinsam entschieden, nach Firefly Lake zu ziehen, schon vergessen? Damit wir nah bei Charlie und Sean und dem Baby sein können. Dein Dad war einverstanden.«

Jay hatte sich tatsächlich einverstanden erklärt, was alles war, was zählte, und Mia war im Besitz einer rechtsgültigen Vereinbarung, um es zu beweisen. Sie tat noch einen Atemzug warmer, nach Hefe duftender Luft.

»In Firefly Lake kann ich näher bei Ty sein«, ergänzte Naomi.

Mias Kehle schnürte sich zu, während noch eine Sorge mehr sie bedrängte. Naomis Freundschaft mit Seans Sohn war der eine Grund, weshalb sie anfangs gezögert hatte, ob sie nach Vermont ziehen sollten. »Wir haben Freunde in Firefly Lake, sicher, aber dein Dad liebt dich und Emma und …«

»Er liebt uns, solange wir tun, was er will.«

»Was soll das denn heißen?« Mias Mund war auf einmal wie ausgedörrt. Sie schob Pixie zur Seite und starrte auf die Main Street, ohne sie zu sehen.

»Ach nichts, vergiss es.« Naomi klang vorsichtig.

Jay konnte ihr die Mädchen nicht wegnehmen. Nicht, ohne vor Gericht zu ziehen. Außerdem hatte er immer gesagt, dass seine Arbeitszeiten zu unvorhersehbar waren, um Naomi und Emma außerhalb von Ferienbesuchen bei sich zu haben, die mindestens drei Monate im Voraus geplant waren.

»Mom? Dad will mit dir reden. Er sagt, er ...«

»Amelia?« Mia zuckte zusammen, als Jays Stimme über die Entfernung an ihr Ohr donnerte. Er hatte sie nie Mia genannt, da er fand, dass der Name nicht kultiviert genug klang.

»Jay.« Mia nahm Pixie unter den Arm und stand auf, um sich unter die Markise des Heizungs- und Installateurbetriebs zu ducken. »Was ist das für eine Geschichte, dass du nach Kalifornien ziehst? Davon hast du mir kein Wort gesagt, und Naomi ist völlig aufgelöst. Sie denkt, du willst, dass sie und Emma mit dir kommen.«

»Ich hatte vor, es dir zu sagen, wenn ich die Mädchen zurückbringe. Ich habe nicht damit gerechnet, dass Naomi gleich so emotional wird. Ich dachte, sie würde sich freuen und dich überraschen wollen.« Mia hörte die Ungeduld in der Stimme ihres Ex-Mannes. »Sie hatte irgendwie die Vorstellung, ich würde nach New York oder Boston ziehen.«

»Sie sagt, du hättest es ihr versprochen.«

Früher hatte Mia diesen Mann von ganzem Herzen

geliebt. Als sie ihn auf dem College kennengelernt hatte, hatte sie sich vorgestellt, sie würden sich ein gemeinsames Leben aufbauen und die Familie gründen, die sie sich gewünscht hatte, und zusammen alt werden. Ein Traum, der vor langer Zeit zu sterben begonnen hatte, als er das erste Mal etwas mit einem Mädchen wie Tiffany angefangen und Mia so getan hatte, als würde sie es nicht bemerken.

Genau wie ihre Mom so getan hatte, als würde sie die Frauen an der Seite ihres Dads nicht bemerken.

»Vielleicht habe ich gesagt, dass ich mich nach einem Job in Boston oder New York umsehen würde, aber ich habe nicht erwartet, dass Naomi mich ernst nehmen würde.«

»Du bist ihr Vater. Auch wenn sie in zwei Tagen sechzehn wird, glaubt Naomi immer noch, was du ihr sagst.« Mia konnte sich nur noch mühsam beherrschen. »Und warum musstest du sie ausgerechnet so kurz vor ihrem Geburtstag aus der Fassung bringen?«

»Es war ein Missverständnis. Naomi ist ein großes Mädchen, und sie kann damit umgehen.« Mia stellte sich vor, wie sich Jay mit einer Hand durch das sandblonde Haar fuhr, während seine hellblauen Augen sich verengten. »Ich habe ein tolles Jobangebot, und Tiffany hat Freunde in der Bay Area, die mit dem Baby aushelfen können.«

»Und wann genau hast du das entschieden? Ohne mir ein Wort zu sagen? Wir haben uns darauf geeinigt, dass die Mädchen bei mir in Firefly Lake leben. Ich habe dir alle Ferienbesuche eingeräumt, die du wolltest, aber Naomi und Emma brauchen mich. Sie brauchen Stabilität, Wurzeln und...«

»Augenblick. Du machst aus nichts ein Problem. Hat Naomi es dir nicht gesagt?« Sein Ton wurde überzeugend; Mia kannte ihn, es war seine Verkäuferstimme. »Im Grunde geht es darum, dass ihr auch umziehen werdet. Ich werde immer noch Kindesunterhalt zahlen. Ich werde sogar noch etwas drauflegen, damit ihr euch ein Haus in San Francisco suchen könnt. Es ist ja nicht so, dass euch irgendetwas in Firefly Lake hält.«

Mia spannte sich an, und Schweiß lief zwischen ihren Brüsten hinunter. »Meine Schwester ist hier. Ich habe einen Job. Ich habe ein Haus gekauft und...«

»Verkauf das Haus. Und was deinen Job angeht, es ist ja nicht so, dass eine Arbeit als Vertretungslehrerin oder ein paar Musikschüler eine große Verpflichtung waren.« Sein Lachen drang an ihr Ohr, ein Lachen, das Mia hasste. Das sie kleinmachte und an sich selbst zweifeln ließ. »Naomi hat gesagt, du arbeitest für irgendeine alte Frau, räumst ihr Haus aus.«

»Gabrielle ist nicht alt, und sie braucht meine Hilfe.« Mia rollte die Zehen in ihren Sneakers ein. »Und was das Unterrichten angeht, ich wollte schon immer meinen Abschluss nutzen und...«

»Du kannst in Kalifornien unterrichten, wenn du willst. Was du mit dem Unterrichten anfängst, ist deine Entscheidung, aber ich werde nicht zulassen, dass du meine Töchter in Gefahr bringst.« Er schnalzte mit der

Zunge gegen die Zähne. »Emma hat mir alles über dein Haus und diesen Jungen erzählt, mit dem Naomi sich ständig schreibt. Sie interessiert sich nicht für die Söhne meiner Freunde, die es alle im Leben zu etwas bringen werden. Stattdessen lässt sie sich mit dem Jungen ein, der deinen Rasen mäht. Er ist so gut wie mit ihr verwandt.«

»Es sind unsere Töchter, und mein Haus ist meine Sache.« Mia setzte Pixie auf dem Gehsteig ab und schlug einen entschiedenen Ton an. »Und was Ty Carmichael betrifft, er ist ein guter Junge, und er und Naomi sind Freunde.«

»Sobald sie in Kalifornien ist, wird Naomi ihn vergessen.« Jays Ton wurde schärfer. »Du warst immer zu nachsichtig mit den Mädchen. Vor allem Naomi braucht eine feste Hand. Sie ist willensstark und stur, genau wie deine Schwester.«

Wenn Mia etwas willensstärker gewesen wäre, dann wäre sie vielleicht nicht so lange bei Jay geblieben. »Du hast unsere Familie bereits zerstört, weil du eine neue Frau wolltest. Ich werde nicht zulassen, dass du die Mädchen schon wieder entwurzelst.«

Jay stieß die Art Seufzer aus, die Mia nur allzu vertraut war. »Du und ich, wir haben schon lange nicht mehr zusammengepasst. Und Firefly Lake ...«

»Ist mein Zuhause.« Mia stützte sich gegen die Wand des Heizungs- und Installateurbetriebs, spürte den Backstein kühl an ihrem Rücken.

Pixie sah aus besorgten braunen Augen zu ihr auf.

»Außerdem braucht meine Schwester mich.«

Und sie brauchte Charlie. Abgesehen von den Mädchen war Charlie ihre einzige nahe Verwandte.

»Besuch deine Schwester ein paarmal im Jahr. Als wir damals in San Francisco gelebt haben, hast du es geliebt, weißt du noch? Du hast sogar davon geredet, dich fürs Musikkonservatorium zu bewerben.«

Sie hatte es geliebt, ja, aber San Francisco war gleich nach ihrer Hochzeit gewesen, und sie war blauäugig verliebt in ihren Ehemann gewesen. Und was das Studium am Konservatorium betraf, so hatte sie diesen Traum aufgegeben, als Jay seine erste Beförderung bekam und sie mit Naomi schwanger wurde. Das Erste einer ganzen Reihe von Opfern, die sie erbracht hatte, ohne dass es ihr bewusst gewesen war, bis es zu spät war.

»San Francisco ist lange her.« Eine Welle von Schwindel und Übelkeit rollte über sie hinweg. »Ich habe ein Lehrdiplom, das ich nie genutzt habe, weil wir wegen deines Jobs ständig umgezogen sind. Aber, Jay, wir haben eine Sorge- und Umgangsrechtsvereinbarung, und da steht nichts davon, dass die Mädchen und ich dir noch länger überallhin folgen müssen.«

»Du wirst tun, was für die Mädchen am besten ist.« Jay konzentrierte sich auf ihre Schwachstelle wie ein Marschflugkörper. »Sobald sie sich beruhigt hat, wird Naomi sich die Gelegenheit, an der Westküste zu leben, nicht entgehen lassen. Und was Emma betrifft, sie freut sich schon jetzt darauf. Ich kann in die City pendeln und ein Haus auf dem Land kaufen, damit sie das Pony halten kann, das sie sich so wünscht.«

Mia schluckte die wütende Retourkutsche hinunter, die sie ihm hätte geben können. Emma war nicht alt genug, um zu verstehen, was ein Umzug nach Kalifornien bedeutete. Oder was sie, um ein Pony zu haben, aufgeben müsste.

»Du kannst mich nicht einfach vor vollendete Tatsachen stellen. Die Mädchen haben viel durchgemacht, und ...«

»Denk darüber nach.« Seine Stimme wurde sanft und schmeichlerisch. »Wie ich bereits sagte, du kannst in Kalifornien unterrichten, wenn du willst – aber was ist mit den Mädchen? In San Francisco werden sie Zugang zu guten Schulen und vielen kulturellen Erfahrungen haben. Naomi wird sich bald bei Colleges bewerben. Abgesehen von Müsli kauenden Öko-Hippies, wer lebt denn in Vermont, wenn er nicht muss? Das Northeast Kingdom ist toll für einen Urlaub, aber du musst realistisch sein. Eine Wahl zwischen einer kosmopolitischen Großstadt und einem kleinen Provinznest ist in Wahrheit keine Wahl.«

Nur dass es vielleicht die wichtigste Wahl von allen war, weil es ihre Wahl und ihr Leben war. Und für die Mädchen wollte sie, was sie am besten für sie hielt. Geborgenheit, Familie und eine unabhängige Mutter, auf die sie stolz sein konnten.

»Ich lebe in Vermont, weil ich es will, und ich kann noch keine anderen Entscheidungen treffen.« Sie kratzte an einem Niednagel an ihrem Daumen.

»Okay, ich habe deine Worte vernommen. Vielleicht habe ich überstürzt gehandelt, aber der Job ist eine so gute Gelegenheit. Das ist die ganz große Chance.« Sein Lachen klang vertraulich. »Ich weiß, was ich will, und ich kämpfe dafür. Denk darüber nach, Süße, und wir werden reden, wenn ich die Mädchen zurückbringe.«

Mia zuckte zusammen, als sie den bedeutungslosen Kosenamen hörte. Sie hatte sich immer mit allem einverstanden erklärt, was Jay wollte, da er und die Mädchen ihre Familie waren. Aber genau deshalb hatte sie ihre eigenen Wünsche und Bedürfnisse aus den Augen verloren. Sie murmelte einen Abschiedsgruß und legte auf, dann hielt sie sich an einer Ecke des Gebäudes fest, bis der Backstein in ihre Handfläche schnitt.

»Er wird damit nicht davonkommen, Pixie. Das wird er nicht, das sage ich dir.«

Pixie bellte einmal und stellte ein Ohr auf.

»Hör mich an. Ich rede mit dir, als ob du mich verstehen könntest.« Mia schickte Naomi eine Nachricht, dann zwang sie sich, einen Fuß vor den anderen zu setzen, um wieder in die Richtung zu gehen, aus der sie gekommen war.

Zurück zum Harbor House, wo Gabrielle sie brauchte und ihre Arbeit im Leben ihrer Freundin wirklich etwas bewirkte.

Zurück und vorbei an ihrem kleinen Haus, wo sie glücklicher war als in jedem der großen Häuser, in denen sie mit Jay gelebt hatte.

Als sie an der Bäckerei vorbeikam, schwang die Tür auf, und der Geruch von Zimt und Kaffee wehte auf die Straße hinaus. Ihr Magen rumorte, und sie hielt inne, angelockt von den Reihen Zimtbrötchen, die im Schaufenster der Bäckerei auf einem Regal ausgestellt waren.

»Hier drinnen gibt es nichts für dich, Pixie.« Sie hatte es schon wieder getan, hatte mit einem Hund geredet. Es war alles Jays Schuld. Er hatte sie aufgewühlt.

»Mia?« Die Bäckereitür schwang wieder auf, und Nick kam heraus. Er hielt einen Isolierbecher in einer Hand und eine Papiertüte in der anderen. »Du bist ja früh unterwegs. Hat Pixie dich gepiesackt, damit du mit ihr Gassi gehst?«

Mia machte den Mund auf, aber die Worte wollten nicht herauskommen. Stattdessen schüttelte sie nur den Kopf.

Nicks weißes Hemd stand wie gewohnt am Kragen offen, und er trug kein Jackett über seiner marineblauen Nadelstreifen-Anzughose. Er trat näher, und das klare Blau seiner Augen verwandelte sich in ein stürmisches Grau. »Was ist los?«

»Nichts.« Sie riss das Kinn hoch wie eine Marionette an einem Faden.

Pixie zerrte an der Leine, um an Nicks Beinen hochzuspringen, und Mia heftete den Blick auf die Zimtbrötchen.

»Komm schon.« Nick nahm ihren Arm, und ein Kribbeln schoss durch ihre Nervenenden. »Ich weiß es, wenn etwas los ist. Erinnerst du dich?«

Und ob sie sich erinnerte. Sie erinnerte sich an das, was zu vergessen sie jahrelang trainiert hatte.

Kapitel 4

Mias Lippen waren bläulich verfärbt, und sie spielte mit ihrem Telefon, bevor sie es in die Tasche ihrer schwarzen Trainingshose steckte. »Nichts ist los.« Sie wickelte sich Pixies Leine fester um die Finger.

»Wenn du das sagst.« Nick wühlte in der Bäckereitüte und reichte ihr ein Zimtbrötchen. »Iss. Das wird deinen Blutzucker in die Höhe treiben.«

»Sind Sie Dr. McGuire?« Sie leckte sich die Lippen, und sein Herzschlag beschleunigte sich. »Retten Sie nicht nur Immobilien, sondern auch Leben?«

»Schön wär's, Prinzessin.« Er schenkte ihr ein neckendes Grinsen. »Cat ist die Einzige mit einem Doktortitel in der Familie, und sie ist Historikerin, schon vergessen?«

Die erschütterte Miene in Mias Gesicht weckte in ihm den Wunsch, sie hier mitten auf der Main Street in die Arme zu schließen und ihr zu versprechen, dass er sie beschützen und in Ordnung bringen würde, was immer passiert war. Aber abgesehen von seiner Mom und seinen Schwestern hatte er es aufgegeben, Frauen beschützen und ihre Probleme in Ordnung bringen zu wollen.

»Prinzessin?« Sie schenkte ihm etwas, das, wie er vermutete, ein Lächeln sein sollte, aber es reichte nicht bis zu ihren Augen. Dann biss sie in das süße Gebäckstück, kaute und schluckte.

»So haben die Typen in der Gegend hier dich früher genannt. Ich dachte, du wüsstest es.« Er passte sich ihren und Pixies Schritten an, während er neben ihr herging.

Sie schüttelte den Kopf. »Nein.« Ein Stück Zuckerglasur klebte in ihrem Mundwinkel und glänzte an ihren noch immer blassen Lippen.

Nick konzentrierte sich auf das Blumenkörbchen, das von einem der im viktorianischen Stil gehaltenen Laternenpfähle in der Main Street hing. Es war ein Bild, das die Sommertouristen liebten, da es die Gebäude des 19. Jahrhunderts und die Zeit widerspiegelte, als einer der Vorfahren seiner Mom, ein Mühlenbesitzer aus Boston, das große Haus auf dem Hügel erbaut hatte. Wenn er sich auf diesen längst verflossenen Vorfahren mit seinen Koteletten konzentrierte, der auf einem strengen Porträt im Esszimmer des Harbor House verewigt war, würde er nicht die Hand ausstrecken, um mit den Fingern über Mias Kiefer zu ihrem Mund zu gleiten und die Zuckerglasur wegzuwischen.

»Hast du mich auch Prinzessin genannt?«

Er zuckte mit den Schultern und nahm einen Schluck von seinem Kaffee. »Wenn der Name passt.« Damals war sie so schön gewesen wie die Prinzessinnen in den Gutenachtgeschichten, die seine jüngeren Schwestern von ihm vorgelesen bekommen wollten, wenn seine Mom bis spätabends arbeiten musste. Und aufgrund dieser Schönheit war sie unerreichbar gewesen.

»Ich bin keine Prinzessin.« Sie nahm noch einen Bissen von ihrem Zimtbrötchen, und der Ausdruck in ihren Augen war düster.

Nein, aber ein Teil von ihm würde sie immer so sehen. »Ich verstehe, dass es dir im Moment nicht so toll geht, aber ...«

»Es geht mir gut.« Ihr Ton war so vornehm wie die Prinzessin, die sie ihren Worten zufolge nicht war, und ein Hauch von Rot färbte ihre Wangen. »Naomi und Emma lieben diese Zimtbrötchen. Einmal im Monat sind sie unsere Samstagmorgen-Leckerei.«

Er zuckte zusammen bei dem Themawechsel, der ihm in Erinnerung rief, wer sie jetzt war. Eine alleinerziehende Mom, die Mühe hatte, über die Runden zu kommen. »Mom sagt, ihr macht große Fortschritte mit ihrem Haus.« An der Kanzlei angekommen, zückte er seine Schlüssel, schloss die Tür auf und gab den Code für die Alarmanlage ein.

»Das tun wir auf jeden Fall, und ... Pixie, nein, du kannst nicht ...« Mia stieß heftig den Atem aus und machte einen Satz nach vorn, als Pixie sich aus dem Halsband befreite und in das Büro davonschoss. »Komm hierher zurück. Wie hast du das nur geschafft? Du darfst nicht ... Nick, du musst etwas unternehmen.«

»Hat Mom dir nicht gesagt, dass ihre süße kleine Pixie eine Entfesselungskünstlerin ist?« Nick schloss die Tür hinter ihnen, während er sich das Lachen verbiss.

»Nein, das hat sie nicht.« Mia drehte Pixies rosa Leine in den Händen, sodass das Halsband und die Hundemarke rasselten. »Ich bin kein Hundemensch. Pixie weiß es, die kleine Schlawinerin.« Sie nahm ihre Baseballmütze ab, und ihre Haare rutschten aus ihrem Pferdeschwanz. »Komm hierher zurück, du...«

»Du musst Pixie zeigen, wer das Sagen hat.« Nick folgte Mia ins Büro und stellte seinen Kaffee und die Bäckereitüte auf dem Empfangstresen unter einem Bild seines Urgroßvaters ab, einem der Gründer von McGuire und Pelletier.

»Pixie?« Mia steckte sich zwei Finger in den Mund und stieß einen Pfiff aus. »Nick, du hast dieses Tier Gabrielle geschenkt. Du musst das in Ordnung bringen.«

»Gut gemacht, Prinzessin«, murmelte er.

»Was?« Sie wandte sich zu ihm um, steckte sich die Finger wieder in den Mund und pfiff noch einmal, lauter diesmal.

»Wo hast du das gelernt?« Ein Pfiff, so unerwartet und schrill, dass er sich fragte, was für Überraschungen sich unter ihrem kühlen, eleganten Äußeren noch verbargen.

»Charlie ist meine kleine Schwester.« Ihre schokoladenbraunen Augen verengten sich, und Belustigung, vermischt mit Entnervtheit, funkelte darin. »Als Kleinkind war sie die eigentliche Entfesselungskünstlerin.«

Er grinste. »Nichts, was Sean je erwähnt hat.« Er legte einen Finger an seine Lippen. »Mir nach«, flüsterte er.

»Was?«, fragte Mia mit ihrer normalen Stimme. »Pixie

muss irgendwo hier drinnen sein. Wir müssen sie nur einfangen, und dann kann ich gehen.«

Nick schüttelte den Kopf. »Das ist ein Teil des Spiels.«

Mias Miene besagte, dass sie ihn für übergeschnappt hielt. »Sie ist ein Hund.«

»Komm schon, spiel mit.« Er ging in den kurzen Flur. »Hier drinnen nicht.« Er steckte den Kopf durch die erste, halb offene Bürotür, noch leer, da seine Cousine, die andere Partnerin in der Kanzlei, wie alle anderen Mitarbeiter nicht vor neun anfing.

»Hier drinnen ist sie auch nicht.« Mia schlüpfte in das kleinere Büro, das der Teilzeit-Rechtsanwaltsgehilfin gehörte, und wieder hinaus. »Was denn?«

»Ach nichts.« Nick riss sich vom Anblick ihres sexy Pos in der elastischen Hose los. Sie sollte öfter Hosen tragen. Aber sie gefiel ihm auch in Kleidern und Röcken. Tatsächlich gefiel sie ihm in so ziemlich allem. Und er mochte wetten, noch besser würde sie ihm in gar nichts gefallen.

»Nick?« Mia kam aus der kleinen Nische zum Vorschein, in der der Student saß, der im Sommer bei der Büroarbeit half. »Hier ist Pixie auch nicht, und ich muss zurück zum Harbor House. Ich habe vor, heute die Schlafzimmerschränke deiner Mom in Angriff zu nehmen, und das ist eine Menge Arbeit.«

Sein Lachen erstarb. Auch wenn Mia es nicht gesagt hatte, war es ein albernes Spiel. Die Art Spiel, die er mit dreizehn gespielt hätte, um mehr Zeit mit einem hübschen Mädchen zu verbringen. »Pixie ist in meinem Büro.

In meiner Schreibtischschublade habe ich immer ein paar Hundekuchen.«

»Hundekuchen?« Mia zog eine gepflegte Augenbraue hoch.

»Mom bringt Pixie mit, wenn sie hierherkommt, weil alle diesen kleinen Hund lieben. Sie macht Mom glücklich. Als sie so krank war, war Pixie die Einzige, die sie zum Lachen bringen konnte, und ich habe mir dieses Spiel ausgedacht, um Mom zu helfen, okay?« Seine Kehle schnürte sich zu, und er ballte die Hände zu Fäusten.

»Mehr als okay.« Mias Blick wurde sanfter. »Es ist süß.«

Nick unterdrückte ein Stöhnen. *Süß* war genau auf einer Ebene mit *nett*. Die Art Wort, das kein Mann von einer Frau hören wollte, schon gar nicht von einer Frau wie Mia. Einer hinreißenden, kultivierten Frau, die sich Männer aussuchen konnte wie Pralinen aus einer Schachtel, um diejenigen wegzuwerfen, die sie nicht wollte. Wie es seine Ex-Frau getan hatte.

»Pixie ist hier drinnen.« Er drückte seine Bürotür ganz auf.

Da stand der große Mahagonischreibtisch mit dem schwarzen Drehstuhl dahinter, sein Jackett war über die Rückenlehne gehängt. Büchervitrinen, die seit den Tagen seines Urgroßvaters ein Teil von McGuire und Pelletier waren. Ein runder Tisch mit vier Stühlen und Aktenschränke, auf denen Bilder von Rotary-Club-Dinners und dem alljährlichen Angelderby von Firefly Lake standen. Moderne Computerausstattung und ein Kaktus, den die Empfangssekretärin der Kanzlei am Leben erhielt. Ein typisches Büro eines Kleinstadtanwalts, aber nichts, abgesehen von dem Jackett, was es als seines kennzeichnete.

»Pixie, ich weiß, dass du hier drinnen bist.« Mia ging an ihm vorbei, und ein leicht blumiger Duft blieb hinter ihr in der Luft zurück. Sie trat hinter Nicks Schreibtisch und zog den Stuhl zurück. »Da bist du ja.« Sie raffte den Hund hoch, streifte ihm das Halsband über den Kopf und befestigte die Leine. »Glaub bloß nicht, dass du dir mit dieser Nummer ein Leckerli verdienen wirst.«

Pixie bellte und leckte Mias Gesicht.

Nick lehnte sich gegen den Türrahmen. »Sie mag dich. Sie würde dich nicht küssen, wenn es anders wäre.«

Mia runzelte die Stirn, wich Pixies rosa Zunge aus. »Weder du noch Pixie werden mich in einen Hundemenschen verwandeln. Ich bin mit ihr nur Gassi gegangen, weil sie sonst das Haus in Grund und Boden gebellt und deine Mom geweckt hätte.«

Er durchquerte das Büro, stellte sich zwischen sie und den Schreibtisch. Der blumige Duft war hier stärker – Freesien vielleicht? Seine Ex-Frau hatte würzige Parfüms mit Weihrauch und Amber bevorzugt, die geheimnisvoll, exotisch und sinnlich waren. Geheimnisvoll war Isobel allerdings gewesen, und er war so dumm gewesen, darauf hereinzufallen.

»Pixie wird dich vermissen, wenn du in dein Haus zurückkehrst.« Diese Nähe zwischen ihm und Mia war zeitlich begrenzt, aber er würde sie auch vermissen, mehr, als er zugeben wollte. In nur wenigen Tagen hatte er sich daran gewöhnt, dass sie im Haus seiner Mom war, wenn er dort vorbeischaute, und er freute sich immer darauf, mit ihr zu plaudern.

»Was mein Haus betrifft ...« Sie betastete das schmale Goldkettchen um ihren Hals. »Ich werde es vielleicht verkaufen müssen.«

»Du hast es doch erst vor ein paar Monaten gekauft. Sean steckt jede Menge Arbeit hinein.« Nick hatte es nicht eilig, die Stille auszufüllen.

Ihr Kinn zuckte. »Jay ... er hat eine neue Stelle in San Francisco. Er zieht um, und er will die Mädchen in seiner Nähe haben. Daher will er, dass ich mir dort ein Haus suche.«

»Willst du das denn?« Nick verlagerte sein Gewicht von einem Fuß auf den anderen.

Mia schüttelte den Kopf, als wäre er vom Rest ihres Körpers losgelöst. »Natürlich nicht.«

Pixie schnupperte an Mias Hals, und irgendetwas in Nick brach. Irgendetwas, das lange Zeit eingefroren gewesen war, befreite sich in einem plötzlichen Schwall von Gefühlen.

»Aber ich habe Angst, dass er mir, wenn ich nicht umziehe, die Mädchen wegnehmen wird.« Mias Schultern bebten, und sie vergrub das Gesicht in dem seidigen Fell des Hundes.

»Ihr habt eine Sorgerechtsvereinbarung.« Nick ging um den Schreibtisch herum auf sie zu. Ein Freund würde sie trösten, ohne zu zögern, und er war ein Freund.

»Naomi hat mich heute Morgen angerufen. Dann kam Jay ans Telefon und …« Mias Stimme brach.

»Hey.« Nick legte ihr die Hände um die Schultern, um sie an sich zu ziehen. Der blumige Duft war mit Zimt, Sonnenschein und etwas Aufrichtigem und Echtem vermischt. Der Duft der Frau, die sie war. Süß, sexy und verletzlich. »Was hat Jay gesagt?« Warm und weich in seinen Armen, schmiegte sich Mias Körper an ihn wie die andere Hälfte eines Ganzen.

»Er hat gesagt, ich würde die Mädchen in Gefahr bringen. Und wenn ich unterrichten wollte, könnte ich das genauso gut in Kalifornien tun.« Sie versteifte sich. »Das werde ich nicht zulassen. Und wenn ich ihn vor Gericht bringen und das Haus verkaufen muss, um genügend Geld für die Gerichtsgebühren aufzubringen.«

»Denk nicht mal daran, dein Haus zu verkaufen.« Nick versuchte, das Verlangen zu ignorieren, das ihn durchströmte, halb frustriert und halb erleichtert, dass Pixie eine Barriere zwischen ihnen bildete, die verhinderte, dass Mias Brüste sich an seinen Oberkörper pressten. »Dieses Haus ist deine Absicherung für deine Zukunft.«

»Meine Mädchen sind wichtiger als jedes Haus.« Sie beäugte ihn über Pixies Kopf hinweg, mit ernster Miene. »Fast siebzehn Jahre lang habe ich getan, was Jay wollte. Jedes Mal, wenn er befördert oder abgeworben wurde, bin ich von einer Stadt in die nächste gezogen. Ich habe ein Zuhause für meine Familie geschaffen, aber ich habe nie Wurzeln geschlagen, jedenfalls keine richtigen, denn sobald ich es tat, hat er wieder den Job gewechselt, und wir wurden aufs Neue entwurzelt.«

»Das ist Geschichte.« Nick glitt mit einer Hand über ihren Rücken, um die Anspannung in ihren verkrampften Muskeln zu lindern. Was nicht dazu beitrug, ihn zu entspannen und den Druck hinter dem Reißverschluss seiner Hose zu lindern.

»Das ist es.« Ein halbes Lächeln umspielte ihren Mund. »Zum ersten Mal in meinem Leben trete ich für mich selbst ein. Ich entscheide, was richtig für mich und die Mädchen ist.« Ihr Lächeln wurde breiter. »Das fühlt sich gut an.«

Nick versuchte, ihr Lächeln zu erwidern. Nach Isobel hatte er sich gesagt, dass er keine Frau in seinem Leben brauchte. Jedenfalls nicht auf Dauer. Er hatte seine Tage und Wochen mit Arbeit ausgefüllt, aber vielleicht hatte er einen Fehler gemacht. Vielleicht ging es bei dem klaffenden Loch in seinem Herzen nicht länger um Isobel.

»Weißt du noch etwas?«

Nick schüttelte den Kopf.

»Ich habe Firefly Lake oder Vermont nie als Zuhause angesehen. Erst als Jay sagte, dass ich einfach meine Sachen packen und gehen könnte. Aber ich habe hier Familie, die Mädchen lieben es, und du und deine Mom seid meine Freunde. Auch wenn ich nie damit gerechnet habe, ist das hier mein Zuhause. Ich habe hier Wurzeln, meine Wurzeln.« Sie beugte sich vor und umarmte ihn rasch. »Danke.«

»Wofür?« Der Gedanke daran, was er verpasst hatte

und wie er sich etwas vorgemacht hatte, brodelte durch Nicks Kopf.

»Dafür, dass du ein guter Zuhörer bist und mich nicht verurteilst. Ich hätte Jay schon längst verlassen sollen. Ich hätte ihn gar nicht erst heiraten sollen. Es ist, als ob mein Leben an dem Tag aufgehört hat, an dem wir uns verlobt haben, aber du hast mir nie das Gefühl gegeben, wegen irgendwelcher Entscheidungen, die ich getroffen habe, dumm zu sein.« Sie setzte Pixie auf dem Boden ab und schlang sich die Leine des Hundes um das Handgelenk. »Danke, dass du mein Freund bist und mich, so wie heute, tröstest, selbst wenn ich gar nicht glaubte, es zu brauchen.«

Nur dass Freundschaft und Trost nicht das waren, was Nick in erster Linie spürte. Er hätte sie hier in seinem Büro am liebsten nehmen wollen, auf dem Schreibtisch oder dem Konferenztisch. Oder sie auf dem Schreibtischstuhl auf seinen Schoß ziehen und ihre ellenlangen Beine um seine Taille schlingen wollen. Er unterdrückte ein Stöhnen, als er sich vorstellte, wie sie den Kopf nach hinten riss, während er mit den Händen durch ihre dunkle Mähne fuhr, während ihr Blick und ihre Hände auf ihm ruhten.

»Das ist nicht der Rede wert. Wofür sind Freunde denn sonst da? Du solltest mit Allison reden.«

»Allison?« Sie blickte verwirrt.

»Allison Pelletier. Meine Kanzleipartnerin und Cousine mütterlicherseits. Wenn Jay irgendetwas im Schilde führt, brauchst du einen guten Anwalt.« Es war nicht so, dass er ihr helfen könnte. Es wäre ein Interessenskonflikt, und er hatte sein privates und berufliches Leben immer getrennt gehalten. »Wenn es um Familienrecht und geschädigte Frauen geht, ist Allison ein Pitbull in Stilettos mit der Seele eines Schmusekätzchens.«

»Schmusekätzchen, ach ja?« Ein Lachen lauerte in den Tiefen von Mias Augen und erwärmte ihn. Und es sorgte dafür, dass er sie so sehr begehrte, dass es wehtat.

»Absolut.« Er setzte eine Miene auf, die, wie er hoffte, freundlich und beschwichtigend war. »Bei McGuire und Pelletier räumen wir Familienangehörigen und Freunden einen Rabatt ein.« Das taten sie nicht, aber er würde mit Allison reden und die Differenz aus eigener Tasche bezahlen.

»Wirklich?«

»Gehört alles zum Kleinstadtservice.« Er nahm Allisons Visitenkarte aus dem Halter auf seinem Schreibtisch. »Jay blufft vermutlich nur, aber wenn sich herausstellen sollte, dass er es nicht tut, ist Allison deine Frau.«

»Danke.« Diesmal umarmte Mia ihn nicht, ließ nicht einmal zu, dass ihre Finger seine streiften, als sie die Karte entgegennahm. »Ich fahre später zum Regenbogen-Camp. Einer der Betreuer hat angerufen und gefragt, ob ich Kylie helfen könnte, schwimmen zu lernen, Einzelunterricht. Charlie hat ihnen erzählt, dass ich in einem Sommercamp Schwimmunterricht gegeben habe, als ich auf dem College war. Willst du uns Gesellschaft leisten?«

Nicks Zunge klebte an seinem Gaumen. Er ging nicht schwimmen. Nicht mehr. Sein Blick verschwamm, als

Erinnerungen auf ihn einstürzten. Damals, als er siebzehn und sauer auf die Welt gewesen war. Er und zwei seiner Kumpel, betrunken von einem Cocktail aus Jack Daniel's und Bier. Endlose Sekunden mitten in der Luft in der Schwebe, während der Truck außerhalb der Stadt vom Highway über die Klippe geschleudert wurde. Dann das dunkle Wasser, das ihn auf den Grund des Sees zog, während er nach Luft schnappte.

»Erde an Nick? Schwimmen mit Kylie und mir?«

Er schob die Vergangenheit dorthin zurück, wo sie hingehörte. »Ich ... äh ... ich habe heute viel zu tun. Ehrlich gesagt, werde ich bis spät arbeiten müssen.« Um kaputte Familien und kaputte Leben in Ordnung zu bringen und eine saubere juristische Lösung für verworrene menschliche Traumata zu finden.

Noch eine Erinnerung überrumpelte ihn. Diesmal eine von Mias atemberaubendem Körper in dem Bikini, den sie als Teenager getragen hatte, als sie am städtischen Strand herumhing.

»Falls du es dir anders überlegst, komm einfach vorbei. Kylie würde sich freuen, dich zu sehen.« Mia schnippte mit den Fingern nach Pixie. »So, wie du dich um diese Bären gekümmert hast, bist du für das Mädchen ein Held.«

Mit einem Lächeln, bei dem Nicks Magen sich zusammenzog und seine Kehle sich noch fester zuschnürte, schlüpfte Mia aus seinem Büro, während Pixie auf folgsame, für sie untypische Art neben ihr herlief.

Mia machte ihn auf eine Art nervös, auf die ihn nie

jemand nervös machte. Sie ließ ihn über Dinge nachdenken, denen er jahrelang aus dem Weg gegangen war. Wie zum Beispiel ein Zuhause, eine Familie und ein Hund. Dinge, die beständig waren und nicht kaputt. Und sie gab ihm zum ersten Mal seit langer Zeit das Gefühl, am Leben zu sein, und sorgte dafür, dass er sie begehrte, während sie gleichzeitig den Wunsch in ihm weckte, so weit wie möglich vor ihr davonzulaufen.

Und sie ließ ihn sich fragen, wie es wäre, ihr Held zu sein.

Mia legte noch einen Armvoll Kleider auf Gabrielles Bett. Das altmodische Himmelbett wurde von einem Frisiertisch und einer Kommode aus dem gleichen Walnussholz flankiert. Ein geblümter Sessel stand in einer Nische am Fenster, das auf die Gärten und den See hinausging. Eine Reihe von Schränken stand an einer Wand, vollgestopft mit Kleidern, Schuhen und Accessoires, die eine Fundgrube von Stilen aus den letzten Jahren waren.

Abgesehen von einer einzeiligen Nachricht, hatte Mia nichts mehr von Naomi gehört. Sie setzte sich auf die Bettkante und sah erneut auf ihr Handy. Da ihre Tochter ebenso viel schrieb wie redete, oft beides gleichzeitig, fühlte sich die Stille für Mia bedrückend an. Wie die Sorgen, die sie ebenfalls bedrückten.

Zum Teufel mit Jay. Und zum Teufel mit ihr, dass sie sich vorhin in Nicks Büro mehr oder weniger in seine Arme geworfen hatte.

Sie betastete ein perlenbesetztes weißes Cocktailkleid.

Seine schlichten, eleganten Linien bildeten einen Kontrast zu dem Rest von Gabrielles Kleidern, die eher künstlerisch angehaucht waren. Es war die Art Kleid, die Mias Mom getragen hätte. Als Kind hatte sie Stunden damit zugebracht, sich mit den alten Kleidern ihrer Mom herauszuputzen, und sogar eine widerstrebende Charlie dazu gebracht, ihr dabei Gesellschaft zu leisten. Sie war in den High Heels ihrer Mutter umhergeschwankt und hatte so getan, als lebte sie irgendwo weit weg, in London, Paris oder sogar Australien. So weit weg, dass sie einen Neuanfang machen und jemand anders sein könnte. Mia nahm das Kleid von seinem gepolsterten Bügel und trat damit ans Fenster, um den Perlenbesatz im Licht zu betrachten.

»Dieses Kleid hatte ich völlig vergessen. Wo hast du das denn gefunden?« Gabrielle kam ins Schlafzimmer. Über einer weißen Caprihose und einem türkisblauen Top bauschte sich ein mit Farbe bespritzter Kittel um ihre schlanke Figur.

»In einem Kleidersack ganz hinten in einem deiner Schränke. Es ist wunderschön.«

»Meinem Ex-Mann hat es an mir nicht gefallen. Er hat gesagt, es sei zu schick für das kleinstädtische Vermont und auch zu kurz, aber ich habe es trotzdem getragen. Du solltest es anprobieren.«

»Das könnte ich nicht.«

Gabrielle nahm Mia das Kleid aus der Hand und öffnete den seitlichen Reißverschluss. »Klar kannst du das. Wir haben ungefähr dieselbe Größe, daher möchte ich wetten, es passt dir.«

Fünf Minuten später betrachtete Mia sich im Spiegel des Frisiertischs. Gabrielle hatte recht. Das Kleid passte wie angegossen, auch wenn es kürzer war als alles, was Mia seit Jahren getragen hatte, und deutlich über ihren Knien endete. Sie zupfte an dem Saum. »Ich glaube, für mich ist so ein Kleid auch nicht das Richtige.«

»Du bist eine wunderschöne Frau, und Jay ist ein Idiot.«

Mias Spiegelbild wurde verschwommen, und sie blinzelte die plötzliche Feuchtigkeit in ihren Augen weg. »Ich habe ihm vertraut.«

»Natürlich hast du das, aber er hat dein Vertrauen missbraucht, daher siehst du jetzt zu, dass du nach vorn blickst, oder?«

»Für die Mädchen.«

»Nein.« Gabrielle strich Mia eine Haarsträhne aus dem Gesicht. »Ich bestreite nicht, dass du Naomi und Emma gegenüber eine große Verantwortung hast, aber ich meine, für dich.«

»Für mich?«

»Ja, für dich.« Gabrielle beäugte Mia von Kopf bis Fuß. »Wenn du in diesem Kleid ausgehst, würde jeder einzelne Mann in Firefly Lake unter sechzig dir binnen eines Tages die Tür einrennen. Sogar die älteren, zumindest die, die noch allein atmen können, würden darüber nachdenken.«

»Ich will keinen anderen Mann.« Nick zählte nicht. Er war ein Freund.

»Mach nicht den gleichen Fehler wie ich.« Gabrielle

schlang die Arme um sich und sah zu Boden. »Als Nicks Dad uns verließ, nahm er einen Haufen Geld von meiner Familie und seinen Mandanten mit und stellte mich vor der ganzen Stadt und dem halben Bundesstaat bloß. Er hätte die Kanzlei, die unsere Familien aufgebaut hatten, um ein Haar ruiniert, und sein Verhalten hat seine Eltern früh ins Grab gebracht. Ich hatte drei kleine Kinder, und ich war verletzt, wütend und so beschämt. Wenn die Kinder nicht gewesen wären, hätte ich mich zusammengerollt und wäre am liebsten gestorben.«

Sie legte Mia eine Hand auf die Schulter. »Ich habe so gelitten, dass ich mich völlig abgeschottet habe. Ich habe meinen Mädchennamen wieder angenommen, sobald ich konnte, und mir gesagt, ich sei über Brian und das, was er getan hatte, hinweg, aber das war ich nicht, nicht wirklich. Und dann, eines Tages, bin ich aufgewacht. Nick und seine Schwestern waren ausgezogen, und ich war fast sechzig und ganz allein in diesem großen Haus.«

»Du hattest einen Job, deinen Garten, Hobbys und viele Freundinnen.« Mia zog den Reißverschluss des Kleids auf und ließ es hinabfallen, um wieder in ihr T-Shirt und ihren Rock zu schlüpfen. »Soweit ich mich erinnern kann, hat dir niemand Vorwürfe gemacht. Außerdem, nach allem, was passiert war, warum solltest du da wieder einen Mann in deinem Leben haben wollen?«

Monatelang hatte Firefly Lake von nichts anderem geredet. Das Geld, das Brian McGuire von McGuire und Pelletier unterschlagen hatte. Der große Deal, den er inszeniert hatte, der eine Reihe von Investoren in den Ruin getrieben hatte. Wie er es irgendwie geschafft hatte, der Gefängnisstrafe zu entgehen, die jeder erwartet hatte. Wie er nach Las Vegas verschwunden war und seine Familie zurückgelassen hatte, die sich dem Skandal allein hatte stellen müssen.

»Nick und seine Schwestern wurden immer größer, und mein Bett war ziemlich breit und leer. Jetzt habe ich zwei Töchter, die nur noch selten nach Hause kommen, eine Enkelin, die ich kaum kenne, und einen Sohn, der entschlossen ist, mich in einen Rentnerbungalow zu verfrachten und mich vor meiner Zeit alt zu machen.« Gabrielle starrte mit trauriger Miene auf den See hinaus. »Warte nicht auf so etwas wie Krebs, um zu sehen, was du alles falsch gemacht hast.«

Trotz der Wärme des Zimmers fröstelte Mia. »Nick liebt dich, und er will, was er glaubt, das am besten für dich ist.«

»Wenn er auf dem Weg bleibt, den er eingeschlagen hat, wird er einige der Fehler begehen, die auch ich begangen habe.«

»Was meinst du damit?« Mia hob das Kleid auf und hängte es auf einen Kleiderbügel an den Haken an Gabrielles Schlafzimmertür. Einen Moment lang stellte sie sich vor, es für Nick zu tragen und die Miene in seinem Gesicht zu sehen, das Funkeln des Verlangens in seinen tief liegenden Augen.

»Es wundert mich nicht, dass er dir nichts davon erzählt hat. Als Junge war er schon verschlossen, und er ist zu einem verschlossenen Mann geworden. Seine Frau hat ihn mit jemandem am Arbeitsplatz betrogen. Er ist hierher zurückgekommen, angeblich, um sich um mich zu kümmern, als ich krank war, und McGuire und Pelletier wieder auf Kurs zu bringen, aber ich glaube, er versteckt sich.«

»Sie hat ihn betrogen?«

»Ja, aber jetzt sind sie schon seit über einem Jahr geschieden.«

Mia trat an das Bett und blickte auf die verstreuten Kleiderhaufen. Alle in der Stadt wussten, dass Nick verheiratet gewesen war, aber was die Details anging, äußerten sich die Leute, was für Firefly Lake erstaunlich war, nur vage.

Gabrielle setzte sich auf die Bettkante. »Nick übernimmt noch immer von Fall zu Fall ein paar Strafsachen für eine andere Kanzlei in New York, zusätzlich zu McGuire und Pelletier. Ich habe ihm gesagt, er bringt sich noch um, wenn er weiter so viel arbeitet, aber meinst du vielleicht, er würde auf mich hören?«

Jay arbeitete auch ständig. Genau wie ihr Dad. Mia war eine Expertin für Workaholic-Männer, und auf gar keinen Fall würde sie je wieder einen in ihr Leben lassen, jedenfalls nicht auf Dauer.

»Nick, seine Frau, sie …« Nicks Ehe ging sie nichts an. Nicht einmal, wenn er genauso betrogen worden war wie sie.

»Isobel ist jetzt mit jemand anders verheiratet und hat einen kleinen Jungen«, beantwortete Gabrielle Mias unausgesprochene Frage. »Sie war schön, klug und ein aufsteigender Stern in der Juristenwelt. Ich habe Nick zuliebe versucht, sie zu mögen, aber hinter ihrem hübschen Gesicht und ihren Designerkleidern habe ich nie viel von einem echten Menschen gesehen. Ich kenne nicht die ganze Geschichte, aber Nick war tief verletzt, auch wenn er es niemals zugeben würde.«

Mia stockte der Atem. »Das heißt, er ist ...«

»Ein richtiger Single.« Gabrielles Ton war belustigt. »Trotz aller Bemühungen jeder heiratsfähigen Frau in dieser Gegend, ihn zu fangen wie einen dieser Forellenbarsche, für die der Firefly Lake so berühmt ist.«

»Ich habe nicht ...« Mias Gesicht begann zu glühen.

»Geangelt?« Gabrielles Augen zwinkerten. »Unter seinem konservativen, zugeknöpften Äußeren ist in meinem Sohn noch immer ein ganzes Stück des jugendlichen Rabauken vorhanden. Nur dass Nick seinem Leben eine Wende gegeben hat, und inzwischen will er die Welt retten, anstatt gegen sie zu kämpfen.«

Und Mia war immer auf Sicherheit bedacht gewesen und nie mit einem Rabauken ausgegangen. Sie hatte sich damals für die Art Jungen interessiert, die ihr Dad gutgeheißen hätte, und sie hatte den perfekten Ehemann und das perfekte Leben gewählt. Das sich als eine Fata Morgana aus Lügen und Betrug entpuppt hatte, die ihr das Herz gebrochen und zwei unschuldige Mädchen verraten hatte.

»Was soll mit diesen ganzen Kleidern passieren?« Sie wollte mit Gabrielle nicht über Nick reden. Oder über die unbekannte Isobel, die für diesen Blick in seinen

Augen gesorgt hatte, der Mia ins Grübeln gebracht hatte. Ein vorsichtiger Blick, der sie und den Rest der Welt auf Abstand hielt.

»Ich werde sie nie wieder tragen.« Gabrielle stand vom Bett auf, und ihr Kittel bauschte sich um sie wie ein Segel. »Ich werde sie in die Kleidersammlung geben, nehme ich an.«

»Du hast da ein paar gute Labels, das heißt, die könnten in ein Kleidermuseum kommen, oder ein Laden für Vintagekleidung könnte ein paar Teile in Kommission nehmen. Aber bevor es dazu kommt, wie wär's, wenn du sie mich bei der Modenschau für die Stiftung meiner Mom verwenden lässt? Ich brauche immer noch eine letzte Nummer, und du hast hier genügend Kleider für eine Quer-durch-die-Jahre-Präsentation.«

Ein fast vergessenes Gefühl von Aufregung durchströmte Mia. Es wäre der perfekte Tribut an ihre Mom. Dank ihr waren Kleider etwas, womit Mia sich auskannte. Wie man sie trug, um ein Bild zu projizieren, und wie man sich hinter ihnen versteckte.

»Was für eine wundervolle Idee.« Gabrielle legte den Kopf zur Seite, ihr kurz geschnittenes silbergraues Haar eine allgegenwärtige Erinnerung daran, was die ältere Frau durchgemacht hatte. »In den Schrankkoffern oben auf dem Dachboden habe ich ein paar von Cats und Georgias alten Sachen aufgehoben. Meinst du, die Mädchen vom Regenbogen-Camp würden die Kleider vielleicht gern bei der Schau tragen?«

»Ich fahre heute Nachmittag zum Camp, dann werde

ich sie fragen. Die meisten Mädchen putzen sich gern heraus.«

»Auf dem Dachboden sind sogar noch ein paar Kleider meiner Mutter. Ich werde Cat anrufen und sehen, ob sie und Amy an diesem Wochenende herkommen können. Amy ist ein solcher Wildfang, dass wir sie niemals zu einer Modenschau überreden könnten, aber Cat hat das Brautkleid meiner Mom geliebt, und vielleicht könnte sie es tragen. Es wurde in Montreal von einem in Paris ausgebildeten Damenschneider angefertigt. Ich war zu groß, um es zu tragen, aber Cat ist zierlich, wie meine Mutter, und ich hatte immer gehofft …« Gabrielle schluckte schwer, und ihre Schultern sackten nach unten. »Egal. Wenn ich sie bitte, würde Cat das Kleid vielleicht zum Andenken an meine Mutter tragen, und du kannst mein weißes Kleid anziehen.«

»Das könnte ich nicht.« Mia stockte der Atem. »Außerdem werde ich nicht in der Schau auftreten.«

»Liebes, du wärst der Star.«

Was genau das war, wovor Mia graute. »Ich bin heutzutage glücklicher hinter den Kulissen.«

»Dein Ehemann hat dich bestimmt auch betrogen, habe ich recht?«

»Das hier hat nichts mit Jay zu tun.« Mia wandte Gabrielle den Rücken zu und legte ein paar Seidenblusen in eine Kleiderhülle.

»Ich bin sicher, Nick würde dich sehr gern in meinem Kleid sehen.« Gabrielles Ton war leicht.

Mias Herzschlag beschleunigte sich. »Er … ich …«

»Du brauchst es nicht, aber du hast meinen Segen.«

Mia schnellte herum, aber Gabrielle war bereits gegangen, und das Haus war still. Das weiße Kleid hing noch immer an der Schlafzimmertür und bewegte sich in der Brise, die durch das offene Fenster hereinwehte.

Jay war der einzige Mann, mit dem sie je zusammen gewesen war. Trotz seiner jungfräulichen Farbe hätte dieses Kleid genauso gut ein Neonabzeichen haben können, um der Welt zu sagen, dass die Frau, die es trug, bereit war für Sex. Was sie nicht war. Mia zog den Reißverschluss des Kleidersacks mit einem scharfen Ruck zu. Selbst wenn sie sich nicht einmal mehr erinnern konnte, wann sie das letzte Mal Sex gehabt hatte.

Dieses Kleid war eine Verführung auf einem Bügel. So wie Nick eine Verführung in einem Anzug war.

Vor dem Haus begrüßte Gabrielle jemanden, ihre Stimme hoch und musikalisch, und ein tiefes Lachen erschallte zur Antwort. Mia trat ans Fenster, hielt sich hinter einem der geblümten Vorhänge verborgen.

Auf der Terrasse unten legte Ward einen Arm um Gabrielles Schultern und zeigte zu einem Boot auf dem See. Ihre Köpfe berührten sich fast, und Pixie tänzelte zwischen ihnen anmutig auf ihren kleinen Pfoten.

Mia wich zurück. Sie war nicht Gabrielle. Sie war nicht bereit, einen Mann in ihr Leben zu lassen, schon gar nicht einen Mann wie Nick. Außerdem … wenn das, was Gabrielle sagte, stimmte, war Nick auch nicht bereit für sie.

Kapitel 5

Zehn Tage später saß Mia in der Stadthalle von Firefly Lake auf einer Tischkante und baumelte mit den Beinen im Takt zu Jace Everetts »Little Black Dress«, das aus der Lautsprecheranlage dröhnte.

Es war nur ein Song. Es hatte nichts mit dem kleinen weißen Kleid zu tun, das hinter den Kulissen in seinem Kleidersack hing. Mia schlang die Arme um sich, während die Mädchen vom Regenbogen-Camp am Ende des behelfsmäßigen Laufstegs mit zwei der Camp-Betreuerinnen beisammenstanden. Sie hatte es geschafft. In letzter Minute, aber dank Gabrielles Kleidern würde die Modenschau mit einem Höhepunkt enden.

Selbst Kylie war mit dabei. Vom Hals bis zu den Knien sah das Mädchen entzückend aus in einem rosa Rüschen-Partykleid, das früher einmal Nicks Schwester Georgia gehört hatte. Kylie trug das Kleid jedoch ihren Wünschen entsprechend zu einem Paar schwarz-weißer knöchelhoher Sneakers, weißen Spitzenhandschuhen, mehreren rosa Strähnen in ihrem blonden Haar und schwarzem Nagellack.

»Typen, die körperlich arbeiten, haben irgendetwas Heißes an sich, findest du nicht?« Neben Mia hallte Charlies Stimme über die Musik hinweg. »Dabei will man sie doch am liebsten irgendwohin zerren und es mit ihnen treiben.«

Sie pfiff Sean zu, der den letzten Rest Bauschutt mit einem Industriestaubsauger beseitigte. Dann stieß sie Mia in die Rippen und winkte Nick zu, der einen Hammer schwang, um einen Vorhang seitlich neben der Bühne zu befestigen. Sie waren Teil eines Teams von Freiwilligen aus dem ganzen Bezirk, die alle geholfen hatten, um den Saal, der eher für Stadtversammlungen und das alljährliche Krippenspiel geeignet war, in einen Veranstaltungsort für die Modenschau zu verwandeln, über die Mia erstmals im letzten Winter nachgedacht hatte.

»Du bist schwanger«, bemerkte Mia.

»Und du bist eine berufstätige Frau. Wir mögen es nicht, wenn die Männer uns angaffen, daher sollten wir sie auch nicht angaffen«, sagte Cat, die auf Charlies anderer Seite saß und deren missbilligender Ton nicht zu dem neckenden Funkeln in ihren Augen passte. »Außerdem ist einer dieser Typen mein Bruder, was einfach nur eklig ist.«

Charlie schenkte ihnen ein freches Grinsen. »Was glaubst du eigentlich, wie ich schwanger geworden bin, Schwesterherz? Und was dich betrifft, Dr. McGuire, ich habe nicht gegafft, ich habe bewundert, so wie ich Skulpturen in einer Kunstgalerie bewundern würde. Kann ich mich nicht glücklich schätzen, dass eines dieser köstlichen Kunstwerke mir ganz allein gehört?« Charlie pfiff Sean wieder zu.

Cats Lachen perlte aus ihr hervor, einnehmend und ansteckend. »Stimmt, aber erzähl bloß nicht meinen ernsten Studentinnen der Frauengeschichte, dass ich das gesagt habe. Oder dass eine eingefleischte alte Jungfer wie ich heute Abend in einem weißen Brautkleid auf dieser Bühne stehen wird, um den Baisers Konkurrenz zu machen, die beim alljährlichen Erdbeeressen von Firefly Lake serviert werden.«

»Alte Jungfer? Dieser Ausdruck ist doch schon seit hundert Jahren nicht mehr gebräuchlich.« Charlie schenkte Cat ein warmes Lächeln. »Du bist eine heimliche Romantikerin, die noch nicht den Richtigen getroffen hat. Und apropos Männer, die stets aufmerksame Mia hat dir einen supersexy Bräutigam an die Seite gestellt, der unser ganz eigener Olympiastar und amerikanischer Eishockeyheld ist. Luc Simard ist so heiß, dass ihm fast der Dampf aus den Ohren kommt.«

»Außerdem ist er verwitwet und ein Eishockeyspieler im Ruhestand, der nach Firefly Lake zurückgekehrt ist, weil es seine Heimat ist.« Mia legte eine Hand auf Charlies. »Luc hat sich nur deshalb zur Teilnahme bereit erklärt, weil er sich an Mom erinnert und die Modenschau zugunsten des Gesundheitszentrums stattfindet. Sicher, er ist eine Medienattraktion, aber er will nicht, dass seine Teilnahme Aufsehen erregt. Die Art, wie er von seiner verstorbenen Frau gesprochen hat ... Cat, was ist denn los?«

»Nichts.« Cat rutschte vom Tisch, wobei sie ein Gesteck aus Kunstblumen auf den Boden fegte. »Deshalb hast du ihm für die Show mich an die Seite gestellt, stimmt's? Niemand könnte für Luc weniger Aufsehen erregen als ich. Er ist eine Sportskanone, und das Netteste, was irgendjemand über mich sagen könnte, ist, dass ich sportlich gesehen vollkommen talentfrei bin und die Nase die meiste Zeit in ein Buch stecke. Und ich bin auch kein Hingucker wie Mia, wo sich die Presse überschlagen würde, um ein Foto von ihm und ihr zusammen zu kriegen. Und lasst mich gar nicht erst mit diesen Witzen über große Männer und kleine Frauen anfangen.« Sie räusperte sich, bückte sich, um die Blumen aufzuheben, und legte sie hinter Charlie wieder auf den Tisch. »Entschuldigt mich. Ich muss mich um meine Tochter kümmern. Wir sehen uns später.«

»Nein, ich muss mich entschuldigen. Ich wollte nicht ...« Mia sah Cat hinterher. »Cat hat nie durchblicken lassen, dass es ihr unangenehm ist, mit Luc ein Teil der Show zu sein. Und er hat gesagt, es sei toll, sie wiederzusehen, und darüber gelacht, wie er sich bei irgendeiner Spielgruppe, in der sie beide waren, auf ihr Glücksbärchi gesetzt hat.«

»Keine Sorge. Soweit ich weiß, haben Luc und Cat keine gemeinsame Vergangenheit, außer dass sie zusammen zur Schule gegangen sind.« Charlie tätschelte Mia tröstlich den Arm. »Ich nehme an, das ist eine dieser Nuancen des Kleinstadtlebens, bei denen man hier geboren sein muss, um sie zu verstehen. Cat ist superschlau.

Sie hat eine Klasse übersprungen, und selbst dann war sie, zumindest nach dem, was ich gehört habe, in den meisten Fächern immer noch allen anderen weit voraus. Es muss schwer sein als Teenager, wenn man so anders ist. Du kannst später mit ihr reden, aber jetzt lass uns erst einmal gaffen, so viel wir wollen.«

Mia richtete den Blick auf Nick und die Art, wie sich diese alte Jeans, die er trug, an seinen Hintern schmiegte. Einen tollen Hintern. Und wie sich sein weißes T-Shirt über seiner Brust spannte. Einer tollen Brust. Bei ihm lohnte sich das Gaffen eindeutig, vor allem mit diesem Körperbau, den die Anzüge, die er von Montag bis Freitag trug, gut verbargen.

»Mia?« Charlies Stimme stockte, der neckende Ton war verschwunden. »Ich bin so froh, dass du hier bist. Ich brauche dich. Sean hatte diese ganze Babygeschichte ja schon mit Ty, aber ich habe Angst, dass ich keine Ahnung habe, was ich tun soll.«

»Sean hatte sie nie mit dir oder diesem Baby.« Mia drückte aufmunternd Charlies Schulter. »Du schaffst das schon, glaub mir. Babys haben ziemlich einfache Bedürfnisse. Essen, Schlafen, frische Windeln und Knuddeln. Erst wenn sie älter werden, wird es ein bisschen kniffliger.«

Wie mit Naomi und Ty. Mia sah zur Bühne, wo Ty hoch oben auf einer Leiter stand. Seans Sohn war auch gut gebaut, was ihrer hübschen Tochter vermutlich nicht entgangen war.

»Hast du noch irgendwas von Jay gehört?« Charlies

braune Augen, die denen ihrer Mutter so ähnelten, nahmen einen sanften, teilnahmsvollen Ausdruck an.

»Nein.« Und wenn Jay die Mädchen zurück nach Firefly Lake brachte, würde er über ihr Leben hereinbrechen wie ein Texas-Tornado im Frühjahr und eine Spur der Verwüstung zurücklassen. »Naomi schreibt mir mehrmals täglich, und wir sprechen uns jeden Abend über FaceTime. An ihrem Geburtstag hat es sich angefühlt, als ob ein Stück aus meinem Herzen fehlt, aber obwohl ich Angst hatte, diese Reise könnte bedeuten, dass sie zurück nach Dallas ziehen will, sagt sie, dass sie Firefly Lake auf gar keinen Fall verlassen wird. Jay müsste sie schreiend und um sich tretend über die Grenze von Vermont zerren.«

»Tolles Mädchen.« Charlie reckte den Daumen.

»Außerdem habe ich mit Allison geredet, Nicks Kollegin. Sie hat mich beschwichtigt, aber sie hat auch gesagt, dass wir keine Schritte unternehmen können, solange Jay nichts Konkretes tut.«

»Allison Pelletier ist großartig.« Charlie stemmte sich vom Tisch, um sich bei Sean unterzuhaken. »Hinter ihrem Engelsgesicht ist sie eine absolut knallharte Frau. Wenn ich dieses Baby erst mal entbunden habe, würde ich diesem tyrannischen Dreckskerl von einem Ex-Mann gern dorthin treten, wo es am meisten wehtut. Sean und ich sind hier, wenn du uns brauchst.«

»Ich weiß.«

»Ich meine es ernst.« Charlie legte die Hände auf ihren riesigen Bauch, der mit einer weiß bestickten Umstandsbluse bedeckt war, einem Vintage-Glanzstück, das ebenfalls aus Gabrielles Kleiderschrank stammte. »Einen Kredit, eine sichere Bleibe. Was immer du brauchst, du bekommst es.«

»Danke.« Mia fing den Blick ihres Schwagers auf.

Sean war ein guter Mann, der sich um seine Familie kümmerte, und diese Familie hatte sich erweitert, um sie, Mia, mit einzuschließen. Er war der Bruder geworden, den sie nie gehabt hatte, der Bruder ihres Herzens. Genau wie Nick stand auch er ohne Frage auf ihrer Seite.

»Hey, hinreißende schwangere Lady.« Nick tauchte an Charlies Seite auf und umarmte sie kurz. »Bist du heute Abend eines der Models?«

»Pfoten weg von meiner Frau.« Sean funkelte Nick gespielt empört an.

Charlie kicherte. »Ich bin nur die Moderatorin, aber meine stilvolle Schwester hier hat gesagt, ich müsste entsprechend aussehen.«

»Hey, Prinzessin.« Nicks Stimme war leise, und als er sich zu Mia umwandte, wurde sein eben noch neckender Blick zu irgendetwas Heißem und Düsterem, das ihr den Atem raubte und sie an den bösen Jungen erinnerte, der er früher gewesen war.

»Nicolas McGuire.« Sie entfernte sich von Charlie und Sean und ging zu dem kleinen Vorraum am Eingang des Saals.

Er zog eine Augenbraue hoch, während er ihr folgte. »Mia Connell.«

»Es heißt wieder Gibbs.« Zumindest würde es das,

sobald der offizielle Papierkram erledigt war. Auch wenn die Mädchen weiterhin Connell heißen würden, gab es ihr einen Teil von sich selbst zurück, Jays Namen los zu sein. Noch ein Schritt auf dem Weg, eine eigenständige Frau zu werden.

Seine Miene veränderte sich. »Mia Gibbs.« In seinem sanften Bariton klang der Name, den sie so viele Jahre nicht getragen hatte, als ob er zu jemand anders gehörte. »Amelia Gibbs.«

»Nein.« Ihre Magenmuskeln verkrampften sich.

»Okay.« Nicks Stimme war fest. »Für mich warst du immer Mia.« Er fing ihren Blick auf und hielt ihm stand.

Oder Prinzessin. Das Wort, das er nicht laut sagte, schwebte zwischen ihnen. Nur dass sie auch gar keine Prinzessin sein wollte, gefangen in einem Schloss und weggesperrt von der Welt. Sie zwang sich zu einem Lächeln. »Jay nennt mich Amelia, und das gefällt mir nicht.«

»Dann also Mia Gibbs.« Er griff in die Gesäßtasche seiner Jeans und zückte einen Umschlag. »Ich habe hier etwas für dich.«

»Was denn?« Sie beäugte den Umschlag, den er ihr hinhielt.

»Einen Scheck für die Arbeit, die du für meine Mom bis jetzt geleistet hast.«

Sie fummelte an der Lasche herum und zog das dünne Blatt Papier heraus. »Das ist zu viel, mehr, als wir vereinbart haben. Das kann ich nicht annehmen.«

»Du hast schon jetzt weitaus mehr für Mom getan,

als wir vereinbart haben. Sie hat mir erzählt, dass du die Schonbezüge auf den Wohnzimmersesseln ausgebessert und den Teppich dampfgereinigt hast. Du hast dieses ganze alte Silber poliert. Du machst ihr den ganzen Tag irgendwelche Snacks. Du hast sogar dafür gesorgt, dass das Klavier gestimmt wurde, und es selbst bezahlt.«

»Dieses Klavier ist ein wunderschönes Instrument. Ich schätze, es ist seit fünfzehn Jahren nicht mehr gestimmt worden.« Sie faltete den Scheck einmal zusammen, und ihre Hände zitterten. »Es ist mir eine Ehre, ein solches Instrument spielen zu dürfen, und es ist eine Schande, es nicht instand zu halten. Und was alles andere betrifft... Wenn ich irgendetwas sehe, das getan werden muss, um deiner Mom zu helfen, tue ich es natürlich. Sie mag keine großen Mahlzeiten, aber kleine werden ihr genauso gut helfen, wieder zu Kräften zu kommen. Das habe ich für meine eigene Mutter auch getan.«

»Es ist nicht fair, dass du für die ganze Arbeit, die du erbringst, nicht bezahlt wirst. Sicher, es ist für meine Mom, aber es ist auch ein Geschäft.« Nicks Miene wurde etwas sanfter. »Du hast ein gutes Herz, aber wenn du nicht aufpasst, werden die Leute dich ausnutzen.«

Das hatten sie schon getan, und sie hatte es zugelassen. Aber das hier war etwas anderes, und nicht nur, weil es für Gabrielle war. Mia betastete den Scheck. Sie brauchte das Geld. Naomi und Emma brauchten Dinge, die sie mit diesem Geld bezahlen konnte. Die zusätzlichen Dinge, die Jays Unterhalt nicht abdeckte.

»Du würdest mich nicht ausnutzen«, sagte Mia.

Wie Sean war auch Nick ein guter Mann und ein aufrichtiger dazu.

»Nein, und das ist eben der Grund dafür, weshalb ich darauf bestehe, dass du diesen Scheck nimmst und ihn einlöst.« Er bedeckte ihre Hand mit seiner und drückte sie kurz. »So wie du auch den Scheck einlösen wirst, den ich dir nächste Woche geben werde, und übernächste, bis deine Arbeit beim Harbor House beendet ist.«

Mias Herz krampfte sich zusammen. Er hatte recht. Trotz allem, was sie für Gabrielle empfand, war es ein Job. Aber irgendwie hatte sie den Job und die Geschäftsvereinbarung aus den Augen verloren, hinweggerissen von den neuen Gefühlen, die sie für Nick empfand. »Okay.« Sie versuchte zu lächeln. »Danke.«

»Gern geschehen.« Er drückte ihre Hand noch einmal.

Schritte hämmerten über das Linoleum, und Kylie kam hüpfend vor ihnen zum Stehen. »Nick. Hast du mich gesehen?«

»Klar habe ich das.« Nick zeigte auf ihre Haare. »Wie hätte ich dich übersehen können?«

»Toll, oder? Zu dumm, dass die Farbe sich auswäscht.« Ihre grünen Augen funkelten. »Mia hat mir gesagt, dass sich bei Mode alles darum dreht, deinen eigenen Stil zu erschaffen und du selbst zu sein.«

»Niemand könnte je behaupten, dass du nicht du bist«, meinte Nick.

»Mia hat mir geholfen. Weißt du, dass sie früher gemodelt hat, so richtig?« Sie hüpfte auf und ab, als stünde sie auf Sprungfedern.

»Ja.« Nicks Lächeln war angespannt.

Kylie sah Mia an, und ihre grünen Augen wirkten sanfter in dem gedämpften Licht des Vorraums. »Sie hat sogar Schönheitswettbewerbe gewonnen.«

»Damals war Mia das hübscheste Mädchen, das irgendjemand in dieser Gegend je gesehen hatte. Das hübscheste Mädchen im ganzen Bundesstaat, haben manche gesagt, als sie zur Königin des Angelderbys gekrönt wurde.« Nick sah auf den abgelaufenen Boden.

Mia knirschte mit den Zähnen, während ihre Vergangenheit auf sie einstürzte. »Nichts davon war echt. Aber es hat Spaß gemacht, das auf jeden Fall.« Eine Lüge, aber sie wollte die Begeisterung in Kylies Gesicht nicht zerstören. »Mädchen haben heutzutage viel mehr Wahlmöglichkeiten.«

»Wirklich?« Kylie steckte den Daumen in den Mund, eine kindliche Geste, die nicht zu ihrem Auftreten als harter Teenie passte.

»Absolut. Du musst nicht das tun, was irgendjemand anders für dich will. Oder das Erstbeste tun, von dem du glaubst, dass du es willst. Du musst dir Zeit lassen, um herauszufinden, was das Richtige für dich ist.« Was Mia nicht getan hatte, und sie hatte mit viel Kummer dafür bezahlt.

»Vielleicht könnte ich Friseurin werden.« Kylie drehte sich leicht im Kreis. »Oder ich könnte in einem Restaurant arbeiten. Ich koche gern.« Sie grinste breit.

»Mia kocht auch gern«, warf Nick ein.

Mia versteifte sich. Eine verflossene Schönheitskönigin und eine Küchengöttin. War es das, was er in ihr sah?

»Früher habe ich für meine Mom und meinen Bruder gekocht.« Kylies Lächeln schwand. »Bevor mein Bruder gegangen ist.«

»Wie – gegangen?« Nicks Stimme wurde scharf.

»Er ist ums Leben gekommen. Bei einem Autounfall. Letzten Sommer.« Kylie betastete die Rüschen an ihrem Kleid. »Er ist mit ein paar Freunden ein Rennen gefahren, und sie sind auf dem Freeway gegen ein Schutzgeländer gekracht.«

»Schatz, das tut mir so leid.« Mia trat näher an Kylie heran.

»Dylan hat ein paar schlimme Sachen gemacht, aber er war trotzdem mein Bruder.« Kylie presste sich eine Faust auf die Brust.

»Natürlich war er das.« Nick trat an Kylies andere Seite. »Wenn Dylan jemanden gehabt hätte, der ihm geholfen hätte, bessere Entscheidungen zu treffen, vielleicht hätte er die schlimmen Sachen dann nicht gemacht. Ich habe selbst ein paar schlimme Sachen gemacht, als ich ein Teenager war, aber ich hatte Glück, weil meine Mom mir nie den Rücken gekehrt hat.«

Daher würde er Gabrielle nie den Rücken kehren. Mia streckte hinter dem Mädchen eine Hand nach Nick aus. Er verharrte eine Sekunde reglos, bevor sich seine Finger um ihre legten.

»Es gibt Leute, die sich um dich kümmern, Kylie«, sagte sie.

Nicks Berührung jagte Hitzewellen durch Mias Körper, und die Härchen auf ihren Armen stellten sich auf.

»Deine Sozialarbeiterin, erstens einmal. Und die Mitarbeiter beim Regenbogen-Camp. Sie werden dir helfen, gute Entscheidungen zu treffen. Vertrau ihnen.«

»Die Leute tun so, als ob sie sich kümmern, aber dann lassen sie einen im Stich. Ich hatte in drei Jahren fünf Sozialarbeiterinnen. Eine ist in Rente gegangen, eine schwanger geworden, eine ist in einen anderen Bundesstaat gezogen, und die anderen beiden wurden versetzt.« Kylie schubste Nick und Mia zur Seite, und die gewohnt mürrische Miene legte sich wieder auf ihr Gesicht. »Die Camp-Betreuer sind okay, aber sie werden auch nicht lange für mich da sein.«

»Augenblick.« Nicks Hüfte stieß gegen Mias Schenkel. Sein kräftiger Körper war hart, und ihr Gesicht begann zu glühen. »Du musst den Leuten trotzdem eine Chance geben. Manchmal können sie dich überraschen.«

»Ja, na klar.« Kylies Miene besagte, dass sie sauer auf die Welt war, dass sie in ihren zwölf Lebensjahren schon zu oft enttäuscht worden war und dass sie Angst davor hatte, aufs Neue verletzt zu werden.

Mia verstärkte ihren Griff um Nicks Hand, und er zog sie in den Schutz seines muskulösen Körpers. »Während du hier bist, können die Mitarbeiter vom Regenbogen-Camp dir helfen. Es sind gute Leute. Du kannst mit ihnen reden, wann immer du willst und worüber du willst.«

»Sie werden dafür bezahlt, dass sie mit mir reden. Das ist ihr Job. Nicht so wie du. Ich möchte wetten, du bringst deine Mädchen abends ins Bett, sogar Naomi.« Kylie verschränkte die Arme vor der Brust.

»Ich bin ihre Mutter.« Nur dass sie sich in Nicks Schulterbeuge, mit dem sauberen Baumwollgeruch seines T-Shirts, seinem frischen Aftershave und einem moschusartigen Duft, der einfach nur männlich war, überhaupt nicht wie eine Mom fühlte. Sie fühlte sich wie eine Frau. Eine begehrenswerte, sexy Frau.

»Siehst du? Genau das meine ich. Du kochst schön für sie und sorgst dafür, dass sie die richtigen Sachen zum Anziehen haben, damit die anderen Mädchen sie nicht auslachen.« Rosa Haarsträhnen fielen Kylie in die Stirn und verbargen ihre Augen. »Du liebst Naomi und Emma, weil du ihre Mom bist. Sie sind für dich die wichtigsten Menschen auf der ganzen Welt, und du würdest niemals weggehen und sie verlassen. Niemals, egal was, selbst wenn sie Scheiße gebaut haben oder du Scheiße gebaut hast.«

Nick tat einen Atemzug, fast unmerklich, aber genug, damit sich Mias Körper abkühlte. Kylie hatte recht. Sobald man die Rolle der Mutter innehatte, war man das für immer. Und sie war eine alleinerziehende Mutter, was ein noch größerer Job war.

»Kylie, ich …«

»Egal.« Kylie strich sich die Haare aus den Augen. »Ich muss mich umziehen. Die Mitarbeiter vom Regenbogen-Camp fahren mit uns vor der Show zum Diner, um Burger zu essen. Genau wie eine große, glückliche Familie.« Sie hob die Hand zu einem gespielten Salut, dann wandte sie sich auf dem Absatz um und war in einer Wolke aus rosa Rüschen und reichlich Gehabe verschwunden.

»Du musst dich für die Show fertig machen.« Nick löste langsam seine Hand aus Mias und trat einen Schritt zur Seite.

»Ja, aber was du zu Kylie gesagt hast, war toll.« Mia verschränkte die Hände. Sie vermisste Nicks Berührung, wollte und brauchte sie, wie sie Jays nie, nicht einmal am Anfang, gebraucht hatte.

Eine Ader pochte an Nicks Hals, unterhalb der dunklen Stoppeln. »Als jemand, der auch, um es mit Kylies Worten zu sagen, ›Scheiße gebaut‹ hat, kluge Ratschläge zu erteilen?«

»Vielleicht bist du genau deshalb der Beste von allen.«

»Ich bin kein Familienmensch. War ich nie und werde ich auch nie sein.«

»Nach dem, was deine Mom mir erzählt hat, hast du geholfen, deine Schwestern großzuziehen.«

Nick lachte schroff. »Weil mein Dad abgehauen ist und nie wieder einen Blick zurückgeworfen hat, außer, um uns etwas Geld hinzuwerfen. Geld, das er vermutlich illegal mit seinen sogenannten Geschäftsinvestitionen gemacht hat, dieser Gauner.« Er wandte sich ab, und das Sonnenlicht, das durch das kleine Fenster in den Vorraum fiel, streifte sein Gesicht wie Gitterstäbe. »Stell mich nicht als jemand hin, der ich nicht bin.« Er streckte eine Hand aus und berührte die Rundung von Mias Gesicht, eine sanfte Liebkosung, die ein Versprechen und eine Drohung zugleich war.

Mia zuckte zusammen. Im Gegensatz zu Jay, der aalglatt und charmant, aber letztendlich absolut verlogen gewesen war, war Nick aufrichtig und echt, auf eine herzzerreißende Art. »Ich weiß, wer du bist.«

»Warum tust du dann immer noch so, als ob du es nicht wüsstest?« Nicks Miene veränderte sich, und auch das Sonnenlicht veränderte sich und zeichnete die harten Kanten seines Gesichts weicher. Er berührte wieder ihr Gesicht, als könnte er nicht anders.

Mias Magen zog sich zusammen. Ihren tapfersten Vorsätzen zum Trotz begehrte sie ihn. Begehrte ihn weit über ihre jugendliche Schwärmerei hinaus, die erstickt worden war, bevor sie eine Chance hatte zu wachsen. »Nick, ich weiß, du denkst ...«

»Vergiss es.« Seine blauen Augen verdüsterten sich. »Ich habe es vergessen.«

Nur dass Mia es nicht vergessen hatte, und eines Tages würde sie der Wahrheit ins Auge sehen und aufhören müssen, sich etwas vorzumachen. Aufhören, ihn und sich selbst zu belügen.

Für sich selbst einzutreten und unabhängig zu sein, hieß auch, sich ihrer Vergangenheit zu stellen.

Der ganzen Vergangenheit.

Nick streckte sich in einem vergeblichen Versuch, es sich auf dem Metallklappstuhl bequem zu machen. Er saß eingezwängt zwischen Sean und Josh Tremblay vom Heizungs- und Installateurbetrieb Tremblay & Söhne, und trotz der Klimageräte, die in die Fenster gekeilt waren, war es in der Stadthalle stickig.

Er wollte auf sein Motorrad steigen. Den Highway um den See hochjagen oder hinüber nach Burlington brettern. Er würde die große Harley fahren, bis das Dröhnen in seinem Kopf aufhörte und er die Rastlosigkeit gezähmt hätte, die dafür sorgte, dass er an die Grenzen seines derzeitigen Lebens stieß. Grenzen, die er selbst gezogen hatte.

Nur dass er das Motorrad vor Jahren verkauft hatte, als Teil seiner Kampagne, sich in den Mann zu verwandeln, den eine Frau wie Isobel wollte. Um sich so weit wie möglich von Brian McGuires Sohn zu entfernen, dem wilden Jungen, der seiner Mom zu viele schlaflose Nächte bereitet hatte und dem die Cops zuerst nachjagten und später Fragen stellten.

Auf dem behelfsmäßigen Laufsteg vor ihm ging Cat an Luc Simards Seite, der auf der Schule vier Jahre unter ihm gewesen war. Das Brautkleid ihrer Großmutter schleifte hinter ihr her, während Cat sich im Rhythmus zu einem alten Song über ein Fahrrad für zwei wiegte.

Nick pfiff, womit er sich einen mahnenden Blick seiner Mutter zwei Reihen weiter einhandelte. »Entschuldigung«, hauchte er, während Cat lachte.

Ihre blauen Augen glänzten so wie früher, als sie klein gewesen war, und ihre glatten blonden Haare schimmerten unter dem Deckenlicht. Die ernste Miene, die sie im Allgemeinen aufsetzte, lichtete sich, während sie zu Luc hochsah.

»Der Saal ist brechend voll. Es sind Leute aus dem ganzen Bundesstaat hier und auch viele Touristen. Wer hätte gedacht, dass wir ausgerechnet an dem einen Abend, an dem wir alle hier zusammengequetscht sind wie die Öl-sardinen, eine solche Hitzewelle bekommen würden?« Sean wischte sich mit einer Hand über die Stirn und beugte sich vor, um Charlie anzulächeln, die silhouet-tenhaft im Scheinwerferlicht stand, ein Mikrofon in einer Hand, ein gerahmtes Foto von Beatrice McKellar Gibbs neben ihr auf einer Staffelei.

Mias und Charlies Mutter war eine schöne Frau gewe-sen, aber Mia war noch schöner.

Nick suchte die Bühne nach ihr ab, spürte das Verlan-gen ebenso überraschend wie heftig. Nur dass sie hinter den Kulissen geblieben war, um die Show zu organisie-ren, ohne selbst in Erscheinung zu treten, nicht an vor-derster Front, wie es Isobel getan hätte »Wir werden auf jeden Fall viel Geld für das Gesundheitszentrum sam-meln.«

»Wir kommen nun zum Schluss«, sagte Sean, während der erste Hit der Partridge Family, »I Think I Love You«, aus den Lautsprechern dröhnte. »Die Mädchen vom Regenbogen-Camp sind als Letzte dran. Es war ein Ge-niestreich, diese Kinder einzubeziehen und …«

»Wow.« Von Nicks anderer Seite unterbrach ihn Josh, und die Menge hielt kollektiv den Atem an.

Nicks Kinn schnellte hoch. Mia stand keine zwei Meter vor ihm, eine Hand in die Hüfte gestemmt, wäh-rend sie mit der anderen Kylies Arm hielt. Das Mädchen starrte ins Publikum und zitterte wie ein verängstigtes Kaninchen im grellen Scheinwerferlicht.

Ein perlenbesetztes weißes Minikleid schmiegte sich

um Mias kleine Brüste und presste sie fast aus dem schulterfreien Ausschnitt. Rauchig schwarz geschminkt, schienen ihre dunklen Augen zu schwelen. Ihre Beine endeten in einem Paar hoher weißer Sandalen mit perlenbesetzten Riemchen, die im Licht silbern schimmerten. Ihre Zunge schnellte vor, um ihre vollen Lippen zu befeuchten, und Nick unterdrückte ein Stöhnen.

»Meinst du, sie würde mit mir ausgehen?«, fragte Josh. »Ich könnte ihr einen richtig guten Deal für einen neuen Heizkessel anbieten. Ich würde ihr sogar kostenlose Ersatzteile und Arbeitszeit und einen fünfjährigen Wartungsplan dazugeben.«

Nick schnellte herum und kämpfte gegen den unerwarteten Drang an, Josh die Faust in sein unschuldiges Gesicht zu rammen. »Du bist zu jung für sie.«

»Nur ein paar Jahre, und manche Frauen mögen jüngere Männer.« Josh hob eine Hand. »Entspann dich. Ich hatte dich so verstanden, dass ihr zwei Freunde seid. Ich wusste nicht, dass sie deine Frau ist.«

»Sie ist nicht …« Nick brach ab.

»Okay.« Josh forschte in Nicks Gesicht. »Aber sie ist eine nette Frau, und du solltest sie besser anständig behandeln.«

Nick unterdrückte ein weiteres Stöhnen. Josh hatte recht. Mia war nett – zu nett –, und sie war bereits verletzt worden. Sie hatte einen Typen wie Josh verdient, einen geschiedenen Dad mit einem Sohn, der in die sechste Klasse ging, einen Typen, der für ihre Mädchen ein richtiger Vater sein könnte.

Ein Typ wie Josh könnte ihr sogar noch ein Kind schenken. Josh hatte keinen Makel. Er hatte nicht in einer Arztpraxis gesessen und gesagt bekommen, dass er schon immer zeugungsunfähig gewesen war. Nick ballte die Hände zu Fäusten, während Mia über den Laufsteg ging. Kylie klebte noch immer an ihr wie einer dieser Blutegel, die die Buchten am Ostufer des Sees heimsuchten.

Nur dass er bloß Augen für Mia hatte. Wie ihr Kleid jede Rundung ihres Körpers bei jedem sexy Hüftschwung betonte und wie die Haut ihrer nackten Schultern im Scheinwerferlicht strahlte. Wie sich eine Haarlocke aus ihrer komplizierten Twistfrisur befreit hatte und ihren Kiefer streifte.

Er liebte Mia nicht. Er glaubte nicht einmal, dass er sie liebte. Es lag an einem dieser Songs, die seine Mom und ihre Freundinnen gehört hatten, als sie jung waren. Aber als David Cassidy und die Partridge Family wieder anfingen und das Publikum mitklatschte, während die Mädchen vom Regenbogen-Camp sich verbeugten, sprang Nick auf und schob den Stuhl mit einem metallischen Scheppern zurück.

»Was ist denn los?« Sean zog eine Augenbraue hoch.

Nick setzte sich wieder und versuchte, seinen Atem zu beruhigen. »Nichts.« Er konzentrierte sich auf Mia, die ihn mit einem solch herzzerreißenden Blick ansah, dass er am liebsten durch das Gedränge stürzen und sie halten wollte. Einem Blick, der ihm sagte, dass sie nur eine Rolle spielte und dass sie sich auf eine Bühne gestellt hatte, auf der sie nicht sein wollte, weil sie Kylie nicht enttäuschen wollte. Und einem Blick, der ihm wieder einmal zeigte, dass sie so viel mehr war als ein schönes Gesicht und ein atemberaubender Körper.

Ein Typ hinter ihm pfiff, und dann fielen ein paar seiner Kumpel mit anzüglichen Rufen und Fußstampfen mit ein. Mia löste sich aus Kylies Umklammerung und verschwand hinter die Bühne. Nick wandte sich um und warf den Typen einen vernichtenden Blick zu, den er als Junge perfektioniert hatte. Einen Blick, der besagte: Gebt Ruhe, oder wir klären das draußen.

Er drängte an Sean, seiner Mutter und den Freunden und Nachbarn vorbei, die ihm eine zweite Chance gegeben hatten. Adrenalin jagte durch seine Adern, während er hinter die Bühne schlüpfte und sich mit den Ellenbogen einen Weg um Tische bahnte, auf denen sich Kleider, Kleidersäcke und Schuhe türmten. Er presste sich die Fingerspitzen an die Schläfen. Die Hitze des Saals, der Rhythmus der Musik und der Duft von Haarspray überwältigten ihn.

Mia musste hier irgendwo sein. Sie konnte das Gebäude nicht verlassen haben. Nicht in diesem Outfit. Außerdem gab es nur einen einzigen Ausgang hier hinten, durch die Feuertür, die alarmgesichert war.

Er suchte den Raum noch einmal mit den Augen ab, bevor er auf eine grobe Kieferntür zuging, auf die in schiefen schwarzen Buchstaben MÄDCHEN gemalt war. Die Angel quietschte, als er die Tür aufdrückte.

»Mia?« Er zwängte sich in den kleinen Raum. Drei riesige Metallkabinen befanden sich hinter einer Reihe

Waschbecken und einem fleckigen Spiegel, in dem sein Gesicht gewellt aussah.

»Nick?« Mias Stimme in einer der Kabinen stieg um eine Oktave. »Was tust du denn hier drinnen? Das ist die Damentoilette.« Kleidung raschelte, und dann wurde ein Reißverschluss heruntergezogen.

»Ich wollte mich vergewissern, dass es dir gut geht.« Er schloss die Augen. Das Bild, wie sie keinen halben Meter entfernt aus diesem Kleid schlüpfte, ließ sein Herz schneller schlagen.

»Es geht mir gut.«

Er lehnte sich gegen den Waschtisch, spürte die Fliesen kühl in seinem Rücken. »Danach sahst du dort draußen aber nicht aus.«

Die Kabinentür schwang auf, und Mia kam in einem Denim-Rock und einem rosa Tanktop zum Vorschein, das weiße Kleid zusammengelegt über einem Arm. Ihr Gesicht war gerötet, und eine große Handtasche hing über dem anderen Arm. »Siehst du? Alles bestens.« Sie strich sich die Haare glatt und sah in den Spiegel.

»Das glaube ich dir nicht.«

Ihr Gesicht fiel in sich zusammen. »Okay. Willst du die Wahrheit hören?« Sie zog an den Nadeln in ihren Haaren, und die dunkle Mähne fiel ihr locker um die Schultern.

»Ehrlich gesagt, ja.« Nur dass er auch mit den Händen durch ihre Haare fahren wollte. Sein Gesicht darin vergraben und sie dann dicht neben seinem Gesicht auf einem Kissen ausbreiten wollte.

Sie wandte sich zu ihm um, und ihre Augen glänzten von unvergossenen Tränen. »Heute Abend habe ich getan, was ich immer tue. Wie ich es dir gesagt habe ... Ich wollte kein Model sein. Ich habe zum Stiftungsrat, zu Charlie und allen anderen Nein gesagt. Und dann, ehe ich mich versah, stand ich auf einmal in diesem Kleid im Rampenlicht. Ich habe getan, was jemand anders wollte. Ich bin eingeknickt.«

»Du hast es für Kylie getan.«

»Genau. Verstehst du denn nicht? Das war nicht mein Traum. Es war der von jemand anders, und ich habe mitgespielt.« Ihre Stimme brach.

»Kylie hatte Angst. Du hast es für sie getan, damit sie zu den anderen Mädchen dazugehören würde.«

»Trotzdem, ich habe etwas getan, das ich nicht tun wollte.« Sie sammelte die Haarnadeln ein und warf sie in ihre Handtasche.

»Es ging nicht darum, deiner Mutter oder deinem Vater zu gefallen.«

Unter ihrem Make-up wurde Mias Gesicht bleich. »Erinnerst du dich noch an diese ganzen Schönheitswettbewerbe, an denen ich teilgenommen habe? Mom war so glücklich, wenn ich gewann. Dad war stolz auf mich, als käme es nur darauf an, wie ich aussah. Obwohl ich diesen ganzen Wettbewerbsrummel hasste, konnte ich es nie jemandem sagen. Ich habe es für Mom getan, und sie dachte, ich würde diese Schönheitswettbewerbe ebenso lieben wie sie.«

Nick atmete den Duft des Blumenparfüms ein, das

Mia immer auflegte, süß mit einer dezenten sexy Note.

»Heute Abend hast du einem jungen Mädchen geholfen, das dich gebraucht hat. Es war deine Entscheidung, nicht die von jemand anders. Du hast Kylies Gesicht vielleicht nicht gesehen, aber ich habe es getan. Du hast ihr Vertrauen in sich selbst gegeben, und du hast ihr geholfen, das Gefühl zu haben, zu einer Gruppe zu gehören, vielleicht zum ersten Mal in ihrem Leben. Aber jetzt kannst du tun, was du willst, und ich nehme an, du willst von hier verschwinden.«

»Ich kann nicht einfach weggehen.« In Flipflops, ohne ihre üblichen Wolkenkratzer-Absätze, reichte Mias Kopf nur bis zur Mitte seiner Brust. »Ich muss nach der Show zusammenpacken. Ich bin die Organisatorin. Ich habe Sean gesagt, er soll dafür sorgen, dass Charlie früh nach Hause kommt, weil sie müde ist.«

»Du bist auch müde. Alles andere kann bis morgen warten. Du warst den ganzen Tag hier, und du brauchst eine Pause.« Sie war die Art Frau, die nie eine Pause machte und die andere Leute nie enttäuschte.

»Ich schaffe das schon.«

»Sicher, aber das musst du nicht.« Nick streckte eine Hand aus, und nach einem langen Moment legte Mia ihre kleinere in seine. Er drückte die Toilettentür auf, und das rote Licht über der Feuertür blinkte im Schatten.

»Was hast du vor?«

»Du willst doch gehen, oder?« Er verfolgte das Mienenspiel auf ihrem Gesicht, während Entschlossenheit an die Stelle von Unsicherheit trat.

»Ja, aber die Tür ist alarmgesichert. Siehst du?« Sie zeigte auf das Schild.

»Und wo ist das Problem?« Er streckte eine Hand nach oben aus, um den Alarm vorübergehend außer Betrieb zu setzen, dann öffnete er vorsichtig die Feuertür und zog Mia hinaus in die kühlere Nachtluft. »Wo steht dein Wagen?«

»Wieder in der Werkstatt. Charlie hat mich mitgenommen.«

Er suchte die Reihen mit Fahrzeugen ab. Sein Lexus war eingekeilt zwischen Joshs Klempnerlaster und dem Truck eines Blumenhändlers. »Charlie hat noch immer ihren Wagen, oder?«

»Er steht drüben an der Straße. Sie hat dort geparkt, um nach der Show möglichst schnell verschwinden zu können.«

Er ging auf Seans Pick-up mit dem Carmichael's-Logo auf der Seite zu und öffnete die Beifahrertür. »Steig ein.«

Er griff unter die Fußmatte und holte den Ersatzschlüssel hervor, den Sean für Notfälle dort aufbewahrte. Mia starrte ihn mit weit aufgerissenen Augen an, während er auf den Fahrersitz rutschte und der Motor röhrend ansprang. »Du kannst doch nicht Seans Truck nehmen.«

»Warum denn nicht? Er kann mit Charlie nach Hause fahren. Ich werde ihm eine Nachricht schicken.« Er grinste. »Schnall dich an.«

Sie grinste zurück und ließ ihren Gurt einrasten, ein

tollkühnes Funkeln in den schönen Augen. »Wohin fahren wir?«

Er fuhr mit quietschenden Reifen vom Parkplatz und beschleunigte auf die Lake Road, den Highway, der aus der Stadt führte.

»Abwarten, Engel.«

Kapitel 6

»Engel?« Mia warf einen Blick auf Nicks Profil.

Sein Kiefer war kantig, und der Wind, der durch die offenen Fenster wehte, zerzauste seine dunklen Haare.

»Du magst es ja nicht, wenn ich dich Prinzessin nenne.« Seine Stimme war rau.

»Ich ...« Sie machte den Mund rasch wieder zu. Das hier war der Nick, den sie in Erinnerung hatte, sexy wie die Sünde und mit diesem Hang zur Wildheit, der sie eher aufgeregt als verängstigt hatte. »Ich will nicht zurück zu Gabrielles Haus.«

»Keine Lust auf Milch und Kekse mit meiner Mom und Cat vor dem Schlafengehen?« Er schenkte ihr ein Grinsen, das ihr ein warmes Kribbeln über den Rücken jagte.

Mia schüttelte den Kopf. Sie wollte auch nicht zurück zur Stadthalle, obwohl das die vernünftigste Option wäre. Nur dass sie es leid war, vernünftig zu sein.

Sie ließ eine Hand auf dem Kleid ruhen, das auf dem Sitz zwischen ihnen lag. Wenigstens für einen Moment wollte sie die Art Frau sein, die Nick in diesem Kleid gesehen hatte. Sie schenkte ihm von der Seite ein träges Lächeln.

Sein Atem ging zischend, während sie an den Radioknöpfen herumspielte, bis die Klänge eines sanften Countrysongs den Wagen ausfüllten.

Sie schossen am Schild mit der Aufschrift »Auf Wiedersehen in Firefly Lake« vorbei. Dann bog Nick von der Lake Road ab und fuhr auf eine Landstraße, die fort vom See führte. Das Mondlicht drang durch das dichte Geäst der alten Bäume und tauchte den Wald in einen silbrigen Schimmer.

»Wenn du Sean nicht gleich eine Nachricht schickst, wird er denken, dass jemand seinen Wagen gestohlen hat. Er wird die Polizei rufen.« Mias Stimme übertönte das Gitarrenriff.

Nick nahm eine Hand vom Lenkrad und legte sie auf die Rückenlehne der Sitzbank. »Die Show ist eben erst zu Ende gegangen. Er wird noch immer in der Stadthalle sein und mit Leuten reden, aber wenn du so besorgt bist, warum schreibst du ihm nicht?«

Mia fand ihr Telefon in ihrer Handtasche und wischte über das Display. »Nick hat sich deinen Pick-up geborgt, um mich nach Hause zu bringen. Gib Charlie Bescheid.«

Binnen Sekunden leuchtete auf dem Display eine Antwort auf. »Gut gemacht, große Schwester. Viel Spaß.« Mias Gesicht glühte, während sie auf »Löschen« drückte.

Sie hatte nicht das gemeint, was Charlie vermutete. Dass sie und Nick zusammen zu ihm nach Hause fuhren, einer Wohnung über der Kanzlei in der Main Street, die sie nie gesehen, über die sie aber oft nachgegrübelt hatte. War es ein Zuhause oder lediglich ein Dach über dem Kopf?

»Und?« Nicks Stimme, anziehend und tröstlich, umfing sie in der samtigen Dunkelheit des Wagens.

»Du hast recht. Seans Pick-up zu nehmen ist keine große Sache.« Sie legte die Finger um das Telefon. Sie würde vielleicht nie wieder die Chance haben, Nick die Wahrheit zu sagen. Er hatte die Wahrheit verdient. Und vielleicht hatte sie sie auch verdient. »Es tut mir leid.«

»Schon gut.« Er drehte das Radio lauter, als ein Sam-Hunt-Song ertönte, »Breaking Up in a Small Town«.

»Ich habe nicht das mit dem Pick-up gemeint. Ich habe gemeint, dass ich so getan habe, als ob ich mich an das mit uns nicht erinnere.« Sie hasste das Stocken in ihrer Stimme fast ebenso sehr, wie sie es hasste, Schichten ihres Inneren freizulegen, um Dinge zu fühlen, die sie schon lange nicht mehr gefühlt hatte.

Nick schaltete das Radio aus. »Es gab nie ein ›Uns‹.«

Die Brise verfing sich in Mias Haaren und wehte sie ihr um den Kopf. Genau wie sie es vor vielen Jahren getan hatte, als Mia das einzige Mal hinter ihm auf seinem Motorrad mitgefahren war. Als sie über die Lake Road und die Main Street gekurvt waren, vorbei an dem Kino, der Molkerei und der Bowlingbahn, und sie das Gesicht im Stoff seiner Jacke vergraben hatte, in der Hoffnung, dass niemand sie erkannte.

Nick verlangsamte das Tempo, als er links auf einen Feldweg einbog, wo Zweige über ihren Köpfen herunterhingen und sich ineinander verhedderten. Sie hielt sich an der Tür des Wagens fest, während sie einen Hügel hinunter- und auf der anderen Seite wieder hinaufrumpelten. Er bog noch einmal links ab, fuhr tiefer zwischen die Bäume und bremste auf einer kleinen Lichtung. Der Pick-up kam ruckelnd zum Stehen.

Ihr Herz hämmerte, während ihr Magen sich zusammenzog. »In dem Sommer vor dem letzten Schuljahr mochte ich dich. Ich konnte es kaum glauben, als du mich gefragt hattest, ob ich mit dir ausgehen wollte.«

»Warum nicht?« Nick schnallte sich los und wandte sich zu ihr um.

»Ich war nicht so wie die Mädchen, mit denen du sonst ausgegangen bist, und du bist mit vielen ausgegangen.«

Und sie hatte es nicht getan, weil sie sich nie sicher gewesen war, ob Jungen sie als die mochten, die sie war, oder ob sie lediglich mit der Schönheitskönigin gesehen werden wollten, so als wären ihre Wettbewerbe das Einzige, was zählte.

»Du warst anders, besonders.« Er betrachtete das Sternenmuster an dem tintenschwarzen Himmel. »Jeder Typ in Firefly Lake wollte mit dir ausgehen.«

»Alle Mädchen wollten mit dir ausgehen, nicht nur die Einheimischen, sondern auch die Sommermädchen.«

»Bis auf dich.« Seine Stimme verhärtete sich. »Du konntest es kaum erwarten, mich loszuwerden. Warum hast du gesagt, du würdest mit mir ausgehen, wenn du vorhattest, mich vor der halben Stadt sitzenzulassen?«

»Ich hatte es nicht vor. Damals wollte ich mehr als alles andere mit dir ausgehen.« Sie konzentrierte sich auf den Halbmond, der einen weißen Schimmer auf die dunklen Bäume und die umliegenden Hügel warf. »Ich konnte nicht glauben, dass ich es war, die an einem Samstagabend mit dir im Diner saß.«

»Aber warum hast du dann irgendeine Ausrede vorgebracht und bist gegangen? Du hättest wenigstens warten können, bis du aufgegessen hattest.«

»Ich hatte Angst.«

»Vor mir? Was habe ich denn getan?«

»Du hast gar nichts getan. Du warst das perfekte Date. Ich hatte nie Angst vor dir.« Trotz seines Rufs hatte sie gewusst, dass Nick Güte besaß und dass er ihr niemals etwas antun würde.

»Und warum bist du denn dann gegangen?«

»Ich hatte meiner Mom nicht gesagt, dass ich ein Date mit dir hatte. Ich hatte ihr gesagt, ich würde mit einer Freundin ins Kino gehen, daher müsste ich mir ihren Wagen borgen. Deswegen habe ich gesagt, ich müsste dich in der Stadt treffen. Mein Dad hatte an dem Wochenende in Boston Bereitschaftsdienst im Krankenhaus.«

»Und Daddy hätte nicht gewollt, dass sein kleines Mädchen mit mir ausgeht.« Nicks Stimme war so brüchig wie Eiskügelchen auf ihrer Haut.

»Nein.« Mia bohrte die Fingernägel in ihre Handflächen. Sie hatte ihr Leben lang versucht, die zu sein, die ihr Dad wollte, auszugehen, mit wem er wollte, und sogar zu heiraten, wen er für angemessen befand. All diese Bemühungen, ihn und ihre Mom glücklich zu machen, während sie erst Jahre später begriffen hatte, dass sie nicht in Ordnung bringen konnte, was zwischen ihren Eltern schieflief. Und sie hätte nicht gezwungen sein sollen, es zu versuchen.

»Daher bist du zur Vernunft gekommen und abgehauen. Du konntest es nicht riskieren, dass jemand deinem Dad erzählt, du wärst mit Brian McGuires Sohn unterwegs.«

»Nicht ganz.« Mia zuckte zusammen, und ein Gefühl von Übelkeit drohte sie zu überwältigen. »Wie sich herausstellte, war mein Dad gar nicht in Boston. Ich habe ihn durchs Fenster des Diners gesehen.«

Wie in Zeitlupe hatte sie beobachtet, wie er den neuen dunkelblauen Cadillac parkte: Eine blonde Frau, die Nachmittagshostess im Speisesaal des Inn on the Lake, saß auf dem Platz ihrer Mom. Eine Frau mit leuchtend rotem Lippenstift und künstlichen Wimpern, die sich hinüberbeugte und ihren Dad auf den Mund küsste, lange und intim. Ihre Hand ruhte auf seinem Kiefer und dann auf dem Kragen des Hemds, das Mia und Charlie ihm zum Vatertag geschenkt hatten.

»Ich wollte nicht …« Ihre Stimme verlor sich.

»Du wolltest nicht, dass er dich mit mir sieht. Ende der Geschichte.«

»Nein, warte.« Sie musste es ihm erklären und ihm eine Wahrheit sagen, die sie noch nie jemandem gesagt hatte, nicht einmal Charlie. »Er hatte eine Frau bei sich. Es war nicht Mom, er hatte gelogen. Wieder einmal.«

Nick schob das weiße Kleid beiseite und rutschte über den Sitz zu ihr hinüber, bis sein Atem die Haare an ihrer Schläfe zittern ließ. »Es tut mir leid, ich ...«

»Er hat sie betrogen.« Mias Herz raste, und wenn sie die Worte jetzt nicht herausbekäme, würde sie es niemals schaffen. »Obwohl Dad erst Mom und dann mir versprochen hatte, dass es keine Frauen mehr geben würde. Das ist der Grund, weshalb ich nicht wollte, dass er mich sieht, nicht weil ich mit dir zusammen war.«

»Daher bist du durch die Hintertür verschwunden.«

»Wenn er mich gesehen hätte, wäre er hereingekommen und hätte mir irgendeine Geschichte erzählt, dass die Frau nur eine Bekannte sei oder so.« Mia schluckte, während die Jahre der Verletztheit und Wut hervorbrachen. »Wie er es immer getan hat, als ob es nichts zu bedeuten hätte und ich irgendein leichtgläubiges kleines Kind wäre. Dann hätte er mich nach Hause gebracht, und er hätte mich angeschrien, weil ich mit dir zusammen war. Aber das war nicht der Grund, weshalb ich gegangen bin, ich ...«

»Mia ...«

»Nein, lass mich ausreden. Ich habe mich so geschämt. Danach habe ich so getan, als wäre dieser ganze Abend nie passiert. Ich wollte nicht, dass er echt war, denn wenn er echt gewesen wäre, dann würden meine Familie und mein ganzes Leben auf einer Lüge beruhen. Als ich am nächsten Morgen aufstand, war Dad im Cottage, und er und Mom tranken auf der Veranda Kaffee. Er sagte, er hätte jemanden gefunden, der im Krankenhaus für ihn einsprang, um uns zu überraschen.«

Nick ergriff ihre Hand und drückte sie. Die Wärme seiner Berührung verlieh ihr Mut.

»Dad hat uns zum Brunch eingeladen, und dann haben wir den Nachmittag auf seinem Boot auf dem See verbracht. Mom war so glücklich. Ich konnte ihr nicht sagen, was ich gesehen hatte. Als du mir geholfen hast, Moms Stiftung zu gründen, und wir Freunde wurden, hatte ich Angst, du würdest von diesem Abend anfangen. Ich war mir sicher, du hättest ihn mit dieser Frau gesehen, daher habe ich mich jedes Mal, wenn du irgendetwas von damals, als wir Teenager waren, erwähntest, verstellt und so getan, als erinnerte ich mich nicht. Ich habe mich so lange verstellt, aber bei dir kann ich mich nicht länger verstellen.«

Wie könnte sie erwarten, dass Nick das verstand? Sie verstand nicht einmal selbst, warum sie getan hatte, was sie getan hatte. Sie unterdrückte ein Schluchzen, während Nick ihr einen Arm um die Schultern legte und sie fest an sich drückte.

»Ich habe dich hierhergebracht, weil ich dir etwas zeigen will.« Er schnallte sie los und bugsierte sie aus dem Wagen. Dann nahm er ihre Hand und führte Mia zwischen den Bäumen hindurch zu einer noch kleineren Lichtung, wo ein winziger Wasserfall über Felsen herabstürzte und sich in ein kleines Becken ergoss.

Mia drückte sich näher an ihn. Der Teppich aus Kiefernnadeln auf dem Waldboden war weich unter ihren Flipflops, und die Bäume waren dunkel, schweigsam und lauschend. »Was ist das für ein Ort?«

»Angeblich ist es ein Ort der Heilung.« Im Mondlicht schimmerten seine Zähne weiß zwischen den Schatten seines Gesichts. »Für die Abenaki, den Indianerstamm, der in dieser Gegend gelebt hat, ist es eine heilige Stätte. Mom hat mich früher hierhergebracht.« Er kniete sich an den Rand des Beckens, und Mia kauerte sich neben ihn.

»Damals, als du …« Mia brach ab, während Nick ihre vereinten Hände in den Strom des eiskalten Wassers tauchte.

»Damals, als ich ein schwieriger, außer Kontrolle geratener Junge war. Ich habe getrunken. Ich habe Schlägereien angezettelt. Egal was, ich hab's getan.« Das Wasser plätscherte über ihre Hände, und seine Kälte betäubte Mias Finger.

»Hat dieser Ort dir geholfen?«

»Mom schwört, dass er es getan hat. Nach dem, was sie sagt, hat dieser Wasserfall meinem Leben eine Wende gegeben. Er hat das ganze schlechte Zeug weggespült und dem Guten in mir die Möglichkeit zum Wachsen gegeben.« Er umklammerte ihre Hand fester. »Ich komme noch immer hierher, wenn das Leben kompliziert wird.«

»Inwiefern kompliziert?« Das Wasser an den Felsen verwischte die Geräusche der Nacht, und der Teppich aus Sternen hoch über ihnen schimmerte geheimnisvoll und zeitlos.

»Mia.« Sein Gesicht war wenige Zentimeter vor ihrem entfernt, als Nick ihren Namen hervorstieß.

»Was?« Der vertraute Knoten in ihrer Brust lockerte sich, und die Schwere, die sie jahrelang mit sich herumgetragen hatte, löste sich.

»Ich wollte das hier tun, als wir Teenager waren.« Der trällernde Vermonter Akzent, den er in seinen New Yorker Jahren abgelegt hatte, war wieder da. Seine Lippen streiften ihren Kiefer in einer sanften Liebkosung, bevor sein Mund ihren bedeckte, warm und eindringlich.

Sie erwiderte seinen Kuss, und ein leises, sehnsüchtiges Stöhnen entfuhr ihr, als er sie beide auf die grasige Böschung zog und ihren Körper an seinen drückte. Sie glitt mit den Fingern über seinen Arm, wo die Muskeln straff gespannt waren und ein wenig Schweiß seine Haut befeuchtete. Er vertiefte den Kuss, und Mia stöhnte unwillkürlich auf und reckte sich ihm entgegen. Sie glitt mit einer Hand über seinen Kiefer, spürte die Bartstoppeln rau unter ihrer Berührung.

Er riss sich von ihr los, schwer keuchend. »Mia.«

Sie setzte sich abrupt auf. »Schon gut.« Ihre Hand zitterte, während sie am Saum ihres Tops zog.

»Nein, das ist es nicht. Es tut mir leid, ich…« Nick fuhr sich mit einer Hand durchs Haar.

»Du hast keinen Grund, dich zu entschuldigen.« Sie rappelte sich auf und wischte mit scharfen, ruckartigen Bewegungen Kiefernnadeln, Zweige und Erde von ihren Kleidern. »Wir haben uns hinreißen lassen. Vergiss es. Ich werde es vergessen.«

Nick stand ebenfalls auf, und seine Miene war düster, mit derselben Schärfe wie vor all den Jahren, an die sie sich noch immer erinnerte. »Vergessen und sich verstellen. Trotz dem, was du gesagt hast, verstehst du dich auf diese Dinge noch immer gut, habe ich recht?«

Mia holte einmal scharf Luft. Er hatte recht. Sie hatte sich so lange verstellt, dass sie vergessen hatte, was echt war und was Verstellung. Das, was sie glaubte, fühlen zu sollen, verbarg all das, was sie wirklich fühlte. Das brave Mädchen, das immer dem sicheren Weg gefolgt war. Nur dass der sichere Weg nicht der richtige Weg gewesen war und diese angebliche Sicherheit eine Lüge war.

Nick suchte in seiner Hosentasche nach dem Autoschlüssel. »Ich fahre dich zurück zu Moms Haus.« Er entfernte sich von ihr, verschwand aus dem Kreis des Mondlichts, der sie verzaubert hatte, sie beide verzaubert hatte.

Der Ort der Heilung, der alles noch ein ganzes Stück komplizierter gemacht hatte.

An diesem Abend hatte sich zwischen Mia und Nick irgendetwas verändert. Gabrielle sah zwischen den beiden hin und her, während sie vor dem Türrahmen ihres Wohnzimmers verharrten. »Ihr könnt uns gern Gesellschaft leisten. Amy schläft oben, und Cat korrigiert in der Küche Aufsätze.«

»Uns?« Nick lehnte sich gegen den Türrahmen, so weit entfernt von Mia wie nur möglich und so sehr wie Brian, dass Gabrielles Kopfhaut kribbelte. In jeder Hinsicht, auf die es ankam, war Nick nicht annähernd so wie sein Vater.

»Ich glaube, du hast Ward noch nicht kennengelernt.« Gabrielle neigte den Kopf in Richtung des älteren Mannes.

»Du weißt, dass ich das nicht getan habe.« Nicks lässiges Auftreten passte nicht zu dem scharfen, abschätzenden Blick in seinen Augen, der einen Schmerz verbarg, den nur eine Mutter sehen konnte. Er wandte sich an Mia. »Kennst du ihn?«

»Ja.« Mia warf einen Blick auf Ward. »Er interessiert sich für Pflanzen. Er hilft deiner Mom im Garten.«

Ein Muskel zuckte in Nicks Kiefer. »Warum hast du mir nicht...«

»Die Angelegenheiten deiner Mom sind ihre Angelegenheiten.« Mias Lächeln schwand, und sie wandte sich wieder an Gabrielle. »Ich würde euch sehr gern Gesellschaft leisten, aber nach der Modenschau bin ich ziemlich müde. Ich will die Mädchen anrufen und dann duschen.« Sie fuhr sich mit einer Hand an den Mund, ließ sie wieder sinken und trat von einem Fuß auf den anderen.

»Oh, Liebes, ich habe nicht nachgedacht. Die Show war fabelhaft, aber du musst erschöpft sein. Geh nur und grüß deine entzückenden Mädchen von mir.« Gabrielle nahm die Wedgwood-Teekanne ihrer Mutter in die Hand und schenkte Ward nach.

Sein Lächeln begann tief in dem Blau seiner Augen und nahm sie gefangen. Es erwärmte fast vergessene Stellen in ihr, als wäre sie wieder eine junge Frau und das Leben voller Möglichkeiten.

Ohne einen weiteren Blick auf Nick flüchtete Mia die Treppe hoch.

Nick trat ins Zimmer und verschränkte die Arme vor der Brust. »Ward, richtig?«

»Ward Aldrich.« Gabrielle machte die beiden bekannt.

Mia hatte recht. Es ging Nick nichts an, mit wem sie sich anfreundete.

»Freut mich, Sie kennenzulernen.« Ward erhob sich und gab Nick die Hand. »Ihre Mutter hat mir schon viel von Ihnen erzählt.«

»Komisch, sie hat Sie nie erwähnt.« Nick erwiderte Wards Händedruck, dann setzte er sich in einen blauen Samtsessel und schlug ein Bein über das andere. »Und Mia auch nicht.« Er warf einen Blick zu der leeren Treppe, und seine Miene veränderte sich, war auf einmal von einer solchen Sehnsucht erfüllt, dass Gabrielle der Atem stockte. Ihr Junge empfand etwas für Mia, da war sie sich ganz sicher. Sie musste die beiden nur weiterhin in die richtige Richtung schubsen.

»Ich bin durch den Garten Ihrer Mom gestolpert, und wir kamen ins Gespräch.« Ward suchte nach seiner Brieftasche und zückte eine Visitenkarte. »Ich mache hier Arbeitsurlaub und wohne für ein paar Wochen im Inn on the Lake.«

Nick nahm die Karte entgegen und studierte sie. »Es muss interessant sein, um die ganze Welt zu reisen und Naturfilme zu drehen.«

»Das ist es allerdings. Im Oktober werde ich für ein Dokumentarfilmprojekt in Nordchina sein.« Wards Augen leuchteten auf, während er zu einer Schilderung seiner Arbeit und seiner Reisen ausholte.

Gabrielle verstärkte den Griff um den Henkel ihrer Teetasse. Natürlich würde Ward weggehen. Was immer zwischen ihnen war, war zeitlich begrenzt. Das musste es sein. Sie hatte ihm nicht erzählt, dass sie krank gewesen war, und sie hatte es auch nicht vor. Selbst ein Shopping-trip nach Burlington oder ein Besuch bei ihrer Schwester und ihren Cousins und Cousinen in Montreal war noch immer zu viel für sie. China könnte genauso gut auf dem Mond sein.

»Sie und meine Mutter sind…?« Die Warnung in Nicks Stimme war unmissverständlich.

»Nick.« Gabrielle stellte ihre Teetasse mit einem lauten Geräusch ab. Bernsteinfarbene Flüssigkeit schwappte über den geriffelten Rand, spritzte auf den viktorianischen Teewagen und befleckte das gestickte Tabletttuch.

»Der Junge sorgt sich um dich, das ist alles.« Ward erhob sich. »Ich denke gern, dass Ihre Mutter und ich Freunde sind.«

»Junge?« Nicks Mundwinkel zuckten, während er ebenfalls aufstand. »Sie wissen, dass ich Sie überprüfen werde, oder?«

»Natürlich werden Sie das. Ich an Ihrer Stelle würde dasselbe tun.« Ward tat einen Schritt, um sich neben Nick zu stellen, beide Männer fast gleich groß. »Ein Anwalt wie Sie muss Kontakte zu den richtigen Stellen haben.«

»Ein paar.« Nick kämpfte gegen ein Lächeln an, und dann lachte er, verlegen, aber trotzdem ein Lachen.

Wards Miene wurde wieder ernst, und die Traurigkeit in seinen Augen stand in einem starken Kontrast zu der Wärme und guten Laune, die Gabrielle dort zu sehen gewohnt war. »Meine Frau, Carol, ist vor fast zwanzig Jahren gestorben. Ich bin allein, seit meine Tochter aufs College ging und dann geheiratet hat. Jetzt hat sie selbst ein kleines Mädchen.«

»Das mit Ihrer Frau tut mir leid, und auch ... alles andere.« Nick räusperte sich. »Ich bin manchmal ein bisschen ...«

»Überfürsorglich.« Gabrielle trat zu den beiden Männern und hakte sich bei ihrem Sohn unter. Der entzückende kleine Junge, der erst zu einem wütenden Teenager und dann zu einem desillusionierten Mann herangewachsen war. Zum Teufel mit Brian und zum Teufel auch mit Isobel.

Wards Miene veränderte sich wieder, und er schenkte Gabrielle einen neckenden Blick. Die Art Blick, der ihr Herz schneller schlagen und sie diese heimtückischen Zellen vergessen ließ, die vielleicht noch immer in ihrem Körper lauerten, um zuzuschlagen, wenn sie am wenigsten damit rechnete. »Was eine Überprüfung meiner Person Ihnen nicht verraten wird, ist, dass ich noch immer alle Zähne und fast alle Haare habe. Ich habe mir vor drei Jahren beim Bergsteigen im Himalaja das rechte Bein gebrochen, aber bei meiner letzten ärztlichen Untersuchung im März wurde mir ein ausgezeichneter Gesundheitszustand bescheinigt, und ich spiele auch ganz anständig Billard.«

Nick lachte wieder, weniger verlegen diesmal. »Billard, ach ja?«

»Sie spielen auch?« Ward hakte sich bei Gabrielle unter, die Geste so vertraut und tröstlich, als würden sie sich seit Jahren kennen. Sie schauderte. Ein Schauder, der ihr in Erinnerung rief, dass sie einmal eine Frau gewesen war, keine Krebspatientin. Keine Kämpferin und keine Überlebende, sondern eine Frau, die heil und gesund war.

»Wenn ich Zeit habe, ja, dann spiele ich mit ein paar Typen im Moose and Squirrel, der Bar unten am See.« Nick öffnete seine Brieftasche und zückte seine Karte. »Mittwochs ist unser Billardabend. Rufen Sie mich an, wenn Sie Lust auf ein Spiel haben.«

»Gern.« Ward löste seinen Arm von Gabrielles, um Nicks Karte entgegenzunehmen. »Danke.«

Sie schätzten sich so ab, wie Männer es eben taten. Gabrielle beobachtete die beiden. Ihr Herz war beschwichtigt. Sie liebte Nick, liebte ihn mehr, als sie ihm je sagen könnte. Ihr zuliebe würde er alles tun, um Ward kennenzulernen und ihn zu akzeptieren, daher hatte er sich gerade auf eine Weise geöffnet, auf die er es nur selten tat.

So wie sie sich Ward geöffnet hatte. Wenn sie es sich gestattete, könnte sie sich in ihn verlieben. Und zwar heftig. Aber sie konnte es sich nicht gestatten.

Sie bückte sich, um Pixie hochzuheben, die auf einem Gobelin-Schemel döste. Der Hund kuschelte sich in ihre

Schulterbeuge, und sein kleiner Körper war warm und beschwichtigte sie. Das alte Haus knarrte im Wind, und oben knallte ein Fenster. Nicks Kopf schnellte zu Gabrielle herum.

»Ich habe Mia Georgias altes Zimmer gegeben. Das Fenster dort klemmt wieder einmal, aber wir sind beide nicht kräftig genug, um es in Ordnung zu bringen.« Eine kleine Notlüge, die gerechtfertigt war, wenn sie half, Mia und Nick miteinander ins Gespräch zu bringen. Gabrielle sah ihn so hilflos an, wie sie nur konnte.

»Ich komme morgen Mittag vorbei und sehe es mir an«, sagte Nick. »Mia fährt zum Regenbogen-Camp, daher werde ich sie nicht stören. Je früher du dieses Haus verkaufst und in den Bungalow ziehst, desto besser. Er hat neue Fenster und Rahmen, und alles ist energieeffizient und wartungsfrei. Du wirst es warm haben, egal, welches Wetter der Vermonter Winter bringt, und kühl, wenn es ein heißer Sommer ist.«

»Was denn für ein Bungalow?« Wards Miene war verwirrt.

Gabrielle sah Nick an, und dann brachte sie den Mut auf, ihm die Wahrheit zu sagen, der sie wochenlang ausgewichen war. Die Wahrheit, die er nie hören wollte. »Ich habe es mir anders überlegt. Ich verkaufe Harbor House nicht.«

»Aber ... ich habe doch extra Mia eingestellt, damit sie dir hilft und ...«

»Sie hat mir ja auch geholfen«, unterbrach ihn Gabrielle. »Mia hat mir geholfen zu erkennen, wie sehr ich mein Zuhause liebe, und dass es mich fast umbringen würde, es zu verlassen und zu sehen, wie fremde Leute hier wohnen.«

»Mom, sei vernünftig, du kannst doch nicht ...«

»Komm mir nicht mit diesem ›Ich weiß es am besten‹.« Gabrielle richtete sich auf, stark und selbstsicher. »Wenn du diesen neuen Bungalow unbedingt willst, kauf ihn für dich selbst. Pixie und ich bleiben genau hier, wo wir hingehören.«

Kapitel
7

Seine Mom war stur und widerspenstig, aber jedes Mal, wenn Nick daran dachte, wie leicht er sie verlieren könnte, wurde er so verdammt ängstlich, dass er nicht mehr klar denken konnte. Er trank seine Limonade aus und stützte die Ellenbogen nachdenklich auf seinen Büroschreibtisch, wo der endlose Papierstapel ihn zu verspotten schien.

Auf der Uhr auf seinem Laptop war es halb ein Uhr morgens, und er saß seit fast zwei Stunden hier und versuchte, sich in seiner Arbeit zu verlieren und sich mit den Problemen anderer Leute zu befassen, in dem vergeblichen Versuch, nicht länger über seine eigenen nachzugrübeln. Zum Beispiel darüber, was aus seinem Plan werden würde, nach New York zurückzukehren, wenn seine Mom darauf bestand, im Harbor House zu bleiben. Und warum er Mia geküsst hatte.

Dieser atemberaubende Kuss, an den er nicht aufhören konnte zu denken. Der Geschmack ihres Mundes, süß und kräftig, und die Weichheit ihrer Lippen unter seinen. Wie er, wenn er nicht zur Vernunft gekommen wäre, den nächsten Schritt getan und eine Freundschaft ruiniert hätte, auf die er sich verließ.

Da er mit der Arbeit nicht weiterkam, sollte er wenigstens versuchen, etwas Schlaf zu bekommen. Draußen vor dem Bürofenster lag die Main Street still da. Dunkle Wolken huschten vor dem Mond vorbei und warfen lange Schatten über die schweigenden Gebäude. Er schaltete die Schreibtischlampe aus und ging hoch in die Wohnung, die, wie das Büro, nur vorübergehend gedacht war, sodass sie keine persönliche Note enthielt, um sie zu einem Zuhause zu machen.

Während er die Tür aufschloss, klingelte sein Handy. Er zog es aus seiner Tasche, um das Gespräch beim zweiten Klingeln anzunehmen.

»Gott sei Dank bist du noch wach.« Seans Stimme hallte, als wäre er am Grund eines Brunnens.

»Was ist los?« Nick stand in der winzigen Diele der Wohnung mit den schlichten weißen Wänden und einem Tisch mit einem Haufen unerwünschter Post.

»Es ist wegen Charlie.« Die Stimme seines Freundes überschlug sich. »Irgendetwas mit dem Baby stimmt nicht. Charlie blutet. Ich habe den Rettungsdienst gerufen, und sie bringen sie nach Kincaid ins Krankenhaus.«

»Nein.« Nicks Handflächen waren feucht, und sein Herz hämmerte.

»Du musst Mia bei deiner Mom abholen. Diese alte Kiste, die sie hat, steht schon wieder in der Werkstatt, und Charlie braucht Mia.« Seans Stimme war gedämpft, und im Hintergrund waren Geräusche. Geräusche, die

Nick nicht hören wollte. Stöhnen und ein schriller Aufschrei. Auch offizielle Stimmen, schroff und zur Beschwichtigung gedacht.

»Natürlich. Was immer du brauchst.« Er sorgte sich um Charlie und Sean, als gehörten sie zur Familie. Nicks Hand lag feucht um das Telefon, und sein Körper war eiskalt.

Eine Wagentür knallte zu, und Sean holte keuchend Luft. »Danke, Kumpel. Ich habe Mia schon angerufen. Sie wird vor Harbor House auf dich warten.«

Nick schnappte sich ein Sweatshirt von einem Stuhl, vergewisserte sich, dass er seine Brieftasche und seine Wagenschlüssel hatte, und kämpfte gegen die Panik in seinem Innern an.

»Ich muss los.« Seans Stimme riss ihn in die Wirklichkeit zurück. »Ich wusste, dass wir auf dich zählen können.«

»Bin schon unterwegs.« Er stürmte die Treppe hinunter, obwohl seine Beine wie betäubt waren.

Der Unfall war eine Ewigkeit her. Er war diese Straße nach Kincaid Hunderte Male gefahren, als seine Mom im Krankenhaus gewesen war. Heute Abend war es nicht anders, und im Gegensatz zu seinen Freunden würden Charlie und das Baby durchkommen. Sie mussten.

Fünf Minuten später bog er mit seinem Lexus in die kreisrunde Auffahrt vor Harbor House ein, wo Mia auf der untersten Verandastufe stand. In einer dunklen Jogginghose und einer Kapuzenjacke, die Haare zu einem unordentlichen Pferdeschwanz gebunden und eine eckige Brille auf der Nase, sah sie aus, als hätte sie sich erst vor ein paar Minuten aus dem Bett gerollt. Noch bevor der Wagen vollständig zum Stehen kam, hatte sie die Beifahrertür bereits aufgerissen und saß angeschnallt auf dem Platz neben ihm. Ihr Gesicht war aschfahl, und hinter der Brille, mit der er sie noch nie gesehen hatte, waren ihre Augen starr vor Angst.

»Beeil dich. Bitte beeil dich.«

Seine Mom und Cat standen in flauschigen Morgenmänteln und Pantoffeln auf der Veranda. Sie starrten sich einen Moment an, und dann lenkte er den Wagen vorsichtig die Auffahrt hinunter, zwischen den Reihen von Bäumen hindurch, die älter waren als er selbst.

»Es klingt, als ob Charlie Blutungen hat. Ich konnte nicht mit ihr reden, aber Sean ...« Mia brach ab und vergrub den Kopf in den Händen. »Das ist nicht gut. Ich darf sie nicht verlieren.«

»Du wirst sie nicht verlieren. Sie ist eine Kämpferin. Als sie Auslandskorrespondentin war, hat sie eine Straßenbombe überlebt, oder? Ihr Kollege ist gestorben, aber sie nicht. Es war nicht ihre Zeit. Und jetzt ist es das auch nicht.«

»Damals war sie jünger, und sie war nicht schwanger. Sie und Sean haben sich erst im letzten Sommer wiedergefunden. Nachdem sie mit ihrem ersten Baby vor all den Jahren eine Fehlgeburt erlitten hat, ist diese Schwangerschaft eine zweite Chance.« Mias Stimme brach.

»Mit Charlie und dem Baby wird alles gut werden.« Nick schickte ein stilles Gebet zu einem Gott, an den er fast aufgehört hatte zu glauben. »Du musst für sie stark sein.« Am Fuß des Hügels bog er nach links zum See ab und fuhr dann weiter zum Highway und dem Bezirkskrankenhaus in Kincaid, zwanzig Meilen über die gewundene Gebirgsstraße.

»Natürlich werde ich stark sein. Sie ist meine Schwester, und das Baby ist meine Nichte oder mein Neffe. Meine einzige Nichte oder mein einziger Neffe.«

Und Familie bedeutete Mia alles. Sie saß noch immer stocksteif neben ihm, aber in ihrem Gesicht und ihrer Stimme lag eine neue Entschlossenheit.

»Kannst du nicht schneller fahren?«

»Nicht ohne dass die Cops unsere Verfolgung aufnehmen.« Genau das hatte er auf dieser Straße erlebt, in einer Nacht, die ganz ähnlich wie diese gewesen war. »Ich bringe dich hin, so schnell ich kann. Versprochen.«

Nick umklammerte das Lenkrad und starrte in die Nacht, wo die Scheinwerfer des Wagens eine gelbe Bahn durch die Dunkelheit schnitten. Ein Schutzgeländer ragte silbern am Straßenrand auf, um den schmalen Highway von den zerklüfteten Felsen zu trennen, die steil zum Wasser hin abfielen.

Mia ballte schweigend die Hände im Schoß.

»Ich wusste gar nicht, dass du eine Brille trägst.« Alles, um Small Talk zu machen, denn wenn Nick redete, dann würden die Erinnerungen vielleicht aufhören, in seinem Kopf zu kreisen.

»Normalerweise trage ich Kontaktlinsen, aber als Sean heute Abend angerufen hat, hatte ich keine Zeit mehr, sie einzusetzen.«

»Sie steht dir.« Die Brille machte sie echter und verlieh ihr ein Bibliothekarinnen-Aussehen, das verblüffend aufreizend war.

»Jay hat sie nie gefallen.« Ihr Lachen klang gezwungen. »Das ist ein zusätzlicher Vorteil. Ich muss mich nicht mehr darum kümmern, was er denkt.«

»Warum hast du ihn denn überhaupt geheiratet?« Nick ging vom Gas, als er sich der Stelle näherte, wo sich die Straße zu einer Haarnadelkurve verschmälerte. Der dunkle Wald ragte auf einer Seite auf und senkrechte Granitklippen auf der anderen.

»Ich habe ihn geliebt, und ich dachte, er würde mich auch lieben. Ich habe ihm geglaubt, als er sagte, er wolle mit mir zusammen eine Familie gründen.«

Nick sah sie von der Seite an.

Ihr Gesicht war traurig und blass im Mondlicht. »Die Familie, in der ich aufgewachsen bin, war nicht so toll, daher wollte ich eine neue Familie, eine glückliche.«

»Du hast immer noch eine Familie. Du, Naomi und Emma. Du bist eine gute Mom, und manchmal gleicht ein guter Elternteil alles aus, was der andere nicht geben kann.«

»So wie deine Mom für dich und deine Schwestern?«

»Ja.« Er starrte aus dem Fenster, wo die doppelte gelbe Linie die gewundene Straße zweiteilte und der See dunkel und kalt außer Sichtweite unter ihnen lauerte. »Warum bist du bei Jay geblieben?«

»Aus denselben Gründen wie jede Frau, die länger bei einem Mann bleibt, als sie sollte.« Mia schlang die Arme um sich. »Ich hatte Angst, wenn ich ginge, würde ich das Leben meiner Mädchen durcheinanderbringen. Ich hatte so viel dafür getan, die perfekte Familie zu schaffen, dass ich nicht zugeben wollte, einen Fehler gemacht zu haben. Ich habe mir eingeredet, Jay würde sich ändern. Ich habe seine Lügen und Ausflüchte geglaubt, genau wie es meine Mom bei meinem Dad getan hat.«

»Es sind nicht nur Frauen, die so etwas tun.« Trotz seiner Zweifel war Nick bei Isobel geblieben. Er hatte ihre Geschichten geglaubt, weil er vor seiner Familie, seinen Freunden und seinen Kollegen nicht wie ein Idiot dastehen wollte. Stattdessen war sie mit dem Seniorpartner der Kanzlei durchgebrannt, sodass er nun wie ein noch größerer Idiot dastand.

»So wie bei dir und deiner Ex-Frau?« Mia spielte mit ihrem Gurt, und ihre Fingernägel schnippten im Dunkeln gegen die Schnalle.

»Meine Mom hat dir von Isobel erzählt?« Nick lenkte den Wagen in die nächste Kurve.

»Nur weil sie besorgt um dich ist. Sie hat mir keine Details erzählt, du musst also nicht denken ... Was ist denn?«

»Nichts.« Er hielt den Blick fest auf die Straße geheftet. Er würde Mia nicht enttäuschen. Oder Charlie, Sean und ihr Baby. Oder, mehr als alle anderen, sich selbst.

»Ich hätte daran denken sollen. Der Unfall ist hier in der Nähe passiert, stimmt's?«

Er nickte, während ihm kalter Schweiß über den Rücken lief.

»Du konntest von Glück reden, lebend rauszukommen.« Mias Stimme war klar und urteilsfrei.

»Glück?«

»Im Vergleich zu deinen Freunden.«

Als ob er die Erinnerung bräuchte.

»Es war nicht deine Schuld. Du bist mitgefahren. Du warst siebzehn und hast eine schlechte Entscheidung getroffen.«

Nur dass es nicht okay war, weil er genauso betrunken gewesen war wie die anderen. Er hatte kein Machtwort gesprochen, hatte die Schlüssel nicht an sich genommen, und deshalb waren zwei seiner Kumpel gestorben.

Sie hatten geschrien, als der Truck von der Straße und durch das Schutzgeländer geschlittert war. Dann Stille und Schwärze, bevor er durch das eisige Wasser und das verbogene Metall, das sein Fleisch zerfetzt hatte, mühsam herausgeklettert war.

»Der Unfall ist lange her.« Und er war ein Mann, kein Junge mehr. »Heute Nacht geht es um Charlie und das Baby.« Er hatte seine Freunde nicht retten können, aber jetzt hatte er die Chance zu helfen, für jemand anders etwas richtig zu machen.

All die Jahre hatte er es vermieden, allzu viel zu fühlen, abgesehen von der Schuld, dass er als Einziger überlebt hatte, aber bei Mia spürte er alles. Verlangen, aber auch Zuneigung und ein gewaltiges, schmerzliches Gefühl von Verlust. Was nur zeigte, dass es weitaus sicherer war, betäubt zu bleiben.

Er warf einen verstohlenen Blick auf sie. Sie war die

Art Frau, auf die ein Typ sich verlassen konnte. Aber sie war schon einmal verletzt worden, und trotz dieses Kusses würde er nicht derjenige sein, der sie wieder verletzte.

Oder ihr Versprechen gab, die er nicht halten konnte.

Mia konnte nicht an Nick denken. Was sie für ihn fühlte oder wie er heute Nacht für sie da gewesen war.

Er lenkte den Wagen in eine Parklücke vor dem weißroten Schild mit der Aufschrift »Notaufnahme«. Das Krankenhaus lag am Rande von Kincaid, umgeben von wogenden Hügeln, ein Backsteingebäude aus den Fünfzigerjahren mit einem neuen Anbau davor, wo Glas und Beton in den Himmel ragten. Bunte Blumenbeete säumten den Weg zu einer Reihe Doppelglastüren, und Neonlicht flutete in die Nacht hinaus.

Nick stellte den Motor ab, und Mia schnappte sich ihre Handtasche.

»Willst du hier warten?« Sie öffnete die Wagentür.

Nach jenem Moment nahe der Unfallstelle hatte er für den Rest der Fahrt hierher kein Wort mehr gesagt.

»Als ob ich dich mit dieser Sache alleinlassen würde.« Nick manövrierte seinen riesigen Körper vom Fahrersitz und kam um den Wagen herum, um sie an den Arm zu nehmen. Er führte sie über den Betonweg zum Eingang des Krankenhauses, wo Automatiktüren aufgingen und ihnen ein steriler Geruch entgegenschlug.

Hinter dem Auskunftsschalter blickte eine Frau mittleren Alters auf. Ihre braunen Haare glänzten im Deckenlicht, und auf dem Namensschild auf ihrem weißen Pullover stand »Donna«.

»Wir sind wegen Charlotte Carmichael hier. Ich bin ihre Schwester, sie ist mit dem Rettungswagen hergebracht worden.« Charlie musste es gut gehen. Vielleicht war das alles nur ein Irrtum. Ein schlechter Traum, aus dem sie bald aufwachen würde.

Donna tippte auf die Computertastatur unterhalb des Tresens. Als sie wieder aufsah, war ihre Miene vorsichtig. »Ihr Ehemann ist in dem kleinen Warteraum am Ende des Flurs. Folgen Sie der Ausschilderung zur Notaufnahme, und der Warteraum ist gleich dort.«

»Der Warteraum?« Mia umklammerte Nicks Arm. »Warum ist er nicht bei ihr? Sie bekommt ein Baby.« Sean war während der Schwangerschaft bei jedem Schritt an Charlies Seite gewesen. Er hätte sie jetzt niemals allein gelassen.

»Es tut mir leid. Ich kann keine vertraulichen Patienteninformationen erteilen.« Donna sah wieder auf den Computerbildschirm, wich Mias Blick aus.

»Komm schon.« Nick zog an Mias Arm und führte sie den Flur hinunter, wo Aquarelle von überdachten Brücken Vermonts in regelmäßigen Abständen an den hellblauen Wänden hingen.

»Ich muss Charlie finden. Sie braucht mich.« Mia fiel in einen Laufschritt, zog Nick mit sich mit.

Nick passte sich ihren Schritten an, während er noch immer ihren Arm hielt. »Hier.« Er lotste sie in den Warteraum. Dort waren noch mehr blaue Wände, noch mehr

Bilder von Brücken und eine Reihe gepolsterter Stühle, alle leer bis auf einen.

»Sean?« Mia riss sich von Nick los und kam vor ihrem Schwager zum Stehen.

Er saß vornübergebeugt auf dem Stuhl, den Kopf in den Händen vergraben.

»Wo ist Charlie?« Ihr Herz raste. Sie war zu spät gekommen. Sie hatte ihre Schwester verloren, genau wie sie ihre Mom verloren hatte.

Sean hob den Kopf. Seine Augen waren rot umrandet, und sein Gesicht war eingefallen, als wäre er seit der Modenschau um zehn Jahre gealtert. »Sie wird im Moment operiert.«

Mias Beine gaben unter ihr nach, und sie ließ sich auf den Stuhl neben ihm sinken. »Und das Baby?«

»Sie holen es mit einem Kaiserschnitt. Es ist alles so schnell gegangen, dass sie Charlie in Narkose legen mussten. Die Ärztin sagt, sie hätte zu bluten begonnen, weil die Plazenta sich abgelöst hätte.« Sean vergrub den Kopf wieder in den Händen, und Mia schlang die Arme um ihn. »Sie wollten mich nicht bei ihr bleiben lassen.«

»Charlie schafft das schon.« Mia unterdrückte einen Schluchzer. »Und das Baby auch. Alle sagen, dass das hier ein tolles Krankenhaus ist.«

Über Seans gesenktem Kopf hinweg fing sie Nicks Blick auf. Auch wenn sein Gesicht aschfahl war, war seine Miene entschlossen und voller Überzeugung. Mia klammerte sich daran fest, inmitten des Grauens, das sie überwältigte.

»Meine Mom wurde hier fantastisch behandelt.« Nick setzte sich an Seans andere Seite. »Charlie und euer Baby könnten nicht in besseren Händen sein.«

»Charlie hat mich gebraucht, und ich habe sie im Stich gelassen.«

»Natürlich nicht.« Mia holte einmal tief Luft und umklammerte Seans Schultern. »Sie haben dich nicht bei ihr bleiben lassen, weil es ein Notfall war. Charlie hätte das verstanden.«

»Abgesehen von meinem Sohn, ist sie das Beste, was mir je passiert ist. Ich sage ihr jeden Tag, dass ich sie liebe, morgens als Erstes und abends als Letztes.« Sean blinzelte und vergrub das Gesicht in Mias Kapuzenjacke. Seine Schultern bebten unter seinem Polohemd. »Nur heute Abend hatte ich keine Gelegenheit, es ihr zu sagen. Bevor ich überhaupt wusste, was los war, haben sie sie schon weggerollt.«

»Charlie weiß, dass du sie liebst. Du und Ty, ihr seid auch das Beste, was ihr je passiert ist.«

Mit Sean hatte ihre Schwester die Art Liebe gefunden, die Mia nie gekannt hatte. Eine annehmende, allumfassende Liebe. Sie hatte so getan, als hätte sie das Gleiche mit Jay gehabt, aber es war eine Lüge gewesen.

Sean hob den Kopf. »Meinst du?« Sein Blick war gequält und verzweifelt, und Schweißtropfen perlten auf seiner Stirn.

»Ich bin mir sicher.« Mias Kehle schnürte sich zu. Selbst wenn das Schlimmste passieren sollte, war Charlie geliebt worden. Sie drückte Sean fester an sich.

»Charlie liebt dich mehr als alle anderen.« Nicks Stimme war leise. »Bei meiner Arbeit habe ich es ständig mit diesen ganzen Paaren zu tun, mit denen es nicht klappt, und ich sehe die Familien, die zerbrechen. Aber ihr zwei habt etwas ganz Besonderes.«

Mias Blick begegnete seinem, und Hitze stieg ihr in die Wangen. Obwohl sie es nicht zugeben wollte, war auch zwischen ihr und Nick etwas Besonderes. Der Kuss, den sie getauscht hatten, war nicht beiläufig oder bedeutungslos gewesen.

»Mr. Carmichael?« Eine Tür links von Nick schwang auf, und eine zierliche Frau in einem grünen OP-Kittel kam heraus. Ihre dunklen Haare waren grau meliert und zu einem ordentlichen Knoten aus dem Gesicht nach hinten gebunden. »Ich bin Dr. Anne Sullivan.«

Sean erhob sich taumelnd, und Mia und Nick folgten ihm. »Wie geht es meiner Frau?«

»Mrs. Carmichael hat die Operation gut überstanden, aber sie hat viel Blut verloren.« Dr. Sullivans Miene wurde sanfter, und die Falten um Mund und Nase entspannten sich. »Sie haben ein kleines Mädchen.«

»Ein Mädchen. Geht es ihr gut?« Seans Stimme war heiser.

»Ja. Sie ist etwa vier Wochen zu früh gekommen, daher könnte es ein paar Probleme geben, aber so weit, so gut.« Dr. Sullivan zog einen Stapel Papiere aus einem Klemmbrett unter ihrem Arm . »Wir müssen das Baby mit dem Hubschrauber zum Dartmouth-Hitchcock Medical Center bringen. Es braucht eine spezielle Versorgung. Sie müssten sich ein paar Formulare durchlesen und sie unterzeichnen. Wir haben hier keine Neugeborenen-Intensivstation, daher verlegen wir Fälle wie Ihre Tochter nach Dartmouth-Hitchcock.«

»In New Hampshire? Aber Charlie, meine Schwester, sie ist hier.« Mias Hände waren klamm.

»Ihre Schwester kann im Moment nicht verlegt werden, daher schlage ich vor, dass Mr. Carmichael mit dem Baby mitfliegt.« Dr. Sullivan hielt ihm die Papiere und einen Stift hin. »Es wird eine Weile dauern, bis Ihre Frau aus der Narkose aufwacht.«

»Ich kann weder Charlie noch das Baby allein lassen.« Sean trat einen Schritt vor.

Mia umklammerte eine Stuhllehne. »Ich werde bei Charlie bleiben. Ich werde sie nicht eine Sekunde allein lassen.«

»Kann ich meine Frau sehen?«

»Natürlich. Geben Sie mir einen Moment Zeit.« Dr. Sullivan tätschelte Seans Arm, und ihre dunklen Augen, umrahmt von bläulich-violettem Lidschatten, wirkten teilnahmsvoll. »Versuchen Sie, sich keine Sorgen zu machen. Es ist so gut gegangen, wie es konnte, alles in allem betrachtet.«

Nachdem die Ärztin durch die Tür verschwunden war, setzte sich Sean wieder auf den Stuhl. »Eine Tochter. Ich habe eine Tochter.«

»Und Naomi und Emma haben eine Cousine«, sagte Mia. »Sie werden sich so freuen.«

»Ty ist immer noch der einzige Junge in der Familie.«

Nick umarmte Sean halb und schlug ihm auf den Rücken. »Herzlichen Glückwunsch. Wie werdet ihr sie nennen?«

Sean wandte sich an Mia. »Charlie hätte gewollt, dass wir es dir zusammen sagen, aber falls ...« Er schluckte. »Wenn das Baby ein Mädchen ist, wollten wir sie Alexandra Beatrice Mimi nennen. Lexie abgekürzt.«

Tränen brannten in Mias Augen. »Beatrice ist für unsere Mom, und Mimi ...« Die Tränen quollen hervor.

»Mimi ist für dich«, führte Sean ihren Satz zu Ende. »Wie Charlies dich genannt hat, als sie klein war. Wir wollen, dass du und Nick Taufpaten seid.«

»Ich fühle mich geehrt.« Mia beugte sich hinunter, um Sean auf die Wange zu küssen. »Solange du in New Hampshire bist, werden wir uns hier um alles kümmern. Mach dir keine Sorgen um irgendetwas außer Lexie und Charlie.«

»Taufpate?« Nick sah zurück zu Mia, mit einem Anflug von Panik in der Miene. »Ich kenne mich mit Kindern überhaupt nicht aus. Es muss jemanden in Seans Familie geben, der eine bessere Wahl wäre, und ...«

»Du hast doch eine Nichte, oder? Ich bin sicher, Charlie und Sean werden dich nicht bitten, Lexies Windeln zu wechseln.« Mia grinste.

Nur dass Nicks Miene, anstatt auf ihre Neckerei einzugehen, so traurig wurde, dass Mia der Atem stockte.

»Natürlich würde ich mich freuen, Lexies Taufpate zu sein.« Die Traurigkeit schwand so rasch, dass Mia sich fragte, ob sie sich diese nur eingebildet hatte. »Wie Mia bereits sagte, es ist eine Ehre. Schick uns ein Foto von Lexie, sobald du kannst, hörst du?«

Ein zögerliches Lächeln breitete sich auf Seans Gesicht aus. »Na klar.«

Mia wühlte in ihrer Handtasche und zückte einen kleinen Stoffpinguin, weich und knuddelig. »Nimm den mit. Ich habe ihn vor ein paar Wochen für das Baby besorgt. Charlie hat Pinguine geliebt, als sie klein war.«

»Das habe ich gar nicht gewusst.« Sean stand wieder auf und zog Mia in eine bärenhafte Umarmung. »Pass für mich gut auf Charlie auf, ja?« Seine Stimme war heiser.

»Natürlich.« Mia blinzelte noch mehr Tränen zurück.

Vom Türrahmen aus gab Dr. Sullivan Sean ein Zeichen. »Wir haben den Flug in die Wege geleitet, und das Kinderkrankenhaus in Dartmouth-Hitchcock ist bereit.« Sie wandte sich an Mia. »Eine Krankenschwester wird kommen und Sie holen, sobald wir Ihre Schwester auf die Station verlegen.«

Mia umarmte Sean noch einmal, bevor sie ihn zu Dr. Sullivan schob. Ihr Herz krampfte sich zusammen, als sein blonder Schopf durch die Tür verschwand. Das hier war alles völlig falsch. Charlie und Sean sollten ihr Baby gemeinsam begrüßen. Stattdessen würde Lexie, wenn Charlie aufwachte, verschwunden sein, ohne auch nur eine Umarmung von ihrer Mommy. Ein Wimmern entfuhr ihr, und dann ein Schluchzen.

»Hey.« Nick trat näher auf sie zu. »Charlie und die kleine Lexie schaffen das schon.«

»Das kannst du nicht wissen.« Mia wühlte in ihrer

Handtasche nach einem Taschentuch und riss eine Handvoll aus dem Päckchen.

»Nein, aber ich weigere mich zu denken, dass sie es nicht schaffen könnten.«

»Charlie sollte das Baby bei sich haben.« Als Naomi geboren wurde, hatte die Schwester das Baby Mia an die Brust gelegt, Haut an Haut und Herz an Herz, ein Wunder, das Mias Leben für immer verändert hatte. »Lexie wird meilenweit entfernt sein, und Charlie kann nicht einmal zu ihr.«

»Lexie wird die Versorgung bekommen, die sie benötigt, um gesund nach Hause zu kommen und gesund aufzuwachsen.« Nick nahm Mia die Brille ab und tupfte ihr mit einem Taschentuch die Augen.

»Meine Mom … sie sollte hier sein. Charlie braucht sie.«

Und Mia brauchte ihre Mom. Die allgegenwärtige Trauer, die sie tief in ihrem Herzen trug, quoll über, und Mia vergrub das Gesicht in Nicks abgetragenem Yale-Sweatshirt. Es war weich, und sie atmete seinen Duft, Zitruswaschmittel und frische Luft ein.

»Eure Mom wurde euch viel zu früh genommen.« Er hielt sie fest an sich gedrückt, und das gleichmäßige Klopfen seines Herzens beruhigte Mias stockenden Atem. »Aber eure Mom ist ein Teil von dir und Charlie, Naomi und Emma und auch der kleinen Lexie.«

»Kurz vor ihrem Tod hat Mom gesagt …« Mia zerpflückte ein Taschentuch zwischen ihren Fingern. »Sie hat gesagt, sie würde immer auf uns aufpassen.«

»Na bitte.« Nick hielt sie fest an sich gedrückt. »Deine

Mom war eine ganz besondere Dame, und du bist ihr sehr ähnlich.«

Mia legte den Kopf zur Seite, um ihn anzusehen. Ohne ihre Brille war er verschwommen und unscharf. »Du meinst, ich habe den gleichen Fehler gemacht wie sie? Ich habe jemanden geheiratet, der mich betrogen und belogen hat.«

»Nein, du bist ihr in anderer Hinsicht ähnlich, in wichtigerer.« Nick strich ihr mit einer sanften Berührung übers Haar. »Du sorgst dich um Leute, und du hilfst ihnen, genau wie ich deine Mutter in Erinnerung habe. Ich habe dich mit meiner Mom und Kylie beobachtet.«

»Jeder andere hätte ...«

»Nein, jeder andere hätte nicht.« Nick glitt mit einem Finger über die Konturen ihrer Lippen. »Was ist mit diesen ganzen Keksen und Kasserollen, die du für Mom gemacht hast, lange bevor ich dich eingestellt habe, damit du ihr hilfst? Was ist damit, wie du Kylie bei der Modenschau geholfen hast und wie du sie praktisch gecoacht hast, damit sie schwimmen lernt? Und du warst es, die diese Blumen auf dem kahlen Flecken vor dem Altersheim gepflanzt hat, habe ich recht?«

»Ältere Leute mögen Blumen. Wenn ich dort leben würde, würde ich auch gern etwas Hübsches sehen.« Mias Gesicht begann zu glühen. »Und was deine Mom angeht, sie ist ein Schatz. Und da deine Schwestern so weit weg sind, helfe ich ihr natürlich gern.«

»Kylie ist kein Schatz.« Nicks Stimme hatte einen Anflug von Lachen.

»Das wäre sie, wenn sie die Mutterliebe bekommen würde, die sie verdient hat, und wenn sie die Chance gehabt hätte, ein normales Kind in einer richtigen Familie zu sein, anstatt die meiste Zeit ihres Lebens zwischen Pflegeeltern hin und her geschoben zu werden.«

»Siehst du, genau das meine ich. Die Leute hier reden noch immer von deiner Mom und wie Beatrice Gibbs, wenn irgendjemand Hilfe brauchte, immer als Erste zur Stelle war, als wäre das selbstverständlich. Im Gegensatz zu den anderen Sommerleuten war sie ein echter Bestandteil von Firefly Lake.«

»Die Familie ihrer Mutter stammte von hier, vergiss das nicht.«

»Sie hätte diesem Ort trotzdem den Rücken kehren können, aber das hat sie nie getan.« Nicks Stimme war tröstlich. »Sie hat örtlichen Hilfsorganisationen anonym Geld gespendet, bis zu dem Tag, an dem sie starb. Das weiß ich, weil McGuire und Pelletier für die meisten von ihnen die rechtliche Seite abwickelt und wir die Unterlagen vom Buchhalter einsehen.«

Sein Finger verharrte an ihrem Mundwinkel, bevor er die Konturen ihres Kiefers zu ihrem Ohr nachfuhr und dann an ihrem Hals entlangglitt. »Dein Lächeln ist ihr Lächeln. Wer du bist und wie du andere Leute behandelst … Nun, du solltest wissen, dass deine Mom noch immer ein Teil von dir ist.«

Mia schauderte, als sein Finger die empfindliche Stelle an ihrem Hals berührte, deren Existenz sie völlig vergessen hatte. »Nick?«, flüsterte sie. »Was …?«

Er neigte den Kopf, um die Stelle zu küssen, und drückte Mia noch fester an seinen muskulösen Körper.

Sie schloss die Augen und schmiegte sich an ihn.

Es konnte nicht schaden, sich für ein paar Minuten fallen zu lassen. Nachdem sie heute Nacht dem Tod ins Auge gesehen hatte, musste sie die Wärme und Lebendigkeit, die Nick bot, beim Schopf packen. Sein Mund glitt wieder über ihren Hals, und dann umfing er ihre Lippen mit einem sanften Kuss.

Einem Kuss, der sie genau über die Klippe stieß, an der sie wochenlang getaumelt war. Es war kein Kuss, der von Lust beflügelt war, sondern vielmehr eine Liebkosung, die so intim, zärtlich und süß war, dass sie Mia zutiefst berührte. Sie kratzte an ihrem Schutzwall und ließ sie darüber nachdenken, wie es wäre, einem Mann wieder zu vertrauen. Und auf eine Zukunft zu hoffen und an sie zu glauben.

Kapitel
8

Nick nahm die Tüte mit einem Karottenmuffin der Bäckerei in die Hand, die auch seine Laptoptasche hielt, und duckte sich unter die Markise vor McGuire und Pelletier. Als er die Tür erreichte, drückte eine Frau, die mit Georgia befreundet gewesen war, sie von innen auf.

Sie schenkte ihm ein breites Lächeln, während er die Tür aufhielt, damit sie einen Kinderwagen mit seinem blau gekleideten Insassen durch den schmalen Eingang bugsieren konnte. »Du hältst dich ja sehr bedeckt.«

»Ich? Wieso?«

»Du und Mia natürlich. Ich habe Georgia schon eine E-Mail geschickt, damit sie auf Facebook geht.« Ihre Stimme klang belustigt.

»Warum sollte meine Schwester auf Facebook gehen? Und was soll mit mir und Mia sein?«

»Es war noch nie deine Art, intime Details auszuposaunen, oder?« Sie kicherte, winkte ihm kurz zu und ging weiter die Main Street hinunter.

Nicks Herz hämmerte. Wie könnte dieser Kuss, den er mit Mia im Krankenhaus getauscht hatte, auf Facebook gelandet sein? Er hatte ihn unterbrochen, aber nur weil irgendjemand hätte hereinkommen können. Mia hatte nervös gelacht, dann ihre Brille von ihm entgegengenommen und irgendetwas davon gemurmelt, dass sie ihre Haare in Ordnung bringen müsste, bevor die Schwester hereinkam, um sie zu Charlie zu bringen.

Er hatte noch lange, nachdem sie gegangen war, im Warteraum gesessen, voller schmerzlicher Sehnsucht nach ihr, wobei sein Herz am meisten litt.

»Kommen Sie am besten gleich vorbei.« Die Stimme hinter dem Empfangstresen war Loris, aber er konnte die Empfangssekretärin von McGuire und Pelletier nirgends sehen.

Ein Hund bellte, und Seans und Charlies schwarzer Labrador schoss hinter dem Schreibtisch hervor, mit einer rosa Schleife am Halsband.

»Wie bist du denn hierhergekommen, Shadow?« Er bückte sich, um sie zu tätscheln. »Ich habe dich doch in meiner Wohnung gelassen. Du hattest das Radio, Snacks, Wasser und Spielzeug. Was hast du denn sonst noch gebraucht?«

»Ich habe sie heruntergebracht.« Lori beendete ihr Telefonat, und ihr karamellblonder Schopf kam hinter einem Arrangement rosa und weißer Blumen zum Vorschein, die zusammen mit einem in Zellophan verpackten rosa Teddybären in einem Korb steckten. »Ich wollte nicht, dass Shadow irgendetwas von dem Spaß verpasst.«

»Spaß?« Nick reichte Lori die Muffintüte und ließ den Blick über den Empfangsbereich schweifen. Ein Grüppchen grauhaariger Frauen saß strickend auf den Stühlen, auf denen im Allgemeinen Mandanten warteten. Kaffeebecher und mehrere offene Keksdosen standen auf dem niedrigen Tisch, auf dem sich normalerweise Wirtschafts- und Golfmagazine stapelten.

Seine Lehrerin in der zweiten Klasse, Miss Crandall, winkte mit einer Stricknadel und strahlte.

Er war an diesem Montagmorgen für ein paar Stunden in Kincaid am Gericht gewesen, aber seine geordnete Welt war auf den Kopf gestellt worden. Wieder einmal.

»Was ist los?« Er wandte sich wieder zu Lori um.

Lori zeigte auf das Bild von Lexie, das an dem Blumenkorb lehnte. Das Foto, das Sean gemailt hatte, auf dem das Einzige, was man von dem armen Kind sehen konnte, ein dunkler Haarschopf und Drähte und Schläuche waren, die überall herausragten. »Du weißt, dass Ty diese Facebookgruppe für Lexie eingerichtet hat?«

»Ach ja?« Obwohl er Lexie noch gar nicht gesehen hatte, war Ty schon jetzt bis über beide Ohren verliebt in seine kleine Schwester.

»Da viele der älteren Damen nicht auf Facebook sind, brauchen sie einen Ort, um alle aktuellen Neuigkeiten über dieses wunderbare Baby zu erfahren.« Lori schob eine Packung Einmalwindeln zur Seite. »Außerdem will jeder Geschenke bringen, und das kann man auf Facebook nicht. Und da du Lexies Taufpate bist, macht es Sinn, dass alle hierherkommen. Sieh es wie eine Art Einsatzzentrale. Ich habe vorhin auf dem Postamt einen Aushang gemacht.«

»Du hast was?« Seine Worte klangen vor Verblüffung schärfer als beabsichtigt.

»Gleich an der Tür, wenn man hereinkommt. Dasselbe habe ich bei der Bank, beim North Woods Diner und bei den meisten Geschäften gemacht.« Lori tätschelte ihm beschwichtigend die Hand. »Selbst die neuen Vermonter und die Sommerleute sind beteiligt. Alle lieben Charlie und Sean, daher lieben sie auch Lexie. Es war toll von dir, dass du Mia so schnell mitten in der Nacht zum Krankenhaus gefahren hast. Es muss richtig beängstigend gewesen sein, wie eines dieser Fernsehdramen, und du warst ein Teil davon. Ein echter Held.«

Nein, er war kein Held. Er hatte getan, was er für seine Freunde tun musste. Die Strickerinnen rückten auf ihn zu wie ein grauhaariges Bataillon, angeführt von Miss Crandall.

»Ladys.«

Miss Crandall drückte ihn zu einer parfümierten Umarmung an sich. »Danke, dass wir uns hier versammeln dürfen. In einer solchen Zeit muss die Gemeinde wirklich zusammenstehen. Brauchen Sean und Charlie Hilfe bei den Behandlungskosten?«

»Sean hat gesagt, sie hätten Glück. Die Versicherung müsste fast alles abdecken, sogar den Rettungshubschrauber, da die Ärztin bestätigt hat, dass Lexie nach Dartmouth-Hitchcock gebracht werden musste. Aber trotzdem danke. Ich gebe euch Bescheid, wenn sich irgendetwas ändert.« Und wenn es irgendwelche Probleme mit der Abdeckung durch die Versicherung gäbe, würde Nick etwas beisteuern und der Erste sein, der eine Spendenaktion organisierte.

»Wir füllen die große Gefriertruhe in der Stadthalle mit so vielen Mahlzeiten und Desserts, wie wir können, damit sie nicht kochen müssen, wenn sie ihr schönes kleines Mädchen nach Hause bringen.« Miss Crandall tätschelte Nicks Arm. »Wir haben auch ein paar Sachen für dich und deine liebe Mutter hier in den Kühlschrank gesteckt. Du siehst immer aus, als ob du eine selbst gekochte Mahlzeit brauchst, und Gabrielle ist noch nicht wieder genug bei Kräften.«

»Danke.« Nicks Kehle schnürte sich zu. Dieses Gemeinschaftsgefühl hatte er in New York vermisst. Die Fürsorge und die Verbindungen, die Jahre, wenn nicht sogar Generationen zurückreichten.

»Es war wundervoll, Cat bei der Modenschau zu sehen. Sie war wie eine Märchenprinzessin in dem Brautkleid deiner Grandma«, fuhr Miss Crandall fort. »Wir bekommen Cat oder ihre Tochter nicht oft genug zu sehen. Wie alt ist Amy jetzt? Zehn?«

»Elf. Sie wird im Dezember zwölf.« Nick bekam Cat und Amy auch nicht oft genug zu sehen. Genau wie er hatte seine superschlaue jüngere Schwester, Dr. Catherine McGuire, ihre Verbindungen zu Firefly Lake gekappt und sich woanders ein Leben aufgebaut, sobald sie konnte.

»Cat hat mich angerufen, sie wird nächstes Wochenende wieder hier sein. Sie will deine Mom überraschen.« Ein Lächeln umspielte Loris Mundwinkel. »Sie hat dieses Foto von dir und Mia auf Facebook gesehen. Ihr war gar nicht bewusst, dass du an der ganzen Aktion beteiligt warst.«

Nick tastete nach seinem Telefon. Er musste diesen freundlichen, wohlmeinenden Frauen entkommen und sich in die Privatsphäre seines Büros flüchten, um auf Facebook zu gehen. »Hört zu, ich ...«

»Cat wusste gar nicht, dass du noch immer eine Schwäche für Mia hast.« Lori ordnete Akten zu farblich markierten Stapeln.

Nick biss die Zähne zusammen. »Kann ich bitte meine Nachrichten haben?«

»Bitte sehr.« Lori reichte ihm einen Stapel grüner Notizzettel. In jedem anderen Büro wurden Nachrichten per E-Mail verschickt, aber die über fünfzigjährige Lori verwendete seit fünfundzwanzig Jahren dasselbe System und hatte nicht vor, sich zu ändern. »Georgia hat auch angerufen. Sie hat die Neuigkeit von Lexie drüben in Indien in ihrem Retreatzentrum gehört.«

»Georgia sagt, Telefone sind schlechtes Karma.« Früher standen er und seine kleine Schwester sich nahe, aber als sie achtzehn geworden war, hatte sie die Stadt verlassen, um die Welt zu bereisen, und abgesehen von Weihnachten und Geburtstagen hatten sie kaum noch Kontakt.

»Sei nicht albern. Sie hat dich nur aufgezogen.« Lori schenkte ihm das geduldige Lächeln, das sie schon damals aufgesetzt hatte, als sie auf Nick und seine Schwestern aufgepasst hatte, wenn seine Mom Elterntreffen oder andere Abendveranstaltungen an der Highschool hatte. »Georgia wollte mit dir reden, aber da du im Gericht warst, habe ich ihr das Neueste erzählt. Sie hat mir ein paar Yogaübungen für dich geschickt und mir aufgetragen, dir zu sagen, dass du mehr auf deine Haltung und deine Atmung achten sollst.«

»Mit meiner Haltung und meiner Atmung ist alles in bester Ordnung.« Zumindest würde es das sein, wenn er endlich auf Facebook gehen konnte. Nick umklammerte die Kante des Empfangstresens, wo ein Wollschaf auf Rädern und mehrere Päckchen in rosa Folienpapier das Bild seines Urgroßvaters ersetzt hatten.

»Cat und Georgia waren auf jeden Fall sauer auf mich, weil ich ihnen nichts von dir und Mia erzählt habe.« Lori reichte ihm die Johnson-Peters-Akte, bevor er danach fragte. »Ich habe ihnen gesagt, dass du mir auch nichts erzählt hast.«

»Es gibt nichts zu erzählen.«

Er sah die Frauen an, die nicht einmal mehr so taten, als würden sie stricken.

»So hat es aber nicht ausgesehen«, sagte Miss Crandall. »Lori hat uns das Bild auf Facebook gezeigt, und ihr zwei seht wirklich süß aus. Wie auf dem Umschlag eines Liebesromans. Einem der geschmackvollen Liebesromane, die etwas der Fantasie überlassen. Die Art, wie du Mias Brille gehalten hast, war so zärtlich, dass mir fast die Tränen kamen.«

»Bei Leuten mit Handys muss man heutzutage aufpassen.« Lori schüttelte den Kopf. »Bevor man sichs versieht, ist man eine lokale Berühmtheit. Auch wenn die Person, die dieses Foto gemacht hat, keine Namen genannt hat, seid ihr es eindeutig. Und was Mia betrifft, na ja, mit ihrem Aussehen wird sie ohnehin nie unsichtbar sein.«

Er würde die Person verklagen. Er war Anwalt, und ein guter dazu. Das hier war eine absolute Verletzung der Privatsphäre. Mias, aber auch seiner.

Mia. Nick sog etwas Luft in seine zugeschnürte Lunge. Er bezweifelte, dass sie das Foto gesehen oder irgendjemand ihr davon erzählt hatte, da sie an Charlies Bett saß. Vielleicht wäre es besser, wenn er es ihr zuerst sagte und sie darauf vorbereitete.

»Du musst darüber nachdenken, selbst ein Baby zu bekommen. Du wirst nicht jünger.« Lori zwinkerte.

Nicks Magen zog sich schmerzhaft zusammen. Lori konnte nicht wissen, dass ihre Worte ihn wie ein Messer ins Herz trafen. Sie führte nicht nur das Büro wie am Schnürchen, sie war auch immer wie eine große Schwester gewesen, und sie würde niemals irgendetwas tun oder sagen, um ihn zu verletzen.

»Stell in der nächsten Stunde bitte keine Anrufe durch.« Er schluckte wütende Worte hinunter und zeigte auf die Akte. »Ich habe viel durchzuarbeiten.« Angefangen mit Facebook.

Loris Blick wanderte zu einem Punkt irgendwo links von Nicks Ohr. »In deinem Büro wartet eine Mandantin.« Sie wies mit einem Nicken auf die Damen, die ihn noch immer umringten. »Ich konnte sie nicht hier draußen warten lassen.«

Die Glocke über der Tür bimmelte, und noch mehr Frauen kamen herein, jüngere mit Kinderwagen und Babytragetüchern. Und Babys, viele Babys. Sein Büro war der Veranstaltungsort für eine spontane Mütter-Baby-Gruppe geworden. Die Kopfschmerzen, mit denen Nick schon den ganzen Morgen gekämpft hatte, schlugen mit voller Wucht zu.

»Wer ist die Mandantin?« Er hatte keinen Termin in seinem Kalender. Irgendjemand musste angerufen haben, während er unterwegs war. Da Allison für ein paar Tage im Urlaub war, musste er hier die Stellung halten.

Lori sah auf eine Notiz auf ihrem Schreibtisch, und er hätte schwören können, dass sie versuchte, sich ein Lächeln zu verbeißen. »Eine Miss Kalinowski.«

»Kalinowski?« Nick beugte sich über den Tresen, um sich den Namen anzusehen. Es war kein einheimischer.

»Sie ist eine neue . . .«, Lori zögerte, ». . . Mandantin.« Sie griff zum Telefon, als es klingelte.

Mandanten waren gut. Mandanten bedeuteten Geld, das die Firma am Laufen hielt, sodass er jemand anders einstellen und nach dem Labor Day nach New York zurückkehren konnte. Auch wenn er die Fürsorge von Firefly Lake vermissen würde, sehnte er sich nach der Anonymität der Großstadt. Er würde mit dieser Miss Kalinowski in einer Stunde, höchstens, fertig sein. Dann würde er auf Facebook gehen und zum Krankenhaus fahren, um mit Mia zu reden.

Nick drückte seine Bürotür auf. Diese Lexie-Einsatzzentrale war nur etwas Vorübergehendes. Sein Leben würde bald wieder in gewohnten Bahnen sein. Er und Mia würden über dieses Facebookfoto lachen, weil sie Freunde waren. Zumindest hoffte er, dass sie noch immer Freunde waren.

Er ließ den Blick durch den Raum schweifen. Kein Babyzeug hier drinnen. Nur ein Stapel mit Akten in der Eingangsablage und das Surren der Klimaanlage. Die Nachmittagssonne schimmerte durch die Holzlamellen der Jalousie.

Nur dass sein Sessel falsch herum stand, mit Blick zum Fenster.

Als Nick auf den Schreibtisch zutrat, schnellte der Sessel herum.

»Hey.« Kylie grinste ihn aus den Tiefen des schwarzen Ledersessels an. In ihren Haaren waren noch immer rosa Strähnchen, und sie trug ein rotes Regenbogen-Camp-T-Shirt über schmuddeligen weißen Shorts.

»Miss Kalinowski, ach ja?« Nick stellte seine Laptoptasche auf dem Boden ab und setzte sich auf den Mandantenstuhl ihr gegenüber. »Wie bist du hierhergekommen?«

»Ganz einfach.« Kylie machte mit dem Kaugummi in ihrem Mund eine rosa Blase und ließ sie platzen. »Die Hälfte der Regenbogen-Camp-Kinder ist zu irgendeinem bescheuerten Museum gefahren, um sich Fossilien und Vermonter Naturscheiß anzusehen, und die andere Hälfte ist zum Bowling gefahren. Was genauso bescheuert ist. Beide Gruppen denken, dass ich bei der anderen bin. Ich habe der Frau dort draußen am Empfang gesagt, dass ich dich überraschen will.«

Nick drückte auf die Gegensprechanlage auf seinem Schreibtisch, wechselte ein paar Worte mit Lori und wandte sich dann wieder zu Kylie um. »Du bist aufgeflogen, Kleine, also, was kann ich in den ungefähr zwanzig Minuten, bis jemand vom Regenbogen-Camp hierherkommt, für dich tun?«

Kylie ließ noch eine Blase platzen, bevor sie den Kaugummi aus dem Mund nahm und ihn zwischen ihren Fingern knetete.

Nick zog ein Taschentuch aus der Schachtel auf seinem Schreibtisch, und Kylie drückte den Kaugummi hinein. Ihre grünen Augen blickten argwöhnisch.

»Du bist doch schlau, oder? Du bist auf die Anwaltsschule gegangen?«

»Juristische Fakultät Yale.«

»Egal.« Kylie drehte sich wieder auf dem Sessel herum. Nick schlüpfte aus seinem Jackett und wartete.

»Weißt du, ich habe mich von den Leuten beim Regenbogen-Camp abgeseilt, weil ich dachte, du bist der Einzige, der mir helfen könnte.«

»Wie denn helfen?«

Kylie Kalinowski war ein knallhartes Mädchen mit einer großen Klappe und einem Riesenkomplex. Aber irgendetwas an ihr berührte Nicks Herz und rief ihm in Erinnerung, dass er selbst einmal ein knallharter Junge mit einer großen Klappe und einem Riesenkomplex gewesen war. Hinter seinem Gehabe war er ein verängstigter Junge gewesen, der einsam und wütend auf die Welt war und etwas haben wollte, das er für immer verloren hatte.

»Es geht um meine Mom.« Kyle nahm einen Stift aus der Halterung auf dem Schreibtisch und klickte ihn an. »Sie ist im Gefängnis, okay? Aber ich sehe sie trotzdem fast jeden Samstagnachmittag.« Sie wühlte in der Tasche ihrer Shorts und zückte ein Mini-Fotoalbum, ihre Miene entschlossen und zugleich so verletzlich, dass Nicks Herz einen Takt aussetzte.

Das Album klappte beim Foto einer blonden Frau auf, selbst kaum mehr als ein Kind, mit einem Kleinkind auf dem Schoß. Ein älterer dunkelhaariger Junge stand neben den beiden. »Du und deine Mom?«

»Und Dylan, mein Bruder, erinnerst du dich?« Kylie schnippte den Stift über den Schreibtisch, und Nick fing ihn auf. »Mom war sechzehn, als sie Dylan bekommen hat. Sie ist hübsch, stimmt's?«

»Ja, das ist sie.« Nick studierte das Foto.

Auch wenn die Frau hübsch war, war ihr Lächeln angespannt, und ein verzweifelter Blick lag in den gleichen grünen Augen, die ihn aus Kylies Gesicht anblickten und von einem Leben am Limit sprachen. »Man kann sehen, wie sehr deine Mom dich liebt.« Das Mädchen hatte einen Arm um Kylie und den anderen um Dylan gelegt, wie eine Bärenmutter, die ihre Jungen verteidigte.

»Sie hat uns nicht genug geliebt.« Kylie kratzte an einem Moskitobiss, eine gerötete und geschwollene Stelle an ihrem Unterarm. »Nicht so, wie Mia Naomi und Emma liebt.«

Nick legte die Fingerspitzen auf den Schreibtisch. Lass dich nicht in diese Sache verwickeln. Nur dass Kylie, ob es ihm gefiel oder nicht, hier war, daher war er bereits verwickelt, und sosehr er es auch wollte, er konnte sich nicht distanzieren. »Was willst du von mir?«

»Meine Pflegefamilie zieht nach Chicago. Sie können sich nicht länger um mich kümmern. Das ist keine große Sache. Familien ziehen ständig um, oder sie bekommen noch ein anderes Kind.« Sie zuckte mit den Schultern, aber Nick bemerkte die Verletztheit in ihren Augen. »Ich bin das Wegwerfkind.«

»Du bist doch kein Wegwerfkind.« Nick schluckte den unerwarteten Kloß in seiner Kehle hinunter. Wie konnte ein Mädchen von zwölf Jahren sich selbst als Wegwerfkind bezeichnen?

»Egal.« Kylie zerpflückte ein Taschentuch zwischen Daumen und Zeigefinger. »Ich habe meine Sozialarbeiterin am Telefon gehört, als sie nicht wusste, dass ich zuhörte. Sie hat gesagt, Mom könnte irgendwo anders hin verlegt werden. Eine neue ›Anstalt‹, hat sie es genannt, was nur ein geschwollenes Wort für Gefängnis ist. Sie hat gesagt, es würde zu weit weg sein, als dass eine neue Familie mit mir dorthin fahren könnte, um Mom zu besuchen.«

»Kylie.« Nick holte einmal tief Luft. Warum waren Kinder wie Lexie erwünscht und wurden, schon bevor sie auch nur eine Woche alt waren, von der ganzen Stadt als eines der ihren willkommen geheißen? Während Kinder wie Kylie am Rande lebten, unsichtbar. »Ich verstehe, dass das ein Problem ist, aber was meinst du, wie ich dir helfen kann?«

»Ich weiß nicht.« In dem riesigen Sessel sah Kylie noch kleiner aus als sonst. »Ich wusste nicht, wen ich sonst fragen sollte.« Sie stand auf. »Ich gehe ja schon. Tut mir leid, dass ich dich gestört habe.«

»Nein, warte.« Nick hielt sie am Arm fest, als sie um den Schreibtisch herumkam. Wie der Rest von ihr war auch ihr Arm klein und mager. »Ich könnte deine Sozialarbeiterin und den Anwalt deiner Mom anrufen, um mehr herauszufinden. Sie hat doch einen Anwalt, oder?«

»Ja.« Kylie wühlte wieder in ihrer Tasche und zückte ein zerfleddertes Blatt Papier, das aus einem Notizbuch gerissen war. »Hier, ich habe dir ihre Namen und Telefonnummern aufgeschrieben. Moms Anwalt ist der erste Name, und meine Sozialarbeiterin ist Kim.« Sie beäugte ihn. »Du verarschst mich doch nicht, oder? Um mich loszuwerden?«

»Natürlich nicht.« Schuldgefühle zwickten Nick. Auch wenn das Letzte, was er brauchte, die Verwicklung in irgendeine Familie war, eine problematische Familie noch dazu, waren es schließlich nur ein paar Telefonanrufe. »Ich kann dir nichts versprechen, aber ich werde versuchen, mehr für dich herauszufinden.«

»Ich habe dreißig Dollar gespart, von zusätzlichen Arbeiten, die ich übernommen habe, damit kann ich dich bezahlen.« Sie zog eine rote Plastikgeldbörse aus ihren Shorts. »Das ist echtes Geld, kein falsches.«

»Behalt dein Geld.« Nick drückte Kylie die Geldbörse wieder in die Hand. Ihre Finger waren lang und schlank, wie Mias, aber im Gegensatz zu Mias waren ihre Nägel völlig abgekaut. »Ich werde jegliche Arbeit pro bono machen.«

»Pro was?« Sie steckte die Geldbörse und das Fotoalbum wieder ein.

»Das heißt kostenlos, wie ein Ehrenamtlicher oder eine staatliche Dienstleistung.«

»Ich werde keine Almosen annehmen.« Kylie lächelte nicht zurück. »Mia sagt, Mädchen müssen selbst für sich bezahlen und dürfen sich nicht darauf verlassen, dass Männer sich um sie kümmern.«

»Mia hat recht. Normalerweise würdest du selbst für dich bezahlen.« Er stand auf, versuchte, die richtigen Worte zu finden, um es ihr begreiflich zu machen. »Aber in diesem Fall will ich dir helfen.«

»Warum?« Kylies scharfer Blick durchbohrte ihn. »Meine Mom sagt, Typen wollen immer irgendetwas. So wie du, als du Mia geküsst hast. Du wolltest Sex von ihr.«

Nick unterdrückte ein Stöhnen. »Als ich ... Mia ... nein ...«

Kylie war mit allen Wassern gewaschen, und egal, was er sagte, es würde alles nur noch schlimmer machen.

»Ich habe euch beide auf Facebook gesehen.« Sie grinste breit. »Alle Mädchen im Regenbogen-Camp denken, dass du supertoll küssen musst, so wie Mia auf dich abgefahren ist.«

»Kylie ...« Zum ersten Mal fragte sich Nick, ob es vielleicht gut war, dass er keine eigenen Kinder haben konnte. Er hatte keine Ahnung, wie er mit ihnen umgehen sollte, vor allem nicht mit Mädchen in Kylies Alter. Ohne einen Dad, der ihm gezeigt hatte, wie es ging, war er nicht dafür gemacht, ein Vater zu sein. »Ich will dir helfen, weil ich damals Anwalt geworden bin, um anderen Leuten zur Seite zu stehen.«

Bis vor Kurzem hatte er das völlig vergessen. Er hatte sich darauf konzentriert, Geld zu machen, um McGuire und Pelletier neu zu etablieren, damit er wieder aus Firefly Lake verschwinden konnte.

»Oh.« Kylie studierte ihn ein paar Minuten. »Danke.« Ihr Grinsen wurde breiter. »Ein paar der Mädchen haben dieses Facebookfoto ausgedruckt und im Speisesaal an die Tafeln mit den ›Spezialitäten des Tages‹ geheftet. Du bist vielleicht alt, aber sie finden, dass du heiß bist.«

Nick schob seinen Stuhl zurück. Vielleicht war es an der Zeit, von seiner Liste mit Dingen, die er im Leben noch tun wollte, diese Reise nach Argentinien zu machen. Oder er könnte übers Wochenende nach New York fahren. Weit weg von Leuten, die ein Foto von ihm auf Facebook gesehen und über nichts anderes zu reden hatten.

»Ich finde nicht, dass du heiß bist.« Kylies Grinsen schwand. »Na ja, ich nehme an, du bist es, aber ich finde, dass du nett bist. Das ist besser, als heiß zu sein. Wenn ich je einen Dad gehabt hätte, hätte ich gewollt, dass er so ist wie du.« Sie streckte sich zu einer knochigen Umarmung nach ihm aus. »Hast du hier drinnen irgendwas zu essen? Ich bin am Verhungern, weil ich das Mittagessen verpasst habe.«

»In meinem Schreibtisch sind Snickers.« Noch immer benommen von Kylies Umarmung und dem Gefühl ihrer mageren Arme, die ihn umschlangen, dem schlichten Vertrauen und der Zuneigung in dieser unschuldigen Geste, zwang sich Nick, hinter den Schreibtisch zu gehen und die unterste Schublade zu öffnen. »Willst du einen?«

»Und ob.« Kylie fing den Riegel auf, den er ihr zuwarf. »Snickers sind meine Lieblingsriegel.«

»Meine auch.« Nick setzte sich auf seinen Sessel und presste die Knie zusammen, um ihr Zittern zu unterdrücken.

»Wir sehen uns später.« Kylie sprach um einen Mundvoll Schokolade herum. »Ich werde dort draußen bei diesen alten Damen warten, damit du gleich mit dem Fall meiner Mom loslegen kannst. Ich kann mit Shadow spielen. Lexie kriegt aber ganz schön viel Scheiß, oder?«

»Geschenke.« Nick verbiss sich ein Lachen.

»Entschuldigung.« Kylie stopfte sich den letzten Rest Snickers in den Mund. »Vor Mia fluche ich nie, weil sie so anständig und perfekt ist, aber bei dir vergesse ich es, weil du ein Typ bist.« Sie kaute und schluckte. »Vielleicht ist sie doch nicht so perfekt, wenn sie Sex mit dir hat.«

Wie kam ein zwölfjähriges Mädchen dazu, mit ihm über Sex zu reden? »Das tut sie nicht, wir haben nicht ...«

»Sieh auf Facebook nach. Dich hat's schlimm erwischt, Nick. Richtig schlimm.« Mit einem frechen Grinsen schloss Kylie die Bürotür hinter sich.

Nick wischte über das Facebook-Icon auf seinem

Handy. Seit Isobel hatte er sichergestellt, dass sein Leben unkompliziert blieb. Keine Bindungen und keine Verpflichtungen. Keine Diamantringe und keine Kinder, weder eigene noch die irgendeines anderen Typen. Die paar Frauen, mit denen er ausgegangen war, hatten verstanden, dass es beiläufig war, und wollten eine schöne Zeit haben, und Kinder standen noch nicht auf ihrer Agenda.

Nur dass Mia eine Frau war, an die er nicht aufhören konnte zu denken. Sie war nicht beiläufig, ihre Kinder waren ein zentraler Bestandteil ihrer Persönlichkeit, und ihre Küsse hatten seine Welt aus den gewohnten Fugen geworfen.

Und irgendwie waren sie beide auf Facebook gelandet und das Stadtgespräch von Firefly Lake geworden. Er klickte das Bild an. Er war es, eindeutig. Auch an Mia gab es keinen Zweifel, oder an der Art, wie sie sich umschlungen hielten.

Ihre Lippen hatten sich unter seinen geöffnet. Sie waren weich, warm und süß gewesen. Ihr Körper hatte sich an seinen geschmiegt wie das fehlende Teil eines Puzzles, und er hatte sie nicht mehr loslassen wollen.

Nur dass ihr privater Moment jetzt dort draußen für alle anderen sichtbar war. Das war etwas, das er in Ordnung bringen konnte. Er scrollte hinunter zu seiner Kontaktliste.

Gelächter erschallte vor seinem Büro, gefolgt von Shadows tiefem Bellen und Pixies schrillerem Kläffen. Was hieß, dass seine Mutter hier war, um einen Wirbel um

Lexie zu machen und mit jedem, der gewillt war zuzuhören, über das Unheil von Rentnerbungalows zu reden.

Nick steckte sein Telefon ein und nahm sich den letzten Snickers-Riegel aus der Schublade.

Pixie kläffte wieder, bevor sie von dem eindringlichen Rhythmus eines Katy-Perry-Songs übertönt wurde. Sicher, in der ersten Augustwoche war im Büro nie viel los. Sie hatten heute Nachmittag auch keine Mandantentermine. Aber McGuire und Pelletier war eine Kanzlei. Seine Kanzlei.

Vielleicht hatte Kylie recht. Vielleicht hatte es ihn schlimm erwischt. Daher musste er diese Situation rasch unter Kontrolle bringen.

Mia weigerte sich, über Nick nachzudenken. Wenn sie ihn das nächste Mal sah, würde sie so freundlich wie immer sein. Vielleicht würden sie sogar über diesen Kuss lachen. Oder auch nicht. Sie blinzelte, als der Fernsehbildschirm an der Wand am Ende von Charlies Krankenhausbett schwarz wurde.

»Seit wann sind die Nachrichten eigentlich so deprimierend?« Charlie warf die Fernbedienung hin und zog an der Bettdecke. »Kriege, Umweltverschmutzung, Tod und Zerstörung. In was für eine Welt habe ich Lexie nur gesetzt?«

Auch wenn Charlie noch immer blass war, hatte ihr Gesicht nicht länger diese wachsartige graue Farbe, die Mia so viel Angst bereitet hatte, als sie ihre Schwester nach Lexies Geburt zum ersten Mal gesehen hatte.

»Die Nachrichten waren schon immer deprimierend. Du bist Journalistin, daher berichtest du doch darüber, oder? Aber wenn du eine Mom wirst, verändert dich das. Auf einmal siehst du überall Gefahr.«

Charlie zupfte wieder an der Bettdecke. »Ich fühle mich nicht sehr wie eine Mom. Ich habe Lexie noch nicht einmal gesehen.«

Mia schenkte ein Glas Wasser aus dem Krug auf dem Nachttisch ein und hielt es ihr hin. »Die Ärztin hat gesagt, wenn du weiterhin so gute Fortschritte machst, solltest du bis zum Wochenende imstande sein, nach New Hampshire zu fahren.«

Charlie tat das Wasser mit einer Handbewegung ab. »Wenn das stimmt, warum sagt mir dann niemand, was Sache ist? Meine Brüste schmerzen. Ich soll Milch für ein Baby abpumpen, das nicht gestillt werden kann. Nicht dass es eine Rolle spielt, weil ich ja nicht einmal da bin, um es zu stillen. Und mein Bauch tut so weh, dass ich mindestens fünf Minuten brauche, um vom Bett aufzustehen.« Ihre Stimme brach, und eine Träne kullerte über ihre Wange. »Und auch wenn ich mir nicht vorstellen kann, dass ich je wieder Sex haben will, vermisse ich Sean. Nachrichten und Anrufe sind einfach nicht dasselbe, wie ihn hier bei mir zu haben. Ich brauche ihn, damit er mich hält.«

»Natürlich vermisst du ihn.« Mia streckte sich nach ihrer Schwester aus, um sie sanft zu umarmen. »Und was den Sex angeht, lass dir Zeit. Sean wird warten, und wenn du bereit bist, werde ich mit dir tolle Dessous kaufen gehen und auf Lexie aufpassen, damit ihr ein bisschen Zeit zu zweit habt.«

Charlie schenkte Mia zwischen ihren Tränen ein halbes Lächeln. »Als ob ich je wieder sexy aussehen werde. Meine Haare sind völlig chaotisch, mein Bauch ist so schlaff wie ein Ballon, aus dem die Luft entwichen ist, mein Körper sondert alle möglichen Flüssigkeiten ab, und ich hatte noch nicht den Mut, mir die Narbe von meinem Kaiserschnitt anzusehen.«

»Du hast eben erst entbunden, Süße, und sexy gibt es in allen Formen und Größen. Du siehst wunderschön aus.«

»Sagt die Frau, die binnen Minuten, nachdem sie ihre Babys ausgeworfen hatte, wieder ihre tadellose Bleistiftfigur hatte.« Charlies Lächeln wurde breiter. »Entschuldige. Du bist so süß. Du hast die letzten zwei Tage kaum geschlafen, und ich kann nur jammern.«

Mia lachte. »Das sind die Hormone.«

»Ich habe *keine* Hormonschwankungen.« Charlie streckte ihr die Zunge heraus, wie sie es als Kind getan hatte.

Mia rutschte auf dem Stuhl mit der senkrechten Lehne hin und her. Der Vinylsitz klebte unter dem Rock, den Gabrielle ihr gebracht hatte, damit sie sich umziehen konnte, an ihren Beinen. »Lass uns noch einmal die Fotos von Lexie ansehen. Ich habe die Schwester gefragt, ob sie sie ausdrucken kann, damit wir ein paar an die Pinnwand hängen können. Ich finde, Lexie sieht so aus wie Mom.« Mia tippte auf ihr Handy.

»Du würdest bei jedem Baby von mir oder dir denken, dass es so aussieht wie Mom.« Charlies Miene wurde etwas sanfter, und sie kicherte leise, einnehmend. »Egal, wem sie ähnlich sieht, Lexie ist ein Wunder. Ich weiß, du hast dasselbe von Naomi und Emma gesagt, aber ich bin nur ihre Tante. Ich habe es nicht gewusst.«

»Wie hättest du es auch wissen können?« Mia tätschelte Charlies Hand. »Soll ich dir helfen, ein paar Schritte zu gehen?«

»Das hat die Schwester schon getan, während du eine Vase für meine Blumen holen gegangen bist.« Charlie zeigte auf den Strauß rosa Rosen, den ihre Kollegen bei Associated Press in Boston geschickt hatten. »Ich will, dass du mir erzählst, was zwischen dir und Nick los ist.«

»Nichts.« Mia faltete Charlies weggelegte Zeitung sorgfältig zusammen.

»Ich nehme an, du hast dir noch nicht Lexies Facebookgruppe angesehen. Da ist ein Foto von dir und Nick, wie ihr euch küsst.« Charlie knuffte Mia in den Arm, dann zuckte sie zusammen.

»Was? Ich war die ganze Zeit hier bei dir, daher war ich seit einer Weile nicht mehr auf Facebook. Wann hast du das denn gesehen?«

»Als du auf der Toilette warst. Oh, nein, tu das nicht.« Charlie schlug Mia das Telefon aus der Hand. »Nicht bevor du mir gesagt hast, warum du Nick geküsst hast, wenn nichts zwischen euch ist.«

»Okay. Ich habe ihn geküsst. Oder er hat mich geküsst, ich kann mich nicht erinnern.« Mias Gesicht begann zu glühen. »Wir waren aufgewühlt. Lexie wurde nach Dartmouth-Hitchcock geflogen, und du warst noch immer in Narkose. Es war eine Stressreaktion.« So hatte sie sich zumindest zu erklären versucht, was passiert war.

Mia nahm ihr Handy wieder an sich, wischte zu Facebook und stöhnte auf. Warum hatte überhaupt jemand ein Foto von ihnen gemacht? Und wie hatte Ty Carmichael es in die Finger gekriegt und es für alle sichtbar gepostet? Selbst für ihre Töchter. Mias Hand zitterte. Sie musste Naomi sofort anrufen und ihr erklären, dass es ein Riesenfehler gewesen war.

Liz Carmichael, Seans angeheiratete Tante, die Teilzeit im North Woods Diner arbeitete und die andere Hälfte ihrer Zeit damit verbrachte, die halbe Stadt zu bemuttern, kam zur Tür herein. Sie war eine Witwe in den Sechzigern, trug ihre blond gefärbten Haare hochgesteckt, und ein goldenes Glücksbringer-Armband klimperte um ihr Handgelenk.

Hinter ihr folgte Nick, angezogen, als ob er direkt vom Gericht käme, eine Tüte vom Deli in der Hand.

»Charlie, du armes Ding.« Liz küsste Charlie, bevor sie sich an Mia wandte. »Sieh mal, wem ich auf dem Parkplatz über den Weg gelaufen bin. Ich habe Nicky gesagt, ich würde bei Charlie bleiben, damit du eine Verschnaufpause einlegen kannst. Krankenhäuser sind voller Keime, daher sollte Gabrielle besser nicht hierherkommen. Jetzt, wo Seans Mutter bei ihm und diesem kostbaren Baby in New Hampshire ist und alle anderen in der Familie rund um die Uhr arbeiten, um einen großen Auftrag von Carmichael's auszuführen, braucht ihr Mädchen Hilfe.«

»Es geht mir gut. Ich will bei Charlie bleiben.« Mia sah auf ihre Füße, während Charlie sich vor unterdrücktem Lachen schüttelte.

»Du bist eine hingebungsvolle Schwester, aber du brauchst eine Pause.« Liz klopfte mit rot lackierten Fingernägeln auf Mias Knie. »Ich habe Popcorn, meinen tragbaren DVD-Player und Filme mitgebracht. Matt Damon und Colin Firth werden uns in null Komma nichts ablenken. Charlie und ich werden rundum glücklich und zufrieden sein.«

Charlie machte ein ersticktes Geräusch, und Mia warf ihr einen Blick zu, um sie zum Schweigen zu bringen.

»Wir können uns zusammen Filme ansehen.« Dann könnte sie kurz hinausschlüpfen und Ty anrufen, damit er dieses Facebookfoto löschte.

Und sie könnte vermeiden, allein mit Nick zu sein.

»Hey, Charlie.« Nick trat ans Bett und beugte sich vor, um Charlie vorsichtig zu umarmen. »Du und Lexie, ihr habt uns allen einen Riesenschreck eingejagt. Wie geht's dir denn?«

»Es ging mir schon besser, aber die Ärztin sagt, es wird schon.« Charlie erwiderte seine Umarmung. »Lexie geht es großartig. Sean sagt, sie ist eine echte Kämpferin.«

»Ich frage mich, von wem sie das wohl hat? Du hast auch ziemlich hart gekämpft.« Nick reichte Charlie einen Umschlag. Das Logo des Wellnesscenters im Inn on the Lake war auf eine Ecke geprägt. »Das ist von meiner Mom, meinen Schwestern und mir. Wir haben uns gedacht, Blumen hast du bestimmt genug, und vielleicht könntest du einen Geschenkgutschein gebrauchen, wenn du aus dem Krankenhaus kommst. Das ist für einen dieser Verwöhntage.«

»Das ist ja so aufmerksam.« Charlie grinste Mia an. »Kann ich auf dich zählen, dass du babysittest?«

»Natürlich.« Mias Kehle schnürte sich zu. Nick sorgte sich um andere Leute auf eine Weise, wie Jay es nie getan hatte. Es war nicht zu übersehen. So, wie er Charlie umarmt hatte und wie er aufrichtig um sie und Lexie besorgt war.

»Kann ich sonst noch irgendetwas tun? Ich habe Sean gesagt, ein Wort von ihm genügt. Ich habe angeboten, bei Carmichael's auszuhelfen, aber er meinte, er hat alles unter Kontrolle. Ich glaube, er vertraut mir nicht mit dieser teuren Ausrüstung.«

Charlies Lächeln war warmherzig. »Mein Mann liebt seine Powerwerkzeuge, aber trotzdem danke. Alle helfen zusammen. Obwohl ich jetzt schon seit fast einem Jahr hier lebe, wundere ich mich immer wieder darüber. Aber Sean sagt, das ist eben die Art des Northeast Kingdom.«

»Natürlich ist es das. Echte Vermonter halten in guten wie in schlechten Zeiten zusammen.« Liz rieb Mias Rücken. »Geh du nur mit Nicky los. Du siehst aus wie ein ausgewrungener Spüllappen, wirklich. Du wirst die Nächste sein, die schlappmacht.«

»Ich habe überhaupt nicht schlappgemacht.« Charlies

braune Augen funkelten. »Und Mia wird es auch nicht tun.«

»Mia sieht blass aus.« Liz wühlte in ihrer Einkaufstüte und klappte eine DVD-Hülle auf. »Deine selige Mutter war immer blass, als ob ein Windstoß sie umpusten könnte. Und dann hat der Krebs sie viel zu jung dahingerafft. Gott schenke ihrer Seele Frieden. Du bist doch nicht etwa blutarm, oder?«

»Nein.« Mia stand auf und zwang sich zu einem Lächeln.

Liz meinte es gut, und sie und ihre Mom waren Bekannte, sogar auf eine gewisse Weise Freundinnen gewesen. Die Art Freundschaft, die in einer kleinen, abgelegenen Stadt blühte.

»Trotzdem, es kann nichts schaden, wenn Nicky mit dir hinausgeht, damit du deine Lunge mit ein bisschen guter frischer Luft füllen kannst. Vorbeugen ist besser als heilen.« Liz schüttelte mit raschen, energischen Bewegungen Charlies Kissen auf. »Charlie kann mir Fotos von der süßen kleinen Lexie zeigen.«

»Tolle Idee.« Ein unterdrücktes Lachen lauerte in den Tiefen von Nicks blauen Augen.

»Nicky hatte schon immer ein gutes Herz. Selbst in all diesen wilden Zeiten habe ich immer zu Gabrielle gesagt, er würde mal ein guter Junge werden, und das ist er auf jeden Fall. Und jetzt lauft schon los, ihr zwei. Wir kommen hier gut zurecht.« Liz setzte sich ans Fußende von Charlies Bett.

Mia warf Charlie einen »Ich bin deine große Schwester, und dafür kriege ich dich später dran«-Blick zu, den sie seit Jahren nicht mehr aufgesetzt hatte, schnappte sich ihre Handtasche und ging zur Tür. »Ich bin in einer halben Stunde wieder da.«

»Du wirst doch nicht ohne mich weglaufen, oder?« Nick hielt sie auf halbem Weg den Flur hinunter auf.

»Nicky?«

Ein Anflug von Röte färbte seine Wangen. »Liz hat mir meine erste Eistüte in die Hand gedrückt, drüben beim Diner, als ich ungefähr ein Jahr alt war. Sie war die Erste, die mich Nicky nannte, und der Name ist hängen geblieben, aber Liz ist die Einzige, der ich es heutzutage durchgehen lasse, wenn sie Nicky zu mir sagt.«

Während Jay einen Riesenaufstand wegen des Spitznamens gemacht hätte, war Nick rücksichtsvoll und respektvoll gegenüber der älteren Frau gewesen.

Mia wich einem leeren Rollstuhl aus und steuerte auf den Aufzug am Ende des Flurs zu. »Ich muss kurz telefonieren.«

»Warte.« Nick streckte eine Hand aus, um zu verhindern, dass sie auf den Aufzugknopf drückte. »Ich habe nicht damit gerechnet, Liz dort draußen zu treffen, aber ich bin hierhergekommen, um mit dir zu reden.«

»Na klar. Sobald ich diesen Anruf getätigt habe.«

»Ist mit den Mädchen alles in Ordnung?« Besorgnis überschattete sein Gesicht. »Oder Charlie?«

»Naomi und Emma geht es gut.« Zumindest würde es das, solange sie nicht auf Facebook gingen. Sie schob seine Hand weg und drückte auf den Aufzugknopf.

»Und die Ärztin sagt, dass Charlie richtig gute Fortschritte macht.«

»Soll dieser Anruf zufällig Ty gelten?« Die Aufzugtüren glitten auf, und Nick folgte ihr hinein. Er füllte den kleinen Raum aus. »Falls ja, bin ich dir zuvorgekommen.«

»Wirklich?« Der Aufzug schoss nach unten, und Mias Magen tat es ihm gleich.

»Ich habe Ty gesagt, wenn er dieses Facebookfoto von uns beiden nicht löscht, werde ich ihm eine Klage wegen Verletzung der Privatsphäre um die Ohren hauen, für die er noch immer bezahlen wird, wenn er dreißig ist.«

Die Türen glitten wieder auf, und Mia folgte Nick in den Eingangsbereich des Krankenhauses.

»Er ist sechzehn. Einen Sechzehnjährigen kannst du nicht verklagen.«

»Das weiß Ty nicht. Ich habe ihm auch gesagt, du würdest Naomi mit ihm nicht einmal mehr in die Cafeteria der Highschool gehen lassen, wenn er das Bild nicht binnen vierzig Minuten nach meinem Anruf entfernt hat. Ich hätte ja fünf gesagt, aber er war in dem Moment mit einem Mietkanu drüben am anderen Ufer des Sees, und da kann das Internet etwas launisch sein.«

»Danke.« Ihr Herz war beschwichtigt. »Aber was, wenn Naomi und Emma das Foto schon gesehen haben? Ich muss sie anrufen und versuchen, es zu erklären.«

Nick führte Mia einen kurzen Flur hinunter, vorbei an einem Blumenladen, wo der Duft von Rosen den sterilen Klinikgeruch überdeckte. »Ty hat gesagt, Jay hätte

Naomi gestern Abend ihr Tablet und Handy weggenommen. Kein Facebook, Twitter oder Instagram, keine Spiele und kein YouTube, keine E-Mails, nichts für vierundzwanzig Stunden. Sie kann das Telefon nur benutzen, wenn sie dich anrufen oder dir eine Nachricht schicken will oder wenn du anrufst oder ihr schreibst. Jay hat ihr Telefon bei sich.«

Was erklärte, warum er abgenommen hatte, als Mia die Mädchen vorhin angerufen hatte. Aber als sie sie nach dem Grund gefragt hatte, hatte Naomi nur einen Witz gemacht.

»Woher weiß Ty das alles denn?« Irgendetwas stimmte absolut nicht. Sie und Jay erteilten Naomi nur dann Handy- und Computerverbot, wenn es irgendetwas Ernstes war. Und doch mischte sich eine gewisse Erleichterung unter ihre Besorgnis. Mia würde ihren Töchtern vielleicht nicht erklären müssen, warum sie Nick geküsst hatte, zumal sie es nicht einmal sich selbst erklären konnte.

»Als alle anderen draußen am Pool waren, hat sich Naomi mit dem schnurlosen Telefon ins Bad verkrochen, um eine Freundin von ihrer alten Schule anzurufen. Sie hat der Freundin gesagt, Jay hätte hart durchgegriffen, weil er nicht will, dass sie so viel Kontakt zu Ty hat. Und dann hat die Freundin Ty angerufen.« Nick schenkte ihr ein schiefes Lächeln. »Du wirst Naomis Methoden vielleicht nicht gutheißen, aber Einfallsreichtum und Entschlossenheit musst du ihr zubilligen.«

Mia trat durch die Tür, die Nick ihr aufhielt. »Naomi

hätte nicht hinter Jays Rücken handeln sollen, aber je mehr er versucht, Ty und Naomi auseinanderzubringen, desto entschlossener wird sie sein, ihn zu sehen. Es gibt einen Grund, weshalb sich die Leute noch immer mit *Romeo und Julia* identifizieren, und ... oh.«

Eine Terrasse, überschattet von Ahornbäumen, lag versteckt in einem Winkel des alten Flügels des Krankenhauses. Eine Waldrebe mit großen violetten Blüten rankte an einem Spalier an einer roten Backsteinmauer empor, und eine Gartenschaukel stand zwischen zwei Kübeln mit blühendem Lavendel. In der Mitte plätscherte Wasser über zwei pummelige Amorfiguren in einem steinernen Springbrunnen.

»Ich hatte keine Ahnung, dass es hier einen solchen Ort gibt.« Mia setzte sich auf die Schaukel und streifte ihre Sandalen ab.

»Ich habe etwas zu essen mitgebracht.« Nick setzte sich neben sie. »Falls ich dir von diesem Facebookfoto hätte erzählen müssen, wollte ich sicherstellen, dass du vorher etwas im Magen hast.«

»Du hast das Foto nicht gemacht. Du hast es nicht auf Facebook gepostet.«

»Nein, aber ich wusste, dass es dich aufwühlen und vielleicht sogar verletzen würde.« Seine Stimme wurde leise und vertraulich. »Und das will ich nicht. Das würde ich niemals wollen. Und du siehst nicht aus wie ein ›ausgewrungener Spüllappen‹. Da hat Liz unrecht. Aber du siehst tatsächlich aus, als könntest du eine Verschnaufpause gebrauchen.« Nick reichte ihr die Deli-Tüte. »Ich weiß, wie es ist, zu viel Zeit an einem Krankenhausbett zu verbringen und Krankenhauskost zu essen.«

Mia legte die Hände um die Tüte, damit sie nicht zitterten. An Charlies Bett zu sitzen, hatte sie an diese entsetzlichen Wochen erinnert, die sie am Bett ihrer Mom verbracht hatte. Als sie wusste, dass sie sie verlieren würde, aber so getan hatte, als würde sie es nicht tun. Wie sie Angst davor gehabt hatte, länger als für ein paar Minuten von ihrer Seite zu weichen. Und wie sie wollte, dass ihre Mom frei von Schmerzen war, sie aber auch nicht loslassen wollte.

Dann hatte sich unter diese Erinnerungen die Sorge um Charlie und Lexie gemischt, da sie die beiden nicht auch noch verlieren konnte. Und weil sie zu viel Zeit zum Nachdenken hatte, hatte sie sich auch noch Sorgen um Naomi und Emma gemacht. Sie vermisste sie natürlich, und von dem Augenblick an, in dem sie sie zum Abschied geküsst hatte, hatte sie die Tage gezählt, bis Jay sie zurückbringen würde. Aber jetzt hatte sie noch eine ganz andere Sorge, abgesehen davon, ob sie richtig aßen und schliefen und sich die Zähne putzten und mit Zahnseide reinigten. Sie war besorgt, was ihr Ex-Mann im Schilde führen könnte.

Irgendwie hatte Nick gespürt, wie beunruhigt sie war, und sie hierhergebracht, an einen Ort, der ein Teil des Krankenhauses und doch möglichst weit von all den Sorgen entfernt war.

Es war süß, wundervoll und fürsorglich.

Aber es hieß auch, dass sie nicht so tun konnte, als ob

das, was zwischen ihnen war, oberflächlich und beiläufig wäre. Sie konnte auch nicht über ihren Kuss witzeln, wie sie es geplant hatte. Für eine Frau, die ihr Leben nach Plänen und Terminen gelebt hatte, waren die Gefühle, die in ihr brodelten, ungeplant, unvorhergesehen und beängstigend.

Kapitel
9

Nick sollte seine Angelegenheiten in den Griff kriegen und sich nicht an einem sonnigen Nachmittag unter der Woche mit einer schönen Frau die Zeit vertreiben. Nur dass das hier Mia war, eine Frau, mit der er sich auf eine Weise wohlfühlte, auf die er sich schon lange nicht mehr – vielleicht noch nie – mit irgendjemandem wohlgefühlt hatte.

Sie tupfte sich den Mund mit einer Papierserviette ab. Diesen sinnlichen Mund mit dem kleinen Grübchen an einem Mundwinkel. »Avocado und Tomate ist mein absolutes Lieblingssandwich.«

»Auf Siebenkornbrot ohne Mayonnaise und mit griechischen Oliven als Beilage.« Nick stieß die Schaukel mit einem Fuß an, und Mias Brüste bewegten sich unter ihrem gelben T-Shirt.

»Wohingegen du Mayonnaise magst, je mehr, desto besser, keine Avocado jemals anrühren würdest, selbst wenn dein Leben davon abhinge, und dir die Hälfte der Oliven stibitzt hast, als du dachtest, ich würde nicht hinsehen.«

Mia grinste, und er erhaschte einen Blick auf das Teenagermädchen, das er in Erinnerung hatte.

Das Mädchen, das süß und ein bisschen schüchtern war, ein sexy Lächeln und erst recht einen sexy Gang hatte. Das Mädchen, dessen Foto er aus dem *Kincaid Examiner* ausgeschnitten hatte, als sie die Königin des Angelderbys von Firefly Lake geworden war, und dann hinten in einem Mathebuch vor seinen neugierigen kleinen Schwestern versteckt hatte.

Das einzige Mädchen, das er begehrt hatte und das doch immer ausweichend gewesen und außerhalb seiner Reichweite geblieben war.

»Worauf willst du hinaus?« Nick reichte ihr das Plastikschälchen, in dem eine einsame Olive auf dem Boden herumkullerte.

Mia steckte sich die Olive in den Mund, während sich ihre Augen flatternd schlossen, und Nick stockte der Atem bei ihrer genießerischen Miene. Sie schlug die Augen wieder auf. »Das war nicht die letzte Olive. Du hast irgendwo noch ein paar versteckt.«

»Erwischt.« Er wühlte in der Deli-Tüte und reichte ihr ein weiteres Schälchen. »Ich habe mir zwei Portionen geben lassen.«

Sie schlug seine Hand weg, und bei der kurzen Berührung schoss ein sinnliches Feuer durch ihn. »Pfoten weg.«

»Hat Pixie dich endlich in eine Hundefreundin verwandelt?«

»Nein.« Mia schenkte ihm ein schelmisches Grinsen.

»Aber deine Mom liebt diesen kleinen Hund, und ich liebe deine Mom. Außerdem hält Pixie mich auf Trab.«

Nick sah auf Mias nackte Füße. Ihre Zehennägel waren in einem sanften Korallenrot lackiert, und auf einmal konnte er nur noch daran denken, Mia auf den Arm zu nehmen und in sein Bett zu tragen.

»Man kann für Hunde wie Pixie niedliche Kleider kaufen.« Mia wackelte mit den Zehen, und ihr schlanker Fuß streifte Nicks Knöchel.

»Du ziehst Moms Hund an?« Er atmete den blühenden Lavendel ein, vermischt mit dem zarten Blumenduft, der Mia war. Ein Duft, den er überall erkennen würde.

»Es war die Idee deiner Mom. Als ich letzte Woche mit ihr shoppen gegangen bin, haben wir Pixie ein rosa Jäckchen für den Winter, einen Schal, eine neue Tragebox und ein paar T-Shirts gekauft. Sie würde Pixie in diesem Laden, den wir im Internet gefunden haben, gern ein Kleid für Weihnachten kaufen.«

»Ein Weihnachtskleid für einen Hund?« Seine Mom war offensichtlich übergeschnappt und hatte Mia angesteckt.

»Du solltest dich freuen, dass deine Mom Pläne für Weihnachten schmieden will. Sie hat nicht aufgegeben.« Mias Stimme hatte auf einmal einen angespannten Ton, bei dem sich sein Herz zusammenkrampfte. »Wenn es sie glücklich macht, Pixie anzuziehen, wer sind wir, das zu verurteilen?«

»Ich ...« Nick brach ab, als er ihre bedrückte Miene sah. Im Gegensatz zu Mia hatte er seine Mutter noch.

»Meinst du, Mom würde sich über einen Geschenkgutschein freuen, um etwas für Pixie zu besorgen?«

»Ich denke, sie würde sich mehr freuen, wenn du etwas Zeit mit ihr verbringst.« Mia wühlte in ihrer Tasche und reichte ihm einen Snickers-Riegel.

»Ich verbringe doch Zeit mit ihr. Ich repariere Sachen rund ums Haus, manage ihr Investmentportfolio und tue alles, was sie sonst noch will. Ich will ihr helfen, diesen neuen Bungalow zu kaufen, oder? Das ist ein Spitzenmodell, mit europäischen Installationen und einer angeschlossenen Garage, sodass sie im Winter nicht das Haus verlassen muss, um zu ihrem Wagen zu kommen.«

»Du machst viel *für* sie, sicher. Vielleicht sogar Dinge, die ihr nicht sehr wichtig sind oder die sie selbst erledigen könnte, aber wie viel machst du *mit* ihr?« Mia beäugte ihn über ein Obsttörtchen hinweg, und ihre braunen Augen, umrahmt von dichten dunklen Wimpern, blickten ernst.

Nick machte den Mund auf und wieder zu. Die Frau wäre eine gute Anwältin, mit dieser Art, wie sie die Dinge genau auf den Punkt brachte, um ihn zu überrumpeln. »Na ja … ich … nicht viel, nehme ich an.«

»Wenn das so ist, was wirst du deswegen unternehmen?«

Mia knabberte an dem geriffelten Rand des Törtchens, und Nick zwang sich, den Blick abzuwenden. Hier ging es um seine Mutter. Er musste diese wilden Gedanken an Mias Mund verscheuchen. Wie weich er sich auf seinem anfühlte. Wie süß er schmeckte. Wie sehr Nick wollte, dass sie mit ihm jeden Zentimeter seines Körpers erkundete.

»Mom weigert sich, Harbor House zu verkaufen. Wenn sie nicht verkauft, weiß ich nicht, was ich anderes tun soll. Das ist das Einzige, worüber wir in letzter Zeit reden.«

»Reden?« Mia bürstete sich Gebäckkrümel von ihrem Rock, und ein paar Spatzen hüpften herüber, um sie zu begutachten.

»Okay, streiten.« Als wäre er wieder ein Teenager und sie beide in eine Auseinandersetzung verkeilt, bei der keiner von ihnen bereit war, einen Kompromiss einzugehen.

»Deine Mom hat eine Entscheidung getroffen. Ihre Entscheidung. Sie missfällt dir vielleicht, aber du musst sie respektieren.«

Und ob sie ihm missfiel. Bevor er in ein paar Wochen nach New York zurückkehrte, musste er dafür sorgen, dass seine Mutter in Sicherheit war. Abgesehen von dem Krebs, den Nick nicht unter Kontrolle hatte, war die größte Bedrohung für ihre Sicherheit dieses baufällige alte Haus.

»Vielleicht könntest du …« Er machte den Mund rasch zu.

»Was?«

»Mir weiterhelfen. Ich habe dich eingestellt, um Harbor House auf Vordermann zu bringen, aber vielleicht ist das gar nicht das, was Mom braucht. Nur dass ich nicht weiß, was sie braucht.« Er stützte den Kopf in die Hände, und die Spatzen flogen flügelschlagend davon.

»Gabrielle braucht Hilfe, um Zeug aus über einhundert Jahren aus diesem Haus auszuräumen. Sie ist belastet von Erinnerungen und Erwartungen von Familienangehörigen, die schon lange tot sind, und sie hat aus den Augen verloren, welche Dinge ihr wirklich etwas bedeuten. Das Problem ist nicht das Ausmisten des Hauses. Es ist der Verkauf, der ihr das Herz bricht. Harbor House bedeutet ihr mehr als irgendeines der Dinge darin.«

»Ich ...«

Mia hob eine Hand, um ihn zum Schweigen zu bringen. »Deine Mom glaubt, sie kann nicht mit dir reden, denn wenn sie es versucht, hörst du nicht zu. Deine Schwestern tun es auch nicht. Ihr drei habt so viel Angst davor, sie zu verlieren, dass ihr sie wie ein Kind behandelt. Ich verstehe ja, dass ihr es aus Liebe tut, aber das klappt für keinen von euch.«

»Mom kann nicht den ganzen Winter über allein in Harbor House zurechtkommen.« Jedenfalls nicht, wenn er wieder in New York wäre, was immer sein Plan gewesen war. Sobald seine Mom wieder gesund und in einem neuen Haus untergebracht war, würde er zu seinem richtigen Leben zurückkehren. »Was, wenn es einen Eissturm gibt und der Strom ausfällt? Was, wenn sie auf einer dieser Treppen ausrutscht und stürzt und tagelang von niemandem gefunden wird?«

»Firefly Lake ist eine Gemeinde, in der einer auf den anderen achtet. Gabrielles Freundinnen rufen sie jeden Tag an. Sie könnte auch allein in diesem Bungalow einen Unfall haben, und ein Eissturm könnte dort genauso wie in Harbor House für einen Heizungs- und Stromausfall sorgen. Vielleicht ist Harbor House zu viel für sie, aber deine Mom empfindet es nicht so, daher wirst du dir irgendetwas überlegen müssen.« Mias sanftes Lächeln erwärmte Stellen in Nicks Herz, die er vor langer Zeit verschlossen hatte.

»Du wirst mir nicht weiterhelfen?«

»Du bist mir vielleicht einer. Das habe ich doch schon getan.« Ihr Lächeln wurde breiter. »Du bist ein Teil des Problems, daher musst du ein Teil der Lösung sein. Fang damit an, indem du ihr zuhörst, wirklich zuhörst. Tu so, als ob sie eine Mandantin wäre. Deinen Mandanten hörst du doch zu, oder?«

»Natürlich.«

Die Schaukel quietschte, und Wasser plätscherte im Springbrunnen, während Mias Worte in Nick einsickerten und ihn dazu brachten, über Dinge nachzudenken, über die er nicht nachdenken wollte. Zum Beispiel darüber, wie sein Dad gegangen war und wie Nick über Nacht der Mann in der Familie geworden war. Nur dass irgendwann im Laufe der Zeit Pflichtgefühl an die Stelle der Liebe getreten und seine Mom zu einem weiteren Punkt auf seiner To-do-Liste geworden war.

Die Wahrheit stürzte auf ihn ein, so wie dieser Wagen vor all den Jahren in den See gestürzt war. Plötzlich, schockierend und lebensverändernd.

»Deine Mom liebt dich.« Mias sanfte Stimme war wie kaltes, klares Glas Wasser an einem heißen Sommertag. »Und du liebst sie, daher wirst du eine Lösung finden.«

»Meinst du?« Auch wenn er stolz darauf war, dass er immer alles unter Kontrolle hatte, entglitt ihm in Mias Nähe diese Kontrolle und legte das Wesen des Mannes frei, der er war und den er immer verborgen hatte.

»Klar wirst du das.« Ihr Lächeln sagte ihm, dass sie glaubte, dass er das Richtige tun würde.

»Als ich nach dem Unfall in der Reha war, habe ich viel Zeit hier draußen damit verbracht, um mir über mein Leben klar zu werden.« Er hatte Fragen gestellt, die niemand beantworten konnte, hatte Zusicherungen gewollt, die niemand geben konnte, und um eine zweite Chance gebetet, um alles richtig zu machen.

»Du hast deinem Leben eine Wende gegeben.« Mia drückte seine Hand, als ob sie verstünde, was es ihn gekostet hatte, sich zu ändern. »Obwohl es nicht leicht für dich gewesen sein kann, in einer Notfallsituation diese Straße am See hinunterzufahren, warst du für uns alle da.«

»Da war nichts dabei.«

»Oh, doch. Du bist ein Mensch, kein Roboter. Vielleicht hast du dich an den Unfall erinnert, aber du hast weder mich noch Charlie und Sean im Stich gelassen.«

»Ich hätte meinen achtzehnten Geburtstag um ein Haar nicht erlebt. Ich hätte es nicht getan, nicht ohne Glück und das Können des Arztes, der in dieser Nacht Bereitschaft hatte. Und ich unterschätze auch nicht die sture Weigerung meiner Mom, irgendjemandem zu glauben, der es wagte anzudeuten, ich würde vielleicht nicht durchkommen.«

Mehr als alles andere war es die Willenskraft seiner Mom gewesen, die Nick geholfen hatte zu sehen, dass er etwas aus seinem Leben machen musste, weil seine Kumpel es nicht mehr konnten.

»Deine Mom ist eine resolute Dame, und das ist der Grund, weshalb sie so entschlossen ist, in Harbor House zu bleiben.« Mia drückte seine Hand ein letztes Mal und wandte sich dann ab. »Ich sollte wieder zu Charlie gehen. Sie braucht mich und ...«

Nick hielt sie am Handgelenk fest. Jetzt oder nie. Er würde vielleicht keine zweite Chance bekommen. Er musste ihr die Wahrheit sagen. Die Krankheit seiner Mutter hatte ihm gezeigt, dass man oft nur eine einzige Chance im Leben bekam und nicht auf die Repeat-Taste drücken konnte.

»Charlie wird noch ein bisschen länger bei Liz gut aufgehoben sein. Sie werden dich anrufen, falls es ein Problem gibt. Bitte hör mir zu ... Wochenlang haben wir so getan, als ob zwischen uns nicht mehr als Freundschaft wäre, aber diese Küsse sprechen eine andere Sprache.«

»Sicher, wir fühlen uns zueinander hingezogen.« Mia wand sich aus seinem Griff und stand auf. »Aber es kann nirgends hinführen.« Sie schlüpfte mit dem linken Fuß in die rechte Sandale, erkannte ihren Irrtum und zog den Schuh wieder aus.

»Warum nicht?« Er war blind gewesen. Es war genau wie mit seiner Mutter. Er war ein Teil des Problems, daher musste er ein Teil der Lösung sein. Und die Lösung war offensichtlich und perfekt in ihrer Einfachheit.

»Wir sind Freunde, gute Freunde, und das ist genug. Ich habe in meinem ganzen Leben noch nie auf meinen eigenen zwei Beinen gestanden. Zuerst hat mein Dad mir gesagt, was ich zu tun hätte, und dann Jay. Dieses letzte Jahr war ich zum ersten Mal eine unabhängige Frau. Es gefällt mir. Ich will keine Beziehung.« Mias Oberkörper mit diesen kleinen Brüsten, die er so gern berühren wollte, hob und senkte sich.

»Siehst du, genau das ist doch das Tolle.« Nick zwang sich, ihr in die Augen und nicht auf ihre Brüste zu sehen. »Ich will auch keine Beziehung. Ehefrau, Kinder und samstagmorgens den Rasen mähen? Dieses ganze Häuschen-im-Grünen-Ding ist nichts für mich.«

Alles, was mit einer Familie verbunden war. Der Familie, die er mit Isobel oder irgendeiner anderen nicht haben konnte.

»Ich will gar nicht, dass du meinen Rasen mähst. Das macht Ty schon, weil wir eine Familie sind.« Mias Mund verzog sich zu dem halben Lächeln, das Nick so gern hatte, süß mit einer sexy Note. »Und ich habe auch kein Häuschen im Grünen.«

»Es ist eine Redensart.«

Ihr Lächeln wurde breiter. »Und was das mit der Ehefrau angeht, das habe ich hinter mir und abgehakt. Ebenso die Kinder.« Ihr Lächeln schwand. »Meinst du, wir können Freunde sein, aber mit...« Ihre Ohren liefen rot an, und sie sah sich auf der leeren Terrasse um.

»Warum nicht? Dank dieses Facebookfotos denkt sowieso schon die ganze Stadt, dass wir miteinander schlafen. Immerhin würden wir den Leuten nicht noch mehr Gesprächsstoff liefern.« Nick stand auf, und das Herz schlug ihm bis zum Hals. »Ich fühle mich zu dir hingezogen, und du fühlst dich zu mir hingezogen. Wir mögen uns, und keiner von uns würde sich mit falschen Erwartungen auf irgendetwas einlassen.«

»Stimmt.« Sie wandte sich halb zu ihm um, und ihre Brüste streiften seinen Oberkörper.

Er verhärtete sich, als er sie an sich zog. »Spürst du, was du mir antust?« Er presste sich an sie, dann wich er zurück, als sie leise aufstöhnte.

»Ich sollte gehen.« Sie glitt mit einer Hand über seine Brust, als könnte sie nicht anders.

»Falls du Charlie allein lassen kannst, wirst du am Samstagabend mit mir essen gehen? Wir könnten um den See nach Fairlight Cove fahren und uns dort eine Aufführung im Sommertheater ansehen.« Sie waren oft zusammen essen gegangen, aber diese Einladung war etwas anderes.

Mia nagte an ihrer Unterlippe, und das Verlangen in Nicks Körper wurde noch drängender. »Wenn die Ärztin sagt, dass Charlie reisefähig ist, wird Sean sie am Samstagmorgen nach New Hampshire bringen, damit sie Lexie sehen kann.« Sie berührte noch einmal seine Brust, bevor sie zurückwich. »Wenn das der Fall ist, klingen Essen und eine Theateraufführung gut.«

Sie nahm das fast volle Olivenschälchen, winkte kurz und ging zurück ins Krankenhausgebäude, mit diesem kleinen Hüftschwung, der ihn schon immer in den Wahnsinn getrieben hatte.

Nick setzte sich wieder auf die Schaukel und starrte auf den Springbrunnen. Er hatte bekommen, was er wollte. Mit Mias Hilfe würde er die Sache mit seiner Mom in den Griff kriegen. Außerdem hatte er erkannt, dass die Erinnerung an den Unfall keine solche Macht mehr auf ihn ausübte, wie sie es früher getan hatte.

Aber vor allem würde er seine Gefühle für Mia ein für alle Mal in den Griff bekommen. Auch wenn sie es nicht offen gesagt hatte, hatte er die Wahrheit in ihren Augen gelesen. Sie war bereit, mit ihm den nächsten Schritt zu tun.

Warum hatte er dann den Verdacht, dass es, wenn sie etwas Unverbindliches anfingen, dazu führen könnte, dass er sie noch mehr begehrte? Und er vielleicht doch nicht diese Kontrolle erlangen würde, nach der er sich sehnte?

Gabrielle hatte vergessen, wie es war, Zeit mit einem Mann zu verbringen. Die Gesellschaft eines Mannes zu genießen, morgens aufzuwachen und sich darauf zu freuen, ihn zu sehen. Auch wenn sie genug Gründe hatte, sich besser nicht daran zu gewöhnen, Ward in ihrem Leben zu haben, konnte sie dieses Gefühl von Vorfreude, ganz als wäre sie wieder eine junge Frau, nicht abschütteln.

»Sieh dir das an.« Ward kauerte am Rand ihres Rosengartens und reichte ihr seine Kamera.

Sie konzentrierte sich auf das Bild auf dem Display. Eine Hummel saß auf einem rosa Rosenblütenblatt, um den Nektar zu trinken. »Das ist wunderschön. Ich könnte das malen.« Ihre Finger zuckten, und sie konnte den Aquarellstift und die sicheren, festen Striche, die sie über das cremefarbene Papier ziehen würde, fast spüren.

»Ich hoffe, das wirst du tun.« Ward erhob sich und verzog das Gesicht. »Innerlich fühle ich mich noch immer wie fünfundzwanzig, aber dann knacken meine Knie, und mir wird bewusst, dass ich es doch nicht bin.«

Gabrielle lachte. Sie hatte viel gelacht, seit Ward in ihr Leben getreten war, ein aufrichtiges Lachen, das aus ihr hervorperlte, wenn sie am wenigsten damit rechnete. »Das geht mir genauso.« Sie ließ sich von ihm hochhelfen. »Ich bin vielleicht nicht mehr fünfundzwanzig, aber ich bin auch nicht fünfundachtzig, was mein Sohn nicht zu begreifen scheint.«

»Drängt Nick dich immer noch, dieses Haus zu verkaufen?« Ward führte sie zu der Terrasse mit Blick über den See, und die Brise zerzauste die grauen Haare an seinen Schläfen.

»Nicht direkt. Nick drängt nicht so, wie es die meisten Leute tun.« Gabrielle lehnte sich gegen die Steinmauer. »Aber er will immer noch, dass ich so denke wie er.«

»Und du willst das nicht?« Ward krempelte die Hemdsärmel hoch, entblößte sonnengebräunte Unterarme.

»Nein.« Gabrielle versuchte zu lächeln. »Nick denkt, er tut, was am besten für mich ist. Er hat recht, dass Harbor House zu groß für eine einzige Person ist. Ich will nicht noch einen Winter allein in dem Haus verbringen, aber ich dachte immer, er oder die Mädchen würden eine Familie gründen und hier leben wollen.«

Sie war eine Närrin gewesen, hatte sich etwas gewünscht und erhofft, das nicht geschehen war. Trotz ihrer kühnen Behauptung, dass sie nicht verkaufen würde, würde das Haus, das seit Generationen im Besitz ihrer Familie gewesen war, in fremde Hände übergehen müssen, wenn sie nicht rasch einen anderen Plan fasste. Das Haus, an das sie sich geklammert hatte, als Brian gegangen war und sie, in einen Skandal und Schulden verstrickt, zurückgelassen hatte. Das Einzige, was ihr gehört hatte, im gemeinschaftlichen Besitz mit ihren Eltern, und das Einzige, was weder Brian noch seine Gläubiger in die Finger hatten kriegen können.

Ward hob seine Kamera und schoss ein Foto von einer Krähe, die auf dem Zweig einer Kiefer saß. »Was ist mit Cat und ihrer Tochter?«

»Es sieht mir nicht danach aus, dass Cat je hierher zurückkommt. Sie ist schlau, und ich bin stolz auf sie und das, was sie erreicht hat, aber sie ist aus Firefly Lake herausgewachsen. Sie ist auf der Suche nach einer Festanstellung. Im Augenblick leben sie und Amy in Boston in einer Wohnung zur Miete, in der Nähe der Universität, wo sie einen Lehrauftrag hat. Was Georgia betrifft, sie führt ein unstetes Leben, und nichts wird sie verankern. Solange sie einen Rucksack und eine Yogamatte hat, ist sie glücklich.«

Wards blaue Augen funkelten. »Sag niemals nie.«

»Du hast Georgia nicht kennengelernt, und Cat bist du nur kurz begegnet. Beide besuchen mich, sicher, aber sie kommen und gehen immer so schnell, dass der Staub keine Zeit hat, sich zu legen. Selbst der Vermonter Vorfrühling kann sie nicht dazu verlocken, lange zu bleiben. Aber ich sehne mich auch danach, Amy öfter zu sehen. Cat war immer eine alleinerziehende Mom, aber sie ist so entschlossen, alles allein zu schaffen, dass ich ihr mit Amy nie viel helfen konnte, obwohl ich das sehr gern tun würde.«

Gabrielle schluckte einen Seufzer hinunter. Welche andere Mutter bezog die meisten Informationen über ihre Töchter über Facebook? Sie wollte nicht nur eine größere Rolle in Amys Leben spielen, sie sehnte sich auch nach mehr Enkelkindern.

»Ich liebe meine Enkelin.« Wards Gesicht nahm einen sanften Ausdruck an, so wie immer, wenn er von seiner Tochter und ihrem kleinen Mädchen sprach. »Als meine Frau starb, waren Erica und ich viele Jahre nur zu zweit. Jetzt ist sie Mutter und so glücklich, dass ich mich entspannt zurücklehnen kann. Ihr Mann ist in der Navy, und es war ein Segen, dass er in den letzten zwei Jahren in der Nähe von Seattle stationiert war, sodass ich sie alle ständig sehe.« Er legte einen Arm um Gabrielle und zog sie an sich. »Bist du dir sicher, was Nick betrifft? Er und Mia scheinen sich nahezustehen.«

»Nicht auf die Art nahe. Keiner der beiden kann sehen, was genau vor ihrer Nase ist. Ich liebe Mia inzwischen wie eine eigene Tochter, und sie wäre perfekt für Nick, aber glaubst du vielleicht, er merkt es? Nein.«

Trotz ihrer sanften Bemühungen, die beiden zusammenzubringen, waren sie Freunde, nichts weiter. Vielleicht nicht einmal mehr Freunde nach dem, was nach der Modenschau zwischen ihnen passiert war, was immer das war. Gabrielle war so hoffnungsvoll gewesen, vor allem als Nick an jenem Abend Mia hinterhergestürzt war und der ganzen Stadt Gesprächsstoff geliefert hatte.

»Du würdest dich vielleicht wundern.« Ward stützte den Kopf auf ihren, so entspannt, als würden sie sich seit Jahren kennen. »Im Moose and Squirrel hätte er gestern Abend fast einen der Jungs, mit denen er Billard spielte, verprügelt. Der Bursche hat irgendetwas über Mia gesagt, was Nick nicht gefallen hat, und wenn mein Eindruck mich nicht täuscht, hätte Nick es mit ihm vor der Tür geklärt, wenn der Barmann nicht dazwischengegangen wäre. Was ist denn eigentlich mit diesem Facebookfoto von den beiden?«

Hoffnung flackerte in Gabrielles Herz auf und trübte sich dann wieder ein. »Er begehrt sie, das ist es, was dieses Foto sagt. Aber sie lieben und sich eine Zukunft mit ihr aufbauen? Das bezweifle ich.« Erst Brian und dann Isobel hatten das Vertrauen und den Glauben ihres Sohns an die Liebe zerstört.

»Du kannst Nicks Leben nicht für ihn leben, Gabby.« Ward strich eine kurze Haarsträhne von ihrem Ohr. »Du hast dein eigenes Leben.« Seine Stimme wurde tiefer, und Gabrielles Herz setzte einen Takt aus.

»Gabby?«

Seine Finger lagen noch immer in ihren Haaren, in den spitzen Strähnen, die sie hasste, die aber immer noch besser waren als gar keine Haare.

»Willst du nicht, dass ich dich Gabby nenne?«

»Das ist schon in Ordnung.« Nur dass dieser Kosename noch mehr dafür sorgte, dass sie sich in ihn verliebte. So wie sie sich in Brian verliebt hatte, als sie jung und töricht und er der Highschool-Footballheld gewesen war. Der Junge, der sie überzeugt hatte, dass er in dieser kleinen Stadt bleiben und mit ihr alt werden wollte. Der ihr versichert hatte, er würde gern in der Kanzlei arbeiten, wie sein Vater und Großvater vor ihm, zusammen mit ihrem Onkel und ihrem Cousin.

»Du warst krank, habe ich recht?« Ward ließ seine Hand auf ihrer Schulter ruhen, und sie spürte seine sanfte Berührung warm durch den dünnen Stoff ihres Oberteils.

Sie wandte sich ab, denn seine Berührung war, wie seine Worte, zu intim. »Wie hast du es herausgefunden?« Sie hatte nicht vorgehabt, es ihm zu sagen, aber sie konnte es auch nicht abstreiten. In ein paar Wochen würde er aus ihrem Leben verschwunden sein, und wenn sie es ihm nicht sagen musste, dann könnte sie weiterhin so tun, als wäre sie noch immer die Frau, die sie vor ihrer Diagnose gewesen war.

»Eine der Bedienungen im Moose and Squirrel hat Nick gefragt, wie es dir geht, und ich habe eins und eins zusammengezählt.« Er zog sie wieder an sich und massierte ihre Schultern. Wie durch Zauber fanden seine Finger die Knoten in ihren verspannten Muskeln und lockerten sie. »Außerdem würdest du Tag und Nacht bei Mia und Charlie im Krankenhaus sein, wenn du könntest.«

Gabrielle blinzelte die plötzliche Feuchtigkeit hinter ihren Lidern weg. »Es geht mir gut.«

Wenn sie es sich nur oft genug sagte, würde es wahr sein. Der Krebs war früh entdeckt worden. Sie war fertig mit der Chemo und der Bestrahlung, und ihre letzte Kontrolluntersuchung war in Ordnung gewesen, kein Grund zur Besorgnis, hatte der Arzt gesagt. Zumindest für die nächsten drei Monate, bis sie wieder hingehen musste, um sich erneut untersuchen zu lassen und sich aufs Neue sorgen zu müssen.

»Natürlich geht es dir gut.« Wards Stimme war warm. »Keiner von uns weiß, wie viel Zeit ihm noch bleibt, daher wirst du sie nicht vergeuden, oder?« Er neigte den Kopf zu ihrem Ohr, und sie atmete den Geruch von Sonnenschein, Erde vom Garten und guter Gesundheit ein.

»Ich kann nicht.« Sie wich seinem Mund aus.

»Warum nicht?« Er berührte ihre Lippen mit einem Finger.

»Erstens lebst du in Seattle.« Sie wies mit einer Hand zum See. »Das ist Tausende von Meilen von hier entfernt.«

»Ich lebe dort, weil ich keinen Grund habe, irgendwo anders zu leben. Im Moment ist es nah bei Erica, aber ihr Mann könnte für seinen nächsten Einsatz überallhin versetzt werden. Da ich beruflich oft nach Asien reise, ist Seattle praktisch für Flüge, aber ich bin dort nicht verwurzelt, nicht so, wie du es hier bist.«

Verwurzelt. Mehr Tränen brannten in ihren Augen

und drohten hervorzuquellen. Nick und die Mädchen hatten sich von diesen Wurzeln losgerissen, ohne einen Blick zurückzuwerfen, aber dieses kleine Stück Vermont mit seinem See, den grünen Hügeln, den Pfaden der Elche und den bodenständigen Leuten war nicht einfach irgendein Ort, es war *ihr* Ort. Wo sie geboren war, wo sie ihr Leben verbracht hatte und wo sie sterben wollte, vorzugsweise mit mehreren Generationen ihrer Familie um sich.

»Gabby?« Ward umfasste ihr Kinn. »Was ist? Was hast du?«

Sie schniefte und rieb sich mit einer Hand über die Augen. »Ich bin eine törichte alte Frau, so wie die, in die Nick mich verwandeln will.« Sie schniefte wieder, und Ward zog sie in seine Schulterbeuge.

»Du bist nicht töricht, und wenn du eine alte Frau bist, dann bin ich ein alter Mann.« Sein Lachen dröhnte, und unter dem blauen Baumwollstoff seines Hemds hämmerte sein Herz in einem gleichmäßigen Rhythmus. »Das Leben ist noch lange nicht vorbei. Dich kennenzulernen, war ein Geschenk.«

Gabrielle hob den Kopf zu seinem. »Für mich auch«, murmelte sie, »aber ich kann nicht ...«

Sein Mund bedeckte ihren mit einem sanften Kuss. »Dann werde ich warten, bis du es kannst«, sagte er an ihren Lippen.

Er küsste sie wieder, weniger sanft diesmal, und Gabrielles Knie wurden weich, während sie die Zehen in den Boden grub. Keine Erwartungen, rief sie sich in Erinnerung, selbst während sie seinen Kuss erwiderte. Und auch keine Versprechungen.

»Okay?« Wards blaue Augen forschten in ihren.

Bevor er den Kopf zu einem weiteren atemberaubenden Kuss herunterneigte, flüsterte sie, so leise, dass sie sich nicht sicher war, ob er sie hören würde: »Okay.«

Als Mia auf der Highschool und dem College war, war der Samstagabend den Dates vorbehalten, aber sie hatte seit fast achtzehn Jahren keine richtige Verabredung mit jemand Neuem mehr gehabt. Sie war so aus der Übung, dass sie sich nicht einmal sicher war, ob das hier überhaupt ein Date war.

Das Sommertheater in Fairlight Cove war eine ehemalige Scheune, und der Umbau war so neu, dass es dort noch immer nach Sägespänen und frischer Farbe roch. Und es hatte auch einen Hauch von Firefly Lake wegen der schilfbewachsenen Bucht am Ende des abschüssigen Felds dahinter.

Sie rutschte auf der Holzbank hin und her, während sie einen verstohlenen Blick auf Nick rechts von ihr warf. Seine Haare verschmolzen mit der Dunkelheit des Theaters, und seine muskulösen Unterarme ruhten auf seinem Schoß. Er trug verwaschene Jeans und ein weißes Hemd, und er hatte seine langen Beine ausgestreckt. Sie war eine alleinerziehende Frau, und alleinerziehende, unabhängige Frauen hatten ständig Dates. Diese Frauen hatten auch Sex mit Männern, die ihnen gefielen. Männern, die sie begehrten und von denen sie begehrt wurden.

Das Publikum lachte, und Mia versuchte, sich auf die Bühne zu konzentrieren, um ihre Panik in den Griff zu bekommen. Sie hatte mit niemandem außer ihrem Ex-Mann Sex gehabt. Eine Szene des Stücks nach der anderen zog verschwommen an ihr vorbei, und als alle um sie herum klatschten, zwang sich Mia, es ihnen gleichzutun. Das Geräusch hallte in den hohen Dachsparren und in ihrem Kopf wider.

»Hat dir das Stück gefallen?« Nick beugte sich hinüber, um ihr ins Ohr zu flüstern.

Sie zuckte zusammen, und dann blinzelte sie, als die Deckenlichter angingen. »Es war nett.«

»Nett?« Er zog grinsend eine dunkle Augenbraue hoch. »Es war eine Mordgeschichte, wo der Schurke seine sogenannten Freunde mit vergifteten Martini-Oliven getötet hat. *Nett* ist nicht das erste Wort, das mir dazu einfällt.«

»Ich meinte, es hatte einen guten Plot. Ich bin bis zum Schluss nicht darauf gekommen, wer es war.« Vermutlich, weil sie nicht aufgepasst hatte.

»Ich wusste die ganze Zeit, dass es der Stadtsekretär war.«

»Der Stadtsekretär? Ich dachte, es war der Caterer.«

»Wenn er nicht auf der Bühne steht, ist der Schauspieler, der den Caterer gespielt hat, der Stadtsekretär drüben in Kincaid.« Nick lachte. »Er wird bei den hiesigen Theaterproduktionen immer für die Schurkenrolle ausgewählt. Cat sagt, das ist so, weil er böse Augen hat. Er ist in Firefly Lake aufgewachsen, und als wir Kinder waren, hat er sich jedes Jahr an Halloween als Monster verkleidet und sie halb zu Tode erschreckt.«

»Ich bin ein Großstadtmädchen, schon vergessen?« Leichtes Geplänkel, schön locker bleiben und so tun, als ob zwischen ihnen alles so wäre, wie es schon immer war. »Ich bin diese Art Gemeinschaft hier noch immer nicht gewohnt, und die Art, wie jeder mit jedem verbunden zu sein scheint.«

»Mit dieser Gemeinschaft geht viel einher.« Nick erhob sich und geleitete Mia durch das Gedränge zum Ausgang. Sein großer Körper beschützte sie und gab ihr das Gefühl, sicher und behütet zu sein. »Die Leute kennen deine Angelegenheiten und glauben, sie haben das Recht, über dich zu reden, weil der Cousin zweiten Grades ihrer Großmutter mit deiner angeheirateten Großtante dritten Grades verwandt war. Sie posten Fotos von dir auf Facebook.«

Mias Gesicht begann zu glühen. Ein Ausdruck dieses Facebookfotos war auf Gabrielles Küchentisch aufgetaucht. Sie hätte es wegwerfen sollen, aber stattdessen hatte Mia es mit nach oben genommen und ganz unten in ihren Koffer gesteckt. Und dann hatte sie Gabrielles sprechende Blicke ignoriert.

»Hast du Lust auf ein Eis? Simard's Molkerei hat einen Stand gegenüber vom Restaurant, wo wir zum Essen waren.« Dem intimen Bistro mit Zweiertischen, wo das gedämpfte Kerzenlicht die Kanten von Nicks Gesicht weichgezeichnet hatte und ihre Knie sich unter dem kleinen Tisch berührt und ein Kribbeln durch Mias Körper gejagt hatten.

»Du magst deine Tigerschwanz-Eiscreme, habe ich recht?« Auch wenn Nicks Stimme einen neckenden Ton hatte, funkelte irgendetwas Heißes und Wildes in seinen Augen. Dann veränderte sich seine Miene wieder, und er war der Nick, der ihr bei all diesen nächtlichen Telefonaten im letzten Winter mit der Stiftung ihrer Mom geholfen hatte. Der Freund, den sie anrief, wenn sie über alles und jeden reden wollte.

Mia blieb mitten auf dem Feldweg stehen, wo sie den Wagen geparkt hatten. Das lange Gras kitzelte ihre nackten Beine unter ihrem Sommerkleid, und sie fröstelte in der kühlen Nachtluft. Sie würden sich Eiscreme holen, und dann würde Nick sie nach Hause fahren. Sie würden den vertrauten Highway zurück nach Firefly Lake nehmen und über das Theaterstück reden und darüber, wie gut es Charlie und Lexie ging. Sichere, leichte Themen.

Er würde sie am Harbor House absetzen, und sie würde nach oben gehen und sich in Georgias Einzelbett unter den zerfledderten Reisepostern legen. Allein. Wie in all den anderen Nächten, die sie allein verbracht hatte, während sie leugnete, was sie sich wirklich wünschte, und sich in Ausflüchten erging.

»Ich habe es mir anders überlegt. Ich will doch kein Eis.« Ihre Stimme bebte.

»Mia, ich …« Er machte ein ersticktes Geräusch.

»Ich habe über das nachgedacht, was du gesagt hast.« Wenn sie die Gelegenheit jetzt nicht ergriff, würde sie

212

es immer bereuen und sich fragen, was zwischen ihnen hätte sein können. Und vielleicht war eine Liebelei mit Nick genau das, was sie brauchte, um die letzten Geister ihrer Ehe zu vertreiben. »Du hast recht. Wir sind beide Singles, und keiner von uns will etwas, das der andere nicht geben kann.«

»Bist du dir sicher?«

Sie versuchte zu lachen. »Wir müssten diskret sein.«

»Natürlich.« Das pure Verlangen in seinem Gesicht wich einem Anflug von etwas, das Verletztheit hätte sein können.

»Ich mag dich, und ich weiß, dass du mich nicht verletzen wirst.« Denn sie hatte den Teil von sich, der verletzt werden könnte, tief in ihrem Innern verschlossen. »Wir haben beide Bedürfnisse.« Sie kickte mit ihren Sandalen gegen das Gras und rieb über ihre Unterlippe.

»Ich mag dich auch. Was Jay getan hat, war falsch, und ich will sicherstellen, dass du verstehst … dass ich dir so etwas niemals antun würde.« Ein Puls pochte an Nicks Kehle. »Wir werden vielleicht keine Beziehung haben, aber ich würde mit keiner anderen Frau schlafen, wenn ich mit dir schlafe.«

Mia sah zum Nachthimmel empor, wo Sterne über den bewaldeten Hügeln funkelten. Als sie klein gewesen war, hatte sie sich bei Sternschnuppen etwas gewünscht und an ein Happy End geglaubt. Aber sie war eine Erwachsene, und das Leben hatte sie weiser gemacht und ihren kindlichen Glauben an Zauber und Wünsche zerstört. »Und was tun wir jetzt?«

»Ich fahre dich zurück zu Moms Haus, wenn du willst.«

Nicks Arm streifte die Rundung ihrer Schulter durch ihren leichten Pullover, und das Zittern in ihr wurde heftiger. »Wenn du nicht bereit bist.«

Und ob sie bereit war. Sie war es gewesen, schon bevor er sie zum ersten Mal geküsst hatte. »Ich will das hier.« Sie hob ihr Gesicht zu seinem, während eine Wolke über den Mond huschte. »Ich will dich.«

Selbst wenn es nur für heute Nacht sein könnte, war sie Mia und keine Mom, keine Schwester und keine Ehefrau, die für jemanden, der jünger und kurvenreicher war, weggeworfen worden war. In diesem einen Moment hatte sie keine Verpflichtungen bis auf das, was sie selbst wollte und brauchte.

»Ich will dich auch.« Er nahm ihre Hand und führte sie zum Wagen. »Ein Teil von mir wollte dich, seit ich fünfzehn war und du in diesem grünen Bikini mit den weißen Blümchen am Strand herumgehangen hast.«

Ihr Herz pochte. Er hatte ihr so viel Beachtung geschenkt, um sich an den Bikini zu erinnern, den sie vor ihrer Mom versteckt hatte. Den, den sie gekauft hatte, weil sie Nick hatte sagen hören, dass er Grün mochte. »Du warst immer mit den Typen drüben bei der Wasserwacht zusammen.«

Sein sportlicher Körper hatte in Boardshorts gesteckt, und seine Augen waren hinter einer verspiegelten Sonnenbrille verborgen gewesen. Alles an ihm war extrem sexy und ein klein wenig gefährlich gewesen.

»Ich wollte dich sehen.« Sein Lächeln war gezwungen, als ob ihn das Eingeständnis mehr kostete, als er sie wissen lassen wollte.

Mia legte ihre kalte Hand in seine warme. Sie hatte sich schon gedacht, dass sie ihn dieses eine Mal, als sie zusammen ausgegangen waren, verletzt hatte, aber bis heute Abend hatte sie nicht verstanden, wie sehr. Sie konnte die Vergangenheit nicht ändern, und sie konnte die Zukunft nicht vorhersagen, aber die Gegenwart hatte sie in der Hand. »Ich will mit dir zusammen sein. Auch wenn wir keine Teenager mehr sind und ich diesen grünen Bikini nicht mehr habe.«

Nick musterte ihren Körper von Kopf bis Fuß und sein Blick verharrte auf ihren Brüsten. Dann schenkte er ihr ein Grinsen, das durch und durch den bösen Jungen verriet. »Ich habe mich sowieso immer weitaus mehr dafür interessiert, was unter diesem Bikini war.«

Er öffnete ihr die Beifahrertür.

Sie sah ihn unter ihren Wimpern hervor an und flirtete, wie sie es vor all den Jahren hatte tun wollen, als sie zu schüchtern dafür gewesen war. »Ach ja, hast du das?«

»Oh, ja.« Er schloss die Wagentür, und in der plötzlichen Stille wurde sie wieder von Panik erfasst. Nur dass sich auch Aufregung unter dieses Gefühl mischte. Sie würde tun, worüber sie kaum nachzudenken gewagt hatte, aber sie würde nicht zulassen, dass sie sich in ihn verliebte oder er ihr mehr bedeutete, als es ein guter Freund tun würde.

Begehren war keine Liebe. Liebe brauchte Verpflichtung. Und ohne Liebe und Verpflichtung konnte es nichts Dauerhaftes geben.

Nick stand auf der Eingangsveranda der Blockhütte, Mias Hand in seiner. Die Blätter in den großen Bäumen in der Nähe des Hauses raschelten im Wind, und Nachtvögel riefen einander zu. Hinter der alten Ahornsiruphütte plätscherte ein Bach, und der Basston eines Ochsenfroschs hallte wie ein Bogen über den Saiten einer Geige.

»Wem gehört das hier?« Die Unschuld in Mias Miene zerrte an seinem Herzen. Keine Beziehung und keine Verpflichtungen. Sie waren beide damit einverstanden. Es war nicht so, dass er sie ausnutzen oder ihr irgendetwas versprechen würde, das er nicht geben konnte.

»Mir.« Er schloss die Tür auf und öffnete sie, dann drückte er auf einen Lichtschalter.

Weiches Licht spiegelte sich auf den honigfarbenen Eichendielen, die hier und da mit bunten Flickenteppichen belegt waren. Ein teilbares Sofa stand in der Nähe der Schlafzimmertür in einer Ecke.

Mias Blick huschte durch den Raum, und Anspannung strahlte von ihr aus. »Du hast nie erwähnt, dass du eine Hütte in Fairlight Cove hast.«

»Es schien nie wichtig zu sein.« Er hatte die Leute immer auf Abstand gehalten, und er gab nicht viel von sich preis, nicht einmal gegenüber den Menschen, die ihm etwas bedeuteten. Er schloss die Tür hinter ihnen, um die Nacht auszusperren.

Mia schlüpfte aus ihren Sandalen und folgte ihm in

den Wohnbereich, ihre nackten Füße ein leises Trippeln auf dem Boden. »Es ist wunderschön. Wenn das meine Hütte wäre, wäre ich jedes Wochenende hier.«

»Mémère Brassard, die Mutter meiner Mom, hat sie mir in ihrem Testament vermacht.« Mehr als Harbor House, mehr als seine Wohnung in New York und weitaus mehr als die Wohnung über der Kanzlei in der Stadt war die Hütte am ehesten das, was Nick als Zuhause empfand. »Mein Großvater hatte sie für sie gebaut, als er nach dem Zweiten Weltkrieg aus der Navy zurückkehrte. Es war der Lieblingsort der beiden.«

Ein Lächeln umspielte Mias Mund, als sie sich auf die Kante des Sofas setzte. Das weiße Sommerkleid mit den roten Blumen, das ihm so gut gefiel, bauschte sich um sie. »Das ist ja süß.«

Er setzte sich neben sie, so unsicher wie schon lange nicht mehr. Er mochte Sex, und er dachte gern, dass er gut darin war, aber bei Mia wusste er nicht, wie er anfangen sollte. Oder was er tun sollte, um sie nicht noch mehr zu verängstigen. »Du bist so schön und ...«

Sie legte einen Zeigefinger an seine Lippen, um ihn zum Schweigen zu bringen. »Mein Leben lang haben mir Leute gesagt, ich sei schön. Vielleicht bin ich das ja, aber das ist nicht alles, was ich bin. Bei dir brauche ich keine netten Worte.« Ihre braunen Augen blickten traurig. »Ich will, dass du mich ansiehst und erkennst, wer ich bin. Alles von mir, nicht das Mädchen, das ich war, sondern wer ich jetzt bin.«

»Ich sehe dieses Mädchen nicht. Ich sehe die Frau, die

meine gute Freundin ist, die ich dafür respektiere und bewundere, wie sie ihr Leben wieder zusammengefügt hat.«

»Gut.« Mia atmete schaudernd aus. »Und ich sehe nicht Brian McGuires Sohn oder den Jungen, der du warst. Ich sehe dich.« Sie berührte seinen Kiefer, und ihre Finger verharrten über der blassen dreieckigen Narbe von dem Unfall.

Zum ersten Mal schien die Last seines väterlichen Erbes leichter zu werden. Die Erwartungen, die Fehler und die Dinge, die er bereute, waren nicht wichtig, jedenfalls nicht heute Abend. Die Angst, zu lieben und zu verlieren, war ebenfalls nicht wichtig. Er umfasste ihr Gesicht mit einer Hand und sah ihr in die Augen. »Engel, bist du dir sicher, was das hier betrifft?«

Sie erhob sich, zog ihn mit sich hoch. »Ich habe deiner Mom schon eine Nachricht geschickt und ihr gesagt, dass sie nicht aufbleiben und auf mich warten soll.«

»Hast du ihr gesagt, wo du bist?«

»Nein, und sie hat auch nicht danach gefragt. Sie freut sich so, dass Cat und Amy zu Besuch sind, dass sie an kaum etwas anderes denken kann.« Mia schenkte ihm ein schelmisches Grinsen. »Außerdem wusste ich ja gar nicht, wohin du mit mir fahren wolltest.«

Nick lachte leise, während er Mias Pullover sanft von ihren Schultern streifte. Einer der Träger ihres Sommerkleids rutschte mit dem Pullover herunter. »Mom ist nicht auf den Kopf gefallen. Sie weiß, dass wir heute Abend nach Fairlight Cove gefahren sind. Sie wird sich denken können, dass ich dich hierhergebracht habe.«

Sie würde sich auch denken können, warum, und Nicks Kehle schnürte sich zu. All diese Anspielungen auf Mia, die seine Mom hatte fallen lassen, machten ihm klar, dass sie ihn und Mia gern zusammen sehen würde. Sie würde nie verstehen, dass das heute Abend etwas Beiläufiges war, ohne Verpflichtungen, für keinen von ihnen.

Mia zitterte, während er den Pullover und den Träger ihres Kleids sanft herunterzog. »Hast du …« Sie stöhnte auf, als er ihre Halsbeuge leckte und mit einer Hand über die Unterseite ihrer Brüste glitt.

»Habe ich was?« Er atmete den berauschenden Duft ihres Blumenparfüms ein und schob sie sanft rückwärts zu der halb geöffneten Schlafzimmertür.

»Du und deine Ex-Frau …« Sie brach ab, das Kleid war über eine Schulter heruntergerutscht.

»Ich war nie mit Isobel hier. Oder irgendeiner anderen Frau.« Er wickelte sich eine Strähne ihres Haars um einen Finger. »Sean und ich sind im letzten Winter ein paarmal zum Skilanglaufen hergekommen, aber das waren Männerwochenenden. Charlie ist zu Hause geblieben.«

»Dieser Ort hier ist völlig anders als Harbor House.« Mia zeigte auf den Raum mit den modernen Möbeln, durchbrochen von ein paar Vintage-Teilen wie der Bettruhe aus Vermonter Eichenholz, die er bei einer Auktion erworben hatte, und den Schneeschuhen seines Großvaters, die neben dem Holzofen an der Wand hingen. »Du hast sogar Zierkissen, und alle Farben sind aufeinander abgestimmt. Grüntöne mit einer Spur Rot und

Braun, um die Farbtöne des Holzes wiederaufzunehmen.«

»Was denn?« Nick riss sich vom Anblick ihres Mundes los.

Mia schnappte sich ein Sofakissen. »Du bist ein Typ. Erzähl mir nicht, dass du das alles selbst ausgewählt hast.« Auch wenn ihre Augen ihn neckten, lauerte in ihren Tiefen Misstrauen.

»Okay, ich habe gelogen.« Er grinste. »Es gab eine Frau hier. Die Innenausstatterin, die ich beauftragt habe, um die Hütte auf Vordermann zu bringen. Ich habe Mémère geliebt, aber diese ganzen rosa Rosen, die überall waren, die habe ich nicht geliebt.« Er trat auf Mia zu, und sie wich noch weiter zur Schlafzimmertür zurück.

»Du hast eine Küche?« Sie zupfte an ihrem Kleid, entblößte noch mehr cremefarbene Haut.

»Und was für eine.« Er berührte den Ausschnitt ihres Kleids mit einem Finger. Ihre Haut war heiß, und Mia zischelte, als er mit dem Finger tiefer in ihr Dekolleté glitt.

»Ich kann uns beiden morgen früh ein warmes Frühstück machen.« Ihre Augen weiteten sich, während seine Finger sich in den Spitzen ihres BHs verhakten. »Ich meine, wenn ...«

»Ich habe nicht vor, mitten in der Nacht zurück nach Firefly Lake zu fahren.« Nick zog ihren Pullover vollständig herunter. Als er auf dem Boden landete, klimperten die Knöpfe stakkatoartig. »Wir werden diskret sein, aber ich will keine Heimlichtuerei. Ich hätte dich nicht hierhergebracht, wenn ich nicht wollen würde, dass du über Nacht bleibst.« Er öffnete die Schlafzimmertür und schob Mia sanft zum Bett.

»Ich habe nichts anderes zum Anziehen dabei oder ...«

»Ich habe eine Reservezahnbürste, und du kannst eines von meinen Hemden anziehen, falls dir kalt wird.« Er öffnete die winzigen Knöpfe an der Vorderseite ihres Kleids, bis sich die obere Hälfte löste und sie von der Taille aufwärts nackt bis auf einen elfenbeinfarbenen, trägerlosen BH vor ihm stand. »Aber ich will, dass du es richtig heiß hast.« Er fand den Schalter für die Nachttischlampe und knipste sie an.

Mias Gesicht lief rot an, während sie ihre Brust mit den Händen bedeckte. »Ich bin kleinbrüstig. Das war ich schon immer, aber nachdem ich die Mädchen bekommen hatte, wurde ich es erst recht. Charlie hat die schönen Brüste in der Familie.« Ihr Lachen klang schrill und blechern.

»Dein Busen ist perfekt.« Nick riss sich das Hemd herunter und zog sie an seinen Oberkörper. Er neigte den Kopf und küsste ihren Hals und dann ihren Mund, während sie zitterte. »Und deine Beine sind auch perfekt.« Er nahm sie hoch und setzte sie aufs Bett, und dann glitt er mit einer Hand unter den Saum ihres Kleids.

Während Mia sich auf dem Bett wand, rutschte das Kleid herunter, und Nick tat einen scharfen Atemzug.

»Was?« Sie setzte sich mit einem Ruck auf, versuchte, ihre Brüste und den zu dem BH passenden Slip zu verbergen.

»Du siehst noch besser aus als in diesem Bikini.« Er nahm ihre Hände in seine und hielt ihrem Blick stand. »Du hast keinen Grund, verlegen zu sein. Nicht vor mir und auch sonst nie.« Er trat neben sie und legte ihr Kleid über seinem Hemd auf den Boden.

Sie löste eine ihrer Hände aus seinen und glitt mit sanften Berührungen über die Konturen seiner Brust, dann über seinen Rücken und die Vertiefung seines Rückgrats. Er schauderte.

»Entschuldige.« Ihre Hand hielt still, als hätte sie irgendetwas Falsches getan.

»Hör nicht auf.« Er beugte sich hinunter, küsste sie auf den Mund und wartete, bis sie sich für ihn öffnete, um den Kuss zu vertiefen und die dunkle Schokolade zu schmecken, die sie sich während der Theateraufführung geteilt hatten. Er rollte sich auf die Seite und zog sie an sich, sodass sie sich von Angesicht zu Angesicht, Herz an Herz, gegenüberlagen.

Mia machte ein leises Geräusch und zog ihn noch näher an sich. Sie berührte wieder seinen Rücken, und dann glitten ihre Finger tiefer unter den Bund seiner Jeans und Boxershorts.

Er löste sich sanft von ihr und öffnete mit einer Hand seinen Gürtel. »Hilfst du mir, Engel?«

Sie fummelte an dem Knopf seiner Jeans, dann an dem Reißverschluss, und fuhr über seine Erektion, bevor sie ihre Hand fortnahm.

Nick entledigte sich seiner Hose und streckte sich wieder nach ihr aus. Er neigte den Kopf, um die Linie ihres

Kiefers, ihren Hals und dann ihre Brüste zu küssen. Er fand die Schnalle ihres BHs und öffnete sie, diese kleinen Brüste, über die er nachgesonnen hatte, in Reichweite, die Brustwarzen bereits hart für ihn, um sie zu berühren und zu schmecken.

»Nick.« Mia hauchte seinen Namen, als er eine ihrer Brustwarzen drückte und dann in seinen Mund saugte.

Seine freie Hand glitt über die Rundung ihrer Hüfte und unter den Saum ihres Slips.

Sie bog die Hüften, und er setzte seine intime Erkundung fort, zog ihr den Slip langsam aus und schlang ein Bein um ihre beiden.

Sie versteifte sich und drehte sich von ihm weg.

Nick hob den Kopf. Ihr Atem ging stoßweise, und ihr Körper bebte.

»Ich dachte, ich könnte das hier, aber ...«

»Was ist los? Was habe ich getan?«

»Nichts. Du hast nichts Falsches getan.« Ihre Augen glänzten feucht. »Es liegt an mir.«

»Hey.« Er nahm die Fleecedecke vom Fußende des Betts und wickelte sie behutsam darin ein. »Es ist okay, Engel.«

»Ich habe das schon lange nicht mehr gemacht, und ich habe Angst.« Sie vergrub das Gesicht in seiner Schulterbeuge und rollte sich wie ein Embryo zusammen.

Nick rieb ihren Rücken unter der weichen Decke. »Du warst doch verheiratet. Ich verstehe nicht ganz, was du meinst.«

Sie reckte den Kopf, um zu ihm hochzusehen, und ihre Augen waren riesig in ihrem bleichen Gesicht. »Ja, ich war verheiratet, aber Jay und ich hatten keinen Sex, nicht wirklich, nicht seit Emma geboren wurde.«

Ihre jüngere Tochter war acht. Nick wurde schwer ums Herz. »Warum denn nicht?«

Sie zuckte mit den Schultern, als wäre es ihr egal, aber ihre Augen erzählten eine andere Geschichte. Sie blickten trostlos und so traurig, dass Zärtlichkeit, ebenso heftig wie unerwartet, in ihm aufwallte.

»Emmas Geburt war schwer. Jay konnte nicht rechtzeitig zurückkommen, weil er damit beschäftigt war, einen großen Verkauf in Deutschland abzuwickeln. Er konnte nicht verstehen, was es für mich bedeutete, das alles ganz allein durchzumachen, oder wie ich mich fühlte, physisch und emotional. Als ich wieder bereit war, Sex zu haben, habe ich es versucht.« Ihre Stimme überschlug sich. »Ich habe Dessous gekauft, romantische Dinner gekocht, Wochenendtrips gebucht und dafür gesorgt, dass die Mädchen bei einer Freundin bleiben konnten. Nur dass er längst immer irgendeine Ausrede hatte, die Arbeit oder dass er müde war.«

»Er war mit anderen Frauen zusammen?« Nick ballte eine Faust um die Decke, während er wünschte, sie wäre Jays Gesicht.

»Er hat mich nicht mehr begehrt, und wie sich herausstellte, hatte er mich schon lange nicht mehr begehrt, schon bevor ich mit Emma schwanger wurde.« Sie schluckte einen Schluchzer hinunter. »Er ist der einzige Mann, mit dem ich je zusammen war, daher habe ich Panik gekriegt, denn auch wenn du gesagt hast, dass du mich begehrst, tust du es vielleicht nicht wirklich. Ich bin wie eine dieser wiedergeborenen Jungfrauen, von denen man in den Zeitschriften an der Supermarktkasse liest.«

»Ich lese diese Zeitschriften nicht.« Nick umfasste Mias Kinn, damit sie ihn ansah, und um sicherzustellen, dass sie ihn verstand. »Ich begehre dich, und wenn du mir die Chance gibst, werde ich dir beweisen, wie sehr. Ich werde alles tun, was ich kann, damit das hier schön für dich ist.«

»Versprochen?« Ihre Wimpern waren feucht von unvergossenen Tränen.

»Versprochen.« Er versprach grundsätzlich nichts, aber das hier war etwas anderes. Das hier war Mia.

Er unterdrückte den Anfall von Wut auf Jay und darauf, wie er sie behandelt hatte und wie sie jahrelang an seiner Seite ausgeharrt hatte. Mehr als alles andere war er wütend, dass das Mädchen, das er in Erinnerung hatte, zu einer Frau geworden war, die sich ihrer Sexualität so unsicher war, dass sie an dem zweifeln konnte, was er wollte. Und auch an dem, was sie wollte.

Er küsste sie auf die Nasenspitze. »Ist es nicht an der Zeit, dass du ein bisschen guten Sex hast?«

»Ich weiß nicht, ob ich es für dich schön machen kann.« Ihre Augen blickten argwöhnisch.

»Sagt dir das hier denn gar nichts?« Nick nahm ihre Hand und legte sie auf die Wölbung in seiner Mitte.

Sie schenkte ihm ein leises Lächeln, und er zog die Decke sanft von ihrem Körper. Ihr Atem beschleunigte sich, als er ihre Brüste streichelte. Er fand wieder ihre Brustwarzen und knetete sie zwischen Daumen und Zeigefinger. »Sag mir, was du willst.«

Sie beugte sich näher vor und flüsterte ihm ins Ohr.

»Oh, ja.« Mit einer einzigen raschen Bewegung warf er sie auf den Rücken. »Mach dir keine Gedanken darüber, ob du es beim ersten Mal richtig oder schön für mich machst.« Nick glitt mit einer Hand über ihre Taille, und sie stöhnte auf, als ihr Körper sich entspannte und mit seinem verschmolz. »Du kannst darauf wetten, dass ich das hier wieder tun werde.«

Was Mia wollte, war, dass Nick sie weiter berührte. Sie drückte seinen Kopf sanft nach unten und führte seinen Mund zu ihrer Brust.

Er lachte leise, und dann gab er ihr, was sie wollte, bis sie sich dicht an ihm wand. »Zieh mir die Boxershorts aus.«

Mia fummelte an dem Gummiband. Darunter bedeckte schwarzer Baumwollstoff eine Erektion, die keinen Zweifel daran ließ, dass er sie begehrte. Sie glitt mit einer Hand unter den Stoff und berührte seine Haut. Sie war heiß und ein wenig feucht. »Nett.« Sie zog die Shorts über seine muskulösen Beine.

»Erst die Theateraufführung und jetzt ich?«

»Ist *eindrucksvoll* besser?« Er war groß, hart und absolut männlich, und ihr Innerstes verkrampfte sich vor Lust. Sie berührte sein Knie, dann glitt sie mit einer Hand über seinen Schenkel. Seine Haut war glatt und makellos bis auf das wulstige Narbengewebe, das sich an seiner rechten Seite vom oberen Ende seines Brustkorbs bis zu seiner Hüfte zog.

»Viel besser.« Seine Stimme klang heiser und angespannt.

Sie glitt über die Konturen der Narbe. »Ist das von dem Unfall?«

»Als ich aus dem Wagen geklettert bin, ist das Metall ...«

Sie brachte ihn mit einem Kuss zum Schweigen. »Es ist vorbei.« Dann legte sie die Hand um seinen erigierten Penis und streichelte ihn, um sich mit ihm vertraut zu machen.

»Ich wollte das hier langsam angehen lassen, aber wenn du so weitermachst ...« Nick schloss die Augen, und die Lust auf seinem Gesicht, Lust, die sie ihm bereitete, gab Mia Selbstvertrauen und ein unerwartetes Gefühl von Macht.

»Vielleicht sollten wir das erste Mal rasch hinter uns bringen. Da ich so lange keinen Sex mehr hatte, habe ich viel nachzuholen.«

Seine Augen gingen schlagartig auf. »Bist du sicher?« Sein Mund war wenige Zentimeter vor ihren Brüsten entfernt.

»Ja.« Wenn sie keine Zeit hatte, um darüber nachzudenken, was sie tat, was es bedeutete oder nicht bedeutete, würde sie vielleicht nicht wieder die Nerven verlieren.

Er griff nach seiner Jeans, fand seine Brieftasche und entnahm ihr eine Folienpackung. Das Kondom, das sie vergessen hatte. Die Verpackung kräuselte sich, als er sie aufriss, dann streifte er es über und bedeckte ihren Körper mit seinem.

»Nein.« Sie wollte, dass das hier anders war, wollte auf eine Art die Kontrolle übernehmen, auf die sie es noch nie zuvor getan hatte.

»Nein?« Nick wurde still, fast bevor ihr das Wort über die Lippen gekommen war.

»Doch, aber nicht so.«

»Du willst oben sein?« Im weichen Licht der Nachttischlampe schimmerten seine Augen blaugrau, wie die Farbe des Sees am frühen Morgen.

Sie neigte den Kopf, als ihr Gesicht zu glühen begann, aber er grinste und hob sie auf sich.

Mia hielt den Atem an, während sie sich sanft auf ihn hinunterließ, langsam und gleichmäßig. Es schmerzte, und sie spannte sich an, entspannte sich aber prompt wieder, als er sie streichelte. Ihr Körper öffnete sich und passte sich an seinen an, während er sich beherrschte. »Ja.«

Er stieß nach oben, ganz sanft, und hielt sich an ihren Hüften fest, während er den Blick keine Sekunde von ihrem Gesicht abwandte. »Ja?«

»Oh, ja.«

Sein Lächeln hatte diese sexy Note, die sie jedes Mal schaudern ließ. Sie stöhnte auf, als er wieder zustieß, härter diesmal.

»Ich will dir nicht wehtun.«

»Das wirst du nicht.« Sie sah zu der Stelle, an der sie

vereint waren, und dann wieder auf sein Gesicht, und ihr stockte der Atem.

Nick dachte nicht an irgendjemand oder irgendetwas anderes. Nicht an die Arbeit, nicht an sich selbst und mit Sicherheit nicht an eine andere Frau. Er konzentrierte sich ausschließlich auf sie und darauf, ihr Lust zu bereiten.

Er beschleunigte sein Tempo, als sie dasselbe tat, und sie fielen in einen instinktiven Rhythmus, bis sein Atem heiser wurde. »Engel, ich kann nicht warten, nicht ...«

»Das musst du auch nicht.« Sie machte sich gefasst, als er hart kam, heiß sogar durch das Kondom.

Ein Zittern erschütterte ihn noch immer, als er die Hände nach ihr ausstreckte und sie dort berührte, wo sie es am dringendsten brauchte. Sein Daumen bewegte sich kreisend und brachte sie fast um den Verstand, während ihr Höhepunkt sie überwältigte.

»Nick.« Wie aus weiter Ferne registrierte sie ihre Stimme, die seinen Namen rief. Ihr Körper bebte, während er noch immer tief in ihr pulsierte, als ob er dorthin gehörte. Sie brach auf ihm zusammen, und Tränen brannten hinter ihren Lidern.

»Ich bin hier, Engel.« Er küsste sie auf den Kopf, und seine sanften Finger liebkosten ihre Wangen. »Hey, du weinst ja. War ich zu grob?«

»Nein.« Sie schluckte schwer. Die Tränen, die sie nicht zurückhalten konnte, hatten nichts mit physischem Schmerz zu tun. Vielmehr waren es die Emotionen, die der Sex in ihr aufgewühlt hatte. Emotionen, die sie so tief in sich vergraben hatte, dass sie nie damit gerechnet hatte, sie könnten heraussprudeln. »Es geht mir nahe, weißt du? Ich hatte es völlig vergessen.«

Vergessen, wie Sex sich anfühlte, wenn er ihr Herz und ihre Seele berührte, bis ins Innerste der Person, die sie war. Falls sie es überhaupt je gewusst hatte.

»Mir geht es auch nahe.« Nick strich ihre Haare nach hinten, die an der Seite ihres Gesichts klebten, und seine Berührung war zärtlich, als er die Tränen wegwischte. »Für eine Frau, die sagt, dass sie aus der Übung ist, bist du erstaunlich.«

Sie schluckte mehr Tränen hinunter, atmete den Geruch seines Aftershaves, ihres leichteren Parfüms und von Sex ein. Einen moschusartigen Geruch von ihnen beiden zusammen. »Ich … ich könnte uns einen Snack machen.«

Sie durfte sich nicht gestatten, darüber nachzudenken, was er mit *erstaunlich* meinte, was sie getan hatten und wie der Sex alles zwischen ihnen verändert hatte. Irgendwie musste sie diese Situation normalisieren und einen Anschein von dem, was echt und vertraut war, wiederherstellen.

Nick stieß ein Lachen aus. »Ich dachte, was wir eben getan haben, war der Snack.« Er löste sich sanft von ihr. »Gib mir eine Minute, und dann können wir uns überlegen, was wir als Hauptgang wollen.«

»Du meinst, du …?« Er konnte sie nicht schon wieder begehren, oder?

»Wir haben eben erst angefangen, Engel.« Er rollte sich aus dem Bett und ging zu einem Raum hinter einer

Tür auf der anderen Seite des Schlafzimmers, der wohl das Badezimmer sein musste.

Mia ließ sich auf die Kissen fallen und wickelte sich in die Decke. Er begehrte sie wieder, ebenso sehr, wie sie ihn begehrte. Das war der leichte Teil.

Aber was sie angefangen hatten, war etwas anderes, etwas, das, zumindest für sie, vielleicht nicht so leicht zu beenden sein würde.

Kapitel
11

Mia streckte sich und steckte die Zehen unter der Quiltdecke hervor. Sonnenlicht schimmerte durch eine Lücke
zwischen den Vorhängen und erhellte das Zimmer mit
den warmen Holzwänden. Sie lag in Nicks Schlittenbett
im Schlafzimmer seiner Hütte, an einem Ort und einem
Teil von ihm, den er bis gestern Abend verborgen gehalten hatte.

Sie drehte den Kopf auf dem Kissen. Nick lag ausgestreckt neben ihr auf dem Rücken. Seine Haare standen
vom Kopf ab, und Bartstoppeln überschatteten seinen
Kiefer. Seine Brust war über der Bettdecke nackt, und
als sie einen Blick riskierte, war er auch darunter nackt.
Selbst ohne ihre Brille erinnerte sein hinreißender Körper sie an das, was sie in all diesen Jahren erzwungener
Enthaltsamkeit verpasst hatte.

Ihr Körper schmerzte an unvertrauten Stellen, und sie
streckte sich wieder, während sie langsam mit einem Fuß
aus dem Bett stieg. Sie war ebenfalls nackt, das erste Mal,
dass sie je ohne Nachthemd oder Pyjama geschlafen hatte.
Sie griff nach ihrem BH, der neben dem Bett auf dem

Boden lag, und hielt inne, als ihr Arm fest umklammert wurde.

»Wohin gehst du?« Nicks Stimme war kratzig.

»Ich muss meine Brille holen und mir etwas anziehen.« Mia blinzelte, um ihn schärfer sehen zu können. Nach dem, was er gestern Abend beharrlich als Snack bezeichnet hatte, hatte sie ihre Kontaktlinsen herausgenommen, während er ihr zugesehen, sie berührt und abgelenkt hatte.

»Hol deine Brille, aber du gefällst mir nackt.« Nick rollte sich herum und kickte das Bettzeug von sich. Er war hart.

Mia errötete und hielt sich die Hände vors Gesicht. »Ich muss meine Handtasche finden.« Sie machte mit einer Hand eine Geste, und dann ertappte sie ihn dabei, wie er sie anstarrte, als ihre Brüste sich bei der Bewegung hoben und senkten.

»Na klar.« Nick lachte. »Ich werde zusehen. Ich sehe dir gern zu.«

Offensichtlich hatte er auch gern Sex mit ihr, viermal, zuletzt in der Whirlpoolwanne in dem angrenzenden Badezimmer, sein Körper glitschig feucht an ihrem.

Mia wickelte sich in die Quiltdecke, stieg aus dem Bett und schnappte sich die Handtasche, die sie am Abend zuvor neben der Tür hatte fallen lassen. Sie suchte darin nach ihrem Brillenetui, als ihr Handy vibrierte.

Als sie ihre Brille aufsetzte, stockte ihr der Atem bei dem Namen auf dem Display. Naomi. Sie drückte auf »Antworten« und ging zu einem Schaukelstuhl in der

Nähe des Fensters. »Hi, Schatz. Was gibt's?« Es war fast elf, später, als sie seit Jahren aufgewacht war, nur dass sie und Nick letzte Nacht nicht viel geschlafen hatten.

Noch immer nackt, trat Nick hinter sie und massierte ihre Schultern.

»Naomi? Ich kann dich nicht hören.«

Nick nahm die Quiltdecke sanft fort, und Mia fröstelte, während seine Hände nach unten wanderten.

»Wo bist du?« Naomis Stimme war jetzt laut und deutlich zu hören. »Du bist vorhin nicht an dein Handy gegangen, und ich habe dir ungefähr eine Million Nachrichten geschickt. Flipp nicht aus. Emma und ich sind bei Ms. Brassard.« Sie zögerte einen Herzschlag lang, den nur eine Mutter registrieren würde. »Mit Dad.«

»Ihr seid mit eurem Vater in Firefly Lake?« Mia riss sich von Nick los. »Ihr solltet doch erst in einer Woche zurückkommen.«

Sie hatte die Tage gestern Nacht wie Perlen an einer Kette abgezählt, um zu planen, wie oft sie Nick noch sehen könnte, bevor die Mädchen nach Hause kamen und sie in erster Linie wieder eine Mom sein musste.

»Dad wollte, dass wir dich überraschen. Wir sind gestern Abend nach Boston geflogen und heute Morgen hierhergefahren. Er hatte die tolle Idee, dass wir alle zusammen sein sollten.«

»Wir?« Mia schnappte sich ihren Slip vom Boden und versuchte hineinzuschlüpfen. »Dein Vater und ich sind geschieden.«

Und sie hatte die Nacht damit verbracht, tollen Single-sex mit einem heißen Typen zu haben. Sex, der viel dazu beigetragen hatte, ihr Selbstvertrauen wiederherzustellen und sie an die Frau zu erinnern, die sie sein wollte.

»Dad sagt, die Scheidung ist nur ein Stück Papier.« Naomi klang jünger als sechzehn. »Er dachte, ihr zwei könntet reden. Außerdem hatten Dad und Tiffany diesen Riesenkrach, und Tiffany hat vor zwei Tagen das Baby genommen und ist zu ihrer Mom gefahren.«

Daher also hatte Jay sich mit den Mädchen so schnell wie möglich in ein Flugzeug nach Boston gesetzt. Mias Lippen spannten sich an. Und ob sie mit ihm reden würde. Sie hatten eine Sorgerechtsvereinbarung, die so viel geplante Ferienzeit mit den Mädchen beinhaltete, wie er wollte. Er konnte nicht einfach in Mias Leben auftauchen und wieder verschwinden, wie es ihm passte.

Mia stand auf und stieß gegen Nick, der sie mit einer Mischung aus Lust und Besorgnis beäugte. »Wir sehen uns in einer Stunde, Naomi.« Sie versuchte, ihre Haare glatt zu streichen. »Eineinhalb Stunden, spätestens.« Sie würden mindestens eine halbe Stunde brauchen, um zurück nach Firefly Lake zu kommen, und Mia konnte nicht einfach auftauchen und so aussehen, als hätte sie getan, was sie getan hatte.

»Wo bist du überhaupt?« Naomis Stimme klang neugierig. »Ich bin mit Dad zuerst zu unserem Haus gefahren, und da warst du nicht. Ty hat den Rasen gemäht, und er hat gesagt, er hätte dich nicht gesehen, daher war ich mir sicher, du würdest bei Ms. Brassard sein.«

»Was hat Gabrielle gesagt?« Mia lehnte sich gegen Nick,

den einzigen festen Punkt in einer Welt, die sich bewegte wie eine Achterbahn in einem Vergnügungspark.

»Sie hat gesagt, du seist richtig früh losgefahren, um eine Freundin zu treffen. Irgendwo auf der anderen Seite des Sees.«

Mia presste einen Finger an ihre Schläfen, und der Schwindel ließ nach. Gott sei Dank für Gabrielle. Sie hatte nicht wirklich gelogen, aber sie hatte sie gedeckt. »Deswegen werde ich eine Weile brauchen, um zurückzukommen. Der Handyempfang ist hier nicht so toll. Das ist der Grund, weshalb ich deine Anrufe und Nachrichten nicht bekommen habe.«

Mia unterdrückte die Schuldgefühle, die sie zwickten. Jeder Elternteil musste vor seinen Kindern hin und wieder die Wahrheit ein bisschen zurechtbiegen, oder nicht? Außerdem konnte sie zu ihrer Tochter nicht gänzlich aufrichtig sein. Sie konnte ihr nicht sagen, dass sie so hingerissen von Nick und den Gefühlen gewesen war, die er in ihr ausgelöst hatte, dass sie vergessen hatte, auf ihr Handy zu sehen. Sie hatte sogar vergessen, das Telefon nach der Theateraufführung wieder laut zu stellen.

»Emma und ich haben Hunger. Dad hat gesagt, du würdest uns einen Lunch machen.« Naomis Ton war vorwurfsvoll.

Die alte Mia hätte das getan, aber nicht die neue und verbesserte Version. »Was machen Emma und dein Vater?« Sie holte ihr Manschettenarmband unter dem Bett hervor und schüttelte ihr Kleid aus, während Nick in seine Boxershorts schlüpfte.

»Dad arbeitet auf der Terrasse an seinem Laptop, und Emma spielt mit Ms. Brassards Enkelin ein Computerspiel.« Naomi atmete gekränkt aus. »Wir wollten dich überraschen, daher sind wir richtig früh vom Flughafenhotel losgefahren. Ms. Brassard hat zum Lunch schon etwas vor.«

Mia umklammerte das Telefon mit einer feuchten Hand. »Sag deinem Dad, er soll mit euch zum Diner fahren. Ich treffe euch dort.« Das würde ihr mehr Zeit zum Nachdenken und Planen geben.

»Okay.« Naomis Stimme wurde zu einem Flüstern. »Dad will wirklich mit dir reden. Er hat mir gesagt, dass vieles ein Fehler war, aber dass er alles klären wird. Tiffany war so sauer, und Dad auch. Er hat gesagt, sie könnte dir niemals das Wasser reichen. Tiffany hat Emma Schmelzkäse zu essen gegeben, und dann hat Emma sich übergeben. Zwei Mal.«

Reagier jetzt nicht. »Naomi, Schatz …«

»Emma geht es gut«, unterbrach Naomi sie. »Vielleicht hat sie es sogar nur vorgetäuscht, damit Tiffany ausflippt. Ich muss Schluss machen.« Naomi machte ein Kussgeräusch. »Ich kann es kaum erwarten, dich zu sehen.«

Die Verbindung brach ab, und Mia warf das Telefon neben den Haufen mit Kondomverpackungen auf den Nachttisch.

»Ärger?« Nick zog sie zu einer Umarmung an sich.

Sie wackelte mit dem Kopf, wagte nicht zu sprechen. Die Panik und die Selbstzweifel waren wieder da und nagten an ihr. Um ihr in Erinnerung zu rufen, dass der

Sex mit Nick ein Zwischenspiel und eine Flucht vor der Wirklichkeit gewesen war.

Nur dass es mehr als Sex gewesen war. Es war ein Liebesspiel gewesen. Und zwischen beidem lagen Welten.

Mia war schweigsam gewesen auf der Fahrt zurück nach Firefly Lake. Und während sie vor dem North Woods Diner zögerte, sah sie wehrlos und klein aus vor dem kastenförmigen roten Backsteinbau, wo ein Neonschild in einem der Fenster zur Main Street »Ganztägig Frühstück« anbot.

Nicks Magen rumorte, um ihn daran zu erinnern, dass er seit dem Abend zuvor nichts mehr gegessen hatte. Aber mit Mia in seinen Armen und in seinem Bett hatte er überhaupt nicht ans Essen gedacht. Das Einzige, woran er denken konnte, selbst mit ihrem Ex-Mann und ihren Töchtern hier, war, wann er sie wiederhaben könnte.

Er zog die schwere Tür auf, hielt sie Mia auf und folgte ihr in den Diner. Der schwarz-weiß gefliste Boden und die hohen roten Sitznischen waren dieselben wie damals, als er ein Kind gewesen war. Vermutlich dieselben wie damals, als seine Mom ein Kind gewesen war.

»Du musst nicht mit mir hineingehen.« Mia trat hinter einen der großen Bostonfarne, die Liz Carmichaels Stolz und Freude waren. »Ich bin sicher, du hast zu tun.« Hinter ihrer Brille waren ihre Augen ausdruckslos und jeder Emotion beraubt.

»Nichts Dringendes.« Nick suchte den Diner ab, der

voll besetzt von sonntäglichen Kirchgängern war. Er entdeckte Naomi und Emma an einem Tisch weiter hinten. Und den Mann bei ihnen. Jay, der Typ, der seine Familie verlassen hatte, ohne auch nur einen Blick zurückzuwerfen, der Mias Leben zerstört und dafür gesorgt hatte, dass sie derart an sich zweifelte.

Genau das, was sein Dad seiner Mom angetan hatte.

Mia spannte sich an, und ihr Gesicht wurde blass. Dann stieß sie einen leisen Schrei aus, und ihre Absätze klapperten über den Boden, während sie mit ausgestreckten Armen auf ihre Töchter zulief.

Als Naomi und Emma sie entdeckten, sprangen sie auf und liefen ebenfalls los. Die drei trafen sich zu einer Gruppenumarmung in der Mitte des Diners.

Nick setzte roboterartig einen Fuß vor den anderen. Er hatte Mia schon früher mit ihren Töchtern gesehen. Er war sogar einmal mit ihnen Pizza essen gegangen, als er ihnen allen in der Stadt über den Weg gelaufen war.

Aber das war gewesen, als Mia seine gute Freundin und nicht seine Geliebte war. Der Schritt von der guten Freundin zur Geliebten hatte verändert, wie er sie sah und wie er sich selbst sah.

»Hey, Nick.« Naomi klatschte ihn ab.

Auch wenn das Mädchen Mias braune Haare und Augen hatte, ähnelte sie mit dem kurvenreichen, aber athletischen Körperbau eher Charlie, ihrer Tante. Er erwiderte die Geste und wandte sich dann an Emma. Das jüngere Mädchen schien weder Mia noch Charlie ähnlich zu sehen, und er war immer davon ausgegangen, dass sie ihre blonden Haare und blauen Augen von Jays Seite der Familie hatte.

»Hi.« Emma reckte den Kopf, um ihn anzusehen. »Weißt du, dass ich eine Cousine habe?«

»Und ob ich das weiß. Sie ist eine richtig Süße.« Nick konnte Babys nicht beurteilen, aber das war, was seine Mom und alle anderen über Lexie sagten.

»Mein Dad sagt, bis auf meine Haare habe ich genauso ausgesehen wie Lexie, als ich geboren wurde.« Emma starrte ihn an, und dann legte sie den Kopf auf die Seite. »Warum bist du mit meiner Mom hier?«

Weil er sie die ganze Nacht geliebt hatte und weil er sich um sie sorgte und sicherstellen wollte, dass ihr nie wieder irgendetwas Schlimmes passierte. Die Erkenntnis traf ihn wie ein Blitz aus heiterem Himmel, als hätte man ihm mit der Faust in den Magen geschlagen. »Deine Mom und ich sind Freunde.«

Emmas Augen verengten sich, und zum ersten Mal bemerkte Nick eine Ähnlichkeit mit Mia: den Blick, den sie bekam, wenn irgendetwas sie misstrauisch machte. »Na ja, jetzt, wo wir hier sind, kannst du ja gehen.«

»Emma Rose Connell, entschuldige dich augenblicklich bei Nick«, sagte Mia. »Du weißt, dass du nicht unhöflich sein darfst.«

»Entschuldigung«, murmelte Emma, die Arme an ihren Körper gepresst.

»Ich bin sicher, Emma war nicht unhöflich.« Jay gesellte sich zu der Gruppe und legte Mia einen Arm um die Taille. »Sie ist müde. Wir sind heute Morgen früh losgefahren, und da du nicht hier warst, um uns ein Mittagessen zu kochen, haben wir später gegessen, als Emma es gewohnt ist.«

Mia löste sich aus Jays Griff und band die Schleife an Emmas Sommerkleid neu. »Ich glaube, du hast Nick noch nicht kennengelernt.«

»Du bist der Typ, der Amelia mit der Stiftung ihrer Mutter geholfen hat, richtig?« Die Erkenntnis dämmerte in Jays scharfen blauen Augen. »Meine Frau hatte noch nie viel Geschäftssinn.« Sein Lachen schallte laut.

»Da muss ich widersprechen.« Nick zwang sich zu einem ruhigen und höflichen Ton. »Mia hat bei der Stiftung großartige Arbeit geleistet. Ich habe mich nur um die rechtliche Seite gekümmert.« Er streckte die Hand aus. »Nick McGuire.«

Jay ergriff Nicks Hand zu einem festen Händedruck. Ein Manager-Händedruck. Er trug auch Manager-im-Urlaub-Kleidung. Ein weißes Designer-Polohemd, gebügelte Jeans und glänzende schwarze Loafer.

»Ich rufe dich später an, Nick.« Mia zupfte an ihrem Pullover.

»Warum solltest du ihn später anrufen?« Jay legte erneut einen Arm um Mia, und wieder schüttelte sie ihn ab. »Und warum trägst du diese schreckliche Brille?«

»Wenn sie sagt, dass sie mich anrufen muss, dann muss sie mich anrufen.« Nick stopfte die Hände in die Taschen seiner Jeans, während er sich vorstellte, wie seine Faust auf Jays lange Nase traf.

»Ich helfe Nicks Mom.« Mias Stimme war fest und

ruhig. »Außerdem sind wir geschieden, daher geht es dich nichts an, wen ich anrufe oder warum. Oder ob ich mich dazu entscheide, meine Brille zu tragen.«

Jay zuckte mit den Schultern und lächelte aalglatt. »Ich kümmere mich eben um meine Familie, das ist alles.«

Er hatte etwas mit seinem Gesicht machen lassen, da war sich Nick sicher. Der Typ war vierzig, aber er hatte nur ein paar strategisch platzierte Falten.

»Tisch für eine Person?« Liz blieb dicht neben Nick stehen und legte ihm eine Hand ins Kreuz.

Er las die Warnung in ihren Augen und die Besorgnis. »Na klar.« Er zwang sich, Jay und die Mädchen anzulächeln, aber als sein Blick Mias traf, schwand das Lächeln. »Okay?«, hauchte er nur für sie bestimmt.

»Später.« Sie hakte Naomi und Emma bei sich unter und ging auf den Tisch zu, den sie sich mit Jay teilten.

Nachdem Liz Nick zu einem Tisch auf der anderen Seite des Diners geführt hatte, der sich hinter einem anderen dieser verdammten Farne verbarg, füllte sie seinen Kaffeebecher und rutschte ihm gegenüber in die Sitznische. »Soll ich ihm einen Krug Eiswasser über den Schoß kippen? Ich könnte es so aussehen lassen, als ob es ein Unfall wäre.«

Der jugendliche Nick wäre hinübergegangen und hätte Jay zusammengeschlagen, aber so war er schon lange nicht mehr. »Ich würde Ja sagen, nur dass er dich vermutlich verklagen und dein Geschäft ruinieren würde.«

Liz' Kichern war warmherzig und tröstlich. »Du bist zehnmal mehr wert als er. Er hat meine Kekse kritisiert.

Hat gesagt, sie hätten zu viel Butter, was schlecht für sein Herz sei.«

Als ob Jay ein Herz hätte. Nick registrierte die Verletztheit in Liz' braunen Augen hinter dem Geplänkel. »Deine Buttermilchkekse, die seit einer Ewigkeit beim Jahrmarkt jedes Jahr den ersten Preis gewinnen?«

»Genau die.« Liz ordnete das bereits ordentlich daliegende Besteck und die Papierplatzdeckchen.

»Der Mann hat keinen Geschmack.« Nur dass er Mia gewählt hatte, daher musste er zumindest früher einmal Geschmack gehabt haben. Und danach zu urteilen, wie er sie gerade eben berührt und sie seine Frau genannt hatte, war er vielleicht sogar entschlossen, wieder bei ihr zu landen.

»Mia kann ihn glatt durchschauen, Nick.« Liz tätschelte seine Hand so, wie sie es damals getan hatte, als er fünf gewesen war und vor dem Tresen des Diners aus Versehen seine Eistüte fallen gelassen hatte, das Schokoladen-Waffeleis, das seine Mom ihm als besondere Leckerei versprochen hatte.

»Ich will nicht, dass sie wieder verletzt wird. Sie ist meine gute Freundin.« Wenn Nick es oft genug sagte, würde er vielleicht selbst glauben, dass das alles war, alles, was Mia sein konnte, und alles, was er wollte, dass sie es war.

»Du warst letzte Nacht mit ihr in der Hütte deiner Grandma in Fairlight Cove, stimmt's?« Liz bestellte bei einer Bedienung das Bauernfrühstück mit gewendeten Spiegeleiern, bevor Nick danach fragen konnte.

»Woher weißt du …« Nick brach ab. Er hatte Liz praktisch die Wahrheit gesagt.

»Deine Großtante Bernice war bei der Aufführung in diesem Sommertheater, und sie hat dich und Mia dort gesehen. Sie hatte ihren Regenschirm unter ihrem Sitz vergessen. Als sie zurückgefahren ist, um ihn zu holen, ist sie dir entgegengekommen, als du in die Lost Loon Road abgebogen bist. An dieser Straße gibt es nichts bis auf die Hütte deiner Grandma und dieses Jagdlager, das vor zwei Wintern abgebrannt ist.«

»Es hat seit Wochen nicht geregnet. Wofür brauchte Großtante Bernice denn einen Schirm?« Nick trank einen Schluck Kaffee, und die heiße Flüssigkeit brannte in seiner Kehle.

»Lenk nicht vom Thema ab. Bernice hat mich gleich heute Morgen angerufen. Du erinnerst dich, dass sie eine entfernte Cousine mütterlicherseits von mir ist?«

Nick presste die Daumen an die Schläfen. Er musste rasch aus Firefly Lake verschwinden, bevor er hier wieder gefangen war wie die sprichwörtliche Fliege im Spinnennetz, so tief in der Falle, dass er nie wieder entkommen könnte. »Wen hat sie sonst noch angerufen?« Alte Damen konnte er nicht zusammenschlagen, und er konnte sie auch nicht verklagen.

»Niemanden.« Liz' Augen nahmen einen stählernen Glanz an. »Facebook war eine Sache. Ty ist jung, und für ihn war dieses Foto von dir und Mia ein Witz. Da Sean nicht hier ist, habe ich Ty klargemacht, was Sache ist, aber Bernice ist ein anderer Fall. Wie ich ihr in Erinnerung gerufen habe, als ich erwähnte, ich wüsste alle Betten, unter denen ihre Schuhe je standen.«

»Großtante Bernice?« Nick stand der Mund offen. Bernice war über achtzig, bevorzugte verspielte Blumenkleider und vernünftiges Schuhwerk und war verwitwet, seit er sich erinnern konnte.

»Du meinst, sie ist zu alt?« Liz stieß mit einem Finger von unten gegen Nicks Kinn und klappte seinen Mund zu. »Wir Frauen haben Bedürfnisse, und in dieser Stadt gibt es viele einsame und fähige Witwer.«

»Ich habe doch nur gemeint …« Nick versuchte, seine Zunge von seinem Gaumen zu lösen.

»Ich weiß genau, was du gemeint hast. Mia hat Bedürfnisse, du auch, und ich bin froh, dass ihr beide endlich etwas deswegen unternehmt. Sie ist eine nette Frau, und du könntest es viel schlimmer treffen.« Liz erhob sich, als eine jugendliche Bedienung Nick mit einem schüchternen Lächeln sein Frühstück hinschob. »Du hattest es schon viel schlimmer getroffen, mit diesem Isobel-Biest. Hinter ihrem hübschen Gesicht ist Mia eine Frau zum Sesshaftwerden, und ihr Apfelkuchen ist hervorragend.«

»Woher …«

»Sie hat für deine Mutter einen Apfelkuchen gebacken, den sie zu ihrem Gartenvereinstreffen mitgebracht hat. Gabrielle hat mir ein Stück aufgehoben, daher konnte ich die Konkurrenz abchecken.« Liz verschwand mit einem Augenzwinkern hinter dem Farn und ließ Nick allein, um auf den Teller mit Eiern und Speck und drei Pfannkuchen mit einem Töpfchen Ahornsirup zu starren.

Er war kein Typ zum Sesshaftwerden, aber er saß allein an einem Tisch für eine Person, während er mit Mia hätte zusammen sein sollen, um über wichtige und weniger wichtige Dinge zu plaudern, wie es gute Freunde eben taten.

Er griff nach seiner Gabel und stach in einen Pfannkuchen. Aus der Jukebox am Eingang des Diners dröhnte der Elvis-Klassiker »Can't Help Falling in Love«.

Nick kaute an einem Pfannkuchen, und der Geschmack war wie Sägemehl in seinem Mund. Er schob ein paar Farnwedel beiseite und starrte durch den Diner auf die Paare, die Familien und eine Familie im Besonderen. Mia saß eingezwängt in der Nische, ihre Töchter links und rechts von ihr. Jay hatte ihnen gegenüber Platz genommen, den sandblonden Kopf über sein Telefon gebeugt. Dann hob er den Kopf, sagte etwas zu Mia und streckte eine Hand über den Tisch aus, um ihr Handgelenk zu berühren, die Geste vertraulich und besitzergreifend.

Nick ließ den Farnwedel wieder fallen. Sex, auch wenn es toller Sex gewesen war, hieß nicht, dass er mit alldem etwas zu tun hatte. Er hatte seinen Plan. Sicherstellen, dass seine Mutter gesund war und umzog, um nach dem Labor Day nach New York zurückzukehren.

Auf seinem Handy leuchtete Cats Nummer auf, und er drückte auf »Antworten«. »Hey, Muppet.«

»Selber hey, Großer Bär. Womit warst du so beschäftigt, dass du mich dieses Wochenende nicht sehen konntest?«

246

Die Stimme seiner jüngeren Schwester hatte einen neckenden Unterton, der ihre Unsicherheit nicht ganz verbergen konnte. Die Verletzlichkeit, die sie an sich hatte, seit ihr Dad gegangen war, und die selbst noch so viel akademischer Erfolg nie ausgelöscht hatte. Damals hatte er sie Muppet genannt, und er war ihr Großer Bär gewesen, der Bruder, der ihr geholfen hatte, ihre Schuhe zuzubinden und einen Ball zu werfen, und der sie vor den Schulhofrabauken beschützt hatte.

»Jetzt mach mal halblang. Du bist noch keine vierundzwanzig Stunden in der Stadt.«

»Entschuldige.« Ihr Ton wurde etwas sanfter. »Amy und ich sind schon auf dem Weg zurück nach Boston. Amy musste zur Toilette, deshalb sind wir gerade an einer Raststätte. Es war nur ein Kurzbesuch, da ich bis über beide Ohren in Arbeit stecke, aber ich wollte Mom wiedersehen. Mich vergewissern, dass es nicht nur an der Aufregung wegen der Modenschau lag, warum sie letztes Wochenende so toll ausgesehen hat.«

»Und?«

»Mom sieht fabelhaft aus. Ich gebe zu, ich war damals etwas skeptisch, aber es war richtig von dir, Mia einzustellen. Sie ist wundervoll. So freundlich und doch entschieden. Ich hätte Mom niemals davon überzeugen können, sich von so viel Zeug zu trennen. Mia hat in diesem Haus Wunder bewirkt.«

Nicks Kehle schnürte sich zu. »Wunder bewirkt sie allerdings.«

»Sogar Amy hat sie auf Anhieb gemocht. Ich rechne

ja damit, dass die Teenagerjahre schwierig werden, aber niemand hat mich gewarnt, dass ein Kind zwischen zehn und zwölf bereits ein solcher emotionaler Vulkan sein würde.« Cats Ton war ironisch. »Mia wusste einfach genau, was sie zu Amy sagen musste. Es war wie ein Zauber.«

Mia hatte diesen Zauber bei ihm spielen lassen, genau wie bei seiner Mom und, wie es sich anhörte, auch bei seiner Schwester und seiner Nichte.

»Und Ward ist auch toll. Er tut Mom so gut. Ist richtig freundlich und fürsorglich. Sie ist viel zu lange allein gewesen. Meinst du, das mit den beiden ist etwas Ernstes?«

»Ich weiß es nicht.« Nur dass er gesehen hatte, wie der ältere Mann Gabrielle ansah. Die Fürsorge und Zärtlichkeit, verbunden mit Respekt und Bewunderung.

»Ich würde mir nicht so viele Sorgen um Mom machen, wenn sie einen Mann wie Ward langfristig in ihrem Leben hätte.« Musik dröhnte im Hintergrund und wurde dann schwächer. »Aber genug von Mom. Wann hattest du vor, mir zu sagen, was zwischen dir und Mia läuft?«

»Da läuft gar nichts.« Jedenfalls nichts, was er im Moment mit seiner Schwester erörtern wollte, die wie ihre Kindheitsheldin, die Detektivin Nancy Drew, noch nie einem Geheimnis begegnet war, das sie nicht lüften wollte.

»Ja, na klar. Als ob du gestern Abend bei der Arbeit gewesen wärst und Mia in Moms Haus mit einem Becher Kamillentee und einem Buch im Bett. Ich bitte dich.«

Cats Lachen klang so unbekümmert und fröhlich wie damals, als sie ein Kind gewesen war.

»Na und? Wir sind essen gegangen und waren im Sommertheater in Fairlight Cove. Da war nichts dabei.« An diesem Teil des Abends nicht. An dem, was danach passiert war, da war eine Menge dabei.

»Lügner, Lügner.« Cat lachte lauter.

»Kleine Ohren?«

»Amy steht noch immer in der Schlange vor der Toilette. Vor ihr ist eine Busreisegruppe.«

»Das geht dich gar nichts an.« Nicks Stimme wurde angespannt.

»Ich habe das Foto von euch beiden auf Facebook gesehen. Ich weiß, dass du und Mia gestern Abend ausgegangen seid. Ich weiß auch, dass sie noch nicht zu Hause war, als ich ins Bett gegangen bin. Als ich heute Morgen aufgestanden bin, hat Mom gesagt, Mia sei früh aus dem Haus gegangen, aber das glaube ich nicht. Ihr Handtuch war nicht einmal feucht, und ihre Zahnbürste war unbenutzt.« Cats Ton war selbstgefällig.

Nancy Drew konnte seiner Schwester nicht das Wasser reichen. »Und?«

»Ich hoffe, es läuft etwas zwischen dir und Mia. Die Art, wie du sie während der Modenschau angesehen hast, war etwas Besonderes.« Cats Stimme erwärmte sich. »Du bist mein Bruder, und ich sage es vielleicht nicht oft genug, aber ich liebe dich. Ich brauche im Moment niemanden in meinem Leben, aber du bist anders. Mia tut dir gut, und ich glaube, du würdest ihr auch guttun.«

Nur dass Nick nicht damit gerechnet hatte, was es bedeuten würde, mit Mia zu schlafen. Oder wie er nicht mehr auf dieselbe Weise von ihr denken konnte, sosehr er es auch wollte.

»Wie ich bereits sagte, es gibt nichts zu erzählen.« Nick schob den Farn wieder zur Seite, aber Mias Tisch war leer. »Ich liebe dich auch, Muppet. Mach dich nicht so rar. Bleib nächstes Mal länger.«

»Ich werd's versuchen, aber ich bemühe mich im Moment um eine Festanstellung an der Universität. Amy hat viel zu tun, jetzt, wo die Schule wieder losgeht, und mit den ganzen Eishockeytrainings und Spielen platzt ihr Terminkalender im Herbst aus allen Nähten.«

Cat hatte es ebenso eilig gehabt wie er, Firefly Lake zu verlassen, die Geister der Vergangenheit in einer strahlend hellen Zukunft zu begraben.

Wenn diese Geister nur nicht ausgerechnet dann zurückkommen würden, um einen heimzusuchen, wenn man am wenigsten damit rechnete.

Gabrielle ließ Wards Hand los, um ihre Augen vor der Sonne zu schützen, die sich auf dem Fenster des Diners spiegelte. Nick saß allein an einem Tisch, und die verlorene Miene in seinem Gesicht brach ihr das Herz. Ihr Sohn brauchte sie auf eine Art, auf die er sie seit Jahren nicht mehr gebraucht hatte.

»Geh schon.« Ward tätschelte ihre Schulter. Sie spürte seine Berührung warm durch ihre Bluse, und seine blauen Augen blickten freundlich. »Wenn man Mutter oder Vater ist, dann ist man das für immer, egal, wie alt das eigene Kind ist.« Er zeigte über die Main Street, wo eine gestreifte Markise den Eingang zur Kunstgewerbegalerie von Firefly Lake überschattete und eine Holzbank in Form einer Staffelei Passanten dazu einlud, innezuhalten und sich für eine Weile zu setzen. »Ich hole mir in der Bäckerei einen Kaffee und warte dort drüben auf dich. Nimm dir so viel Zeit, wie du brauchst.«

»Es tut mir leid. Ich weiß, wir hatten geplant, ein Boot zu mieten und auf den See hinauszufahren, sobald Cat und Amy abgereist sind, aber Nick ist dort drinnen, und ich muss mit ihm reden.« Gabrielle hatte schon viel zu viel Zeit damit verbracht, ihrem Sohn aus dem Weg zu gehen und das Schweigen zwischen ihnen mit sinnlosen Streitereien über diesen Bungalow auszufüllen.

Falten furchten Wards Wangen, als er lächelte. »Das Boot läuft uns nicht davon. Ich gehe nirgends hin.« Er streifte mit seinen Lippen ihre Wange, und ihr Herz schlug schneller.

»Danke.« Ihr Blick trübte sich. Vielleicht war das hier ihre Chance, sowohl mit ihrem Leben als auch mit ihrem Sohn einen Neuanfang zu machen.

Sie winkte Ward kurz zu und ging in den Diner und zu Nicks Tisch. Seine Schultern waren hinuntergesackt, während er einen Löffel in einer leeren Kaffeetasse drehte, neben einem Teller, auf dem die Reste von Eiern mit Speck hart wurden. Der Mittagsansturm war vorbei, und die meisten Tische waren leer. Ein paar Bedienungen räumten hinter dem Tresen auf.

»Nick?« Sie verharrte neben dem Tisch, spielte mit den Händen an ihrer Stroh-Einkaufstasche.

»Mom?« Seine Miene wurde ausdruckslos. »Was tust du denn hier?«

Sie rutschte ihm gegenüber in die Nische. »Ich will mit dir reden.«

Wie immer war sie verblüfft von seiner Ähnlichkeit mit Brian. Nick hatte den gleichen kantigen Kiefer, die gleichen dunklen Haare und tief liegenden blauen Augen wie sein Vater. Aber in diesen Augen lag eine neue Verletzlichkeit, die ihr den Mut gab, fortzufahren.

»Ich wollte eben gehen.« Nick zog eine Brieftasche aus seiner Gesäßtasche und zückte mehrere Scheine.

»Dann werde ich mit dir kommen.«

Nicks Mund verzog sich zu einer schmalen Linie. Genau wie bei Brian. »Der Zeitpunkt ist nicht günstig.«

»Der Zeitpunkt scheint nie günstig zu sein.« Gabrielle stützte die Ellenbogen auf den Tisch und starrte ihn an. »Wo ist Mia?«

Nick schepperte mit seinem Löffel gegen die Tasse. »Sie ist mit Jay und den Mädchen gegangen.«

»Du hast sie gehen lassen?«

»Sie war mit ihrer Familie zusammen.« Er starrte auf seinen Teller.

Gabrielle studierte seinen gesenkten Kopf und die verräterische gerötete Stelle an seinem Hals. »Du bist ein erwachsener Mann, und sie ist eine erwachsene Frau, das heißt, was immer zwischen euch beiden ist, ist eure Angelegenheit, nicht meine.«

Auch wenn Mias Nachricht am gestrigen Abend ihr Hoffnung gemacht hatte, einer ihrer innigsten Wünsche könnte wahr werden, würde sie sich nicht weiter einmischen. Wie ihre Mutter immer zu sagen pflegte, konnte man niemanden zu seinem Glück zwingen.

»Ich muss wirklich los.« Nick erhob sich halb, und Gabrielle streckte eine Hand über den Tisch aus und drückte ihn wieder auf seinen Platz.

»Aber was zwischen dir und mir ist, das ist meine Angelegenheit. Ich will das in Ordnung bringen, wenn du mir dabei hilfst.« Sie nahm seine Hand und hielt sie fest.

»Wirklich?«

»Nachdem du aufs College gegangen warst, wurdest du zu jemandem, den ich nicht mehr wiedererkenne. Ich bin stolz darauf, was du beruflich erreicht hast, aber obwohl du mein Sohn bist, weiß ich nicht mehr, wer du bist. Manchmal vermisse ich den Jungen, der du früher warst.«

Gabrielle sah aus dem Fenster des Diners. Als ob er ihren Blick spürte, sah Ward von seinem Handy auf und lächelte; ein Lächeln, das ihr Herz und ihre Seele erwärmte.

»Du vermisst den Rabauken?« Nicks Stimme war trocken, aber mit einer Spur von Belustigung. »Du hast es gehasst, dass ich dieses Motorrad gefahren habe. Du hast es auch gehasst, wenn ich Leute zusammengeschlagen und zu viel getrunken habe.«

»Stimmt, aber jetzt gefällt mir nicht, wie du rund um die Uhr arbeitest und leugnest, wer du bist, alles von dir.« Sie hielt einen Moment inne, um ihre Worte wirken zu lassen. »Der Nick, den ich kannte, hätte mich niemals in irgendeinen Rentnerbungalow verfrachten wollen.«

»Ich will dich nicht verlieren. Ich dachte, ein hübsches neues Haus würde dein Leben einfacher und bequemer machen.« Er rieb sich mit einer Hand übers Gesicht. »Ich gehe zurück nach New York, und wenn du in einem neuen Haus bist, muss ich mir nicht so viele Sorgen um dich machen. Harbor House …«

»Ist mein Zuhause. Irgendwann werde ich sowieso sterben, warum kann ich dann nicht, bis ich es tue, an dem Ort leben, an dem ich glücklich bin?«

»Du hast deinen Standpunkt bereits klargestellt.« Nicks Schultern sackten nach unten. »Ich werde Mia auszahlen und alles so belassen, wie es ist, wenn es das ist, was du willst.«

»Nein.« Gabrielle versuchte, ein Lächeln zu verbergen. »Dass Mia diese ganzen alten Sachen ausgeräumt hat, war ein Segen. Ich fühle mich schon jetzt leichter, als ob ich mein Leben zurückgewonnen hätte, und sie hat noch nicht einmal mit dem Dachboden angefangen.«

»Dem Dachboden?« Ein Funke des Jungen, den sie großgezogen hatte, leuchtete in Nicks Augen auf. »Da oben ist noch immer viel von meinem Zeug. Mein Tisch-eishockeyspiel, meine Baseballwimpel-Sammlung, mein Handschuh, signiert von …«

»Für diese Sachen wäre in einem Bungalow gar kein Platz, oder?« Gabrielle lehnte sich in der Nische zurück. »Du kannst Mia helfen, deine Kartons zu sichten, und alles, was du behalten willst, mit nach New York nehmen.«

»Sehr geschickt, Mom.« Nick lachte, und es war ein echtes Lachen, nicht das bittere, zynische, an das sie sich gewöhnt hatte.

»Ich werde auf keinen Fall zulassen, dass du Mia auszahlst, daher werden wir einen anderen Plan fassen müssen.«

»Wir?« Nicks Augen verengten sich, und seine Miene veränderte sich, wurde wieder zu dem Anwaltsgesicht. Eine aalglatte Maske, die den Rest der Welt ausschloss. »Du und Mia, ihr habt geredet, habe ich recht?«

»Hier geht es nicht um Mia. Es geht um dich und mich. Wir müssen meine Krankheit und diese Bungalowgeschichte hinter uns lassen und einen Neuanfang machen. Dein Dad hat uns alle verletzt, aber manchmal denke ich, dass er dir am allermeisten wehgetan hat. In all den Jahren hast du nie versucht, ihn zu treffen, hast nicht einmal versucht, mit ihm zu reden.«

»Er ist gegangen.« Nicks Mund verzog sich zu einer sturen Linie. »Er hat sich entschieden, uns zu verlassen, schon vergessen? Warum sollte ich je wieder mit ihm reden wollen?«

»Um das, was passiert ist, hinter dir zu lassen. Ich gebe zu, ich verstehe mich selbst nicht gut aufs Reden. Ich habe jahrelang an meiner Wut festgehalten, und ich habe mit Brian nur dann geredet, wenn ich musste, über euch Kinder. Aber du bist sein Sohn . . .«

»Lass gut sein.« Nicks Stimme war ausdruckslos. »Wir

werden uns eine Lösung wegen des Hauses überlegen, und wir können mehr zusammen unternehmen.« Er reichte einer Bedienung das Geld und gab ihr ein Zeichen, den Rest zu behalten. »Aber was Dad betrifft, damit werde ich gar nicht erst anfangen.«

»Ich will Zeit mit dir verbringen. Ich will kennenlernen, wer du bist, aber du kannst nicht ewig vor der Vergangenheit davonlaufen.« Gabrielle umklammerte sein Handgelenk. »Sie holt dich ein. So krank zu werden, war ein Riesenschock für mich. Ich will, dass wir wieder eine richtige Familie sind.«

»Wir sind eine richtige Familie.« Nick tätschelte ihre Hand, als wäre sie Pixie. »Ich habe Dad nie gebraucht, um eine Familie zu sein. Ward scheint ein netter Kerl zu sein. Wenn du mit ihm befreundet sein willst, ist mir das recht.«

Was nicht das war, was sie gemeint hatte. »Ich liebe dich, und ich will, dass du glücklich bist.« Kopfschmerzen begannen hinter Gabrielles Schläfen zu pochen, heftig und hartnäckig.

»Ich bin glücklich.« Nicks Lachen war wieder bitter. »Ich habe einen guten Job und viele Freunde.« Er löste sich von ihr. »Ich habe dich und Cat und Georgia, auch wenn sie nicht oft da sind. Ich werde Cat und Amy im Dezember in Boston zu einem Bruins-Spiel treffen. Da Amy Eishockey liebt, sind die Tickets meine Einladung zu ihrem Geburtstag.«

»Du bist ihr Lieblingsonkel.« Gabrielle versuchte zu lächeln.

»Ich bin ihr einziger Onkel.«

Was der Grund war, weshalb Gabrielle wollte, dass Nick und die Mädchen mit ihren eigenen Familien sesshaft wurden. Dass jedes ihrer Kinder die Liebe eines guten Partners hatte und dass Amy Cousins und Cousinen hatte, zusammen mit einem Vater. »Alles okay zwischen uns?«

»War nie besser.« Nick beugte sich über den Tisch vor, um ihr einen raschen Kuss auf die Wange zu geben. »Ich hätte ein paar Ideen, was das Haus angeht, damit du dort wohnen bleiben kannst, es aber sicher und bequem hast. Wie wär's, wenn wir die kommende Woche einen Abend zusammen verbringen? Wir könnten in diesem neuen vegetarischen Lokal in Kincaid essen gehen, das du ausprobieren wolltest.«

Er lehnte sich mit einem befriedigten Blick zurück, als hätte er das Problem bereits gelöst und sich dem nächsten Punkt zugewandt. Wohingegen Gabrielle mit ungeklärten Angelegenheiten und ungelösten Problemen feststeckte, die, egal, was mit Harbor House passierte, unter der Oberfläche lauern würden wie eines dieser U-Boote, auf denen ihr Dad im Krieg gedient hatte.

»Was Mia betrifft, hast du dir je überlegt, dass Jay deinem Dad sehr ähnlich ist?«

»Wenn du meinst, dass Jay ein Lügner und Betrüger ist, dann ja.« Nick erhob sich. Der kleine Junge, der ihr vor all den Jahren wie ein Schatten gefolgt war, war nicht wiederzuerkennen in dem großen, gut aussehenden Mann. »Auch damit werde ich gar nicht erst anfangen.« Er streckte die Hand aus. »Ich gehe ins Büro. Willst du dir ein Eis holen und mich begleiten?«

»Na klar.« Gabrielle erhob sich ebenfalls. Das hier war ein Fortschritt. »Warum musst du am Sonntagnachmittag arbeiten?«

»Ich versuche, einem der Mädchen beim Regenbogen-Camp zu helfen.« Nicks Miene nahm einen weicheren, vielleicht sogar väterlichen Ausdruck an, den Gabrielle noch nie zuvor bei ihm gesehen hatte. »Kylie hatte ein hartes Leben. Ihren Dad hat sie nie kennengelernt, und ihre Mom war immer wieder in Justizvollzugsanstalten, wegen bewaffnetem Raubüberfall, Drogendelikten und Betrug. Dieses Mädchen hat den Großteil ihres Lebens bei verschiedenen Pflegeeltern verbracht. Ich will ihr helfen, ihre Situation zu verbessern.«

Das war der Nick, der wegen Brian und Isobel fast verschwunden gewesen war.

»Du bist ein guter Mann, und ich bin stolz, dich meinen Sohn zu nennen.«

Für einen Moment verharrte sein Blick auf ihrem Gesicht, und irgendetwas veränderte sich. Etwas Wichtiges. »Ich bin auch stolz, dass du meine Mom bist.« Er lachte verlegen auf. »Willst du ein Schokoladen-Waffeleis?«

»Gäbe es je etwas Besseres?« Gabrielle hakte sich bei ihm unter. »Vielleicht... ich meine, wenn du nichts dagegen hast, könnte ich Ward fragen, ob er uns Gesellschaft leisten will?« Sie versuchte, die Hoffnung und Vorfreude aus ihrer Stimme herauszuhalten. »Er wartet auf der anderen Straßenseite neben der Galerie auf mich.«

»Ist mir recht.« Nick führte sie durch den Diner zum Tresen. »Du gehst ihn holen, und ich bestelle. Mag er Schokoladen-Waffeleis ebenso sehr wie wir?«

»Auf jeden Fall.« Er hatte letzte Woche eines für sie beide gekauft. Gabrielle wusste vielleicht nicht viel über Ward, aber das schon. So wie sie wusste, dass seine Lieblingsfarbe Blau war, dass er eine tiefe Liebe zu seiner Tochter und seiner Enkelin empfand und dass er der freundlichste Mann war, dem sie je begegnet war.

Es gab noch immer vieles, was sie über ihn wissen wollte, aber im Augenblick spürte sie, was sie brauchte, und sie taten beide kleine Schritte.

Sie fing Nicks Blick wieder auf und hielt ihm stand. Als ob sie auch mit ihrem Sohn kleine Schritte täte.

Kapitel 12

Obwohl sie in Nicks altem Zimmer war, gestattete sich Mia nicht, an die letzte Nacht zu denken und daran, wie er ihre Welt auf den Kopf gestellt hatte. Sie steckte ein Ende des Spannbettlakens über der Einzelmatratze fest, während Naomi das andere nahm. Das kleine Schlafzimmer unter dem Dachvorsprung ging auf die runde Auffahrt vor Harbor House hinaus. Wenn Gabrielle es ihr nicht gesagt hätte, wäre Mia nie darauf gekommen, dass es früher Nicks Zimmer gewesen war.

Das schmale Bett, die Kommode und der ramponierte Schülerschreibtisch bargen keine Erinnerungen an den Jungen, der einmal hier gelebt hatte, und an den hellgrünen Wänden hingen keine Bilder. Aber dann hatte Mia die Poster auf einem Regal im Wandschrank unter einem Haufen Winterdecken entdeckt. Poster der Harley-Davidson-Motorräder, die früher Nicks Leidenschaft gewesen waren. Sie hatte sie zusammengerollt und in eine Versandrolle gesteckt, um den richtigen Zeitpunkt abzuwarten, sie ihm zu geben. Bis jetzt hatte sie ihn noch nicht gefunden.

Sie schüttelte das obere Betttuch aus, und Naomi

steckte es fest. Ihre Tochter hatte eine neue Reife an sich, als wäre sie in den Wochen, die sie getrennt voneinander verbracht hatten, erwachsen geworden. Als wäre ihr sechzehnter Geburtstag, den versäumt zu haben Mia für immer bedauern würde, ein Meilenstein zwischen dem Mädchen, das Naomi gewesen war, und der jungen Frau, die sie werden würde.

Mia setzte sich ans Fußende des Betts und stopfte das Kopfkissen in einen weißen, mit gestrickten Spitzen umrandeten Bezug. »Bist du sicher, dass es dir hier gefällt? Dein Dad wollte, dass du bei ihm im Inn on the Lake wohnst, als Abschluss eures Urlaubs.«

»Dad hat Emma und mich komplett vergessen, sobald er dieses Geschäftszentrum gesehen hat. Wir waren noch nicht mal losgefahren, da hat er schon mit irgendjemandem in Tokio telefoniert.« Naomis lange braune Haare schimmerten im Licht der Schreibtischlampe.

»Es tut mir leid, Schatz.« Nie wieder würde Mia Jays Verhalten entschuldigen, aber sie würde den Schmerz ihrer Tochter immer teilen.

»So ist Dad eben. Wir sind ihm ja wichtig, nehme ich an, aber die meiste Zeit ist er einfach so beschäftigt, dass er vergisst, es zu zeigen.« Naomi setzte einen ramponierten Teddy auf das Kissen. »Außerdem, wie kannst du glauben, dass ich bei ihm bleiben will, wenn ich bei dir sein kann? Ich hab dich so vermisst. Mein Geburtstag war ohne dich nicht so wie sonst. Ich hatte noch nie einen Geburtstag ohne einen Kuchen, den du mir gebacken hast.«

Mia wurde warm ums Herz. Das war, wer sie wirklich sein wollte: eine Mom, die immer für ihre Mädchen da war. Sie hatte Spaß mit Nick gehabt, und sie würde immer dankbar dafür sein, aber sie würde nicht gierig sein und mehr wollen, als sie haben konnte. »Ich habe dich auch so vermisst. Wir werden deinen Geburtstag hier nachfeiern, und wenn die Schule anfängt, kannst du mit deinen neuen Freunden eine Party feiern.«

»Ich weiß.« Naomi setzte sich neben Mia aufs Bett. »Aber ich dachte immer, mein sechzehnter Geburtstag wäre ein ganz besonderer Tag, und das war er nicht. Dad ist mit uns essen gegangen, aber er hat den Tag nicht zu etwas Wunderschönem gemacht, nicht so, wie du es getan hättest. Tiffany war mit dem Baby beschäftigt, und Emma ... sie ... na ja ... sie ist richtig komisch geworden.«

Mia streckte die Arme nach Naomi aus und zog sie an sich. In nur wenigen Wochen war Emma ebenfalls erwachsen geworden und fühlte sich jetzt Jay näher. So war das eben bei einer Scheidung, ein ständiges Tauziehen geteilter Loyalitäten, mit Kindern in der Mitte, die sich entscheiden mussten. Geburtstage, Weihnachten und Thanksgiving. Der Jahreskalender der Feiertage wurde jetzt in seine und ihre aufgeteilt, nicht mehr in ihre gemeinsamen.

»Emma ist verwirrt. Ich wünschte ...«

»Es ist nicht deine Schuld.« Naomi kuschelte sich näher an Mia. »Emma dachte ... wir beide dachten, nach dem, was Dad gesagt hat, könntet ihr zwei vielleicht eine Lösung finden. Er hat es so hingestellt … ich weiß nicht … als ob das alles ein Riesenmissverständnis gewesen wäre.«

Weil Jay der perfekte Verkäufertyp war, ein Schönredner, der jedem alles verkaufen konnte. »Es ist kein Missverständnis. Dein Vater und ich kommen nicht wieder zusammen.«

Fast vierundzwanzig Stunden später konnte Mia Nicks Körper noch immer auf und in ihrem eigenen spüren. Sie konnte den anhaltenden Duft seines Aftershaves an dem Pullover riechen, den sie zu der Theateraufführung getragen hatte. Dem Pullover, den sie sich um die Schultern geschlungen hatte, bevor sie sich mit Jay und den Mädchen zum Essen traf, als Erinnerung daran, wer sie war, und nicht, wer sie früher gewesen war.

»Dad und Tiffany haben sich ständig gestritten, schon vor dem letzten großen Krach, als sie gegangen ist. Tiffany ist nur sieben Jahre älter als ich, und sie wollte halt auch mal mit ihren Freundinnen abhängen. Dad hat das nicht kapiert.«

Mia tat einen Atemzug. »Dein Dad …«

»Kann manchmal ein Idiot sein.« Naomis Beine, auf dem Bett ausgestreckt, waren lang und sonnengebräunt unter ihren rosa Schlafshorts, und ihre Brüste unter dem dazugehörigen Oberteil waren voller als noch vor ein paar Wochen. »Tiffany ist schon okay. Nicht als Stiefmom natürlich, aber wenn sie nicht Dads Freundin wäre, könnte ich sie sogar mögen. Sie will nur ein bisschen Spaß haben. Dad arbeitet immer noch die ganze

Zeit, und er ist eigentlich kein Typ, mit dem man Spaß hat.«

Mia stand auf und trat ans Fenster. Nach Jays Worten war sie auch niemand gewesen, mit dem man Spaß hatte. Sie sah in die Nacht hinaus. Der Wind raschelte in den Blättern der hundertjährigen Ahornbäume in der Nähe des Hauses, und Sterne sprenkelten den bläulich schwarzen Himmel. Durch das halb geöffnete Fenster drang der Pfiff eines Zuges von dem Bahnübergang am anderen Ende der Main Street.

»Dein Dad muss herausfinden, was er will.« Mia wandte sich um und gab sich Mühe, ihrer Tochter ein Lächeln zu schenken. »Du musst ein bisschen Schlaf bekommen. Es war ein langer Tag.«

Naomi kroch unter die Decke, dann streckte sie eine Hand aus und löschte das Licht, tauchte das Zimmer in Dunkelheit. »Du und Nick, ihr saht heute irgendwie anders aus.«

»Inwiefern anders?« Mia zwang sich, beiläufig zu klingen, als wäre das, was Naomi gesagt hatte, keine große Sache.

»Wie er dich angesehen hat.« Ihre Tochter sah sie prüfend von der Seite an.

»Das ist mir gar nicht aufgefallen.« Mia versuchte, die Lüge selbst zu glauben. Sie hatte Nicks Blicke über den Diner hinweg gespürt, und sie war sich des unsichtbaren Bandes, das sie beide verknüpfte, überdeutlich bewusst gewesen.

»Also ich bitte dich, das war doch nun wirklich nicht

zu übersehen.« Naomi klopfte auf das Kissen und gähnte. »Selbst Emma ist es aufgefallen.«

»Ihr habt beide eine blühende Fantasie.« Mia gab Naomi einen Gutenachtkuss.

»Ich weiß, was ich gesehen habe.« Naomi rollte sich auf die Seite und steckte eine Hand unter ihre Wange, genau wie sie es als Baby getan hatte.

Mia bekam einen Kloß im Hals. Ihr Baby war fast eine Frau, und die Jahre waren wie im Flug vergangen. Jahre, die sie damit vergeudet hatte, darauf zu warten, dass Jay sich änderte, und zu versuchen, sich selbst für sie beide zu ändern. Immer mit dem Gefühl, dass sie nicht gut genug war und seinen Maßstäben nicht gerecht werden konnte.

Sie schloss Naomis Schlafzimmertür, dann sah sie nach Emma in Cats altem Zimmer. Ihre jüngere Tochter hatte sich zu einer Kugel zusammengerollt, und ihr seidiges blondes Haar lag zerzaust über dem rosa Pyjama mit Herzmuster. Anders als Naomi hatte sich Emma an Jay geklammert und bei ihm im Gasthof bleiben wollen. Auf der kurzen Fahrt zurück nach Firefly Lake hatte sie aus dem Wagenfenster gestarrt und Mias Fragen einsilbig beantwortet.

»Sind die Mädchen hier gut untergebracht?« Am Ende des Flurs schwang Gabrielles Schlafzimmertür auf, und sie trat heraus, während sie den Gürtel ihres lila Morgenmantels zuzog. Pixie folgte ihr auf den Fersen.

»Bestens. Kinder können überall schlafen.« Eine Kunst, um die Mia sie beneidete, auch wenn sie letzte Nacht mit Nick so gut geschlafen hatte wie seit Monaten nicht mehr. Als sie endlich geschlafen hatten.

»Falls du für eine Weile hinausgehen willst, werde ich horchen, ob die Mädchen aufwachen.« Gabrielles Augen schimmerten warmherzig in dem gedämpften Licht der Lampe, die auf einem Bücherschrank stand.

»Hinaus wohin?«

»Ein bisschen frische Luft schnappen.« Gabrielle hob Pixie auf und drückte den zappelnden Hund Mia in die Arme. »Du würdest mir einen Gefallen tun, wenn du mit Pixie Gassi gehen könntest. Ich war zu müde, um vorhin mit ihr rauszugehen. Du würdest gern Gassi gehen, stimmt's, kleiner Hund?«

Mias Herz hämmerte. Vielleicht würde Nick nicht zu Hause sein. Vielleicht war er beschäftigt. Und vielleicht waren das noch mehr Ausflüchte, um zu leugnen, was sie wollte.

»Na ja …« Mia versuchte verzweifelt, die protestierende Pixie festzuhalten. Sie wusste vielleicht nicht viel über Hunde, aber wenn je ein Hund weniger danach aussah, als ob er Gassi gehen wollte, dann dieser hier.

»Geh schon.« Gabrielle scheuchte sie mit einer Handbewegung fort. »Es ist ein milder Abend, und davon werden wir in diesem Jahr nicht mehr viele bekommen. Ein netter Spaziergang in die Stadt wird dir guttun.«

Mit Nick zusammen zu sein, würde ihr guttun. Mia hatte gesagt, sie würde ihn anrufen, nur dass sie es nicht getan hatte. Jedes Mal, wenn sie zum Telefon griff, wusste sie nicht, was sie sagen sollte. Auch wenn sie noch nie bei seiner Wohnung vorbeigeschaut hatte, musste sie diesen nächsten Schritt vielleicht tun.

Zwanzig Minuten später stand sie vor McGuire und Pelletier. Nicks Büro war dunkel, aber in der Wohnung darüber brannte Licht. »Was meinst du, Pixie? Willst du Nick Hallo sagen?«

Der Hund kläffte und zerrte an der Leine.

Mia wickelte sich die Leine mit einer Hand fester um die Finger und drückte mit der anderen auf die Klingel. Das Geräusch hallte wider und ließ sie zusammenzucken. Über ihr ging ein Fenster knarrend auf.

»Mia?«

Sie legte den Kopf in den Nacken, um Nicks Blick aufzufangen, und registrierte die Verblüffung in seiner Miene. »Hey.«

Pixie winselte und kratzte an der Tür.

»Augenblick. Ich komme runter.« Er verschwand vom Fenster.

Mia strich sich die Haare glatt, die sich in dem Nebel vom See zu spitzen Locken gekräuselt hatten. Sie konnte nicht weglaufen, selbst wenn sie es gewollt hätte. Das Schloss klickte, und die Tür schwang auf. Auf der anderen Seite des Eingangs stand Nick in einer tief hängenden Jeans und einem weißen T-Shirt. Seine Füße waren nackt.

Mia schluckte, während sie versuchte, irgendwo anders hinzusehen, nur nicht auf ihn und darauf, wie sich das T-Shirt an seine breiten Schultern schmiegte. Jetzt wusste sie, was sich unter diesem T-Shirt verbarg und auch unter dieser Jeans. »Die Mädchen schlafen bei deiner Mom zu Hause. Ich bin für Gabrielle mit Pixie Gassi gegangen, aber ich habe dich wohl zu einem schlechten Zeitpunkt erwischt. Ich werde wieder gehen, ich ...«

»Es ist kein schlechter Zeitpunkt.« Nick zog sie ins Haus, schloss die Tür hinter ihr und schloss sie ab. »Du hast nicht angerufen.« Er führte sie an der Kanzlei vorbei und die mit Teppich ausgelegte Treppe hoch.

»Ich wollte es. Ich hatte es vor.« Vor seiner offenen Wohnungstür blieb sie stehen. Der Bruce-Springsteen-Klassiker »Born to Run« hallte ins Treppenhaus. »Nach gestern Nacht ...« Sie ließ Pixies Leine los, und der Hund schoss in die Wohnung.

»Und heute Morgen.« Nick führte sie in die Diele. »Vergiss nicht die Badewanne. Ich habe es nicht vergessen.« Der Blick aus seinen blauen Augen neckte sie, bevor er ihr einen Kuss auf den Kopf drückte.

»Ich habe keine One-Night-Stands. Oder One-Morning-Stands.« Mia trat durch die Diele in einen spärlich möblierten Wohn- und Essbereich. Die Musik war hier lauter, und der Geruch von gegrilltem Gemüse und Hefe lag in der Luft. »Mit Jay und den Mädchen hier ist es kompliziert.«

»Gestern Nacht war kein One-Night-Stand. Jedenfalls nicht für mich.« Nick stellte die Musik ab, und in der plötzlichen Stille war das Ticken der Uhr an der Wand über dem Tisch unnatürlich laut. »Hast du Hunger?«

Mia schüttelte den Kopf, aber dann hielt sie inne. Sie hatte die beiden Mahlzeiten, die sie heute mit Jay und den Mädchen gegessen hatte, kaum angerührt, daher hatte sie tatsächlich Hunger. »Ja.« Sie verdrängte die Erinnerung an Jays Bemerkung, sie hätte ein paar Pfund zugenommen.

Die Herduhr piepste in der kleinen Küche, die vom Wohnzimmer abging. Nick schnappte sich ein Paar schwarze Grillhandschuhe vom Tresen und zog ein Pizzablech aus dem Ofen. Er deutete auf den Küchenschrank über der Spüle. »Teller und Gläser sind dort oben, und Besteck ist in der Schublade.« Er schnitt die Pizza in Dreiecke.

»Wie kann es sein, dass wir schon so lange Freunde sind und ich gar nicht wusste, dass du Pizza backen kannst?« Sie sah keinen Take-away-Karton, nur etwas Mehlstaub auf der weißen Arbeitsfläche, und es roch aromatisch und gut. Mia nahm zwei Teller aus dem Schrank, Messer und Gabeln aus der Schublade und Papierservietten aus einem Metallhalter, der wie ein Segelboot geformt war.

»Als mein Dad gegangen ist und meine Mom wieder angefangen hat zu unterrichten, musste ich für meine Schwestern kochen. Liz hat mir geholfen.« Nick balancierte das Pizzablech in einer Hand und zwei Dosen Limonade in der anderen, während er Mia zu dem runden Tisch mit vier Stühlen am anderen Ende des Wohnzimmers führte.

Mia zog einen Stuhl zurück und nahm ihm gegenüber Platz. »Niemand macht Pizzateig selbst, es sei denn, er will.«

Eine leichte Röte stieg Nick in die Wangen. »Ich koche gern. Ist das ein Problem?«

»Nein, das ist toll.« Sie deckte den Tisch und nahm sich dann ein Stück Pizza. Außer der Tomatensoße und dem geschmolzenen Käse war sie mit einer bunten Mischung aus gegrilltem Gemüse belegt. Mia lief das Wasser im Mund zusammen. Nachdem sie jahrelang für Jay und die Mädchen gekocht hatte, war ein Mann, der gern kochte, doppelt anziehend. Zusammen mit all den anderen Dingen an Nick, die so heiß waren.

»Ich weiß schon, dass du gern kochst. Was magst du sonst noch gern?« In seinen Augen lag ein schelmisches Funkeln.

»Einfache Dinge, zum Beispiel, Zeit mit meinen Mädchen verbringen. Und ich mag die Rosen im Garten deiner Mutter, wenn sie feucht von Tau sind, und den Geruch von frisch gebackenem Brot. Wie die Sonne morgens über dem Firefly Lake aufgeht und den ganzen Himmel rosa färbt, und den ersten Hauch von Rot auf den Ahornblättern hier.«

»Ich mag die Herbstfarben auch.« Nicks Stimme wurde etwas tiefer. Der Mann konnte sie allein schon mit seiner Stimme erregen. »Und ich mag das Kleid, das du gestern Abend anhattest, und die Art, wie deine Haare im Moment gekräuselt sind.« Er streckte eine Hand über den Tisch aus und zupfte an einer Strähne in der Nähe ihres Kiefers.

»Sie sind völlig chaotisch. Die Feuchtigkeit an einem Abend wie diesem verleiht meinen Haaren einen eigenen

Willen.« Mias Haut glühte, während Nick mit einem Finger über ihren Kiefer und an ihrem Hals hinunterglitt.

»Ich mag eine Frau, die ihren eigenen Willen hat.«

Was Jay nicht gemocht hatte. Mia kaute auf einem Stück Pizza. Sie war knusprig, schmackhaft und ganz genau so, wie eine selbst gemachte Pizza sein sollte.

»Ich mag dich, und ich mag auch, was letzte Nacht zwischen uns passiert ist.« Nick schob seinen Stuhl um den Tisch neben ihren. »Ich würde gern darüber reden, wie es jetzt weitergeht.«

Mia hatte zwei Töchter, die im Moment bei seiner Mom zu Hause schliefen, und einen Ex-Mann, der sich in einer Suite im Inn on the Lake einquartiert hatte und von der Familie, die er zerstört hatte, redete, als wäre er noch immer ein Teil davon. Ihre Schwester und ihr Schwager kampierten in einem Krankenhaus in New Hampshire bei ihrem frühgeborenen Baby, und ihr Haus war noch immer eine Baustelle, da das Baby und der laufende Betrieb von Carmichael's Bootswerft weitaus wichtiger waren als Mias neue Küchenschränke.

Und sie hatte einen guten Freund, der sich in einen Liebhaber verwandelt hatte, und Gefühle, bei denen sie nicht wusste, was sie bedeuteten oder wie sie damit umgehen sollte. Reden stand nicht ganz oben auf ihrer Prioritätenliste, aber wenn Nick so versessen auf Konversation war, dann hatte sie eine Frage.

»Was ist zwischen dir und deiner Ex-Frau passiert?«

»Isobel?« Nicks Hand rutschte von der Rundung ihres Schenkels. »Warum willst du das wissen?«

»Wir haben miteinander geschlafen.« Sie wollte wieder mit ihm schlafen, aber sie wollte auch die Wahrheit wissen, die Gabrielle nur angedeutet hatte.

»Ja, das haben wir.« Nicks Stimme wurde tonlos. »Und Isobel hat mit dem Seniorpartner der Kanzlei geschlafen, in der wir beide gearbeitet haben. Sie hatte Sex mit ihm auf dem großen Konferenztisch im Sitzungsraum in der zweiunddreißigsten Etage. Ich kam eines Abends noch einmal zurück, um eine Akte zu holen, die ich am nächsten Morgen bei Gericht brauchte, und habe die beiden erwischt.«

»Nick …« Das war so viel schlimmer, als Mia sich vorgestellt hatte.

»Ich hätte nie gedacht, dass Leute tatsächlich Sex auf diesen Tischen haben. Ich hatte davon in Büchern gelesen und es in Filmen gesehen, aber wenn es deine eigene Ehefrau ist, mit einem Typen, für den du arbeitest …« Er brach ab und rieb sich mit einer Hand übers Gesicht. »Isobel hatte mir gesagt, sie würde zu einer Babyparty bei einer Freundin aus ihrem Fitnessstudio gehen. Ich habe ihr geglaubt. Sie hatte sogar ein Geschenk in einer dieser schicken Tüten.«

»Es tut mir so leid.« Mia legte ihm einen Arm um die Schultern. »Jay hat viel Golf gespielt, aber ich habe ihn nie dabei erwischt, wie er es in einem Golfwagen getrieben hat.«

Nicks Lachen klang eher wie ein Schluchzen. »Da kannst du dich glücklich schätzen.«

Nur dass sie dank Jay trotzdem vor allen anderen wie

eine Idiotin dagestanden hatte. Die Frauen, die so getan hatten, als wären sie ihre Freundinnen, tuschelten hinter vorgehaltener Hand im Countryclub, in den Schulen der Mädchen und sogar im Supermarkt. Sie war dazu übergegangen, ihren Wocheneinkauf in einem Supermarkt zwei Vororte weiter zu erledigen, um niemandem zu begegnen, den sie kannte. Wenn eine Frau von ihrem Ehemann betrogen wurde, dachten alle, dass irgendetwas mit ihr nicht stimmen konnte.

»Du bist zurück nach Firefly Lake gekommen, nachdem …« Mia verhakte ihre Finger mit seinen, um Trost zu spenden und zu suchen.

»Nicht sofort, aber als Mom ihre Diagnose bekam, brauchte sie mich. Der andere Anwalt bei McGuire und Pelletier war eben in den Ruhestand gegangen. Allison konnte die Arbeit nicht allein bewältigen, daher sagte ich, ich würde für eine Weile einspringen. Mein Dad war der letzte McGuire, der die Kanzlei leitete, daher musste ich vielleicht etwas beweisen.«

»Was genau hast du gebraucht?«

Er versteifte sich. »Ich brauchte einen Ort, um von allem wegzukommen, wo ich Isobel weder im Büro noch im Gericht sehen musste. Einen Ort, wo Leute mir eine zweite Chance gaben.«

Abgesehen von dem Büro und dem Gerichtssaal waren das so ziemlich dieselben Dinge, die Mia gebraucht hatte. Sie neigte den Kopf, fand die empfindliche Stelle an seinem Hals und knabberte an ihr.

Er wand sich unter ihrer Berührung und stöhnte auf.

»Engel, du bringst mich um.« Er zog sie auf seinen Schoß, und seine Hände fanden ihre Brüste, die Brustwarzen bereits hart. »Ich will ...«

»Ich will auch.« Sie setzte sich rittlings auf ihn und wiegte sich auf seinen Schenkeln. Reden wurde überbewertet, vor allem über Dinge, über die sie nicht reden wollte.

Pixie bellte einmal scharf und huschte unter Nicks Stuhl.

»Augenblick, da ist jemand an der Tür.«

Der Tür? Dann war das klingelnde Geräusch also nicht in ihrem Kopf. Mia sprang auf, stieß gegen den Tisch und hielt Nicks Limonade fest, bevor sie umkippen konnte. »Geh nur, ich werde ...« Sie setzte sich auf ihren Stuhl und griff nach ihrem Besteck.

»Warte kurz.« Nicks Kuss war heiß und innig. »Ich werde abwimmeln, wer immer da ist, und gleich wieder da sein.«

Nick lief die Treppe hinunter, zwei Stufen auf einmal nehmend, während es wieder klingelte, als ob die Person, die draußen stand, sich dagegenlehnte. Seine Mom hätte ihn auf dem Handy angerufen, wenn irgendetwas passiert wäre. Sean und Charlie waren noch immer in New Hampshire, und als er vorhin mit Sean gesprochen hatte, war alles in Ordnung gewesen. Die meisten Typen, mit denen er Billard spielte, hatten Familie und waren nicht die Art Freunde, die vorbeikamen, ohne vorher anzurufen. Und McGuire und Pelletier hatten keine Mandanten, die an einem Sonntagabend dringend einen Anwalt brauchten.

Er schloss die Tür auf und öffnete sie. »Was glauben Sie eigentlich ... Kylie?« Er trat einen Schritt vor.

»Ich wusste nicht, wo ich sonst hingehen oder wen ich fragen sollte.« Im Licht der Straßenlaterne schimmerte ihr blondes Haar silbrig. Sie trug ihre violette Kapuzenjacke und hielt einen Rucksack mit einem verblassten New-York-Mets-Logo umklammert. Unter ihren Denim-Shorts sickerte Blut aus einer Schnittwunde an einem nackten Knie.

»Kylie?«, sagte Nick noch einmal, ihr Anblick wie eine kalte Dusche, die alle Gedanken an Mia oben verscheuchte.

»Nein, die Zahnfee.« Kylie machte ein Gesicht, das patzig, abwehrend und völlig verängstigt war, bevor sie sich an ihm vorbei durch den Türeingang drängte.

»Okay.« Nick verkniff es sich, ein drittes Mal »Kylie« zu sagen, während die Tür erst gegen seinen Ellenbogen schlug und dann zuknallte. »Was tust du denn hier? Was ist in diesem Rucksack? Wie bist du hierhergekommen?«

»Das habe ich doch eben gesagt. Ich bin hier, weil ich nicht wusste, wo ich sonst hingehen sollte.« Kylie musterte ihn von Kopf bis Fuß. »In dem Rucksack ist mein ganzes Zeug. Und hergekommen bin ich, indem ich heimlich hinten auf einem Klempnerlaster mitgefahren bin. In der Camp-Küche ist ein Rohr geplatzt, daher haben sie einen Typen aus der Stadt gerufen. Josh mit irgendeinem komischen Nachnamen.«

»Tremblay. Das ist ein französischer Name aus Quebec.«

»Wo?«

»Egal.« Wenigstens war Kylie nicht getrampt. Nicks Herz, das fast stehen geblieben war, begann wieder, normal zu schlagen. Josh war ein guter Typ, ein Vater, der seinen jungen blinden Passagier sofort zur Polizei gebracht hätte, wenn er ihn gefunden hätte.

»Komm besser mit nach oben.« Obwohl er Kylie zur Polizei bringen sollte, wollte er dem armen Kind nicht noch mehr Angst machen. Stattdessen würde er die Cops anrufen.

»Rieche ich da Pizza?« Auf halbem Weg die Treppe hoch hellte sich Kylies Miene auf. »Ich habe mich stundenlang in diesem Laster versteckt, daher bin ich am Verhungern.«

Nick schluckte einen Seufzer hinunter. Mit seinem Abend war es schnell bergab gegangen, und er hatte keine Ahnung, wie er das alles Mia erklären sollte. »Ja, das ist Pizza.«

»Peperoni?«

»Vegetarisch.«

Sie rümpfte die Nase. »Ich hasse Gemüse.«

»Dein Pech.« Nick schob sie durch die Wohnungstür. »Kinder müssen Gemüse essen.« Er schloss die Tür hinter ihr, während Pixie aus dem Wohnzimmer schoss und eine Reihe kurzer, scharfer Belllaute ausstieß.

»Du klingst wie ein Dad.« Kylie tätschelte Pixie, und der kleine Hund sprang um ihre Knöchel.

Nein, er klang nicht wie ein Dad. Er klang wie ein Erwachsener. Ein vernünftiger Erwachsener. Die Polizeiwache befand sich ein paar Blocks weiter südlich in der Main Street. Er sollte vergessen, dass er dem Kind keine Angst machen wollte, Kylie dorthin bringen, sie dem diensthabenden Polizisten übergeben und seinen Abend retten. Und sich weitere chaotische Verwicklungen vom Hals halten.

»Nick?« Mia stand neben dem Sofa. Ihr Pullover war bis zum Hals zugeknöpft, und ihr Gesicht war gerötet. »Was ist los?«

»Ich ... äh ...« Er zuckte mit den Schultern und zeigte auf Kylie, die im Türrahmen verharrte.

»Ich bin weggelaufen.« Kylie ließ den Rucksack fallen und verschränkte die Arme vor der Brust. »Das Camp ist heute zu Ende gegangen. Ich habe keinen Ort, wo ich hingehen kann.«

»Oh, Schatz.« Mia breitete die Arme aus, und Kylie lief genau hinein.

»Nick hat mir mit meiner Mom geholfen. Ich dachte, er könnte mir auch bei dem hier helfen.« Kylie schniefte.

»Dem hier? Nick?« Mia sah ihn über Kylies Kopf hinweg mit einer hochgezogenen Augenbraue an.

»Ich habe ein paar Anrufe getätigt. Ich habe mit dem Anwalt ihrer Mutter gesprochen und herausgefunden, warum sie in eine andere Anstalt verlegt wurde.« Er konnte Kylie nicht umarmen. Er war ein Typ, und Typen umarmten keine jungen Mädchen, die nicht Familie waren. »Wie ich dir bereits gesagt habe, Kylie, ich habe mit deiner Sozialarbeiterin geredet, und sie hat für dich ab nächster Woche eine nette Pflegefamilie organisiert. Bis dahin hast du eine andere nette vorübergehende Familie. Du hast auf jeden Fall einen Platz, wo du hingehen kannst.«

Kylie hob ihr bleiches, tränenverschmiertes Gesicht. »Woher willst du wissen, dass sie nett sind? Du hast sie doch nie kennengelernt. Aber selbst wenn es die netteste Pflegefamilie aller Zeiten ist, leben sie meilenweit entfernt von dort, wo Mom jetzt ist, und ich werde Mom nie wiedersehen, niemals.« Ihre Stimme schwoll an. »Dieser Anwalt kann sagen, was er will. Mom braucht Hilfe, aber ein Gefängnis ist immer noch ein Gefängnis, oder? Diesmal wird sie für Jahre nicht rauskommen, und ich werde erwachsen sein, und ...«

»Schatz.« Mia machte leise, beschwichtigende Geräusche. Mom-Geräusche. »Wir werden eine Lösung finden, aber die Mitarbeiter beim Regenbogen-Camp werden im Moment verzweifelt nach dir suchen.«

Natürlich würden sie verzweifelt sein. Was hatte er sich bloß gedacht? Er hatte überhaupt nicht gedacht. Nick schnappte sich sein Telefon, froh, etwas Praktisches zu tun zu haben, um den Gefühlen zu entkommen, die wie eine Flutwelle über die kleine Wohnung hereinbrachen. »Ich werde beim Camp anrufen und ...«

Kylie streckte einen Arm nach dem Telefon aus und schlug es ihm aus der Hand. »Niemand beim Regenbogen-Camp weiß, dass ich weggelaufen bin.«

»Was?« Mias Augenbrauen furchten sich besorgt. »Als

ich heute Nachmittag vorbeigekommen bin, um Auf Wiedersehen zu sagen, hast du doch mit allen anderen in der Schlange für den Bus gestanden. Alle Mitarbeiter waren da, um es zu kontrollieren.«

»Ich bin ja auch in den Bus gestiegen. Sie haben mich auf der Liste abgehakt. Aber als niemand hingesehen hat, bin ich durch die Hintertür hinausgeschlüpft, die für das Gepäck offen stand.« Kylie schenkte Mia ein aufrichtiges Lächeln. »Ich bin klein, und ich bin schnell. Außerdem bemerkt mich sowieso nie jemand.«

Mia machte noch mehr beschwichtigende Geräusche und strich Kylie übers Haar. »Du musst hungrig und durchgefroren sein, und sieh dir dein Knie an.« Sie kniete sich vor Kylie hin. »Was ist denn da passiert?«

»Ich bin gestürzt und habe es mir in dem Laster an irgendetwas aufgeschürft.«

»Was denn für einem Laster?« Die Falte zwischen Mias Augenbrauen vertiefte sich, und Nick schüttelte den Kopf.

»Egal«, sagte Mia. »Ein Problem nach dem anderen. Ich werde dich waschen und dir etwas zu essen machen. Nick wird beim Regenbogen-Camp anrufen …«

»Nein«, sagte Kylie noch einmal.

»Doch«, sagte Nick.

»Ich kann hierbleiben.« Der silberne Knopf in Kylies Nase funkelte, und Nick zuckte zusammen. Junge Mädchen sollten sich nicht die Nase piercen lassen, und auch wenn sie hier im ländlichen Vermont waren, wo eher Elche als Menschen eine Bedrohung waren, sollten junge

Mädchen auch nicht nachts allein durch die Straßen laufen oder sich im Laster eines Fremden verstecken.

»Nein, du kannst nicht bei mir bleiben.« Denn junge Mädchen sollten eindeutig nicht die Nacht in der Wohnung eines alleinstehenden Mannes verbringen, der nicht Familie war.

»Dann werde ich eben wieder weglaufen, so weit, dass niemand mich finden wird. Nie, niemals.« Kylie wich vor Mia zurück wie ein in die Enge getriebenes Tier und schnappte sich ihren Rucksack.

Nick verschränkte die Arme und stellte sich vor die Tür. Kylie war zu ihm gekommen, weil sie glaubte, er könnte ihr helfen, und er wollte sie nicht enttäuschen. »Hier ist der Deal, Kleine. Ich werde immer noch beim Regenbogen-Camp und bei deiner Sozialarbeiterin anrufen. Aber wenn sie ihr Okay geben, dann kannst du heute Abend bei meiner Mom übernachten.«

»Mit Mia?« Die Hoffnung in Kylies Stimme brach ihm fast das Herz.

»Nur für heute Nacht.« Seine Mom würde Kylie nicht abweisen, wenn er sie um Hilfe bat.

»Nick, du willst tun, was du für am besten hältst, aber es gibt Vorschriften zum Kinderschutz, und ich ...«

Er tat ihre Worte mit einer Handbewegung ab. »Ich praktiziere Familienrecht. Ich kenne die Vorschriften. Du wurdest überprüft, um deine Kinder zugesprochen zu bekommen, und Mom war Lehrerin, daher wurde sie es auch. Kylie kann heute Nacht nicht im Regenbogen-Camp bleiben, nicht in einer Hütte ohne die anderen

Kinder, und die meisten Mitarbeiter sind vermutlich schon nach Hause gefahren. Außerdem ist es spät. Wie soll denn irgendjemand von der Familienfürsorge in Burlington vor morgen früh hierherkommen?«

Nicks Kehle schnürte sich zu, als er den Blick in Kylies Gesicht sah. Ihr Vertrauen und ihren Glauben an ihn.

»Ich wusste, du würdest mir helfen.« Kylie schlang die Arme um ihn. »Du bist der Beste.«

»Wir müssen sehen, was deine Sozialarbeiterin sagt.« Nick stand steif da. Er konnte sich keine Nähe gestatten. Er glaubte einfach nicht, dass er Kylie das Zuhause und die Liebe geben konnte, die sie brauchte.

»Wie wär's mit einem Stück Pizza und einem Glas Milch?« Seine Stimme kam wie aus weiter Ferne. Milch war gut für Kinder, und so wie Kylie aussah, musste sie wachsen.

»Hast du Snickers-Riegel da?« Kylie wich einen Schritt zurück, und ein Grinsen verwandelte ihr Gesicht.

»Ich habe immer Snickers da.« Er grinste zurück, die Anspannung war gewichen. »Aber zuerst musst du etwas Gemüse essen.«

Mia lachte. »Gabrielle hat dich richtig erzogen. Während Kylie etwas isst, werde ich ihr Knie versorgen, und du rufst beim Regenbogen-Camp und bei ihrer Sozialarbeiterin an.« Sie sah Kylie an, und ihr Mund bebte. »Wir werden dich im Nu sicher ins Bett gesteckt haben, Schatz.«

Nick brauchte Mia heute Nacht in seinem Bett, aber Kylie brauchte sie noch mehr. Und Kylie brauchte auch ihn. Abgesehen von seiner Nichte, hatte er Kinder aus seinem Leben herausgehalten, aber jetzt war eines aufgetaucht, und entgegen allen Erwartungen wollte er es nicht gehen lassen.

Nick stockte der Atem, als Mia ihren Pullover aufknöpfte und von ihren Schultern zog. Ihre Haut war über ihrem Tanktop taufrisch im Licht, und ihre Miene, als sie Kylie ansah, warm und liebevoll.

Er wollte auch Mia nicht gehen lassen, aber ihre Familie war wieder in der Stadt. Er würde sich etwas vormachen, wenn er dachte, er könnte mehr haben, als er bereits hatte.

Kapitel
13

Mia schob den letzten Schwung Cowboy-Cookies zum Abkühlen auf ein Drahtgitter auf Gabrielles Küchentisch. Die Hafer-Rosinen-Schokoladenchips-Kekse, die Emma so liebte, seit sie klein war. »Willst du ein paar von den abgekühlten Keksen auf einen Teller legen?« Sie warf einen Blick auf Emma, die zusammengekrümmt vor dem Tabletcomputer saß, den Jay ihr geschenkt hatte. »Nick und Kylie werden bald mit ihrer Sozialarbeiterin wiederkommen, und ich möchte wetten, sie hätten gern einen Snack.«

»Kylie kann sich selbst einen Snack machen.« Ein Vorhang goldblonder Haare verdeckte eine Hälfte von Emmas schmollendem Gesicht. »Es ist schon schlimm genug, dass ich gestern Nacht mein Zimmer mit ihr teilen musste. Außerdem findet Dad, dass Nick viel zu viel Zeit mit dir verbringt.«

»Nick ist in diesem Haus aufgewachsen. Seine Mom lebt noch immer hier, daher hat er jedes Recht vorbeizukommen.« Mia beruhigte ihren Atem. »Dein Dad und ich sind geschieden. Es geht ihn nichts an, mit wem ich meine Zeit verbringe.«

»Du bist meine Mom, daher geht es ihn etwas an, sagt er.« Emma nahm sich einen Keks und aß ihn, verstreute Krümel auf dem Boden.

Jay hatte sie betrogen, hatte sie verlassen, und auch wenn sie vielleicht wie eine Familie ausgesehen hatten, als sie alle zusammen zum Krankenhaus gefahren waren, um Lexie zu sehen, war es ein Mythos. Mia liebte Jay nicht mehr, und vielleicht hatte sie es nie getan.

Zumindest nicht so, wie Charlie Sean liebte. Mias Brust schnürte sich zusammen, als sie sich an den Ausdruck in Charlies Augen erinnerte, während sie ihren Ehemann und ihre kleine Tochter ansah. Obwohl Lexie noch immer im Krankenhaus war, waren die drei bereits eine Familie im besten Sinne des Wortes.

»Nick und seine Mom sind unsere Freunde. Sie haben uns geholfen, uns in Firefly Lake einzuleben, schon vergessen?« Mia konnte es nicht riskieren, dass ihre Töchter ahnten, dass zwischen ihr und Nick mehr als eine beiläufige Freundschaft war. Außerdem war es nur ein Zwischenspiel. Keine Beziehung und keine Verpflichtungen, darauf hatten sie sich beide geeinigt.

»Kylie ist nicht meine Freundin.«

»Nein, aber Kylie hat letzte Nacht unsere Hilfe gebraucht, und wenn es für ihre Sozialarbeiterin okay ist, wird sie ein paar Tage hierbleiben. Wie ich dir bereits erklärt habe.« Mia ging um den Tisch herum, um sich neben Emma zu setzen. »Dein Schlafzimmer ist das einzige mit einem Etagenbett. Es ist gut, etwas mit anderen zu teilen, die es brauchen.«

Emmas Unterlippe bebte. »Dad hat den kleinen Riley, daher bin ich jetzt nicht mehr die Jüngste.« Eine dicke Träne kullerte ihr übers Gesicht. »Naomi redet nur von Ty Carmichael, und jetzt ist da auch noch Kylie. Magst du sie mehr als mich?«

»Natürlich nicht.« Mia schlang die Arme um ihre Tochter. »Egal, wie groß du wirst, du wirst immer meine Jüngste sein und Naomis einzige Schwester. Ich will Kylie helfen, sicher, aber ich liebe dich. Als du bei deinem Dad warst, habe ich dich jede Sekunde an jedem Tag vermisst.«

Emma schniefte und wischte sich mit einer Hand übers Gesicht. »Wirklich?«

»Natürlich. Ich weiß, im Moment geht es bei uns ein bisschen chaotisch zu, aber es wird alles besser werden, wenn wir erst in unserem Haus sind und wieder eine richtige Familie sein können. Da Onkel Sean mit Tante Charlie und Lexie im Krankenhaus sein muss, hat Nick ein paar der Jungs, mit denen er Billard spielt, gebeten, ihm bei der Renovierung zu helfen. Er hat mir vorhin eine Nachricht geschickt, um sicherzustellen, dass er die richtige Wandfarbe für dein Zimmer auswählt.«

»Dad gefällt unser Haus nicht.« Emma reckte das Kinn. »Das hat er gesagt, als wir gestern dorthin gefahren sind, um dich zu suchen. Außerdem sind wir ohne Dad keine Familie, jedenfalls keine richtige.«

»Deinem Dad muss es nicht gefallen, oder?« Es war Mias Haus, gekauft mit ihrer Scheidungsabfindung. »Und natürlich sind wir eine Familie. Genau wie dein

Dad und Tiffany und Riley eine Familie sind. Du hast zwei Familien.« Mia setzte ein, wie sie hoffte, neutrales Lächeln auf. Sie konnte Emma zuliebe die Höflichkeit wahren.

»Ich will nicht zwei Familien haben. Außerdem sind Tiffany und Riley zu ihrer Mom nach Hause gefahren, daher sind sie nicht mehr meine Familie. Du und Dad, ihr könnt jetzt wieder zusammenkommen.«

»Schatz ...« Mia zögerte. Sie hasste es, die Sehnsucht in Emmas Miene zu zerstören, aber sie musste sicherstellen, dass sie die Wahrheit verstand. »Dein Dad und ich werden nicht wieder zusammenkommen. Und was Tiffany betrifft, das müssen sie und dein Dad miteinander klären.«

»Ihr könntet wieder zusammenkommen, denn Dad hat gesagt, es ist nicht angemessen, dass ich und Naomi in unserem Haus hier leben.« Emma legte den Kopf schräg. »Was heißt das?«

Pixie bellte, huschte zur Küchentür und bewahrte Mia vor einer Antwort. Nick kam herein, in einem blauen Hemd über einer dunklen Anzughose. Hinter ihm trug Kylie zwei prall gefüllte Plastik-Einkaufstüten. »Hey, Ladys.« Nick nahm Pixie hoch und steckte sie in die Beuge seines Ellenbogens.

»Nick.« Mia hantierte an den Keksen herum.

»Du hast diese Kekse gebacken?« Kylie stellte die Tüten auf dem Boden ab und beäugte den Teller.

»Klar hat sie das.« Nicks Lächeln war warmherzig, mit einer sinnlichen Note nur für Mia. »Sie ist eine Frau mit vielen Talenten.« Sein Lächeln wurde verschlagen, und Pixie wand sich aus seinem Griff.

»Kann ich bitte einen haben?« Kylies Blick war noch immer auf die Kekse geheftet.

Emma zerrte ihren Stuhl kratzend über den Küchenboden auf die andere Seite des Tischs, so weit weg von Nick und Kylie wie nur möglich.

»Natürlich, solange du dir vorher die Hände wäschst.«

Kylies Miene hellte sich bei Mias Worten auf, wie die Sonne, die hinter einer Wolke hervorkam.

»Emma, willst du auch noch einen Keks?«

»Nein.« Emma schob das Tablet über den Tisch. »Cowboy-Cookies sind was für Babys.«

Kylie ignorierte Emma und trat an die Spüle. »Ich hatte heute den besten Tag aller Zeiten.« Ihr Lächeln milderte die scharfen Konturen ihres Gesichts, ließ sie jünger und unschuldiger aussehen. »Nick hat mir ein paar Anziehsachen gekauft. Neue, die noch nie jemand getragen hat.« Sie drehte sich leicht, um ihren Denim-Rock und ihr lila T-Shirt vorzuführen.

»Sehr hübsch.« Mia behielt mit einem Auge ihre Tochter im Blick.

»Wenn man Lila mag.« Emma verdrehte die Augen.

Mia warf ihrer Tochter einen warnenden Blick zu. »Emma.«

»Außerdem habe ich Nick in seinem Büro geholfen.« Kylies sonst so abwehrende Miene war schüchternem Stolz gewichen. »Ich habe für alle Kaffee gekocht, Sachen abgeheftet und Dokumente gescannt.«

»Na und?« Emma schaltete ihr Tablet aus. »Ich gehe ständig zu meinem Dad ins Büro. Ich meine, früher, bevor Mom uns gezwungen hat, umzuziehen.« Sie stand da, die Hände in die Hüften gestemmt, und ihre Brust bebte unter dem Shirt mit einem Regenbogen darauf. »Mein Dad hat einen sehr wichtigen Job. Er ist Senior-Vizepräsident, was fast wie ein Präsident ist, und Tausende von Leuten arbeiten für ihn.« Sie schob den Stuhl so heftig zurück, dass er gegen die Kante des Küchentresens knallte.

»Emma.« Mia streckte eine Hand nach ihrer Tochter aus, aber das Mädchen drehte sich weg.

»Mein Dad arbeitet nicht in irgendeinem Provinznest mitten im Nirgendwo. Er hat seine eigene Sekretärin, vielleicht sogar fünf Sekretärinnen, daher braucht er mich nicht, um Sachen für ihn abzuheften.« Ihre Stimme schwoll an, und sie wandte sich ab und stolperte über ein Stuhlbein.

»Emma, du vergreifst dich im Ton.« Mia streckte wieder eine Hand nach ihr aus. »Wohin gehst du?«

»Auf die Veranda, darauf warten, dass Naomi nach Hause kommt. Lass mich in Ruhe.«

»Emma, ich…« Die Küchentür knallte zu, und Mia hielt sich einen Finger an die Schläfe. In den letzten Wochen hatte sie die Nähe verloren, die sie früher mit ihrer jüngeren Tochter verbunden hatte. Und sie hatte keine Ahnung, wie sie diese zurückbekommen sollte.

»Kinder sagen Sachen. Ich habe auch Sachen gesagt, als ich in ihrem Alter war. Es ist okay.« Nicks Blick war ruhig.

»Nein, es ist nicht okay. Im Moment braucht Emma Abstand, aber ich werde später mit ihr reden.« Sie wandte sich an Kylie, die sich die Hände gewaschen hatte. »Bring deine neuen Kleider ins Schlafzimmer und leg sie in eine der leeren Kommodenschubladen.«

»Sie will mich hier nicht haben, stimmt's?« Der scharfe Blick beherrschte wieder Kylies Gesicht, und ihre Augen waren düster.

»Emma weiß nicht, was sie will.« Mia schluckte einen Seufzer hinunter. Ganz ähnlich wie sie.

Sie wollte Nick, aber sie wollte auch ihre Töchter. Und sie wollte ihr neues Leben, aber Teile ihres alten Lebens waren wieder aufgetaucht und drohten sie hinunterzuziehen, so unerwartet und gefährlich wie Treibsand.

Kylie nahm die Tüten mit den Kleidern und den Teller mit Keksen, den Mia ihr hinhielt. »Ich bin's gewohnt, dass Leute mich nicht haben wollen. Meine Mom hat mich nicht gewollt, nicht wirklich. Dylan war immer ihr Liebling. Moms Freunde haben gesagt, ich sei eine Plage. Die meisten Pflegefamilien sind ganz okay, aber zu denen gehöre ich auch nicht.«

»Ach, Kylie.« Nicks Stimme brach.

»Sobald meine Sozialarbeiterin ein Wort sagt, bin ich weg von hier. Ein Typ wie Emmas Dad würde jemanden wie mich sowieso nicht in ihrer Nähe haben wollen. Wenn er schon ein Problem mit Ty Carmichael hat, würde er mit mir bestimmt auch eines haben.«

»Emmas Dad hat mit vielen Leuten ein Problem«, sagte Mia, »aber Emma vermisst ihn, und sie will ...« Emma wollte, was Mia ihr nicht geben konnte. Sie hatte erwartet, dass die Scheidung für Naomi härter sein würde, aber sie hatte sich getäuscht. Es war Emma, die am meisten gelitten hatte, und Emma, die sich noch immer nach der Familie sehnte, die sie verloren hatte.

»Egal.« Kylie scheuchte Pixie aus der Küche.

Nachdem sich die Küchentür hinter ihr geschlossen hatte, schlang Nick die Arme um Mia. »Ich habe nicht bedacht, wie schwierig es für dich und die Mädchen sein würde, Kylie hier zu haben.«

»Naomi hat kein Problem damit. Sie ist sowieso ständig mit Ty unterwegs.« Noch eine Sorge, die Mia nachts wachhielt. »Sollte Kylies Sozialarbeiterin nicht mit dir hierher zurückkommen?«

»Sie musste ein paar Telefonate führen, deshalb sitzt sie im Moment draußen in ihrem Wagen. Sie denkt, es besteht auf jeden Fall das Risiko, dass Kylie vermisst wird, wenn sie sie heute mit zurück nach Burlington nimmt.«

»Vermisst?«

»Kylie ist schon von drei vorübergehenden Pflegestellen weggelaufen. Das letzte Mal hat sie es über die bundesstaatliche Grenze nach New York geschafft, bevor sie von der Polizei um zwei Uhr morgens vor einem Laden aufgegriffen wurde. Kim, ihre Sozialarbeiterin, muss eine Dringlichkeitsprüfung dieses Zuhauses hier vornehmen und dich und Mom kennenlernen, aber wenn sie ihr Okay gibt, wird sie empfehlen, dass Kylie hierbleibt, bis eine dauerhafte Pflegefamilie sie aufnehmen kann.«

»Verstehe.« Mia ließ ihre angespannten Schultern kreisen. »Deine Mom und Ward sind zu einer Fotoausstellung in der Galerie gegangen, aber sie müsste bald zurück sein. Wenigstens mag deine Mom Kylie.«

Gabrielle hatte das Mädchen mit einer Umarmung und einem Glas warmer Milch willkommen geheißen und gesagt, Harbor House sei ihr Zuhause, solange sie es bräuchte.

»Da Mom nicht da ist, kann ich das hier tun.« Nick neigte den Kopf und küsste sie. Die Hitze seines Körpers erzeugte eine ebensolche Hitze in Mias.

»Hör auf.« Sie wich zurück.

»Magst du es nicht, wenn ich dich küsse?«

»Doch, aber Emma könnte wiederkommen. Oder Kylie.«

»Ich bin sicher, Kylie hat schon viele Leute gesehen, die sich geküsst und noch mehr getan haben.« Nick schnappte sich einen Keks von dem Abkühlgitter. »Sie redet davon, dass wir Sex haben.«

»Was? Mit wem redet sie darüber?«

»Mit mir.« Nick grinste. »Schon bevor du und ich Sex hatten. Kylie ist sehr schlau für ihr Alter.«

»Zu schlau. Ich mache mir Sorgen, dass Emma neue Worte aufschnappen wird, bevor Kylie nach Burlington zurückfährt.«

»Ich habe schon mit Kylie geredet.« Nicks Miene wurde ernst. »Ich habe ihr gesagt, dass sie sich dir und den Mädchen gegenüber anständig benehmen soll. Keine Schimpfwörter gebrauchen und nicht mit Emma über irgendetwas reden, über das sie nicht reden sollte. Sie versteht, dass sie aufpassen muss, was sie sagt.«

»Ich hoffe es.«

»Sie schafft das schon. Bei der Arbeit heute bei mir war sie toll. Sie hat am Konferenztisch gesessen und an ein paar Rätselheften gearbeitet, die ich ihr besorgt habe. Während ich meine Besprechung mit Kim hatte, hat sie Lori beim Scannen und Abheften geholfen. Lori hat gesagt, sie sei höflich und hilfsbereit gewesen.«

»Das war sie bestimmt.«

Nick war Kylies Held, und das Mädchen sehnte sich verzweifelt nach seiner Anerkennung.

»Meinst du, Kylie hätte gern einen Tabletcomputer?«

»Das hätte sie sicher gern, aber du kannst nicht...« Mia biss sich auf die Lippe.

»Ich weiß.« Nick stieß einen Atemzug aus. »Selbst wenn Kim die Pflege hier genehmigt, ist es nur vorübergehend. Wir dürfen Kylie nicht zu sehr ins Herz schließen.«

»Hat Kim das gesagt?«

»Nein, das ist, was ich denke. Kylie hat in ihrem Leben schon viele Verluste erlebt. Wenn sie uns zu sehr ins Herz schließt, wird es noch ein Verlust mehr sein. Aber wenn sie hierbleibt, werde ich mir etwas freinehmen, um dir zu helfen. Das ist das Mindeste, was ich tun kann.« Er schenkte ihr ein warmes Lächeln. »Es gibt viele andere Dinge, die ich auch gern tun würde.« Seine Finger glitten an ihren Armen hinunter und streiften seitlich ihre Brüste.

»Wir können nicht ...«

»Du wirst mich nicht hineinschlüpfen lassen, nachdem die Lichter gelöscht sind?« Nicks Lachen war verführerisch. »Ich kann ganz leise sein.«

Das konnte er vielleicht, aber Mia war sich nicht sicher, ob sie es konnte. Nicht nach Samstagnacht und Sonntagmorgen zu urteilen. »Falls du es vergessen hast, das hier ist das Haus deiner Mutter. Sie wird jeden Moment zurückkommen, und Kim wird an die Haustür klopfen, um unsere Eignung als Pflegeeltern zu überprüfen.«

»Ja.« Nick schenkte ihr ein ironisches Lächeln und nahm seine Hände von ihren Brüsten. »Mom hat dir vielleicht schon erzählt, dass ich ein paar Ideen bezüglich dieses Hauses habe. Wenn wir die alte Vorratskammer zu einem vollständigen Bad umbauen und aus dem kleinen Salon daneben ein Schlafzimmer machen, dann könnte sie in diesem Winter im Erdgeschoss wohnen. Mom schien der Plan zu gefallen.«

»Klar tut er das.« Endlich hatte Nick versucht, Gabrielle zu verstehen, und ihr zugehört. Und als sie von ihrem Dinner mit ihm nach Hause gekommen war, war Gabrielle noch glücklicher über die Aussicht auf eine neue Beziehung mit ihrem Sohn gewesen als über die Veränderungen, die er für Harbor House vorgeschlagen hatte.

»Ich habe schon ein paar Bauunternehmer wegen Kostenvoranschlägen angerufen. Sobald dein Haus fertig ist, kann ich hier bei der Arbeit mithelfen. Das Beste daran ist, dass Mom, nachdem du ausgezogen bist und ich nach

New York zurückgekehrt bin, ein Zimmer vermieten kann, um ein bisschen Gesellschaft zu haben. Es wird bestimmt Leute geben, die für eine Weile eine Bleibe brauchen. Mom sagt, das wäre perfekt.«

»Perfekt«, wiederholte Mia, aber das Einzige, woran sie denken konnte, war, wie ihr Leben aussehen würde, wenn Nick in die Großstadt zurückgekehrt wäre. Der Freund, auf den sie sich verließ. Der Liebhaber, den sie begehrte.

»Du siehst müde aus. Was hältst du davon, wenn du dich nach unserer Besprechung mit Kim ein bisschen hinlegst, und ich gehe mit den Mädchen an den Strand?« Er tätschelte ihre Schulter. »Und danach werde ich kochen. Oder etwas bestellen, was immer du willst.«

»Wunderbar.« Mia war mit offenen Augen in diese Situation gegangen. Sie wollte keine Beziehung, aber sie hatte auch nicht erwartet, dass Nick so in ihr Leben verwickelt werden würde.

»Morgen komme ich vorbei und helfe dir, den Dachboden auszuräumen. Das meiste Zeug dort oben ist seit Jahren nicht angerührt worden. Manches davon gehört mir, wie Mom mich erinnert hat.«

»Du musst doch nicht …«

Er gab ihr einen raschen Kuss, süß, zärtlich und ein klein wenig sexy. »Wofür sind Freunde denn sonst da?«

Freunde waren nicht dazu da, dass man Sex mit ihnen hatte. Trotz dessen, was ihr Körper verlangte.

Und Freunde waren nicht dazu da, dass man sich in sie verliebte. Trotz dessen, was ihr Herz ihr sagte.

Auch wenn Nick seit Jahren nicht mehr hierhergekommen war, war das Dreieck aus Sand am Fuß der Granitklippen unterhalb von Harbor House einmal sein Lieblingsort gewesen.

Er warf die Strandtücher in der Nähe einer Felsnase auf den Sand und ließ den Blick über den Horizont schweifen. Die rote Sonne stand tief am Himmel und versank hinter den Hügeln. Auf Emma und Kylie aufzupassen, war eine Kleinigkeit, die er für Mia tun konnte, vor allem da Kylies Sozialarbeiterin genehmigt hatte, dass das Mädchen mindestens die nächsten achtundvierzig Stunden in Harbor House bleiben konnte.

Ihm wurde schwer ums Herz, als er an die violetten Ringe unter Mias schönen Augen und die Sorgenfalten um ihren Mund dachte. An den Blick in ihrem Gesicht, als Emma aus der Küche gestürmt war. Einen Blick, an dem er nichts ändern konnte.

Und den anderen Blick in ihrem Gesicht, an dem er schuld war, als er davon geredet hatte, Harbor House umzubauen und nach New York zurückzukehren.

»Bleibt nah beim Ufer, Mädchen. Es wird schnell tief.« Obwohl er seit über zwanzig Jahren nicht mehr im Firefly Lake geschwommen war, erinnerte sich Nick an die tückischen Strömungen und scharfen Felsen, die unter der ruhigen blauen Oberfläche lauerten, und wie die Sandbank fünf Meter vor dem Ufer in die dunklen, kalten Tiefen des Gletschersees abfiel.

Mager in dem violetten Badeanzug, den er ihr vorhin gekauft hatte, watete Kylie bis zu den Knöcheln ins

Wasser. »Das ist toll. Deine Mom hat einen privaten Strand.«

»Das Haus meines Dads in Dallas hat einen Swimmingpool.« Emma schlüpfte aus ihren Flipflops, ohne ihn anzusehen.

»Na, da hast du aber Glück, oder?« Vielleicht war das ein Fehler. Ohne Mias Unterstützung fühlte sich Nick dieser Sache nicht gewachsen. Er kannte sich mit Kindern nicht aus. Wenn Emma ein Junge oder ein Wildfang wie seine Nichte gewesen wäre, dann hätte er wenigstens über Männerkram reden können. Sport oder Actionfilme. Aber Emma war nicht nur ein mädchenhaftes Mädchen, sie war auch noch eines, das ihn nicht besonders gut leiden konnte.

Emma verdrehte ihre blauen Augen. »Ja, na klar, ich habe so viel Glück. Ich lebe ja nicht in dem Haus. Ich muss hierbleiben.«

»Hast du gehört, was ich darüber gesagt habe, dass du nicht zu tief hineingehen sollst?«

»Ich bin ja nicht taub.« Ihre kleinen Schultern waren steif in ihrem rosa Zweiteiler, während sie auf den Rand des Wassers zumarschierte.

Nick holte einmal tief Luft und setzte sich in den Sand. Hoch über ihm kreiste ein Breitflügelbussard, bevor er zwischen den Bäumen verschwand. Als Junge hatte er diese Tageszeit geliebt, wenn der See stiller war und die meisten Touristen nach Hause gefahren waren.

Er blinzelte wieder in die untergehende Sonne. Das hölzerne Schwimmfloß, das er und sein Dad in dem

Sommer gebaut hatten, in dem er zehn gewesen war, schaukelte noch immer draußen auf dem See. Es musste verrottet sein, auch wenn seine Mom es jeden Winter hereinholte. Er schlüpfte aus seinen Sneakers und trat an den Rand des Wassers, um es sich genauer anzusehen.

»Nick?« Kylie winkte ihm aus dem Wasser zu, in der Nähe von dort, wo die Sandbank anfing. »Sieh mal, wie ich schwimme. Mia hat mir geholfen, daher bin ich schon viel besser.«

»Na klar, aber schwimm nicht noch weiter hinaus.«

Kylie ließ sich auf dem Rücken treiben und paddelte mit den Beinen.

»Das kann doch jeder. Sieh mal das hier.« Emma schlug einen Purzelbaum und verschwand unter der Wasseroberfläche, bevor sie drei Meter hinter Kylie wieder auftauchte.

»Emma, komm hierher zurück.« Nick watete in das eiskalte Wasser, froh, dass er die Boardshorts angezogen hatte, die er bei seiner Mom zu Hause aufbewahrte.

»Emma?« Kylies Stimme schwoll an. »Nick? Was tut sie denn da?«

»Emma«, rief Nick noch einmal, aber das Mädchen ignorierte ihn und machte ein paar zappelige Brustkraulzüge.

Sie kletterte auf das Schwimmfloß. »Wetten, dass du das hier auch nicht kannst, Kylie?« Sie machte einen Luftsprung und stürzte sich von dem Floß ins Wasser, zu einer Kugel zusammengerollt, und eine Wasserwand spritzte hoch.

Nicks Herz hämmerte. Sie würde jeden Augenblick wieder auftauchen. Er war von Flößen in diesem See gesprungen, als er jünger gewesen war als Emma. Cat und Georgia auch, aber sie waren alle gute Schwimmer gewesen.

»Nick?« Kylie fing seinen Blick auf. Ihre Wimpern waren dunkel vom Wasser, und ihr Gesicht war bleich.

»Warte am Strand. Rühr dich nicht von der Stelle, bevor ich es dir sage.«

Sie nickte zur Antwort mit ihrem spitzen Kinn. Er musste Emma hinterherschwimmen. Mias Tochter brauchte ihn.

Er streifte sein Hemd ab und warf es in den Sand, zusammen mit seinem Handy, seiner Brieftasche und seinen Schlüsseln. Nach einem Hechtsprung tauchte er auf und begann, mit raschen Kraulzügen zu schwimmen, in einem instinktiven Rhythmus, bis er Sekunden später das Floß erreichte.

Noch immer keine Emma in Sicht. Nick suchte den See ab, dann tauchte er unter Wasser. Es war trübe von dem Schlamm auf dem Grund, und er rieb sich mit einer Hand über die Augen. Seine Lunge brannte, und er kam an die Oberfläche hoch, um Luft zu holen, bevor er erneut abtauchte. Eines seiner Knie stieß gegen die Kette, die das Floß am Grund des Sees verankerte.

Emma war mit dem Badeanzug an der rostigen Kette hängen geblieben, und Blut sickerte seitlich über ihr Gesicht.

Er zog an dem Träger ihres Badeanzugs, bevor er das

Oberteil wegriss. Er warf sie sich über eine Schulter, kämpfte sich an die Oberfläche und manövrierte Emma in einen Rettungsgriff, bevor er mit ihr in Richtung Ufer schwamm.

»Mein Handy, wähl den Notruf«, brüllte er Kylie zu, aber sie hatte das Telefon bereits am Ohr.

Emma war ein Totgewicht, und sie atmete nicht. Er schwamm Zug um Zug, bis seine Füße den Grund des Sees berührten, dann stellte er sich hin, taumelte zum Strand und legte Emma auf den Rücken.

Er musste eine Wiederbelebung durchführen. Er wusste, wie das ging, dank der Rettungsschwimmer-Prüfung, die er als Jugendlicher abgelegt hatte.

»Atme, Schatz.« Nick presste auf Emmas winzige Brust und zählte.

»Ich habe gesagt, dass es ein Notfall ist.« Kylies Stimme war schrill und heiser. »Der Rettungswagen ist unterwegs.«

Nick nickte, während er noch immer zählte, bevor er seinen Mund auf Emmas presste und sie beschwor zu atmen.

Kylie hockte sich neben ihn. »Es wird doch alles gut mit ihr, oder?«

Nick konnte nicht antworten. Die Welt drehte sich nur noch darum zu zählen, Emmas Brust zu beobachten und dann noch etwas mehr zu zählen.

Emma hustete und versuchte angestrengt, sich aufzusetzen, dann ließ sie sich wieder auf den Sand fallen, mit verschwommenem Blick.

»Emma.« Nick strich ihr die Haare aus dem Gesicht, wo aus einer gezackten Schnittwunde Blut über ihre Stirn sickerte. »Ich bin's, Nick. Es ist alles in Ordnung mit dir.« Das hoffte er zumindest. Er könnte Mia nicht gegenübertreten, wenn ihrem kleinen Mädchen irgendetwas passiert wäre. Er war es, der angeboten hatte, mit Emma und Kylie an den Strand zu gehen. Warum hatte er nicht den Diner oder die Bowlingbahn vorgeschlagen? Alles, nur nicht das hier.

Emma blinzelte. »Nick?«

»Ja.« Er schnappte sich ein Handtuch und deckte sie zu, dann presste er sein Shirt auf ihre Stirn, um die Blutung zu stoppen.

»Ich will zu meiner Mommy.« Emma hustete wieder, dann erbrach sie Seewasser.

»Sie wird jeden Moment hier sein.« Er neigte den Kopf in Kylies Richtung. »Lauf und hol Mia, und warte dann vor dem Haus auf den Rettungswagen, damit sie wissen, wo wir sind.«

»Mommy«, sagte Emma noch einmal. »Mir ist kalt.«

»Hier, Schatz.« Nick schnappte sich noch ein Handtuch und breitete es über das erste.

»Was ist los? Was ist passiert?«

Nick sah Mia auf halbem Weg die Stufen zum See herunterkommen.

»Mein Baby.« Sie stieß ein schrilles, wimmerndes Geräusch aus und rannte das kurze Stück zum Strand hinunter.

»Ich habe eine Wiederbelebung durchgeführt. Emma

atmet. Sie ist von dem Schwimmfloß gesprungen, und ...«

»Mein kleines Mädchen ...« Mias Stimme brach, und sie kniete sich neben Nick auf den Sand, um Emma in die Arme zu schließen.

»Beweg sie nicht. Der Rettungswagen ist unterwegs.«

»Es ist meine Schuld. Ich wollte Kylie zeigen ...« Emma hustete wieder, ein krächzendes Geräusch, bei dem sich Nick der Magen umdrehte, und noch mehr Wasser kam hoch.

»Schscht. Ist ja gut. Du musst es nicht erklären.« Mia presste ihrer Tochter das Shirt fester auf die Stirn. »Es wird alles gut, Emmabärchen.« Ihr besorgter Blick fing Nicks in einem stillen Flehen auf. »Ich konnte nicht schlafen, daher bin ich herausgekommen und habe euch hier gesehen. Und Emma ...«

»Ich, äh ...« Kylie knetete ihre Hände.

Nick sah sie an. Kylies Lippen waren blau, und ihr kleiner Körper wurde von Schaudern erschüttert. »Du warst toll.« Er nahm das letzte Handtuch und wickelte es um sie. »Du bist nicht in Panik ausgebrochen, und du hast getan, was ich dir gesagt habe. Gute Arbeit.«

Ihre Augen weiteten sich.

»Kylie?« Emma sah auf. »Es tut mir leid. Ich habe gemeine Sachen zu dir gesagt, und das hätte ich nicht tun sollen.«

»Schon okay.« Kylie grub eine nackte Zehe in den Sand. »Ich gehe besser den Sanitätern entgegen. Ich kann ein paar Anziehsachen für Emma holen.«

»Danke.« Mia hob den Kopf. »Danke euch beiden.« Ihr Blick verharrte auf Nick. »Wenn du nicht gewusst hättest, was zu tun ist, wäre sie … wäre sie …«

»Sie ist aber nicht.« Er berührte Emmas Haar. Die Strähnen waren schwer vom Wasser, und in der Nähe ihrer Schläfen war Blut mit Schlamm verkrustet. »Hol dir selbst auch ein paar Anziehsachen, Kylie. Wir wollen nicht, dass du dich erkältest.«

»Na klar.« Kylie wandte sich zu den Stufen um, mit gekrümmten Schultern. »Muss Emma ins Krankenhaus?« Sie wandte sich wieder an Nick, und er las die Angst in ihrem Gesicht.

»Ja, aber sie wird wieder nach Hause kommen, Kylie. Versprochen.« Ihr Bruder war im Krankenhaus gewesen und gestorben. Nach dem, was Kylies Sozialarbeiterin erzählt hatte, wäre ihre Mutter um ein Haar auch gestorben. Sie war vollgepumpt mit Heroin gewesen, hatte aus einer Messerwunde geblutet, und ihre Tochter, die alles mit angesehen hatte, war in eine weitere Pflegefamilie gekommen, diesmal dauerhaft.

Kylie hielt seinem Blick stand, bevor sie sich abwandte, die Stufen hochsprang und zwischen den Bäumen verschwand.

Über Emmas Körper hinweg ergriff Nick Mias Hand. »Es tut mir leid. Es ist alles meine Schuld. Ich habe die Mädchen hergebracht. Ich habe nicht nachgedacht.«

»Ich auch nicht. Emma war am Wasser immer vernünftig. Aber sie … du bist ihr in den See gefolgt, und seit dem Unfall bist du …«

Er drückte ihre Hand fest. »Dein kleines Mädchen war dort draußen, verletzt. Ich hätte den ganzen See nach ihr abgesucht, wenn ich gemusst hätte.«

»Nick?« Emma sah ihn blinzelnd an. »Es ist nicht deine Schuld. Es ist meine. Ich habe nicht zugehört, und ich war auch zu dir gemein.« Ihre Stimme klang krächzend. »Noch gemeiner, als ich zu Kylie war.«

»Du hast nichts Schlimmeres gesagt als das, was ich zu Leuten gesagt habe, als ich älter war als du, und alt genug, um es besser zu wissen.« Seine Kehle schnürte sich zu.

»Es tut mir wirklich leid. Alles.« Emmas Hand umfasste seine über Mias. »Es ist okay, wenn du und meine Mom Freunde seid.«

»Danke.« Das eine Wort war alles, was Nick zustande brachte. Er fing Mias Blick auf, und etwas tief in ihm veränderte sich.

Mia war wunderschön und süß, und sie hatte sich ihr Leben neu aufgebaut. Sie hatte einen besseren Mann als ihn verdient. Einen Mann, der keine Angst davor hatte zu lieben.

Emmas Griff um seine Hand verstärkte sich. Mia hatte auch einen Mann verdient, der ihren Mädchen ein Vater sein konnte und der länger in Firefly Lake bleiben würde, als er je vorhatte.

Kapitel
14

Zwei Tage später schob Mia einen leeren Schrankkoffer beiseite und setzte sich auf den niedrigen Sitz unter einem der Dachbodenfenster in Harbor House. Regen trommelte gegen die Scheibe, und sie folgte mit einem Zeigefinger dem Muster der Tropfen.

Der See war kabbelig heute, zinngrau, gesprenkelt mit weißen Schaumkronen. Sie schauderte, als sie daran dachte, was hätte passieren können. Aber Emma war in Sicherheit, und zum ersten Mal seit langer Zeit war das Leben gut. Nicht perfekt. In diesem Leben hatte sie die Idee aufgegeben, dass es perfekt sein könnte, aber gut war mehr als genug.

Sie wandte sich vom Fenster ab und streckte sich, sodass ihr T-Shirt über den oberen Saum ihres Baumwollrocks hochrutschte. Dank Nicks Hilfe hatte sie nur noch ein paar mehr Kartons zu sichten, und dann wäre der Dachboden ausgeräumt. Sie war dem Ende ihrer Arbeit in Gabrielles Haus wieder einen Schritt näher gekommen. Und dem Zeitpunkt einen Schritt näher, an dem Nick Firefly Lake verlassen würde. Er hatte zwar kein Datum genannt, aber der Labor Day stand vor der Tür, und er hatte immer gesagt, er hätte vor, nach dem langen Wochenende abzureisen.

Sie musste aufhören, von ihm zu fantasieren und sich zu fragen, was wäre, wenn.

Die Tür zum Dachboden ging knarrend auf, gefolgt von Schritten auf der Treppe. »Mia?« Nick tauchte am oberen Ende der Treppe auf und zog den Kopf ein, bis er die Mitte des großen Raums erreichte, fern von dem Dachvorsprung. »Mom hat mir gesagt, dass du noch immer hier oben bist.«

Ihr Herz schlug einen Purzelbaum. Die ganze Zeit hatte sie versucht, so zu tun, als wäre Nick nur ein guter Freund, aber als er Emma das Leben gerettet hatte, waren Gefühle an die Oberfläche getaucht, die sie vorher zu leugnen versucht hatte. Neue und beängstigende Gefühle, die sie nie, in all ihren gemeinsamen Jahren, für Jay empfunden hatte.

»Hi.« Sie zog sich einen der noch verbliebenen Kartons heran, und eine Staubwolke stieg auf.

»Lass mich dir helfen.« Nick stellte den Karton auf den Schrankkoffer und beugte sich vor, um ihr einen raschen Kuss zu geben. Er klappte die Laschen des Kartons auf, in dem Weihnachtsdekorationen zum Vorschein kamen. »Mom hat wohl nie etwas weggeworfen, oder?« Er betastete einen Pappengel. »Den habe ich in meinem ersten Grundschuljahr für sie gebastelt.«

»Wenn Kinder dir etwas basteln, ist das etwas ganz Besonderes. Solche Sachen hebst du ewig auf.«

»Woher sollte ich das wissen?« Seine Stimme war tonlos. »Meine Nichte war nie ein Bastelkind.«

Mia stellte den Engel auf den Fensterplatz und strich den Lametta-Heiligenschein glatt. »Deine Mom bastelt mit den Mädchen, und Kylie ist mit Feuereifer dabei. Als ich vorhin den Kopf ins Esszimmer gesteckt habe, war sie von Pailletten, violettem Filz und Federn umgeben. Sie hat mir gesagt, dass sie etwas für dich bastelt, also tu besser überrascht ...«

Nick nahm den Engel in die Hand, dann stellte er ihn wieder hin. »Das habe ich wohl verpasst. Ich bin mit dem Bauunternehmer durch die Küche hereingekommen. Er kann morgen mit dem Badezimmer im Erdgeschoss anfangen. Mom hat schon Wandfarben und Fliesen ausgewählt und eine Badewanne und eine Duschkabine. Und er bringt auch das kleine Bad oben auf Vordermann, damit Mom es bequemer hat.«

»Was du tust, damit sie in dem Haus bleiben kann, das sie liebt, ist gut.«

Gabrielle hatte bekommen, was sie wollte, warum fühlte Mia sich dann nicht besser damit?

»Du hattest recht. Ich hatte Mom nicht zugehört, aber Kompromisse einzugehen ist gar nicht so schwer, wie ich dachte.« Nick schenkte ihr ein ironisches Lächeln.

»Warum willst du dein Herz dann nicht für Kylie öffnen? Ihr Herz ist weit offen für dich.«

Nicks Lächeln schwand. »Sie wird bald eine neue Familie haben. Kim hat genehmigt, dass Kylie bei dir und Mom für bis zu fünf Tage bleiben kann, höchstens.

Ich will nicht, dass sie den Boden unter den Füßen verliert.«

»Meinst du nicht, dass es Kylie noch mehr durcheinanderbringen wird, wenn sie dich nie wiedersieht, vielleicht sogar nie mehr auch nur von dir hört?« Mia nahm noch drei Engel aus dem Karton, aus Porzellan diesmal.

»Kylie ist ein Kind. Sie wird mich vergessen.« Nicks Stimme stockte, während er sich abwandte.

»Sie ist zwölf. Das ist alt genug, um sich an ein Sommercamp und die erste Vaterfigur zu erinnern, die ihr das Gefühl gegeben hat, etwas Besonderes zu sein. Einen Mann, der ihr gezeigt hat, dass nicht alle Männer so sind wie die verkrachten Existenzen, die ihre Mutter um sich geschart hatte.« Mia erinnerte sich genau, wie es war, zwölf zu sein, und wie sie sich geschworen hatte, niemals einen Mann wie ihren Dad zu heiraten.

»Und was, wenn Kylie sich erinnert? Ich kann kein Teil ihres Lebens sein.« Nick richtete sich auf und spannte den Kiefer an.

»Warum nicht?«

»Die Art Mann bin ich einfach nicht. Ich kann mich nicht ändern, nur weil Kylie sich irgendeine verrückte Idee in den Kopf gesetzt hat.«

»Du meinst, weil sie glaubt, du bist ein Held?«

»Genau.« Nick hob den Blick, und seine Miene war ausdruckslos. »Diese Engel hatte ich völlig vergessen. Mémère Brassard hat sie meinen Schwestern und mir einmal zu Weihnachten geschenkt. Sie stammten von ihrer Familie in Quebec.«

Typisch Nick. Jedes Mal, wenn Mia oder irgendjemand sonst einem Punkt zu nahe kam, über den er nicht reden wollte, machte er dicht oder wechselte das Thema oder beides.

»Das hier ist deiner.« Mia drehte den Engel um und zeigte auf seinen Namen, der in krakeliger Schrift auf dem Sockel stand. »Du solltest ihn mit zurück nach New York nehmen.«

Nicks Miene wurde etwas sanfter. »Ich will, dass du ihn nimmst. Eines Tages kannst du ihn Emma geben.«

»Das ist ein Familienerbstück. Du solltest ihn behalten. Vielleicht wirst du eines Tages Kinder haben, mit denen du ihn teilen kannst.«

»Nein, nimm du ihn. Ich mag dich, und du ... bedeutest mir viel, das heißt, wenn du ihn ansiehst, erinnere dich ...« Er brach ab und wühlte in der Kiste nach etwas Seidenpapier.

»Du bedeutest mir auch viel.« Nachdem sie jahrelang versucht hatte, Jays Erwartungen gerecht zu werden, ohne sie je zu erfüllen, hatte Nick akzeptiert, wer und was sie war, und ihr geholfen, ihren Glauben an sich selbst wiederherzustellen.

»Hey.« Nick legte das Seidenpapier beiseite. »Was ist denn?«

»Ich habe nur eben an Emma gedacht«, log sie und blickte zu Boden.

»Sie schafft das schon. Weißt du nicht mehr, was die Ärztin gesagt hat? In ein paar Tagen wird mit ihr alles wieder in Ordnung sein. Wenn sie eine Narbe hat, wird sie verblassen und sowieso von ihren Haaren verdeckt werden.«

»Ich hätte sie verlieren können, und du ...«

»Ich bin der Grund, weshalb sie überhaupt an diesem Strand war.« Seine Stimme klang schroff. »Ich wundere mich, dass du nicht sauer auf mich bist. Ich bin selbst sauer auf mich. Ich kann mir nicht verzeihen, was passiert ist.«

»Das musst du aber. Wenn es überhaupt irgendjemandes Schuld ist, dann Emmas.« Mia kaute auf ihrer Lippe. Jay hatte sie dafür zurechtgewiesen, dass sie Emma mit Nick an den Strand hatte gehen lassen. Er weigerte sich zuzugeben, dass Emma einen Fehler gemacht hatte, und lastete die Schuld an dem Unfall ausschließlich Nick an.

»Emma muss einen Schutzengel gehabt haben, der auf sie aufgepasst hat. Was umso mehr ein Grund ist, weshalb du Mémères Engel für sie aufheben solltest.«

»Danke.«

Nick lächelte sie an, und Mias Herz verkrampfte sich bei der Süße dieses Lächelns und der Art, wie es seine Augen erwärmte.

»Mémère hätte Emma gemocht. Sie war eine unerschrockene alte Dame, und sie hat diese Eigenschaft bei anderen bewundert.«

»Unerschrocken ist Emma allerdings.« Mia wickelte den Engel ein und legte ihn beiseite. »Ich glaube, sie versteht endlich, dass Jay und ich nicht mehr zusammenkommen werden. Sie redet wieder mehr wie früher mit mir, aber es ist noch immer hart für sie.« Und es war hart für Mia, ihrer Tochter nicht geben zu können, was diese sich am meisten wünschte.

»Es wird noch lange hart sein, aber du bist eine gute Mutter, und du wirst Emma da hindurchhelfen.« Nick glitt mit einem Finger über die Konturen von Mias Wange.

»Jay zieht immer noch nach Kalifornien, aber nach dem Schlamassel, den er sich mit Tiffany eingebrockt hat, hat er die Idee, Naomi und Emma dort bei sich haben zu wollen, offenbar aufgegeben.« Und Mia hatte es nicht erwähnt, dankbar für die plötzliche Geschäftsreise nach Atlanta, die ihn am Tag nach Emmas Unfall aus Firefly Lake weggeführt hatte.

»Was, wenn er es sich wieder anders überlegt?«

»Die Mädchen und ich werden hierbleiben. Emma und ich haben darüber geredet, dass man an einer Verpflichtung, die man eingeht, festhalten muss.« Es sei denn, diese Verpflichtung galt jemandem, der sie so oft gebrochen hatte wie Jay.

»Und sie ist damit einverstanden?«

»Nicht ganz.« Mia stockte der Atem, als Nicks Finger über die empfindliche Stelle an ihrem Hals glitt. »Emma sieht nur, dass ein Umzug nach Kalifornien bedeuten würde, dass sie das Pony bekommt, das Jay ihr versprochen hat, aber ich glaube, sie versteht zum Teil, wie ich mich fühle. Zumindest so viel, wie ein Mädchen in ihrem Alter das verstehen kann. Selbst in Kalifornien würde Emma Jay nicht oft sehen, weil er ständig auf Reisen wäre, und sie würde mit Riley um seine Aufmerksamkeit konkurrieren müssen.«

»Mmm.« Nicks Hand erreichte den Ausschnitt ihres T-Shirts.

Mia wand sich aus seiner sündigen Berührung. »Wir können nicht, nicht hier, deine Mutter ...«

»Kommt nie auf den Dachboden hoch.« Seine Hand glitt tiefer, um ihre Brust zu streifen. »Außerdem habe ich die Tür hinter mir abgesperrt.« Er betastete den Saum ihres Rocks und schob mit einer einzigen blitzschnellen Bewegung eine Hand darunter. Seine Berührung war warm auf ihrem nackten Schenkel.

»Hör auf.« Aber noch während sie protestierte, beschleunigte sich Mias Atem, und sie griff nach dem Knopf an seinem Polohemd.

»Sag es so, als ob du es ernst meinst.« Mit der anderen Hand schob Nick sie sanft zur Wand, während er ihr Gesicht mit Küssen bedeckte.

»Ich meine es ernst.« Mias Rücken prallte gegen die Wand.

Nicks Lachen war leise und sexy. »Nein, das tust du nicht. Du willst das hier ebenso sehr wie ich. Ich kann an nichts anderes denken als daran, wieder in dir zu sein. Dich nicht berühren zu können, treibt mich in den Wahnsinn.«

Genau wie es sie in den Wahnsinn trieb. »Nick, ich ...« Er zog an ihrem Slip, und sie bog sich ihm entgegen.

Er umfing ihren Mund mit einem brennenden Kuss, Sinnlichkeit vermischt mit der zarten Süße der Ahornsirupkekse, die sie vorhin gebacken hatte.

Obwohl sie es nicht zugeben würde, hatte sie nie irgendwo anders Sex gehabt als in einem Bett und war

nie irgendetwas anderes als konventionell gewesen. »Ich . . .
äh . . . «

Das leise Echo der Glocken von der Kirche am Fuß
des Hügels vermischte sich mit dem raspelnden Geräusch
des Reißverschlusses seiner Jeans. Er zog ihren Slip herunter, und sie stöhnte auf, als er ihre empfindliche Stelle
berührte.

»Nick.« Sein Name entfuhr ihr als ein Stöhnen. »Wir
müssen schnell sein. Und leise.«

»Ich kann schnell sein.« Er löste seinen Gürtel mit
einer Hand und setzte seine sinnliche Erkundung fort. Er
glitt mit einem Finger in sie, dann noch einem, um sie zu
dehnen und die Empfindung zu steigern. »Und ich kann
sehr, sehr leise sein.«

Mias Kopf sackte gegen die Wand. »Hör nicht auf«,
flüsterte sie, während sie sich seiner Berührung und den
Empfindungen, die er in ihr hervorrief, hingab.

»Das werde ich nicht. Ich habe eben erst angefangen.«
Er ließ sich auf die Knie sinken. Und gab ihr noch eine
ganze Menge mehr, wovon sie fantasieren konnte.

Von der Bank der Baseball-Heimmannschaft aus suchte
Nick die Menge ab und konzentrierte sich wieder auf die
kleine Gruppe in der ersten Reihe der Tribüne. Naomi
und Emma flankierten Mia, die Jeans, ein weißes T-Shirt
und rote Ballerinas trug. Kylie saß zwischen seiner Mom
und Ward, und Pixie kauerte auf Kylies Schoß. Als sie
ihn entdeckte, winkte Kylie, steckte zwei Finger in den
Mund und pfiff.

Mia warf einen Blick auf Kylie, bevor sie Nick ebenfalls zuwinkte. Die untergehende Sonne verfärbte ihr Haar rostbraun, und obwohl er in seinem Leben schon viele Frauen betrachtet hatte, Frauen in strengen Kostümen und mit High Heels, die sie für die Arbeit anzogen, und Frauen in schenkellangen, tief ausgeschnittenen Kleidern, die damit Eindruck schinden wollten, war Mia in ihrem schlichten Outfit die schönste Frau, die er je gesehen hatte.

Die Menge brach in Jubel aus, und Nick riss sich vom Anblick der Tribüne los, um gerade noch rechtzeitig wieder zum Feld zu sehen und zu beobachten, wie Ty aufs Schlagmal schlitterte.

»Gut gemacht.« Nick warf Ty ein Handtuch zu.

»Danke.« Tys Gesicht war gerötet, und seine Brust bebte unter dem Trikot der Firefly Lake Eagles, während er sich neben Nick auf die Bank fallen ließ und sich über die Stirn wischte. »Selbst ohne Dad haben wir gewonnen.«

Nick schlug Ty auf den Rücken. »Dein Dad ist nicht der einzige gute Baseballspieler. Heute Abend hast du dir deinen Platz im Herrenteam verdient.«

Ty grinste und schnappte sich eine Flasche Wasser, bevor er selbst die Tribüne absuchte. »Diese Kylie ist schon ein Fall für sich. Mia hat uns alle zu Softeis eingeladen, um Naomis Geburtstag nachzufeiern, und so, wie Kylie zugelangt hat, würde man glauben, Softeis mit Ahornsirup wäre besser als Disney World.« Er winkte Naomi zu.

Nick warf sich seine Sporttasche über die Schulter, und seine gute Stimmung sank. Er hatte vor einer Weile mit Kylies Sozialarbeiterin gesprochen, und eine neue Familie war bereit, sie in achtundvierzig Stunden zu übernehmen. Ein Weckruf, damit er aufhörte, so zu tun, als wäre sein Leben in der vergangenen Woche etwas gewesen, das es nicht war. Mit Kylie, aber auch mit Mia und ihren Mädchen.

»Die Ärztin sagt, Dad und Charlie können Lexie in ein paar Tagen mit nach Hause nehmen.« Ty passte sich Nicks Schritten an und steuerte auf Naomi zu wie eine Brieftaube. »Meine Mom hat die Wochen mit Dad getauscht, damit ich hierbleiben und Lexie helfen kann, sich einzugewöhnen. Ich habe ihr diesen Stoffelefanten gekauft, so wie der, den ich hatte, als ich klein war. Was hast du ihr besorgt?«

»Einen Pfandbrief. Es ist nie zu früh, um damit anzufangen, fürs College zu sparen.« Er war ein praktisch veranlagter Typ, und er wollte nicht in einen Laden voller Babysachen gehen, oder?

»Im Ernst? Geld ist ja gut und schön, aber du musst ihr noch etwas anderes besorgen. Naomi hat mir geholfen, mein Geschenk auszusuchen und es einzupacken. Mädchen können solche Sachen gut. Vielleicht kann Mia dir helfen. Da ihr Freunde seid und ... alles.« Tys Ohrenspitzen liefen rot an.

Der Junge spielte vielleicht Baseball mit den Männern, aber das hieß nicht, dass er einer von ihnen war. Diese Freunde-mit-gewissen-Vorzügen-Geschichte oder was immer das zwischen ihm und Mia war, ging Ty nichts an. »Ich kann etwas anderes für Lexie aussuchen, kein Problem.« Dafür war Online-Shopping schließlich da.

Nicks Herzschlag beschleunigte sich, als Mia das Spielfeld überquerte. Sie lächelte, als er ihr auf halbem Weg entgegenkam, als wäre er ihr Mann, und ihr T-Shirt schmiegte sich an diese kleinen Brüste, die er so gern liebkoste. Auch wenn er sich noch nie für flache Schuhe begeistern konnte, waren diese roten Ballerinas mit den Schleifen so sexy wie die hohen Absätze, die sie im Allgemeinen trug.

»Tolles Spiel.« Ihr Lächeln schloss Ty mit ein. »Deine Mom und Ward haben uns alle zu Milchshakes in Simard's Molkereiladen eingeladen.«

Er sollte Nein sagen. Er sollte ein paar dieser Barrieren errichten, die er geplant hatte, aber andererseits waren es schließlich nur Milchshakes. »Klingt gut.«

Die volle Wucht von Mias Lächeln ließ sein Herz schneller schlagen, und Nick rutschte noch ein bisschen tiefer in etwas hinein, das sie und ihn anging. Etwas, das er nicht genau benennen wollte, aber schon seit einer ganzen Weile spürte, etwas, das sich gesteigert hatte, nachdem sie auf dem Dachboden seiner Mom zusammen gewesen waren. Als er ihr so nahe gekommen war, wie ein Mann einer Frau kommen konnte, und er ihr in die Augen gesehen und das pure Gefühl dort gesehen hatte, das ihn nervös gemacht und einen Schutzstreifen von seinem Herzen gerissen hatte.

»Mom?« Emmas rosa Sneakers stampften über den trockenen Rasen, während sie auf sie zustürmte. »Hast du es

Nick schon gesagt?« Ihre blauen Augen funkelten, wieder offen und freundlich.

»Ich hatte noch keine Gelegenheit.« Röte stieg Mia in die Wangen.

Emma stieß einen Atemzug aus und wandte sich an Nick. »Hast du die Geschichte über uns im *Kincaid Examiner* gesehen?«

»Ja.« Nick spannte sich an. Die Titelgeschichte, die ihn als irgendeine Art Helden hingestellt hatte. Was er nicht war.

Emma hüpfte auf und ab, und die Rüschen an ihrem rosa Top bewegten sich in der Brise. »Der Schulleiter der Grundschule von Firefly Lake hat sie gelesen und sich erinnert, dass Mom auf der Vertretungsliste steht. Eine der Musiklehrerinnen ist richtig krank geworden und wurde eben freigestellt, und weil die Schule bald wieder anfängt, hat der Schulleiter Mom eingestellt, damit sie bis zum nächsten Frühjahr einspringt.«

»Herzlichen Glückwunsch.« Nick verzog den Mund zu einem breiten Lächeln. Der Job war perfekt für Mia. Natürlich freute er sich für sie. Nur dass es noch eine Erinnerung daran war, dass sie hier ein Leben und Wurzeln hatte. Und er nicht.

Mia tätschelte seinen Arm. Ihre Berührung war sanft und richtig, wie eine Heimkehr nach Hause nach einem langen Tag, aber nicht zu irgendeinem Zuhause, das er je gehabt hatte. »Der Schulleiter hat erst heute Nachmittag ein Einstellungsgespräch mit mir geführt. Es war in letzter Minute, und es gibt noch viel Papierkram zu erledigen, bevor das Angebot offiziell ist. Ich werde als Vertretungslehrerin anfangen. Emma war ein bisschen vorschnell.«

»Das sind gute Neuigkeiten.« Er musterte Mias Gesicht, während Emma zurück zu seiner Mutter lief.

»Die besten.« Mias Lächeln war von so viel Süße und Zuneigung erfüllt, dass ihm schwer ums Herz wurde. »Auch wenn es mir leidtut, dass die reguläre Lehrerin krank ist, bedeutet dieser Job mehr Sicherheit für die Mädchen und mich, und bis nächstes Jahr jeden Tag in derselben Schule zu sein, ist wie ein wahr gewordener Traum.«

Nick sah auf seine Baseballschuhe. »Ich freue mich für dich.«

»Eine Zeit lang hatte ich aus den Augen verloren, was ich wollte, aber ich habe es wiedergefunden.« Sie stellte sich auf die Zehenspitzen und küsste seine Wange. »Danke.«

»Wofür?«

»Dafür, dass du mein guter Freund bist und mir geholfen hast, mich zu erinnern, was ich wollte.«

Während Mia redete, brodelten unbekannte Emotionen durch Nick, und sein Herz hämmerte noch mehr als in dem Moment, in dem er die Third Base umrundet hatte und aufs Schlagmal zugerannt war, während die Menge gejubelt hatte. »Entschuldige, was hast du gesagt?«

»Meinst du, du schaffst es, von hier zu Fuß zum Molkereiladen zu gehen? Es sah aus, als ob du dir das Knie verdreht hättest, als du bei diesem Home Run auf die Third Base geschlittert bist.«

Sie hatte es bemerkt und war besorgt um ihn. »Das war nichts.«

»Du hast gehumpelt, als du über das Spielfeld gegangen bist. Brauchst du einen Eisbeutel?«

»Ich habe mein Knie schon mit Eis gekühlt. Mit mir ist alles gut.« Ihm stockte der Atem angesichts der Zärtlichkeit in ihrer Miene.

»Ich weiß, dass du gut bist«, murmelte sie leise, obwohl Ty bereits mit Naomi vorausgegangen war und seine Mom und Ward bei Emma und Kylie waren. »Aber ich denke trotzdem, wir sollten meinen Wagen nehmen und die anderen dort treffen.« Mia leckte sich die Unterlippe, langsam und neckend, und Nicks Körper reagierte prompt auf sie.

Er sah auf die Wölbung in seiner engen Baseballkluft und hielt seine Sporttasche davor, aber nicht, bevor sich ihr Mund belustigt verzog. »Siehst du, was du mir antust, Engel?«

»Ich?« Sie schenkte ihm ein freches Grinsen, bevor sie Emma zurief, dass sie sie in zehn Minuten bei der Molkerei treffen würde, und dann in ihrer Tasche nach ihren Wagenschlüsseln suchte.

»Ja, du.« Er zog sie dicht an sich und fing das anerkennende Lächeln seiner Mutter auf. Er mochte, wie Mias Kopf genau in seine Schulterbeuge passte. Er mochte vieles an ihr, vor allem den Sex mit ihr, aber am allermeisten mochte er die Art, wie sie ihm naheging, zumindest dort, wo er es zuließ.

»Nick?« Sie blieb neben ihrem blauen Honda stehen.

»Was ist los? Soll ich dich zum Krankenhaus fahren, um dein Knie untersuchen zu lassen?«

Er stieß einen Atemzug aus, während das sexuelle Verlangen nachließ. »Es ist nicht mein Knie.« Zum ersten Mal seit langer Zeit musste er mit jemandem reden, und vielleicht würde Mia ihn verstehen. »Mein Dad hat sich gemeldet. Er will mit mir reden.«

»Und, wirst du?« Mia setzte sich hinters Lenkrad, und Nick rutschte auf den Beifahrersitz und warf seine Tasche auf die Rückbank.

»Nein.« Nicks Körper spannte sich an. »Er hat Mom und uns Kinder verlassen. Er hat Geld geschickt, sicher, aber er wollte nie etwas mit uns zu tun haben.« Außer einmal. Er war nach dem Unfall zum Krankenhaus gekommen und geblieben, bis Nick den Arzt gebeten hatte, dafür zu sorgen, dass er ging. »Er ist über fünfundzwanzig Jahre zu spät dran.«

»Wenn ihr redet, vielleicht könnt ihr dann Frieden schließen. Die Chance hatte ich bei meinem Dad nie. Er hatte einen schweren Herzinfarkt und starb, noch bevor er ins Krankenhaus kam. Auch wenn ich nicht glaube, dass ich ihm je hätte verzeihen können, wie er meine Mom und Charlie und mich behandelt hat, wäre es leichter gewesen loszulassen, wenn wir geredet hätten.«

»Meine Schwestern können mit ihm reden, wenn sie wollen, aber ich werde es nicht tun. Nach dem, was er getan hat, haben nicht einmal seine Eltern je wieder mit ihm geredet, warum sollte ich es dann tun?«

»Es ist deine Entscheidung.« Mias braune Augen blickten zärtlich und weise. »Aber du willst später nichts bereuen müssen.« Sie ließ den Wagen an, und ihre Haare fielen nach vorn und verbargen ihr Gesicht.

»Ich bereue nichts.« Abgesehen von seinem Namen, war er nicht Brian McGuires Sohn. Er hatte diesen Typen vor langer Zeit hinter sich gelassen.

Nick lehnte sich auf seinem Platz zurück und stellte das Knie vor sich schräg, während der Wagen über den unbefestigten Feldweg zur Straße holperte. Mia hatte ihm nicht die Antwort gegeben, die er hören wollte. Sie hatte ihm nicht versichert, dass es richtig war, seinen Dad nicht zu kontaktieren.

Stattdessen sorgte sie dafür, dass er die Art Mann sein wollte, der in Beziehungen nicht scheiterte und der nicht zu viel Angst vor Verlust hatte, um ein Risiko einzugehen und wieder zu lieben.

Die Art Mann, der ohne Reue nach New York zurückkehren könnte.

Kapitel
15

Mia ging zum vierten Mal über den Steinplattenweg um Gabrielles Rosengarten, alle dreißig Stufen, während Pixie neben ihr herlief. Wo war Jay? Er hatte versprochen, Naomi und Emma gleich nach dem Mittagessen zurückzubringen, ein Kurzbesuch auf seinem Weg von New York nach Dallas.

Pixie ließ sich unter einem Baum in den Schatten fallen, und Mia atmete den Duft der Rosen ein, schwer in der Wärme des Augustnachmittags. Harbor House aalte sich im Sonnenschein, solide und sicher. Gabrielle steckte den Kopf aus einem der oberen Fenster und winkte. Mia schüttelte den Kopf zur Antwort auf die unausgesprochene Frage der älteren Frau.

Sie sah zum zehnten Mal in fünf Minuten auf ihr Handy. Keine Nachricht.

Eine Wagentür knallte zu, und Mia wandte sich zum Haus um, als Jay und die Mädchen durch die Seitenpforte hereinkamen. Nachdem er die Mädchen umarmt hatte und sie ins Haus verschwunden waren, kam er über die Terrasse und die Stufen hinunter in den Garten, um

Mia neben einem Strauch weißer Scharon-Rosen zu treffen.

»Musst du nicht deinen Flieger erreichen?« Ihre Handflächen wurden feucht.

»Ja, aber ich muss zuerst mit dir reden, ohne dass die Mädchen dabei sind.«

Ihr Herzschlag beschleunigte sich. »Worüber?«

»Ich will, dass wir wieder zusammenkommen.« Seine Stimme klang fest entschlossen.

»Was?« Die Worte hallten in ihrem Kopf wider, und Sonnenlicht vergoldete seine Züge. Ein goldener Gott, der, wie sich herausgestellt hatte, auf tönernen Füßen stand. Wie hatte sie diesen Mann je lieben und ihm fast zwanzig Jahre ihres Lebens schenken können?

»Ich will dich wieder heiraten und den Mädchen ein richtiger Vater sein.« Jay trat einen Schritt vor, und Pixie erhob sich, um sich zu Mias Füßen niederzulassen.

»Du bist es, der gegangen ist und die Scheidung wollte. Du bist es, der gesagt hat, dass du mich nicht mehr liebst.« Mias Kehle brannte, als Galle in ihr hochstieg. »Und was ist mit Tiffany? Und dem Baby?«

»Tiffany und ich ... es ist aus.« Jays Haare waren dünner geworden. Er trat von einem Fuß auf den anderen. »Ich werde den kleinen Riley natürlich finanziell unterstützen, aber Tiffany ist jung, zu jung.«

Mia verschränkte die Arme vor der Brust. »Du hast mich abserviert und unsere Familie zerstört, und auf einmal kommst du hierher und sagst, du findest, wir sollten wieder zusammenkommen? Nein.«

Jay schenkte ihr dieses lässige Lächeln, auf das sie damals auf dem College hereingefallen war. Als müsste er nur mit den Fingern schnippen, und sie würde wieder zu ihm zurückgelaufen kommen. »Ich bin nicht richtig mit dieser Sache umgegangen. Natürlich würdest du nicht allein nach Kalifornien ziehen, aber wenn wir wieder eine Familie sind, was wäre ein besserer Ort für einen Neuanfang? Ich habe bei Naomi und Emma schon vorgefühlt, und sie sind auf jeden Fall dafür.«

»Selbst Naomi?« Mia presste die Worte heraus, während eine Hitzewelle durch ihren Körper schoss.

Jay zögerte einen Sekundenbruchteil. »Na klar. Ich habe ihr gesagt, dass Ty zu Besuch kommen kann.« Er schenkte ihr wieder dieses Lächeln, drängte sie, ihm zu glauben, ihm zu vertrauen. »Sobald sie auf einer neuen Schule mit neuen Freunden ist, wird sie ihn natürlich vergessen.«

»Wenn du glaubst, dass Naomi Ty so schnell vergessen würde, solltest du mit deiner Tochter reden und ihr zuhören. Und was dich und mich betrifft, das ist vorbei. Ausgeschlossen, dass ich nach Kalifornien ziehen werde.«

»Ich habe einen großen Fehler gemacht, und es tut mir leid. Vielleicht war es irgendeine Art Midlife-Crisis oder einfach nur Stress. Du weißt doch, wie stressig mein Job ist.« Jay streckte eine Hand nach ihr aus, und sein Ton war schmeichlerisch. »Komm schon, Süße, du musst mir glauben. Du und die Mädchen, ihr seid das Beste in meinem Leben. Tiffany ist ein tolles Mädchen, aber sie ist nicht du.«

»Nein.« Mia nahm Pixie auf den Arm, um seiner Berührung auszuweichen. »Ich habe hier ein neues Leben, mein Leben, und du kannst nicht einfach hereinspazieren und es mir wegnehmen wollen.«

Nicht einmal, wenn es ihm leidtat. Worte, die er noch nie zuvor gesagt hatte. Worte, die früher vielleicht etwas geändert hätten.

»Du willst die Menschen hier nicht enttäuschen, das hab ich endlich kapiert, okay?« Jay trat noch einen Schritt vor, und Mia wich einen zurück. »Wir werden eine Weile pendeln. Du kannst diese Arbeit für Gabrielle zu Ende bringen und bis Weihnachten hier unterrichten und dann nach Kalifornien ziehen. Emma ist noch klein, sodass ein Schulwechsel unterm Jahr ihr nicht schaden wird. Und was Naomi betrifft, ich habe mit diesem Internat gesprochen, und sie können sie kurzfristig aufnehmen. Dort haben sie eine Uniform, daher müsstest du …«

»Kein Internat für Naomi, niemals. Du hast mir überhaupt nicht zugehört. Wenn du es getan hättest, dann …«

»Okay, vergiss das Internat für den Moment.« Jay schenkte ihr diesen liebevollen Blick, dem sie früher nicht hatte widerstehen können. »Du bist der wichtigste Mensch in meinem Leben. Ohne dich ist alles bedeutungslos. Ich brauche dich.«

»Du glaubst, dass du mich brauchst. Aber das tust du nicht, nicht wirklich. Und ich brauche dich auch nicht. Nicht mehr.«

Zu ihrer Verblüffung war es die Wahrheit. Sie könnte nicht mehr die Frau sein, die sie früher einmal war, selbst wenn sie es wollte. Auch wenn es ihr damals nicht so vorgekommen war, hatte Jay ihr tatsächlich einen Gefallen getan. Sie war jetzt stärker, mächtiger, und es fühlte sich gut an.

»Es ist wegen Nick McGuire, habe ich recht?« Jays blaue Augen verengten sich, und sein Lächeln schwand. »Du schläfst mit ihm.«

»Das geht dich nichts an.«

Pixie wand sich in Mias Armen, und sie strich dem Hund über den Kopf.

»Wenn er in der Nähe meiner Töchter ist, geht es mich allerdings etwas an.« In Jays Stimme lag ein höhnischer Ton. »Er war mit Emma zusammen, als sie den Unfall hatte.«

»Das Thema haben wir durch.« Mia zwang sich, mit ruhiger Stimme zu sprechen. »Emma hatte den Unfall, weil sie zu weit auf den See hinausgeschwommen ist, obwohl Nick ihr gesagt hatte, sie dürfe es nicht tun. Er hat sich dafür entschuldigt, dass er mit ihr an den Strand gegangen ist, aber ich hatte ihm gesagt, er könnte das gern tun, daher ist es ebenso meine Schuld wie seine. Wenn Nick nicht da gewesen wäre und gewusst hätte, wie man eine Wiederbelebung durchführt, wäre Emma gestorben.«

»Trotzdem, er ...«

»Es war ein Fehler, aber es ist nicht so, dass du nie Fehler mit den Mädchen gemacht hast. Weißt du noch, wie du mit Naomi in den Park gegangen bist und sie von der Rutsche gesprungen ist und sich den Arm gebrochen hat? Du hast nicht damit gerechnet, dass eine Vierjährige von einer solchen Höhe hinunterspringen würde. So wie ich nie damit gerechnet habe, dass Emma einen Erwachsenen ignorieren würde, der ihr sagt, dass sie nah am Ufer bleiben soll.«

»Schon verstanden.« Jays Lächeln war schmollend. »Aber was ist mit dieser Kylie, von der die Mädchen mir erzählt haben? Nick hat mit ihr zu tun, und was für ein Einfluss ist sie denn?«

»Kylie ist ein Mädchen in Pflege. Sie brauchte für ein paar Tage Hilfe, und Nick und ich wie auch seine Mutter haben uns mit ihrer Sozialarbeiterin getroffen, im Rahmen einer Risikoabwägung. Wenn wir nicht angeboten hätten, uns um Kylie zu kümmern, sagte die Sozialarbeiterin, wäre sie mit Sicherheit wieder weggelaufen, und wer weiß, was ihr dann zugestoßen wäre.« Mia verstärkte ihren Griff um Pixies Halsband. »Ich will einen positiven Einfluss auf das Leben eines Kindes nehmen, und es ist gut für die Mädchen, wenn sie sehen, dass nicht jeder so viel Glück im Leben hat wie sie.«

»Sie können bei einer Lebensmitteltafel oder in einem Altersheim aushelfen. Ein Mädchen wie Kylie sollte nicht unter einem Dach mit meinen Töchtern leben oder sich mit Emma ein Zimmer teilen.«

»Naomi und Emma sind auch meine Töchter, und ich würde sie niemals irgendeiner Gefahr aussetzen. Außerdem ist Harbor House Gabrielles Zuhause. Kylie ist nur vorübergehend hier, als Gabrielles Gast, weil ihre Sozialarbeiterin darum gebeten hat.«

»Du warst schon immer zu gutmütig.« Jays Mund

wurde zu einer harten Linie. »Und du bist auch ziemlich naiv, denn alles, was ein Mann wie Nick will, ist Sex.«

»Damit kennst du dich ja aus, oder? Du wolltest nie wieder Sex mit mir haben, nachdem Emma geboren war.« Mia spürte die Anspannung bis in den Kiefer. »Du wolltest auch nie zur Paarberatung mit mir gehen, obwohl ich dich angefleht habe.«

»Ich war nicht derjenige mit dem Problem.« Jay trat gegen eine tief hängende Rose an dem Scharonstrauch.

»Du hast es nie verstanden. Du warst bei Emmas Geburt nicht da, daher hast du nicht gesehen, wie schwer es war. Ich brauchte Zeit, aber ...«

»Der Arzt hat gesagt, es sei alles in Ordnung mit dir.«

»Körperlich vielleicht, aber ...« Mia brach ab. Sie hatte Zärtlichkeit und Sanftheit gebraucht, Geduld und Verständnis. Alles, was Jay nicht in sich hatte, um es zu geben.

»Du warst frigide.« Er schleuderte ihr das Wort entgegen. Das eine, das er immer verwendet hatte, um zu beschreiben, was er ihr »Problem« nannte.

Nur dass es sie nicht mehr so verletzte wie früher.

»Das Gespräch ist beendet.«

Pixie knurrte und zeigte scharfe kleine Zähne.

»Ich muss jetzt zum Flughafen, aber dieses Gespräch ist nicht beendet.« Jay wandte sich ab und zertrat mehrere Blüten unter seinem polierten Schuh. »Ich habe mich entschuldigt und zugegeben, dass ich einen Fehler gemacht habe. Was mehr kann ich tun? Ich will dich wiederhaben, Amelia. Ich will unsere Familie wiederhaben. Wenn du dich nicht bereit erklärst, zu mir zurückzukommen, werde ich dich auf das volle Sorgerecht für die Mädchen verklagen.«

»Das ... das würdest du nicht wagen.« Mias Stimme stockte.

Pixie knurrte wieder, lauter diesmal.

»Das werden wir ja sehen.« Jay hob eine Hand, und Mia zuckte zusammen und wich vor ihm zurück. Er hielt die Hand mehrere Sekunden in der Schwebe, bevor er sie wieder sinken ließ.

»Du bist beruflich so viel auf Reisen, und du hast immer gesagt, dass du Naomi und Emma nicht die volle Zeit um dich haben willst. Auch wenn wir Entscheidungen über die Erziehung der Mädchen gemeinsam treffen, hast du eingewilligt, dass sie hier bei mir leben würden. Ferienbesuche waren alles, was du je wolltest.«

»Ich will, dass wir vier wieder eine Familie sind.« Jays Lächeln reichte nicht bis zu seinen Augen. »Ich werde alles tun, was dafür erforderlich ist.«

»Und was, wenn ich diese Familie nicht will?« Mia setzte Pixie auf einer Steinplatte ab, aber der Hund blieb nah bei ihr und kläffte.

»Du wolltest doch immer eine Familie. Du wolltest nie etwas anderes als eine Familie.« Er griff in die Tasche seiner marineblauen Hose und fischte die Schlüssel für seinen Mietwagen heraus. »Nach dem, was die Leute über Nick McGuire sagen, ist er kein Familienmensch.«

Jay entfernte sich durch den Garten, mit diesem arroganten Gang, den Mia hasste, und Blütenblätter flatterten hinter ihm her.

In einem Punkt hatte Jay recht. Sie hatte immer eine Familie gewollt, aber sie und die Mädchen waren diese Familie, und sie würde mit aller Macht darum kämpfen, dass sie drei zusammen und in Sicherheit blieben. Sie würde nicht zulassen, dass er sie je wieder kontrollierte.

In der Auffahrt ließ Jay den Wagen an. Pixie knurrte und bellte.

Mia starrte den Hund eine lange Sekunde an. »Du hast auf mich aufgepasst, stimmt's? Du wolltest mich beschützen.« Vier Pfund Fell waren vielleicht keine starke Kraft, aber Pixie war auf ihrer Seite.

Genau wie Nick. Er würde auch auf ihrer Seite sein. Aber hatte sie den Mut, ihm zu vertrauen? Vielleicht war die eigentliche Frage, ob sie den Mut hatte, sich selbst zu vertrauen und dem zu vertrauen, was sie zusammen mit ihrer Familie für die Zukunft wollte.

»Mom?« Nick kam durch die Seitentür von Harbor House herein, einen Eimer Farbe in einer Hand und eine Abdeckplane in der anderen. Er suchte die leere Küche ab, bevor er in die Diele trat.

»Hier drinnen.« Die Stimme seiner Mutter klang gedämpft.

Nick trat ins Esszimmer. »Was ist los?« Sie saß an einem Ende des langen Tischs, das Kinn in die Hände gestützt.

»Nichts.« Sie versuchte zu lächeln, während sie mit

einem Finger über das Deckblatt eines ihrer Zeichenblöcke glitt. »Es geht mir gut.«

»Danach siehst du aber nicht aus.« Nick stellte die Malersachen auf dem Boden ab und setzte sich auf den Stuhl neben ihrem.

Ihr Gesicht war blass und eingefallen.

»Soll ich deinen Arzt anrufen?«

»Nein.« Sie klappte den Zeichenblock auf und blätterte die Seiten durch.

»Die sind gut.« Nick nahm ihr den Block aus der Hand. Seine Mutter hatte auf jeweils zwei Seiten ihre üblichen zarten Aquarelle von Blumen und der Vermonter Landschaft neuen, abstrakten Zeichnungen und kühnen Farbstrichen gegenübergestellt.

Seine Mutter nahm den Block wieder an sich. »Ich habe etwas anderes versucht, aber ...« Die Ader an ihrem Hals pochte, und sie fuhr über die weichen Haarsträhnen an ihrem Kiefer.

»Geht es um Ward?« Wenn der Typ ihr wehgetan hatte, würde Nick ihn dafür büßen lassen.

Ihre blauen Augen füllten sich mit Tränen. »Er fliegt heute Abend zurück nach Seattle. Er musste ganz plötzlich abreisen, weil irgendetwas mit seiner Arbeit dazwischengekommen ist.« Sie tupfte sich mit einem Taschentuch die Augen. »Er hat gesagt, er würde so bald wie möglich wiederkommen, damit wir reden können, aber ich habe ihm gesagt, dass er das nicht tun soll, und ich glaube nicht ...«

»Ach, Mom.« Nick legte seiner Mutter einen Arm um die knochigen Schultern.

»Nach deinem Vater kann ich nicht...« Ihre Brust bebte. »Außerdem kann ich einen Mann wie Ward nicht bitten, sich an eine kranke Frau zu binden.«

»Du bist nicht krank.« Nick hielt sie an sich gedrückt. »Du warst krank, aber jetzt geht es dir gut.«

»Für wie lange?«

»So darfst du nicht denken. Während deiner ganzen Behandlung warst du immer so positiv eingestellt. Du hast so hart gekämpft.«

»Ich wollte dir und deinen Schwestern nicht noch mehr Sorgen bereiten, als ihr ohnehin schon hattet.« Seine Mom schniefte und zog noch ein Taschentuch aus der Schachtel auf dem Tisch. »Ich kämpfe nach wie vor, und ich bin noch immer positiv eingestellt, aber manchmal erwischt einen die Krankheit trotzdem. Es ist nicht fair, Ward zu bitten, mit alldem umzugehen, einen Mann, den ich erst vor ein paar Wochen kennengelernt habe, der nicht einmal hier lebt.«

»Sollte das nicht seine Entscheidung sein? Als ich aufwuchs, hast du immer zu mir gesagt: ›Jage dem nach, was du willst, egal was. Lass dich von niemandem aufhalten.‹ Soll ich ihm nachjagen?«

»Nein, du wirst Ward nicht nachjagen.« Sie schenkte ihm den Anflug eines Lächelns und schlug ihm spielerisch mit dem Zeichenblock auf die Finger. »Ich hätte nie gedacht, dass eines von euch Kindern mir eines Tages meinen eigenen Ratschlag erteilen würde.«

»Es war ein guter Ratschlag.«

»Vielleicht will Ward mich ja gar nicht. Vielleicht war

die Arbeit eine Ausrede, und er wollte einfach nur fort.«
Ihre Schultern sackten nach unten.

»Ward ist verrückt nach dir.«

»Nicolas.« Sie sprach den Namen französisch aus, und
ihre Wangen röteten sich.

»Das ist er wirklich. Mia hat es auch gesagt. Ich
möchte wetten, sie würde dir raten, ihm wenigstens eine
E-Mail zu schicken und es ihm zu erklären.«

»Hat Mia dich angerufen?« Die Augen seiner Mutter
nahmen einen besorgten Ausdruck an.

Nick spannte sich an. »Nein. Sie musste ein paar Dinge
für die Schule vorbereiten, während Jay mit den Mädchen zum Mittagessen gegangen ist. Warum?«

»Jay hat die Mädchen vor einer Weile abgesetzt, und
dann hat er mit Mia im Garten geredet.« Seine Mom verschränkte die Hände. »Ich wollte ihnen nicht nachspionie-
ren, aber ich habe zufällig einen Blick aus meinem Schlaf-
zimmerfenster geworfen und sein Gesicht gesehen. Er hat
mir Angst gemacht. Ich glaube, er hat auch Mia Angst
gemacht. Die Art, wie er die Hand gehoben hat ...«

Nick schob seinen Stuhl zurück und stand auf. »Wohin ist sie gegangen?«

»Nach oben, um mit den Mädchen zu reden, und dann
sind sie alle zusammen mit ihrem Wagen weggefahren.«
Die Hand seiner Mutter zitterte, während sie Aquarellstifte einsammelte und in einen Halter steckte. »Kylie
sieht sich im Wohnzimmer einen Film an, aber Mia hat
mit uns kein Wort geredet.«

»Ich bin sicher, es ist alles in Ordnung.« Nick war sich

alles andere als sicher, aber er wollte nicht, dass seine Mutter sich Sorgen machte. »Du und Kylie, ihr bleibt hier, und ich werde sie suchen.«

»Wohin könnten sie denn gefahren sein? Sean und Ty machen heute in Mias Haus die neue Küche fertig.«

»Ich habe so eine Ahnung.«

»Ich habe Mia angerufen, aber da hat sich sofort die Mailbox eingeschaltet.« Sie stand auf und drückte seinen Arm. »Versuch du es auch.«

»Mache ich.« Aber so, wie er Mia kannte, war sie abgetaucht. Keine Anrufe oder Nachrichten. Er drückte den Arm seiner Mutter, bevor er sie losließ und sein Handy aus der Hosentasche zog. »Ich rufe dich an, sobald ich irgendetwas herausfinde.«

»Du wirst dem nachjagen, was du willst?« Seine Mom beäugte ihn, so scharf und wissend wie eh und je. »Versprochen?«

»Ich werde sicherstellen, dass es Mia und den Mädchen gut geht.«

Er konnte nicht dem nachjagen, was er wollte. Denn was er wollte, das konnte er sich nicht gestatten.

Nick verließ Harbor House im Laufschritt, während er auf seinem Handy zu Allisons Nummer scrollte. Wenn Jay Mia gedroht hatte, dann musste er Allison rasch auf die Sache ansetzen. Nachdem er ihr eine Nachricht hinterlassen hatte, ihn so schnell wie möglich zurückzurufen, sprang er in den Pick-up, den er sich von Sean geliehen hatte, um seine Malersachen zu transportieren, und fuhr zur Lake Road, aus der Stadt hinaus.

Eine Viertelstunde später bog er in die Auffahrt des Regenbogen-Camps ein und stellte den Motor ab. Von Mias Wagen war auf dem leeren Parkplatz keine Spur zu sehen, und die Gebäude waren verriegelt, da die Mitarbeiter und alle Kinder nach Hause gefahren waren. Er stieg aus dem Wagen und ging zu Fuß um das Cottage zum See hinunter.

Mia saß am Ende des Stegs, mit dem Rücken zu ihm, den Kopf auf die Knie gestützt.

Nick zückte sein Handy, aber in dem Moment wandte sich Mia um, als ob sie seine Gegenwart spürte. Ihm stockte der Atem, als er ihre Miene sah. Eine Mischung aus Verlust, Verzweiflung und schierer Entschlossenheit.

Er ging über den Uferstreifen zum Steg. »Ich dachte mir, dass ich dich hier finden würde.«

»Hat Charlie dir gesagt, wo ich bin?« Mia umschlang ihre nackten Knie. Ihre endlosen Beine, an die Nick nicht aufhören konnte zu denken, steckten in schwarzen Shorts.

»Nein, ich habe nicht mit Charlie geredet. Sind Naomi und Emma bei ihr?« Er schlüpfte aus seinen Schuhen und Socken, krempelte die Hosenbeine hoch und setzte sich neben Mia, um die Füße in dem kalten Wasser baumeln zu lassen.

»Bei ihr und Lexie. Ich habe Charlie gesagt, dass ich etwas Zeit für mich brauche. Sie hat es verstanden.«

»Mom hat mir gesagt, dass Jay am Haus vorbeigekommen ist.« Nick versuchte angestrengt, die Wut aus seiner Stimme herauszuhalten.

»Er hat gesagt, wenn ich nicht zu ihm zurückkomme

und unserer Ehe eine zweite Chance gebe, würde er mich auf das volle Sorgerecht für Naomi und Emma verklagen.«

Nick ballte eine Faust. »Das ist eine Drohung.«

»Es klingt auf jeden Fall danach.« Ihrer Stimme fehlte jede Emotion.

»Hat er dich geschlagen?« Nick hielt den Atem an.

»Nein, aber ich dachte … er sah aus, als ob er es tun wollte. Wenn wir nicht im Garten deiner Mutter gewesen wären … vielleicht … Ich habe ihn noch nie so wütend gesehen.« Sie starrte aufs Wasser, als sähe sie es gar nicht.

»Was wirst du jetzt tun?« Nick lockerte seine Faust.

»Ich habe Allison schon angerufen.«

»Gut gemacht.« Sein Herzschlag beruhigte sich wieder.

»Ich weiß nicht, ob Jay es ernst meint, aber ich kann kein Risiko eingehen.« Mias Blick wurde düster.

»Du wirst doch nicht etwa zu ihm zurückgehen?« Nick kämpfte gegen den Drang an, die Arme um sie zu schlingen, sie festzuhalten und nie wieder loszulassen.

»Selbst wenn es für Naomi und Emma das Richtige wäre, wieder mit Jay zusammenzukommen, ist es das nicht für mich.« Ein trauriges Lächeln umspielte Mias Mund. »Und es ist auch für die Mädchen nicht das Richtige.«

Der Druck in Nicks Brust ließ nach. Er hatte keinen langfristigen Anspruch auf Mia, aber aus Gründen, die er nicht genauer betrachtete, wollte er auch nicht, dass Jay einen solchen Anspruch hatte. »Er hat dich nicht verdient.«

»Nein, das hat er nicht. Er hat mich belogen und betrogen und seine Töchter und das, wofür unsere Familie stand, verraten. Ich habe mir einzureden versucht, er würde sich ändern, aber das hat er nie getan. Aber ich habe mich geändert, und ich kann nicht wieder die Frau werden, die ich war, als ich mit ihm zusammen war.«

Nick drückte ihre Hand. »Du hast ihm die Stirn geboten. Ich bin stolz auf dich.«

»Ich bin auch stolz auf mich, aber ich habe Angst. Ich bin hierhergekommen, um nachzudenken, weil dieser Ort eine Verbindung zu meiner Mom ist. Dieses Cottage ist der Ort, den sie auf der Welt am meisten geliebt hat. Sie ist mit ihren Eltern aus Montreal hierhergekommen, als sie ein Kind war, aber Dad... Sie war so unglücklich mit ihm, dass er diesen Ort für sie ruiniert hat. Obwohl ich es nicht vorhatte, habe ich einen Mann geheiratet, der genauso ist wie mein Dad.«

»Das ist Vergangenheit.«

»Ja, aber bis Jay mich verlassen hat, habe ich nie geglaubt, Wahlmöglichkeiten zu haben. Er hat gesagt, alles, was ich je gewollt hätte, sei eine Familie.« Sie fing Nicks Blick auf und hielt ihm stand, mit entschlossener Miene. »Jay hat recht. Ich wollte tatsächlich eine Familie. Das tue ich noch immer, aber ich hatte nur eine einzige Vorstellung davon, was eine Familie ist, was eine Familie sein könnte oder was ich sein könnte.«

»Und jetzt?« Nick hielt den Atem an. Allein schon Jays Name machte ihn wütend.

»Ich habe meine Familie. Meine Mädchen und Charlie, Lexie und Sean sind meine Familie. Ich bin nach Firefly Lake gezogen, weil ich dachte, Charlie bräuchte mich, aber ich brauche sie sogar noch mehr. Und auch wenn es mir bis heute nicht bewusst war, brauche ich auch diesen Ort. Er ist ein besonderer Teil meiner Mom und ihrer Familie, und er wird immer ein Teil von mir und meinen Mädchen sein.«

Nick hatte Firefly Lake oder Vermont nicht gebraucht. Er hatte sich von seinem Zuhause, seiner Familie und seinen Freunden losgesagt, als er fort aufs College ging, und bis letztes Jahr hatte er nie wieder zurückgeblickt. Aber er brauchte Mia, brauchte sie mehr, als er irgendeine andere Frau je gebraucht hatte. Und vielleicht brauchte er, genau wie sie, auch diesen Ort mit seinen Wurzeln und Erinnerungen, guten ebenso wie schlechten.

Er schlang Mia einen Arm um die Schultern und zog sie nah an sich. »Allison wird sich um Jay kümmern. Das ist die Art Herausforderung, bei der sie geradezu aufblüht. Nachdem sie ihn unter ihren spitzen Absätzen zertreten hat, wirst du dir nie wieder Sorgen machen müssen. Ich möchte wetten, sie wird ihn sogar für mehr Kindesunterhalt drankriegen, wenn sie schon dabei ist.«

Mias Augen weiteten sich. »Sie wirkt so nett.«

»Du hast Allison nicht vor Gericht erlebt. Wenn sie auf einer Mission für Gerechtigkeit ist, dann ducken sich erwachsene Männer wie kleine Jungen.« Nick lachte, dann wurde er wieder ernst. »Ich ... ich ...«

»Was?« Mia kuschelte sich näher an ihn, hüllte ihn in den Duft der nördlichen Wälder und ihres Blütenshampoos. Sie war zärtlich, vertrauensvoll, sexy und so süß, dass sein Herz sich zusammenkrampfte, und in sein Verlangen nach ihr mischte sich etwas, das sich verdammt stark nach Liebe anfühlte.

»Wenn Jay dir je wieder droht oder auch nur den kleinen Finger gegen dich erhebt, ruf Allison oder mich jederzeit an, Tag oder Nacht. Wir können ihm eine einstweilige Verfügung wegen Misshandlung so schnell um die Ohren hauen, dass er gar nicht weiß, wie ihm geschieht.«

Was nicht das war, was Nick eigentlich sagen wollte, aber er musste auf die Bremse treten, bis er sich überlegt hatte, wie er mit diesen neuen Gefühlen für sie umgehen sollte.

»Danke.« Eine leichte Röte färbte Mias Wangen.

Er drückte ihr einen sanften Kuss ins Haar. Er begehrte sie auf all die Arten, auf die ein Mann eine Frau begehren konnte. Mit Körper und Geist, Herz und Seele. Aber Freunde mit gewissen Vorzügen war das, von dem er behauptet hatte, dass er es wollte, und wozu sie sich bereit erklärt hatte.

Nur dass es doch nicht das war, was er wollte. Mia war nicht die Einzige, die sich verändert hatte. Wenn sie nicht mehr die Frau war, die sie vorher gewesen war, war er auch nicht der Mann, der er früher gewesen war.

Kapitel
16

Nick respektierte sie. Mia las die Wahrheit in seinen
Augen. Aber was noch wichtiger war, sie respektierte
sich selbst auf eine Art, wie sie es früher nicht getan
hatte, als sie stundenlang an diesem See gesessen und sich
die endlosen Sommertage mit Modezeitschriften und
Büchern vertrieben hatte, die sie sich aus der Bibliothek
in der Stadt ausgeliehen hatte.

Er kickte eine Gischtwolke hoch und bespritzte ihre
Shorts.

»Hey.« Mia rappelte sich auf. »Charlie wird denken,
dass ich ins Wasser gefallen bin.«

»Ein nasses T-Shirt würde an dir wirklich sexy aussehen.«

»Träum weiter. Wenn ich in diesen See falle, nehme
ich dich mit.« Sie stand da, die Hände in die Hüften gestemmt, und funkelte ihn gespielt wütend an. »Und diese
Hose von dir sieht so aus, als ob sie nur chemisch gerei-
nigt werden könnte.«

»Ich bin gleich vom Büro zu Moms Haus gefahren. Da
ich mir Sorgen um dich gemacht habe, habe ich mich

nicht erst umgezogen.« Er zog sie an seine breite Brust, und sein Lächeln erwärmte sie von innen und außen. »Diese letzten paar Wochen waren gut.«

»Ja, das waren sie.« Sie glitt mit einer Hand über die dunklen Stoppeln an seinem Kiefer.

»Ich fahre nach dem Labor Day immer noch zurück nach New York, aber es gibt keinen Grund, weshalb wir uns nicht weiterhin sehen können. Ich werde meine Mom besuchen, und du kannst in die Großstadt kommen. Mom würde sich freuen, die Mädchen bei sich zu haben.«

Mia grub die Zehen in den Rand des Stegs, wo das Holz nass und glitschig war. Sie wollte Nicks Freundschaft nicht aufs Spiel setzen, aber sie wollte mehr. »Du meinst, wir könnten uns an den Wochenenden sehen?«

»Na klar.« Er lachte verlegen auf. »Ich werde dich vermissen. Du bist einer der besten Freunde, die ich je hatte.«

Er war auch einer der besten Freunde, die sie je hatte. Aber Freundschaft war nur ein Teil von allem anderen, was sie für ihn empfand. »Nick, ich ...«

»Du musst nicht sofort antworten.« Sein Atem war warm an ihrer Schläfe. »Denk einfach darüber nach.«

»Okay.«

Sie wollte Ja sagen, aber sie musste sich selbst treu bleiben. Nicks Zusicherung zum Trotz – was, wenn Jay ihr die Mädchen wegnahm? Was, wenn er ihre Beziehung mit Nick dazu benutzte, um sie als schlechte Mutter hinzustellen? Naomi und Emma waren schon jetzt aufgewühlt und wusste nicht mehr genau, was sie eigentlich wollten. Sie klammerten sich an den Strohhalm, dass ihre zerbrochene Familie irgendwie wieder zusammengefügt werden könnte.

Nick räusperte sich, und als er wieder sprach, klang seine Stimme heiser. »Ich nehme an, du musst an die Mädchen denken. Sie sind deine Familie.«

»Ja.« Mia schlüpfte in ihre Sandalen und rieb sich die Arme. Der Wind vom See war kühler, und dunkle Wolken säumten die bewaldeten Hügel. Sie hatte bekommen, was sie wollte: einen Neuanfang als die starke, unabhängige Frau, die zu sein sie beschlossen hatte.

Nick stieß einen Atemzug aus, und in seinen Augen lag fast etwas wie Bedauern. »Ich begleite dich zurück zu Charlies und Seans Haus.«

»Es sind nur fünf Minuten. Ich komme schon klar. Jay ist längst auf dem Weg zum Flughafen.«

»Ich bestehe darauf.« Er hielt ihrem Blick stand.

»Nick?«

»Ich will dich nicht verlieren.«

»Das wirst du auch nicht. Wir sind Freunde.« Sie versuchte zu lächeln, aber stattdessen vergrub sie das Gesicht in seinem Anzughemd und seinem warmen, männlichen Geruch.

»Freunde«, murmelte er mit belegter Stimme.

Mia blinzelte Tränen zurück. »Wenn du mit zu Charlie und Sean kommst, wie wär's, wenn du zum Essen bleibst? Die Stadt hat sie mit Tiefkühlmahlzeiten und Desserts eingedeckt, das heißt, es gibt genug für alle.«

»Ich kann nicht.« Nick trat zur Seite und zog seine

Socken und Schuhe wieder an. »Ich muss an einer Nachlassangelegenheit arbeiten, und ich habe mir Zeit freigehalten, um Kylie nach Burlington zu bringen.«

In der Hinsicht war Nick genau wie Jay und ihr Dad. Die Arbeit kam immer an erster Stelle. Vor Mia und vor der Familie.

»Verstehe.« Mia steckte die ohnehin schon feste Spange, die ihre Haare aus dem Gesicht hielt, noch fester.

»Wie wär's, wenn wir morgen Abend zusammen essen gehen? Wir könnten die Mädchen und Mom mitnehmen. Deinen neuen Job feiern.« Sein Ton bat sie, ihn zu verstehen, ihm eine Chance zu geben.

»Okay.« Das Engegefühl in ihrer Brust legte sich dennoch nicht. Sie ging über den Strand, und Nick folgte ihr. »Hast du eigentlich vor, Zeit mit Lexie zu verbringen?«

»Na klar.« Die beiden Worte kamen zu schnell.

»Du bist früh gegangen, als Charlie und Sean mit Lexie aus dem Krankenhaus nach Hause entlassen wurden.«

Die Stille dehnte sich zwischen ihnen aus, während sie den Wald erreichten und einem schmalen grünen Pfad folgten. Nach einem Waldbrand im Sommer zuvor wuchsen junge Bäume bereits nach und reckten sich zum Licht hin. Der ständige Kreislauf von Wachstum und Erneuerung der Natur.

»Ich hatte viel zu tun.« Nicks Stimme war leise. »Da ist die Arbeit mit deinem Haus, Harbor House und Kylie. Ich arbeite nachts an dem juristischen Kram, weil ich mir tagsüber Zeit dafür nehme.«

»Ich weiß sehr zu schätzen, was du für mich und alle anderen getan hast, aber wann hast du eigentlich das letzte Mal Urlaub gemacht?« Sie würde ihn nicht davonkommen lassen, nicht diesmal.

»Ich… das ist nicht fair. Ich musste McGuire und Pelletier wieder aufs richtige Gleis bringen und…«

»Allison ist Partnerin in der Kanzlei, und sie nimmt Urlaub, aber du nicht. Allison verbringt außerdem Zeit mit ihren Nichten und Neffen, und sie arbeitet zweimal im Monat ehrenamtlich im Frauenhaus des Bezirks.«

»Mia, Engel.« Nicks Stimme hatte einen Anflug von Traurigkeit, der ihr Herz berührte. »Du hast recht. Ich sollte Zeit mit Lexie verbringen. Die Arbeit kann warten. Notfalls werde ich die Nacht durcharbeiten. Ich werde bleiben und gemeinsam mit euch essen.«

»Das habe ich nicht gemeint. Du solltest nicht die Nacht durcharbeiten müssen, nur weil du mit deinen Freunden zu Abend gegessen und Zeit mit deiner Patentochter verbracht hast.« Mia setzte roboterartig einen Fuß vor den anderen. Während sie nicht aufgepasst hatte, hatte sie sich heftiger in Nick verliebt als je zuvor in irgendeinen Mann.

Nur dass sich, während sie sich verliebte, herausgestellt hatte, dass sie mehr wollte, als sie je erwartet hatte. Vielleicht mehr, als er geben könnte.

»Willst du anhalten und einen Happen essen?« Nick warf einen Blick auf Kylie, die zusammengesackt neben ihm auf dem Beifahrersitz saß.

»Nein, danke.« Kylie hatte auf der ganzen Fahrt nach Burlington aus dem Fenster gestarrt und ihre Baseballmütze tief über die Augen gezogen.

»Wenn du nicht an einem Restaurant anhalten willst, könnten wir etwas von dem essen, was Mia uns eingepackt hat. Sie hat jede Menge gemacht.« Denn Mia war eine Frau, die eine Familie ernährte, und eine der Arten, wie sie ihre Liebe zu anderen Leuten ausdrückte, war Essen. Nick blinkte, um die Ausfahrt von der Interstate zu nehmen und der Wegbeschreibung zu folgen, die Kylies Sozialarbeiterin ihm gemailt hatte.

»Ich habe keinen Hunger.« Kylie zog in einem monotonen Rhythmus den Reißverschluss ihrer Jacke auf und zu.

Nick konzentrierte sich auf den Verkehr, während er sich auf eine Schnellstraße einfädelte. »Mia hat diese Cowboy-Cookies für dich gebacken. Du kannst sie mit deiner neuen Pflegefamilie teilen und ein paar für die Mittagspause mit in deine neue Schule nehmen.«

Kylie umklammerte den Rucksack, den er ihr gekauft hatte, und wippte hin und her. »Mia hat gesagt, dass sie mich heute Abend anruft.«

»Das macht sie bestimmt.« Denn sie war auch die Art Frau, die ihre Versprechen auf Biegen und Brechen hielt.

»Meinst du, du könntest mich vielleicht auch mal anrufen?«

Nick nahm eine andere Ausfahrt zu einer stilleren Seitenstraße. »Na klar. Ich werde dich vermissen, Kleine.«

Er würde Kylie mehr vermissen, als er vor irgendjemandem, selbst vor Mia, zugeben würde. Er fuhr auf einen Parkplatz neben einem flachen, von Grünanlagen umgebenen Gebäude. Wenn er Kylie am Büro ihrer Sozialarbeiterin absetzte, musste er sie wenigstens nicht mit ihrer neuen Familie sehen.

»Hier sind wir.« Er parkte den Lexus neben einem neueren roten Toyota und einem »Jemand in Vermont liebt dich«-Autoaufkleber auf der verbeulten Stoßstange.

»Ja.« Kylie umklammerte den Rucksack so fest, dass sich ihre Finger in das Nylon bohrten.

»Ich hole deinen Koffer und...«

»Ich mach das schon.« Kylie kletterte aus dem Wagen und zerrte den Koffer hinter dem Sitz hervor, den neuen, den er ihr gekauft hatte, der die Kleider enthielt, die sie sich ausgesucht hatte, und Geschenke von seiner Mom und Mia und den Mädchen.

»Warte.« Nick holte sie ein. »Vergiss nicht die Kekse von Mia und die anderen Snacks.« Er nahm die Tüte vom Supermarkt von Firefly Lake, aber Kylie schüttelte den Kopf.

»Behalt du sie.«

»Kylie, warte.« Er zog an dem Koffer, aber sie hielt den Griff eisern umklammert.

»Ich mache das schon, okay?« Sie zerrte den Koffer über den Parkplatz, und die Räder ruckelten über den Asphalt. Ihr kleiner Körper war fast gekrümmt unter dem Gewicht des Rucksacks.

»Nein, es ist nicht okay.« Nick erreichte die Tür des

Gebäudes als Erster und baute sich davor auf. »Lass mich dir helfen.«

Sie blieb stehen und starrte ihn an. »Wenn du mir wirklich helfen wolltest, dann würdest du mich nicht zwingen, hier hineinzugehen. Du würdest mich in Firefly Lake bleiben lassen.«

»Du weißt, dass das nicht geht.« Nick zog die Tür auf und betrat das Gebäude. Der Empfangstresen war leer, und zwei dürre Topfpalmen flankierten mehrere schwarze Plastikstühle.

»Warum nicht?« Kylie stand breitbeinig da, den Koffer gegen ein Knie gestützt.

»Du brauchst eine Familie.« Nick nahm den Koffer und rollte ihn zu einer Tür mit der Aufschrift »Familienfürsorge«.

»Du könntest meine Familie sein.« Das flehende Licht in Kylies Augen gab ihm fast den Rest.

»Ich bin ein Typ, und du bist ein Mädchen. Ich kann dich nicht in Pflege nehmen.« Außerdem war er grundsätzlich nicht dafür geeignet, ein Kind in Pflege zu nehmen, Mädchen oder Junge.

»Du und Mia, ihr könntet mich in Pflege nehmen und für immer meine Familie sein.« Einer der Schnürsenkel an Kylies Sneakers war offen, und ihre Finger zitterten, als sie sich bückte, um ihn zuzubinden.

»Mia und ich sind nicht zusammen. Nicht auf die Art.«

Auf was für eine denn dann?, fragte eine leise Stimme in seinem Kopf. Er sorgte sich um Mia, liebte sie vielleicht sogar, aber er konnte es sich nicht gestatten, den nächsten

Schritt zu tun und es zu riskieren, mehr zu verlieren, als er je zuvor verloren hatte.

»Du willst mich nicht.« Als Kylie sich aufrichtete, war ihr trotziger Blick wieder da. Der Blick, den sie an jenem ersten Abend aufgesetzt hatte, als er sie beim Regenbogen-Camp auf der Veranda kennengelernt hatte. »Niemand will mich.«

»Das stimmt nicht. Du bist ein tolles Mädchen, und deine Sozialarbeiterin hat gesagt, dass deine neue Familie sich sehr darauf freut, dass du bei ihnen einziehst. Sie haben zwei Töchter, und eine ist fast genauso alt wie du. Sie haben im Laufe der Jahre schon mehrere Kinder in Pflege genommen, die bei ihnen geblieben sind, bis sie achtzehn waren. Kim denkt, dass diese Familie perfekt für dich sein wird. Sie können dich sogar alle zwei Wochen zu Besuch zu deiner Mom bringen.«

Kylie lachte, und Nicks Herz brach noch ein bisschen mehr. »Na klar, es wird perfekt sein, richtig perfekt.« Sie streckte eine Hand aus. »War nett, dich kennenzulernen.«

Er nahm ihre verschwitzte Hand in seine. »Ich rufe dich an, und wenn du irgendetwas Besonderes in der Schule hast, ein Krippenspiel oder so, kann ich vielleicht kommen.«

»Egal.« Ihr Gesicht war blass unter ihrer Sonnenbräune.

»Ich komme noch mit rein und rede mit Kim.« An der Bürotür hielt er inne. Dort drinnen waren Leute, deren Job es war, dafür zu sorgen, dass es Kindern wie Kylie gut ging.

»Schon gut. Ich weiß, wie das läuft.« Ihr Rucksack schlug gegen den Türrahmen. »Bis dann.« Sie schnappte sich ihren Koffer, drückte die Tür auf und verschwand in den Raum.

Nick hob eine Hand, um die Tür aufzufangen, als sie sich schloss, dann ließ er sie zufallen. Nein. Es war besser so. Er suchte in seiner Hosentasche nach den Wagenschlüsseln. Schnell, schmerzlos, eine saubere Trennung. Er würde Kim stattdessen vom Parkplatz aus anrufen.

Während er dort stand, schwang die Tür wieder auf, und Kylie schoss heraus, ein Päckchen in violettem Papier in einer Hand. »Hier, das ist für dich.«

»Kylie...«

Dann wich der Atem aus Nicks Lunge, als sie ihre mageren Arme um ihn schlang und ihn umarmte, als wollte sie ihn nie wieder loslassen.

»Danke«, murmelte sie, bevor sie zurück in die Richtung rannte, aus der sie gekommen war.

Er hielt die Tür fest und trat einen Schritt vor, nur um von einer grauhaarigen Frau mit einem freundlichen Gesicht aufgehalten zu werden. Kim, Kylies Sozialarbeiterin, sagte etwas zu ihm, aber über dem Dröhnen in seinen Ohren verstand er kein Wort. Dann legte Kim einen Arm um Kylie, und während sie sie wegführte, sah Kylie noch einmal zurück, und nur ihre grünen Augen verrieten ihm, wie sehr sie litt.

Nick trat noch einen Schritt vor, aber Kylie wandte sich ab. Ihre Schultern waren steif, und ihre Haare schauten in einem unordentlichen Pferdeschwanz unter ihrer

Baseballmütze hervor. Um ihn zu erinnern, während ein Teil seines Herzens brach, dass sie ein Mädchen war, das eine Familie brauchte. Eine richtige Familie.

Wieder in seinem Wagen, fuhr er eine Dreiviertelstunde von Burlington fort, bevor er an einer Raststätte anhielt. Unter einem Baldachin aus Bäumen, der bereits mit herbstlichen Gelb- und Rottönen gefärbt war, brachte er den Wagen zum Stehen. Das Päckchen, das Kylie ihm gegeben hatte, lag neben ihm auf dem Beifahrersitz.

Er löste die schiefe violette Schleife, zog das Klebeband ab und entfernte mehrere Schichten mit violettem und weißem Seidenpapier. Ein Bilderrahmen aus Zweigen, verziert mit violetten Federn und Glitzer, lag in dem Papier, mit einem Foto von ihm und Kylie. Sie beide saßen auf dem Strand unterhalb von Harbor House, und Kylie grinste ihn an, mit dieser neckenden Miene, die sich so selten auf ihrem Gesicht zeigte.

Er glitt mit einem Finger über den Rand des Rahmens, wo das Holz rau unter seinen Fingerspitzen war. Mia oder seine Mom mussten das Foto aufgenommen haben, als er nicht hinsah, denn er war in einem ungeschützten Moment erwischt worden. Er und Kylie hatten die Köpfe zusammengesteckt, und seine Miene war offen und entspannt.

Er wickelte das Geschenk wieder in das Papier und strich die Schleife glatt.

Kylie würde ihn vergessen. Oder sie würde sich zwingen, ihn zu vergessen, so wie er sich gezwungen hatte, seinen Dad und die Zeiten, die sie beide an genau demselben Strand verbracht hatten, zu vergessen. Zwei Typen, die sich aus einem Haus voller Frauen abseilten, um zu quatschen. Damals, als sein Dad sein Held und der Mann gewesen war, der Nick sein wollte.

Er stützte die Hände aufs Lenkrad, und der Verkehr auf der Interstate wurde zu einem fernen Rauschen. Was, wenn Kylie ihn nicht vergaß und er sie auch nicht vergessen konnte? Was, wenn er sie nicht vergessen wollte? Was, wenn er mehr wie der Mann auf dem Foto sein wollte? Jemand, der wusste, wie man Spaß hatte und sein Herz für ein Kind öffnete, das einen brauchte?

Was dachte er sich eigentlich? Die Rillen des Lenkrads bohrten sich in seine Handflächen. Diese letzten paar Tage hatten ihn verhext. Diese plötzliche Anziehungskraft von jemandem, der er vielleicht gern sein wollte, ging gegen alles, wofür er so hart gearbeitet hatte.

Er war ein Typ, der zu beschäftigt damit war, für Gerechtigkeit zu kämpfen, um in seinem Leben über gelegentliche Besuche hinaus Zeit für ein Kind zu haben. Ein Typ, der nicht von Erinnerungen und Verlusten so schwer belastet war wie eine Fähre auf dem Lake Champlain in der Hochsaison. Und ein Typ, der nicht die Art von Wurzeln hatte, die ihn festhielten und verankerten, dessen Bande aber trotzdem im Nu zerrissen werden konnten, um ihn hilflos und allein treibend zurückzulassen.

»Luc Simard ist vorbeigekommen, während du in der Schule warst. Er hat bis zum Frühjahr Cats altes Schlafzimmer gemietet. Er wird nächste Woche einziehen, wenn du und die Mädchen wieder in eurem Haus seid und der Maler fertig ist.« Gabrielle stützte sich auf eine Hacke und sah Mia an, die auf den Knien kauerte und einen eingetopften gelben Rosenstrauch pflanzte. »Nachdem Nick dieses ganze Geld in die Renovierungen statt in den Bungalow gesteckt hat, kann ich endgültig in Harbor House bleiben.«

»Das ist ja großartig.« Mias Gesicht war von einem weichen weißen Hut überschattet. »Du hast bekommen, was du wolltest.«

Gabrielle steckte die Hacke tiefer in den Boden. Das hatte sie, doch warum war sie dann nicht glücklicher darüber? Vielleicht weil sie nicht alles hatte, was sie wollte. Mit Nick, mit Nick und Mia und mit Ward. »Luc baut ein Haus auf dem Grundstück am See, das er von seinen Großeltern geerbt hat, in der Nähe des Gasthofs. Da seine Eltern sich verkleinert haben, braucht er eine Bleibe, bis das neue Haus fertig ist.«

»Ich wusste, dass alles klappen würde. Nick wird begeistert sein.« Mias Lächeln wirkte gezwungen. »Du wirst nicht allein sein, und Luc ist groß und stark. Erinnerst du dich noch, wie er Cat bei der Modenschau überragt hat?«

»Ja.« Gabrielle erinnerte sich auch an Cats aufgesetzte Fröhlichkeit an jenem Abend und an die Verlegenheit ihrer Tochter jedes Mal, wenn Lucs Rückkehr nach Firefly Lake erwähnt wurde. »Und ob Luc groß ist. Pixie wollte in der ganzen Zeit, die er hier war, meine Arme nicht verlassen. Ich glaube, sie hatte Angst, er könnte versehentlich auf sie treten und sie zerquetschen.« Gabrielle ließ die Hacke stehen und beugte sich auf Mias Höhe hinunter. »Wir sollten uns eine Weile auf die Terrasse setzen und ausruhen.«

»Natürlich.« Mia erhob sich und nahm Gabrielles Arm. »Es tut mir leid. Ich habe nicht nachgedacht. Du musst müde sein.«

»So müde nun auch wieder nicht.« Gabrielle ließ ihre Hand etwas länger als nötig auf Mias Arm ruhen. »Ich werde dich und die Mädchen vermissen. Kylie vermisse ich schon jetzt. Sie ist auf jeden Fall ein aufgewecktes Kind.«

Mia warf ihre Gartenhandschuhe auf eine Bank. »Sie ist bei einer netten Familie. Trotzdem, ich vermisse Kylie mehr, als ich erwartet hätte. Auch wenn die Mädchen und ich dich vermissen werden, werden wir, anders als Kylie, nur fünf Minuten entfernt sein. Wenn du irgendetwas brauchst, sobald Nick nach New York zurückgekehrt ist, rufst du zuerst mich an, okay?«

»Okay.« Nur dass sie die ganze Zeit gehofft hatte, Nick würde bleiben und mit Mia und den Mädchen sesshaft werden. Gabrielle ging auf die Terrasse zu, Mia an ihrer Seite.

»Hast du etwas von Ward gehört?« Mia zog für Gabrielle einen Terrassenstuhl zurück und stellte den Sonnenschirm so ein, dass er den kleinen Platz überschattete.

»Ich habe ihm eine E-Mail geschickt, um Hi zu sagen.«

Obwohl sie ihm gesagt hatte, er solle nicht nach Firefly Lake zurückkommen, da sie nicht wieder verletzt werden wollte, litt sie trotzdem, und in ihrem Herzen war ein Schmerz, den nicht einmal Harbor House lindern konnte.

Mia schob einen Stuhl neben Gabrielles. »Ward wird sich melden. So, wie er dich angesehen hat, war offensichtlich, dass er nicht abreisen wollte.«

»Nach seiner Abreise wird er bald zur Vernunft gekommen sein.« Gabrielle schniefte und suchte in ihrer Jacke nach einem Taschentuch.

»Das ist doch lächerlich«, entgegnete Mia.

»Ist es das? Ich habe gesehen, wie Nick dich ansieht, und er ist trotzdem entschlossen, nach New York zurückzukehren.« Gabrielles Stimme war leise.

»Das ist etwas anderes. Ich habe ihm nicht gesagt, dass er gehen soll.« Mia stieß den Atem aus.

»Du hast ihn aber auch nicht gebeten zu bleiben, oder?«

»Das kann ich nicht.« Die Worte kamen als ein gequältes Stöhnen aus ihrem Mund.

»Du könntest es tun, mehr als ich.« Gabrielle ließ die Hände auf dem Tisch ruhen. Zwei ihrer Knöchel waren knotig von Arthritis und die Handrücken mit Altersflecken gesprenkelt. Wann waren ihre Hände eigentlich so gealtert? »Wenn ich ihn bitte zu bleiben, würde ich ihn aufhalten, wohingegen du ...«

»Ich würde ihn auch aufhalten«, erwiderte Mia. »Ich kenne mich aus mit Männern, die rund um die Uhr arbeiten. Ich will an erster Stelle kommen. Ich habe es verdient, an erster Stelle zu kommen.«

»Das hast du, aber Nick versteht das nicht.« Sie hatte versucht, für ihre Kinder alles richtig zu machen, aber jedes von ihnen war verletzt. »Ich könnte mit ihm reden.«

»Nein, Nick ist mein guter Freund. Das ist genug.« Mias Augen waren dunkel vor Schmerz.

»Wirklich?« Gabrielle schlug ein Bein über das andere, und ihre Knie knackten. Sie hatte auch nicht bemerkt, dass ihre Knie älter wurden.

»Natürlich.« Mia spielte mit dem Perlenring am vierten Finger ihrer rechten Hand.

»Das war der Ring deiner Mutter, richtig?«

»Meine Großeltern haben ihn ihr zu ihrem sechzehnten Geburtstag geschenkt.«

»Du trägst ihn immer, so wie ich den Verlobungsring meiner Mutter trage.« Gabrielle streckte die rechte Hand aus, wo ein Trio von Diamanten im Licht funkelte. »Ich habe deine Mom nicht gut gekannt. Ich habe nur ein paarmal im Supermarkt oder so mit ihr geredet, aber sie hat dich und Charlie auf jeden Fall geliebt. Sie würde nicht wollen, dass du den Rest deines Lebens allein bleibst, weil du Angst davor hast, verletzt zu werden.«

Mias Miene war düster. »Sie ist all die Jahre bei meinem Dad geblieben, trotz seiner Affären. Ich wusste, dass sie nicht glücklich war, und alle hier haben darüber getratscht, wie Dad sich herumgetrieben hat. Jedes Mal, wenn wir in die Stadt kamen, habe ich gesehen, wie sie erst ihn und dann uns angesehen haben.«

»Was dein Dad getan hat, war falsch, und deine Mom saß in der Falle. Ich nehme an, dass sie bei ihm geblieben ist, weil sie dachte, sie müsste es tun.« So wie sie selbst die Zeichen ignoriert hatte, dass Brian nicht der war, der er zu sein vorgegeben hatte. Gabrielle schluckte schwer. »Vielleicht war in ihrer Familie, ebenso wie in meiner, eine Scheidung damals so etwas wie eine Art Todsünde. Aber als du dich in der gleichen Situation wiedergefunden hast, hattest du den Mut zu gehen.«

»Ich bin nicht gleich beim ersten Mal gegangen, als Jay mich betrogen hat.« Mia verschränkte die Arme vor der Brust. »Aber als Tiffany schwanger wurde, da hatte ich keine andere Wahl.«

»Man hat immer eine Wahl, Liebes.« Gabrielle rückte ihren Stuhl näher an Mias heran und legte die Arme um ihre eingefallenen Schultern. »Ich rede hier auch von mir. Brian McGuire hat mein Leben vermasselt, und er hat das Leben meiner Kinder vermasselt. Selbst nach all den Jahren macht er uns noch immer das Leben schwer. Hat Nick dir erzählt, dass er sich gemeldet hat? Auf einmal will Brian seine Kinder sehen und Amy kennenlernen. Er hat sich noch nie für sie interessiert, doch plötzlich ist Amy das Enkelkind, nach dem er sich gesehnt hat.«

»Ja, aber ...«

»Kein Aber.« Gabrielle tätschelte Mias Schulter, bevor sie sich entfernte. »Nick kann bezüglich seines Vaters tun, was er will, und Cat und Georgia auch. Brians Verfehlungen verletzen mich schon lange nicht mehr, aber sie haben mit Sicherheit einen Einfluss darauf, wie ich mein

Leben lebe. Der Schmerz hat mich von dem abgehalten, was ich wirklich will. Von jetzt an muss sich das ändern, angefangen damit, dass ich ins Haus gehen werde, um Ward anzurufen. Das Schlimmste, was er sagen kann, ist danke, nein danke.«

Sie würde nicht an das Beste denken, was er sagen könnte. Sie war von ihrer traditionellen Mutter dazu erzogen worden, darauf zu warten, dass der Mann den ersten Schritt tat, und immer gefällig und entgegenkommend zu sein. Aber die Welt war heutzutage eine andere, eine, die ihre Mutter sich nicht hätte vorstellen können.

»Die Mädchen werden bald nach Hause kommen.« Mia wich Gabrielles Blick aus. »Naomi und Ty sind mit Emma nach der Schule zum Bowling gegangen. Obwohl sie und Kylie einen holperigen Start hatten, war Emma traurig, als Kylie gegangen ist. Ich werde hier draußen bleiben und auf sie warten, damit du ein bisschen Privatsphäre für dein Telefonat hast.«

»Danke.« Gabrielles Herzschlag beschleunigte sich, so wie immer, wenn sie an Ward dachte. »Bleib du schön hier sitzen und denk über alles nach.«

Mia ähnelte zu sehr der Frau, die sie selbst früher einmal gewesen war, aber Gabrielle war zweiundsechzig, und die Jahre waren wie im Flug vergangen, bis sie ausgebremst und gezwungen worden war, dem Tod ins Auge zu sehen. Sie hatte diesen Kampf gewonnen, aber wenn sie nicht bald ein paar Veränderungen in ihrem Leben vornahm, lief sie Gefahr, einfach weiter dahinzutreiben. Sie würde Pläne machen, etwas zu ändern, ohne es je wirklich zu tun.

Sie holte einmal tief Luft und beschwor Wards Gesicht herauf, die Zuneigung in seinen blauen Augen, wenn er sie ansah, und die Geborgenheit und Zufriedenheit, die sie in seiner Nähe empfand.

»Es ist nur ein Anruf.« Mias Mund verzog sich zu einem Lächeln.

Nur dass es ein Anruf war, der den Rest ihres Lebens verändern könnte. Gabrielle schob alle Zweifel beiseite. Manchmal musste eine Frau ein Risiko eingehen. Und anders als Brian war Ward ein Mann, der das Risiko wert war.

Jay hatte keine Zeit verschwendet. Vier Tage später beendete Mia wieder einmal ein Gespräch mit Allison und legte ihr Telefon auf den Küchentresen. Die weiße Arbeitsfläche und die Küchenschränke und Regale aus Ahorn, die Sean eingebaut hatte, glänzten in dem Licht, das durchs Fenster hereinfiel. Dasselbe Licht spiegelte sich auf den blauen Glasflaschen, die sie im Laufe der Jahre auf Flohmärkten und in Secondhandläden gesammelt hatte.

Diese Flaschen stellten noch etwas dar, was Jay an ihrem Stil auszusetzen hatte. Er hatte immer gewollt, dass alles neu und modern war. Mia zerknüllte die E-Mail, die sie ausgedruckt hatte, die Worte hatten sich bereits in ihrem Gehirn eingebrannt. Sie war von einem Anwalt in Dallas, der sie davon in Kenntnis setzte, dass Jay die Absicht hatte, sie auf das alleinige Sorgerecht für Naomi und Emma zu verklagen. Mit der Begründung, dass sie eine unfähige Mutter sei.

»Er will dir Angst machen.« Allisons Stimme war fest und entschieden gewesen. »Er denkt, wenn du Angst hast, wirst du zu ihm zurückkommen. Er hat nicht einen

Funken Beweise, dass du eine unfähige Mutter bist, und wenn kein Fall von Drogenabhängigkeit oder -missbrauch vorliegt, sind alleinige Sorgerechtsvereinbarungen selten. Außerdem ist Jay drei von vier Wochen auf Reisen, und so, wie er dich und die Kinder behandelt hat, würde kein Richter der Welt ihm das alleinige Sorgerecht zusprechen.«

Mia stopfte das zerknüllte Papier in eine Küchenschublade und wünschte, sie könnte sich so sicher sein. Sie sah sich in der hellen Küche um, die klein, aber funktional war, wie der Rest des Hauses. Ihres Hauses, des Zuhauses, das sie für ihre Familie geschaffen hatte und zu behalten beabsichtigte.

Emmas Lachen hallte von oben.

»Nein, du kannst nicht…« Auf Naomis Stimme folgte ein polterndes Geräusch und noch mehr Gelächter.

Mia trat an den Fuß der Treppe. »Mädchen?«

Zwei Köpfe äugten über den Rand des Treppengeländers, einer dunkel, der andere hell. »Hey, Mom.« Naomi grinste sie an. »Unsere Zimmer sehen toll aus. Onkel Sean, Nick und ihre Freunde haben tolle Arbeit geleistet.«

»Toll«, wiederholte Emma, während sie mit einem rosa Teddy winkte. Dem Bären, den sie seit ihrer Geburt hatte und der noch immer mit in ihrem Bett schlief.

»Seid ihr fertig mit Auspacken?« Mia presste sich eine Hand an die Brust, ihr Herz erfüllt von Liebe zu ihren Töchtern und diesem neuen Leben.

»Fast.« Naomis Miene wurde ernst. »Ich vermisse

unser altes Haus noch immer, aber jetzt, wo alles herge-
richtet ist, ist das hier echt schön. Es ist ein freundliches
Haus.«

»Es wird auch ein glückliches Haus sein.« Auch wenn
ihr Haus in Dallas groß gewesen war, mit allem Komfort,
den sie sich wünschen konnten, war es kalt, ohne Liebe
und unglücklich gewesen. So wie Mia sich mehr Jahre
gefühlt hatte, als sie zählen wollte. Sie zuckte zusammen,
als es an der Tür klingelte.

»Das ist bestimmt Nick«, rief Emma.

Auf dem Weg zur Tür wandte sich Mia um und sah
noch einmal die Treppe hoch. »Gibt es irgendetwas, das
du mir sagen willst, Emma Rose?«

»Ich habe ihm von Naomis Handy eine Nachricht geschickt. Ich habe vielleicht gesagt, dass wir Hilfe brauchen, um die Betten umzuräumen. Autsch.« Sie kreischte
auf, als Naomi sie mit dem Ellenbogen anstieß. »Was
denn? Mom hat gesagt, ihr Bett ist zu schwer für uns, um
es zu heben.«

»Und ich habe auch gesagt, dass ich Onkel Sean bitten werde, uns zu helfen.« Mia strich sich die Haare glatt,
während es erneut an der Tür klingelte.

Mia war sich nicht sicher, was sie zu Nick sagen wollte
oder wie sie sich in seiner Nähe verhalten sollte. Sie war
ihm in den letzten paar Tagen aus dem Weg gegangen,
nachdem sie zusammen essen gegangen waren, was leicht
gewesen war, da er an irgendeinem dringenden Fall
arbeitete. Hatte Allison gesagt. Es war nicht so, dass Mia
versucht hatte, an Informationen zu kommen.

Als Mia zögerte, rannte Emma die Treppe herunter und riss die Haustür auf. »Hey, Nick.«

»Emma.« Er klatschte sie ab, bevor sie sich seine Hand schnappte und ihn in die Diele zog.

»Nick.« Mia legte die Hände auf den Rücken und verhakte die Finger ineinander. Es wäre leichter, wenn er nicht so sexy wäre und ihr nicht in Erinnerung rufen würde, wie es sich anfühlte, eine begehrenswerte Frau zu sein.

»Emma hat gesagt, ihr braucht Hilfe beim Umräumen.« Er warf einen Blick ins Wohnzimmer. Auf dem graubraunen Sofa lagen bunte Kissen, die mit den Farben auf dem abstrakten Gemälde harmonierten, das Gabrielle ihnen zum Einzug geschenkt hatte. Ein Strauß roter Malven aus dem Garten von Harbor House stand in einer Glasvase auf dem Couchtisch neben dem Klavier ihrer Mom.

»Es tut mir leid, dass wir dich belästigt haben.« Mia presste ihre Hände fester zusammen. »Ich wollte eigentlich Sean anrufen.«

Nick trug ein Polohemd in derselben Farbe wie seine Augen und eine verwaschene Levi's, die sie förmlich einlud, ihn zu berühren. Die Jeans schmiegte sich eng an seine Beine. Und seinen Hintern. Was beides sehr verlockend war.

»Kein Problem.« Nick grinste Emma an. »Ich hatte sowieso vor vorbeizuschauen, für den Fall, dass ihr ein paar zusätzliche Hände braucht.«

Und ob sie seine Hände brauchte, und auch seinen Körper. Oben in ihrem Schlafzimmer, in dem neuen

Bett, das sie sich ausgesucht hatte. Einem Bett, in dem sie nie mit Jay geschlafen hatte. »Ich hatte den Eindruck, als ob du viel zu tun hättest.«

»Alles erledigt.« Nicks Lächeln wurde breiter, um Naomi mit einzuschließen, die ihrer Schwester gefolgt war und jetzt still und aufmerksam hinter Mia stand. »Da es euer erster offizieller Abend in eurem Haus nach der Renovierung ist, werden wir uns etwas zu essen bestellen. Chinesisch, Pizza oder was immer ihr wollt, ich lade euch ein.« Er zückte seine Brieftasche.

»Mom?« Naomis Stimme war unsicher.

»Schon gut.« Mia zwang sich zu einem Lächeln. »Pizza oder chinesisch, sucht euch etwas aus.«

»Oder wir könnten uns etwas vom Diner holen.« Nicks Augen funkelten. »Liz macht eine fantastische Zitronen-Baiser-Torte, und heute ist Brathähnchen die Spezialität des Abends.«

»Mom liebt Zitronen-Baiser-Torte und Brathähnchen«, sagte Emma, »aber Dad sagt, wenn sie solches Zeug isst, wird sie so fett wie ein Schwein.«

»Emma ... ich ... du ... Das ist unhöflich.«

»Dad hat es aber gesagt.« Die Stimme ihrer Tochter war ebenso schrill wie beharrlich.

»Das glaube ich gern, aber du musst es nicht wiederholen. Hast du mich verstanden?«

»Ja, entschuldige.« Emma ließ den Kopf hängen.

Mia biss sich auf die Lippe. Es war ihr egal, was Jay sagte oder dachte, warum sollte sie dann nicht hin und wieder Torte und Brathähnchen schlemmen? Nick kannte sie so gut, dass er genau wusste, was auf ihrer Liste geheimer Vergnügen stand, und er hatte sich nie über ihre Figur beklagt.

Über Emmas Kopf hinweg fing sie seinen Blick auf, aber diesmal war der neckende Ausdruck verschwunden. Ohne dass er ein Wort sagte, wusste sie, dass Allison ihm von der E-Mail von Jays Anwalt erzählt haben musste.

»Dann also der Diner«, sagte sie. »Wir können draußen picknicken. Deine Mom hat uns einen Terrassentisch und Stühle gegeben, die sie nicht mehr braucht.«

»Wir haben einen Plan.« Nick klatschte Emma noch einmal ab. »Willst du mit mir in die Stadt gehen, um das Essen zu holen?«

»Können wir auf dem Rückweg Ahorn-Softeis mitnehmen?« Emma schlüpfte in ihre Sneakers. »Eiscreme ist Milch, und Ahornsirup ist Obst, irgendwie. Er kommt von einem Baum und hat Zucker drin. Das habe ich heute in der Schule gelernt.«

»Ich mag deine Logik, aber deine Mom sieht das vielleicht anders.« Nick lachte. »Mia, Naomi? Kommt ihr mit?«

»Nein.« Naomi spielte mit einer Haarsträhne. »Ich muss noch immer ein paar Sachen in meinem Zimmer erledigen und Ty anrufen.«

»Komm schon.« Emma hüpfte auf einem Bein. »Du musst mitkommen. Du kannst Ty von unterwegs anrufen.«

»Wenn ihr zwei nicht mitkommt, werden wir kein gesundes Essen besorgen.« Nick zog die Augenbrauen hoch.

»Wir kommen alle mit.« Mia nahm ihre Handtasche vom Dielentisch.

»Mom.« Naomi ließ ihre Haare fallen. »Ich bin sechzehn. Ich babysitte seit vier Jahren. Ich kann eine halbe Stunde allein bleiben.«

Das konnte sie, aber Mia würde Jay keine Munition liefern, die er verwenden könnte, um ihr die Mädchen wegzunehmen. »Wir haben das ganze Wochenende und heute nach der Schule ausgepackt. Wir brauchen ein bisschen frische Luft und Bewegung.«

»Diese Kartons aus dem Keller und der Garage zu schleppen, war genug Bewegung.« Naomi schnappte sich ihre Flechttasche, die über dem Geländer hing, und setzte sich eine überdimensionale Sonnenbrille auf die Nase. »Ich sollte mich umziehen und meine Haare zurechtmachen.«

»Du siehst gut aus, Schatz.« In einer marineblauen Caprihose und einem weißen Tanktop wirkte ihr Baby eher wie eine Frau als wie ein Mädchen. »Schöne süße sechzehn.«

»Mom.« Nur ein Teenagermädchen konnte so viel Sarkasmus in ein einziges Wort legen, und trotz der dunklen Sonnenbrille entging Mia das Augenrollen nicht.

»Du wirst Ty sowieso nicht über den Weg laufen«, warf Emma ein. »Bevor er dir gestern einen Abschiedskuss gegeben hat, habe ich ihn sagen hören, dass er diese Woche bei seiner Mom und seinem Stiefdad in Kincaid ist. Und dann hat er dich noch einmal geküsst, genau auf die Lippen, was ekelhaft war.« Emma verzog das Gesicht, bevor sie zur Tür hinausschoss.

»Du hast uns nachspioniert?« Naomi nahm ihre Sneakers in eine Hand, bevor sie Emma barfuß hinterherrannte.

»Ich nehme an, das sagt dir alles, was du über diese Freundschaftsgeschichte, die Naomi und Ty am Laufen haben, wissen musst.« Nick stand noch immer in der Diele und zog eine belustigte Miene.

Da hatte er recht, aber wer war Mia, ihre Tochter zu verurteilen? Die »Freundschaftsgeschichte« war etwas, das sie angeblich mit Nick hatte. Was gab sie also für ein Beispiel, wenn sie niemandem, schon gar nicht Naomi, damit etwas vormachte?

Mia schlüpfte in ihre Sandalen, folgte Nick zur Tür hinaus und schloss sie ab. Vielleicht hatte Gabrielle ja recht. Vielleicht sollte sie mit Nick reden und ihm sagen, wie sie sich fühlte und was sie wollte. Offen aussprechen, was zwischen ihnen war, ihr selbst und ihren Töchtern zuliebe. Dann könnte sie Naomi nicht nur lieben, sondern ihr auch ein besseres Vorbild sein, um mit Ty gute Entscheidungen zu treffen.

Während Nick sich ihren Schritten anpasste, erzählte er ihr von seinem Tag und fragte sie nach ihrem, als wäre er interessiert und sie beide ein Paar. Sie sah zum Ende der Straße, wo Naomi und Emma warteten. Nick hob die Hand und winkte, und Emma winkte zurück, bevor sie auf sie beide zuhüpfte. Naomi folgte schlendernd, zu erwachsen, um zu hüpfen.

Jeder, der sie nicht kannte, würde sie für eine Familie halten. Eine Mom und ein Dad und ihre beiden Mäd chen, die an einem Montagabend in einer Kleinstadt einen Spaziergang unternahmen.

Mia beschloss, vorerst nicht mit Nick zu reden. Sie würde abwarten und das, was sie mit ihm hatte, noch ein bisschen länger genießen. Sie war älter und weiser als zu der Zeit, als sie mit Jay zusammen gewesen war. Jetzt wusste sie, wie sie ihr Herz schützte.

»Schlafen die Mädchen?« Nick wandte sich um, als die Terrassentür aufglitt und Mia in den Garten kam. Das Mondlicht betonte die klassischen Konturen ihres Gesichts über ihrem schlichten weißen T-Shirt, dem blauen Pullover und der Jeans.

»Emma ist völlig weggetreten, aber Naomi ist noch immer auf Facebook.« Mia zog sich einen Terrassenstuhl heran und setzte sich. Grillen zirpten, und zwei Häuser weiter bellte ein Hund.

Nick sah zum Himmel hinauf, wo die ersten Sterne funkelten. Als er ein Junge gewesen war, hatte sein Dad ihm ein Teleskop gekauft, und er hatte oft stundenlang hindurchgesehen. Damals wollte er Astronaut oder Air-Force-Pilot werden, ein Typ, der die Abzeichen seines Landes mit Stolz trug. »Hast du mit Naomi geredet?«

»Ja.« Mias Stimme war leise und so süß, dass es tief in seinem Innern schmerzhaft rumorte. »Sie und Ty meinen es ernst miteinander. Das wundert mich nicht. Aber sie ist ein vernünftiges Mädchen, und sie gehen es langsam an. Sie weiß, dass sie mit mir reden kann.«

»Trotz allem, was Jay behauptet hast, ist völlig ausgeschlossen, dass du eine unfähige Mutter bist.«

»Allison hat es dir erzählt?«

»Ja.« Nick drückte ihre Hand, und sie erwiderte die Geste. »Und es ist auch ausgeschlossen, dass Jay eine Klage auf das alleinige Sorgerecht gewinnen würde, wobei ich bezweifle, dass er überhaupt vor Gericht geht.«

»Meinst du?«

»Ich weiß es.« Er betastete die Innenseite ihres Handgelenks, und Mia zitterte. »Selbst ohne Allison würde er nicht gewinnen, aber mit ihr ist es völlig aussichtslos.«

»Sie hat gesagt, sie würde mir nichts berechnen, bevor ich meinen ersten Gehaltsscheck von der Schule bekommen habe, aber ich bin mir trotzdem sicher, dass dieses ganze Hin und Her zwischen Anwälten weitaus mehr kosten wird, als sie behauptet hat.« Anspannung umspielte ihren schönen Mund.

»Die Kanzlei räumt Familienangehörigen und Freunden einen Rabatt ein, schon vergessen?« Nick hatte Mia gar nichts berechnen wollen, aber da er wusste, dass sie das nicht annehmen würde, hatte er die Rechnungsstellung mit Allison geregelt und sie auf Geheimhaltung eingeschworen.

»Das ist sehr großzügig.« Der Stuhl knarrte, als Mia näher an Nick heranrückte, und Nick legte ihr einen Arm um die Schultern. Über dem Ausschnitt ihres Pullovers war ihre Haut warm, mit einem Hauch von Freesien, und sein Körper spannte sich an, als sie mit einer Hand über seinen nackten Arm glitt.

»Hast du schon mit Kylie geredet?« Er suchte nach einer Ablenkung, da die Mädchen im Haus waren.

»Ein paarmal.« Mia beugte sich zu ihm hinüber und lehnte den Kopf an seine Schulter. »Ich habe auch mit ihrer Pflegemom telefoniert. Es wird eine Weile dauern, bis Kylie sich eingewöhnt hat, aber sie gehen es langsam an, einen Tag nach dem anderen. Kylie vermisst dich.«

»Hat sie das gesagt?« Er hatte Kylie nicht angerufen, aus Sorge, er könnte sie aus der Fassung bringen und sie glauben machen, er sei jemand, der er nicht war.

»Das musste sie nicht. Es war eher das, was sie nicht gesagt hat. Sie hat nach allen gefragt, sogar nach Pixie und Shadow, aber nicht nach dir.«

»Siehst du, sie hat mich schon vergessen.« Nicks Brust schnürte sich zu.

»Nein, das heißt nur, dass es zu schmerzlich für sie wäre, über dich zu reden. Sie ist mir ausgewichen, als ich sie fragte, ob sie mit ihrer Pflegemom und ihrer Sozialarbeiterin darüber gesprochen hätte, ein Wochenende hier zu verbringen. Kylie hatte in ihrem ganzen Leben noch nie einen Erwachsenen, auf den sie sich verlassen konnte. Ich nehme an, sie macht dicht, damit sie nicht wieder verletzt werden kann.« Mia studierte ihn mit sanften Blicken.

Nick zuckte zusammen. »Ich habe gesagt, ich würde sie anrufen, aber ich wollte ihr zuerst etwas Zeit geben, sich einzugewöhnen. Ich habe ihr gesagt, wenn sie irgendetwas braucht, kann sie mich anrufen. Wenn sie eine Veranstaltung an ihrer Schule hat, habe ich gesagt, würde ich hinkommen.«

Seine Kehle schnürte sich zu, als er sich an die Miene in Kylies Gesicht erinnerte, als sie mit Kim wegging, und an den Ausdruck in ihren grünen Augen. In diesem Moment hatte er sich selbst gesehen, den Jungen, der er einmal gewesen war, entschlossen, niemanden wissen zu lassen, wie sehr er sich sorgte oder wie sehr er litt.

»Ich rede nicht von neuen Kleidern, Schulsachen oder davon, für ein paar Stunden bei einer Schulaufführung oder Sportveranstaltung aufzutauchen. Ich rede davon, ein Teil von Kylies Leben zu sein. Wie ein Mentor oder ein Rollenmodell, jemand, auf den sie sich verlassen kann.«

»Ich?« Nick starrte Mia an. »Wenn sie ein Junge wäre, vielleicht, aber sie ist ein Mädchen, und ich bin nicht mit ihr verwandt.«

»Sie ist ein Kind, das Stabilität braucht. Wenn ich nicht in diesem Schlamassel mit Jay stecken würde, würde ich einen Antrag stellen, um sie in Pflege zu nehmen. Sicher, sie hat ihre Ecken und Kanten, aber Kylie hat ein großes Herz und das Potenzial, zu einer prima Frau heranzuwachsen.« Mia atmete zischend aus. »Ich meine nicht, dass du sie in Pflege nehmen sollst, aber du hast eine Chance, in ihrem Leben einen wichtigen Unterschied zu machen. Die Art Unterschied, die ich nicht machen kann. Wie viele gute Männer hat sie denn gekannt?«

Nick machte den Mund auf, aber es kamen keine Worte heraus. Er war nicht die Art Mann, den ein Mädchen wie Kylie brauchte.

»Ob du es glaubst oder nicht, du bist ein guter Mann.

Vertrau dir selbst. Du hast geholfen, deine Schwestern großzuziehen.«

»Kylie ist völlig anders als sie.«

»Kylie ist Kylie.« Mias Ton wurde belustigt. »In vielerlei Hinsicht erinnert sie mich an dich.«

»Ich ... sie ...« Warum verblüffte ihn das? Mia verstand ihn auf eine Art, wie ihn niemand sonst je verstanden hatte, nicht einmal seine Mutter.

»Klar tut sie das. Ich kann mich noch gut erinnern, wie du früher warst.« Sie schenkte ihm ein leises Lächeln. »Wenn es je ein Kind gab, das ziemlich viel Gehabe an sich hatte, dann warst du es. Die Leute hier haben immer gesagt, dein mittlerer Name sei ›Ärger‹.«

Und Nick hatte sein Bestes getan, um dem Namen gerecht zu werden, hatte Ärger gemacht, weil es die einzige Art war, wie er mit dem Verrat seines Vaters hatte umgehen können, und mit den Gerüchten, die nach seinem Weggang aufkamen und erst Jahre später abflauten.

»Kylie macht keinen Ärger, so wie ich es getan habe.«

»Du hast auch keinen Ärger gemacht, nicht wirklich.« Mia griff nach dem Messer und zog die Torte näher heran, um sich noch ein Stück Zitronen-Baiser abzuschneiden. »Du hattest Ärger in deinem Leben, und Kylie hat auch Ärger. Du bist derjenige, der ihr am besten helfen kann, weil du ihre Beweggründe verstehst.«

Nick nahm sein Glas mit Limonade und leerte es. Vielleicht verstand er ihre Beweggründe, aber das hieß nicht, dass er der Richtige war, um das in Ordnung zu bringen.

Mia tupfte sich den Mund mit einer Papierserviette ab.

»Ich…« Er starrte auf ihren Mundwinkel, an dem ein Klecks schaumiges weißes Baiser klebte.

»Was denn?« Sie tupfte sich noch einmal die Lippen ab, bevor sie die Serviette neben ihrem Teller ablegte. »Sprich mit Kim und frag sie, ob du mit Kylie einen Samstag in Burlington verbringen kannst. Geh mit ihr ins Kino, zum Essen oder zu einer Sportveranstaltung. Egal, was du mit ihr unternimmst, sie wird begeistert sein.«

Nick blinzelte. Für eine Minute hatte er Kylie völlig vergessen. »Hier.« Er nahm Mias Serviette und tupfte den letzten Rest Baiser ab. »Alles weg.«

»Danke.« Sie tat einen Atemzug.

Er glitt mit einem Finger über die Konturen ihres Wangenknochens und weiter zu ihrem Ohr.

Mia stieß ein lustvolles Stöhnen aus, und das süße Geräusch hallte in der Nachtluft wider.

»Ich weiß, wir können jetzt nicht«, flüsterte er, »nicht mit Naomi und Emma im Haus, aber ich will dich.« Er wollte sie so sehr, dass es ihm Angst machte und ihn vergessen ließ, dass er in weniger als zehn Tagen zu seinem richtigen Leben zurückkehren würde.

»Ich will dich auch.« Sie rieb ihr Gesicht an seinem, und ihre Haut war weich an seinen Bartstoppeln.

Er ließ seine Wange an ihrer ruhen und war so zufrieden, wie er es schon lange nicht mehr, vielleicht noch nie, gewesen war. Auch wenn er Mia am liebsten hoch in ihr Schlafzimmer geführt hätte, um mit ihr in diesem hübschen, lichtdurchfluteten Zimmer mit dem weißen Eisenbett und dem frischen grünen Bettzeug, das ihn an einen Sommergarten erinnerte, zusammen zu sein, gefiel es ihm, hier mit ihr zu sitzen. Und er konnte sich vormachen, dass das hier sein Leben war und dass er und Mia mit ein paar Kindern und einem Hund hier zusammenlebten.

Mia legte den Kopf auf die Seite, und ihre Haare streiften seinen Kiefer. »Emma geht morgen nach der Schule zu einer Geburtstagsparty, und Naomi übernimmt für eine Freundin eine Schicht im Diner. Wie wär's, wenn du vorbeikommst?«

»Tolle Idee.« Nicks Haut kühlte ab, während sein Magen sich verkrampfte. Er würde Firefly Lake nach dem Labor Day verlassen. Und irgendwie musste er den Anschein wahren, dass es ihn nicht zerreißen würde, diese Frau zu verlassen.

Gabrielle stellte das halb fertige Leinwandgemälde zurück auf die Staffelei und starrte aus dem Esszimmerfenster. Harbor House ächzte im Septemberwind, die Terrasse war glitschig vom Regen, und der Garten war in den Nebel gehüllt, der vom See aufstieg. Sie fröstelte und zog einen Pullover an, der über ihrer Stuhllehne hing.

Sie war zu rastlos, um zu malen, und konnte sich nicht einmal genug entspannen, um die Lektüre für ihren Buchclub zu lesen. Sie ging zum vorderen Teil des Hauses und schob den Wohnzimmervorhang zurück. Die Straße draußen lag verlassen da, und Blätter wehten über den Rasen und landeten in einer Pfütze am Ende der Auffahrt.

Sie ließ den Vorhang los und schlenderte in die Küche. Was war bloß los mit ihr? Sie hatte sich in Harbor House noch nie einsam gefühlt. Sie hatte hierbleiben wollen, weil es ihr Zuhause war, der Ort, an dem sie sich geborgen fühlte. Doch sie hatte sich allzu bald daran gewöhnt, dass es wieder mit Leuten gefüllt war.

Luc war erst vor einer Stunde gefahren, um ein paar

Tage in Montreal zu verbringen, aber schon jetzt stürzte die Stille auf sie ein. Sie füllte den Wasserkocher, stöpselte ihn ein und nahm einen Teebeutel aus der Dose.

Sie vermisste Mia, die Mädchen und Kylie. Und vor allem vermisste sie Ward. In ihrer Kehle hatte sich ein Kloß gebildet, groß wie eine Murmel. Ward hatte sie beim Wort genommen. Keine Anrufe oder Nachrichten und auch keine Antwort auf ihre E-Mail oder die Nachricht, die sie ihm auf seiner Mailbox hinterlassen hatte. Er war aus ihrem Leben verschwunden, als hätte er nie existiert.

»Hey, Pixie.« Gabrielle lehnte sich gegen den Tresen.

Pixie streckte sich in ihrem Körbchen und winselte. Ihre braunen Augen blickten traurig, und ihr sonst so anmutiger Schwanz hing herab.

»Du vermisst auch alle, habe ich recht?«

Pixie rollte sich auf den Rücken und streckte die Pfoten in die Luft, damit Gabrielle ihr den Bauch reiben konnte. Wenigstens hatte sie noch immer Pixie. Sie hatte ihr Leben schon einmal, zweimal sogar wiederaufgebaut. Es gab keinen Grund, weshalb sie es nicht wieder tun könnte.

Pixie stellte die Ohren auf, dann rollte sie sich auf die Pfoten und sah zur Diele.

»Das ist nur der Wind.« Der Wasserkocher pfiff. Gabrielle schaltete ihn aus und goss kochendes Wasser in ihre Teekanne mit dem Chintzmuster, die ihr so vertraut und tröstlich war wie eine alte Freundin.

Pixie bellte, schoss zur Haustür und kratzte daran.

»Hast du vergessen, was Mia dazu gesagt hat, dass du ständig gegen diese Tür springst? Ich habe zugelassen, dass du schlechte Angewohnheiten entwickelst.«

Pixie lief im Kreis und bellte lauter, übertönte fast das Läuten der Türklingel.

»Sitz, Mädchen.« Gabrielle schloss die Tür auf und öffnete sie. Eine Windböe drückte sie nach innen und peitschte Regen ins Haus.

»Gabby?«

Gabrielle blinzelte und fuhr sich mit einer Hand übers Gesicht.

»Darf ich eintreten?« Ward stand auf der Eingangsveranda, in einer ramponierten schwarzen Lederbomberjacke und Jeans. Seine Haare waren nass vom Regen, und dunkle Ringe umschatteten seine Augen.

»Natürlich. Komm, ich nehme dir die Jacke ab. Dir muss kalt sein. Ich habe eine Kanne Tee gemacht, und es gibt noch ein paar von Mias Ingwerkeksen und ...« Sie brabbelte wie ein Teenager. Selbst Naomi würde sich nicht so albern aufführen.

»Ich bin nicht über zwei Tage für Tee und Kekse unterwegs gewesen.« Ward schlüpfte aus seiner Jacke und hängte sie an den Garderobenständer.

Pixie hörte auf zu bellen und schnupperte an seinen Stiefeln.

»So lange?« Gabrielles Stimme klang piepsig.

»Ich habe in einem Nationalpark fast dreihundert Meilen nördlich von Chengdu gedreht.« Er schlüpfte aus seinen Stiefeln und tätschelte Pixie. »China. Erica hat die

Nachricht abgehört, die du bei mir zu Hause hinterlassen hast. Du hast mich nicht auf dem Handy angerufen.«

Gabrielle wich in die Küche zurück, während sie sich zu erinnern versuchte, was genau sie in dieser Nachricht gesagt hatte und was seine Tochter wohl gehört hatte. »Ich wollte dich nicht stören, aber ich habe dir eine E-Mail geschickt.«

»Die ich erst gesehen habe, als ich in Schanghai gelandet bin.« Ward folgte ihr in die Küche. Seine Schritte waren entschlossen, und selbst in Socken überragte er sie. »Ich war in einer völlig abgelegenen Gegend, aber nachdem sie deine Nachricht abgehört hatte, hat Erica mich erreicht.«

»Oh.« Gabrielle zog sich einen Küchenstuhl heran und setzte sich. »Ich habe nicht nachgedacht ...«

»Ich schon.« Ward zog sich einen anderen Stuhl heran und setzte sich vor sie hin, sodass seine Knie ihre fast berührten. »Seit ich von hier weggegangen bin, habe ich fast nur an dich gedacht. Als Erica mir sagte, dass du reden wolltest, bin ich zurückgekommen, so schnell ich konnte. Ich wollte eben auch reden, persönlich, nicht am Telefon.«

Gabrielle hob Pixie hoch und drückte sie an sich. »Es tut mir leid. Ich habe einen Fehler gemacht, aber wir kennen uns noch nicht sehr lange, und außerdem war ich krank und ...«

»Gabby, Schatz.« Ward beugte sich vor, nahm ihr Pixie aus den Armen und setzte den Hund in sein Körbchen. »Ich habe dir nie erzählt, wie ich meine Frau verloren habe, aber vielleicht wird es dir helfen, mich zu verstehen.« Er schüttelte vor Pixie den Kopf, und der Hund drehte sich zweimal im Kreis und machte es sich dann in dem Nest aus Decken bequem.

»Du musst nicht über Carol reden. Es muss schmerzlich sein und …« Wer war sie, Fragen zu stellen? Sie hatte ihm nie von Brian erzählt.

»Doch, ich muss es für mich und für uns tun.« Er nahm Gabrielles beide Hände in seine, und seine Stimme wurde rauer. »Carol war mit ihrem Wagen unterwegs. Sie hatte Erica bei ihrer Ballettstunde abgesetzt, und ein betrunkener Fahrer in einem gestohlenen SUV raste über eine rote Ampel und rammte sie von der Seite. Sie hat das Bewusstsein nie wiedererlangt und ist zwei Tage später im Krankenhaus gestorben.«

»Ward.« Gabrielles Augen füllten sich mit Tränen, und sie drückte seine Hände fest. Es gab keine Worte für diese Art Verlust.

»Ich vermisse Carol noch immer, aber ich lebe jetzt schon viele Jahre ohne sie, und in meinem Herzen gibt es einen Platz für dich. Wenn du ihn willst.« Seine blauen Augen blickten düster. »Das Leben kann sich von einem Augenblick auf den nächsten ändern. Ich bin bereit, ein Risiko einzugehen, wenn du es auch bist.«

Gabrielles Hände kribbelten, und Hitze strömte durch ihre Brust. Nach Brian hatte sie nie wieder ein Risiko eingehen wollen, aber das Leben mit all seinen Facetten, die sie nicht unter Kontrolle hatte, hatte sich trotzdem an sie herangeschlichen. Sie berührte Wards Wange und die wunderbar rauen Konturen seines Gesichts. »Ich bin auch bereit, ein Risiko einzugehen.«

Er stieß einen Atemzug aus. »Ich liebe dich, Gabby.« Er hob sie sanft auf seinen Schoß, als wäre sie ein zerbrechliches Stück Kristall. »Ach, zum Kuckuck. Auf dem ganzen Weg hierher habe ich überlegt, wie ich dir sagen soll, was ich empfinde. Ich wollte, dass es romantisch klingt, und was habe ich getan? Ich bin einfach damit herausgeplatzt.«

»Ich...« Ihr Finger glitt über die Konturen seines Mundes. Auch wenn Gabrielle die Liebe fühlte, konnte sie es nicht sagen, jedenfalls noch nicht.

»Schon gut.« Ward strich ihre Haare glatt. »Du musst es nicht sagen, nur weil ich es getan habe.«

»Du bedeutest mir sehr viel.« Gabrielle entspannte sich in seiner Berührung und der Wärme seines Körpers.

»Ich weiß. Und ich weiß auch, dass du und Brian nicht die Art Beziehung hattet, die Carol und ich hatten.« Ward drückte ihr einen Kuss auf die Stirn. »Du musst nichts sagen, wozu du noch nicht bereit bist, und du musst mir auch nichts von Brian erzählen.«

»Nein?« Gabrielles Herz hämmerte.

»Nein, nicht bevor du bereit bist, falls du es jemals bist. Ich habe von den Leuten in der Stadt alles gehört, was ich hören musste. Alle in Firefly Lake sorgen und kümmern sich um dich.« Sein Mund verzog sich zu einem sanften Lächeln. »Ich hoffe, du glaubst mir, wenn ich dir sage, dass ich niemals irgendetwas tun würde, was dich verletzen oder in Verlegenheit bringen würde.«

»Ich glaube dir.« Die Worte waren ein Gelübde und ein Versprechen, um sie beide aneinander zu binden, ganz gleich, was die Zukunft für sie bereithielt. Auch wenn Gabrielle sie nur murmelte, hatte sie noch nie drei Worte ernster gemeint als diese. Und sie würde Wards Gesichtsausdruck für den Rest ihres Lebens in ihrem Herzen bewahren. Die Liebe und das Vertrauen zu ihr und seinen Glauben an sie beide.

Er zog sie an sich, näher zwischen seine Schenkel.

Gabrielle wand sich, und seine Erregung reckte sich ihr entgegen.

»Gabby.« Seine Stimme war heiser. »Ich werde dich um nichts bitten, wozu du nicht bereit bist. Außerdem muss ich duschen und ein bisschen schlafen.«

»Ich werde an deiner Seite sein, wenn du aufwachst.« Sie war bereit, schon seit Wochen. Auch wenn sie die Worte der Liebe noch nicht zu ihm sagen konnte, wusste sie, es war nur eine Frage der Zeit.

»Bist du dir sicher?« Sein warmer Atem liebkoste ihr Ohr.

»Ja.« Sie wandte sich auf seinem Schoß zu ihm um und sah ihm in die Augen. »Wir haben vieles zu klären, aber ich war mir noch nie bei irgendetwas so sicher.«

Brian war egal, der Krebs war egal, und selbst Harbor House, für das sie so hart gekämpft hatte, um es zu behalten, war plötzlich egal. Das Einzige, was zählte, war, dass sie noch immer am Leben war und, mit Ward an ihrer Seite, eine Zukunft vor sich hatte, auf die sie sich freuen konnte.

Er hob sie in seine Arme, und sie kreischte auf.

Pixie sprang mit lautem Gebell aus ihrem Körbchen.

»Meinst du etwa, ein Typ in den Sechzigern ist zu alt für das hier?« Ward hob sie noch höher.

»Nein.« Ein befreites Lachen bildete sich tief in Gabrielles Brust und perlte aus ihr hervor.

»Pass auf deinen Kopf auf.«

Sie zog den Kopf ein, als er sie durch die Küchentür trug. »Du kannst mich nicht bis nach oben tragen. Ich bin zu schwer.« Sie wand sich, aber er hielt sie fest.

»Die Kameraausrüstung, die ich normalerweise mit mir herumschleppe, ist weitaus schwerer als du. Ich will dir etwas Besonderes geben, an das du dich erinnern kannst.«

»Das hast du bereits getan.« Sie entspannte ihren Körper in seinen Armen.

»Das ist erst der Anfang.« Er erreichte das obere Ende der Treppe und ging auf ihr Schlafzimmer zu, dann öffnete er die Tür sanft mit einem Fuß.

»Ein Neuanfang«, ergänzte sie, bevor er den Kopf neigte, sie küsste und die Tür hinter ihnen zukickte.

»Spuck's schon aus.« Ein Auge auf Lexie geheftet, die auf einer Spielmatte auf Mias Wohnzimmerboden lag und gluckste, sagte Charlie an Mia gewandt: »Erzähl mir alles.«

»Worüber?« Mia schlug einen unschuldigen Ton an.

»Dich und Nick.«

»Da gibt es nichts zu erzählen.« Mia winkte mit

einer weichen roten Rassel, die wie ein Huhn geformt war, und die Augen des Babys folgten ihr. »Du bist ein schlaues Mädchen, was, Lexie?«

»So schlau wie ihre Mom, meinst du?« Charlie setzte sich zu Mia aufs Sofa. »Lexie ist kostbar, das wundervollste Baby aller Zeiten, neben Naomi und Emma, aber ich werde nicht zulassen, dass du sie benutzt, um mich abzulenken.« Sie grinste und schnappte sich die Rassel. »Sean wird frühestens in einer Stunde mit Naomi und Emma von dem Reitturnier zurückkommen, das heißt, wir haben jede Menge Zeit zum Reden.«

»Nick und ich sind Freunde.« Was eine dicke, fette Lüge war.

»Das sagst du. Aber jetzt mal im Ernst, wie ist er so im Bett?« Charlies Augen zwinkerten. »Diese ganze vergrabene Leidenschaft muss ziemlich heiß sein.«

»Das ist sie, aber ich … wir … sind nicht …« Mia fuhr sich erschrocken mit einer Hand an den Mund, als ihr klar wurde, was sie da gesagt hatte.

»Erwischt.« Charlie lachte, und dann umarmte sie Mia, um ihren Worten jeden Stachel zu nehmen. »Du vergisst, dass ich ein Profi bin.«

»Profi-Wichtigtuer?« Mia seufzte.

»Nein, Profi-Journalistin, Investigativreporterin. Ich werde dafür bezahlt, neugierig zu sein.« Charlie versuchte erfolglos, reumütig zu blicken.

»Bei mir wirst du das nicht.« Mia griff nach ihrer Limonade auf dem Couchtisch und nahm einen Schluck. Sie liebte ihre Schwester und vertraute ihr, und sie musste unbedingt mit jemandem reden. »Es ist kompliziert. Jay will das volle Sorgerecht für die Mädchen. Er kann Nick nicht leiden, und er hat gesagt...« Sie biss sich auf die Lippe.

»Jay hat was gesagt?«

»Er konnte sich wohl denken, dass Nick und ich miteinander schlafen, und er will ihn nicht in Naomis und Emmas Nähe haben. Er gibt Nick die Schuld an Emmas Unfall, und er gibt mir die Schuld an dem, was zwischen Naomi und Ty läuft, und daran, warum Naomi so entschlossen ist, in Firefly Lake zu bleiben.« Ein Kreislauf von Schuldzuweisungen, die, wie sie es auch drehte und wendete, alle bei ihr endeten.

»Jay hat es schon immer gut verstanden, anderen Leuten die Schuld zu geben, im Allgemeinen dir. Niemand sonst behauptet, Nick sei schuld, dass Emma von diesem Floß gesprungen ist. Und was Naomi und Ty angeht... Wenn er nicht sehen kann, dass sie beide vernünftige Teenager sind, dann muss er wohl blind sein.« Charlie schüttelte die Rassel und reichte sie Lexie. »Jay hat mich oder irgendwelche deiner Freundinnen noch nie leiden können. Was ich damit sagen will: Abgesehen von dieser ganzen Sorgerechtsgeschichte, spielt er noch immer die gleichen alten Spielchen.«

»Wir sind geschieden, und er hat sich neu orientiert.« Nur dass es sich noch immer so anfühlte, als ob Jay sie zu kontrollieren versuchte. Die abfälligen Bemerkungen, die er über ihr Gewicht und ihre Brille, ihr Haus, ihren Job, Vermont und Firefly Lake machte. Nick stand ganz oben auf einer langen Liste von Menschen und Dingen, die Jay nicht mochte.

»Sobald Tiffany ihn durchschaut hat, ist Jay klar geworden, wie gut er es mit dir hatte. Das ist der Grund, weshalb er jetzt in den Drohmodus geschaltet hat.«

»Sein Anwalt hat gesagt, Jay würde das volle Sorgerecht für die Mädchen bekommen, wenn ich Nick weiterhin treffe.« Was Mia nachts wach hielt vor Sorge und Fragen in ihr aufwarf, auf die sie keine Antworten hatte.

»Er blufft. Meinst du wirklich, er könnte mit etwas so Lächerlichem durchkommen? Jay hat dich mit einer Frau betrogen, die fast halb so alt ist wie er, hat mit ihr ein Kind in die Welt gesetzt, und dann hat sie ihn abserviert. Wohingegen Nick ein geachteter Mann ist, eine Stütze der Gemeinde. Er hat Jay oder den Mädchen nie irgendetwas getan, außer dass er Emma das Leben gerettet hat. Jay hatte doch keine Einwände dagegen vorgebracht, dass du nach Firefly Lake ziehst, oder? Nicht, solange Tiffany noch aktuell war.« Charlie war in Mias Namen empört, und Mias Herz erwärmte sich.

»Nicht vor Gericht.« Was alles war, das zählte, trotz dem, was er im Privaten gesagt hatte.

Mia zog die Füße unter sich. Sie liebte dieses Zimmer mit den schlichten Details, die es zu einem Zuhause machten, schon jetzt. Es war Welten entfernt von der sterilen Pracht ihres früheren Hauses in Dallas. Ihr Blick landete auf dem Bild ihrer Mutter, das auf dem Klavier stand. Ihre Mom hatte vielleicht keine Wahl gehabt, aber Mia hatte eine, und sie würde jetzt nicht einknicken.

»Jay ist ständig auf Reisen. Wer würde sich denn um die Mädchen kümmern, wenn er nicht da ist? Eine Nanny? Du kannst darauf wetten, dass jeder Richter diese Frage stellen würde. Jay ist hier der unfähige Elternteil, nicht du. Außerdem bist du so gesetzestreu, dass du nie auch nur einen Strafzettel wegen zu schnellen Fahrens gekriegt hast.« Charlie spie die Worte hervor, bevor sie Lexie knuddelte und den dunklen Haarschopf des Babys küsste. »Es gibt keinen Grund, weshalb du das, was du mit Nick willst, nicht weiterverfolgen kannst.«

Mia wollte ihn so sehr, dass es ihr Angst machte. »Ich weiß nicht, ob Nick mich so will.« Sie hatte Angst, abgewiesen und wieder verletzt zu werden, Angst, das zu zerstören, was sie beide miteinander hatten, indem sie noch mehr wollte.

»Es gibt nur eine Möglichkeit, das herauszufinden. Frag ihn. Wenn du es nicht tust, wirst du dann nicht ständig darüber nachgrübeln?« Charlies Stimme war sanft.

»So einfach ist das nicht.« Jedenfalls nicht für sie.

»Klar ist es das.« Charlie wies mit einem Nicken auf das Bild ihrer beider Mutter. »Für Mom war es das vielleicht nicht. Sie hatte keinen Job, und sie hatte Angst vor Dad.«

»Aus gutem Grund.« Mias Magen verkrampfte sich. »Ich hatte auch Angst vor Dad. Obwohl er sie nie geschlagen hat, dachte ich immer, er könnte es getan haben.«

»Du meinst, er hat sie nie vor uns geschlagen.«

»Glaubst du das denn? Dass er ihr auch körperlich

wehgetan hat?« Mia fuhr sich mit einer Hand an den Mund.

»Ich bin mir nicht sicher.« Charlie stieß einen Atemzug aus. »Aber Mom hat ihn nie verlassen, und wir sind alle auf Zehenspitzen um Dad herumgeschlichen, um ihn bloß nicht aus der Fassung zu bringen. Ich wollte weg von zu Hause, so schnell ich konnte, erst aufs College und dann mit meiner Arbeit, und du hast Jay geheiratet.«

»Weil ich auch wegwollte. Ich wollte die Familie gründen, die ich nicht hatte.« Eine Entscheidung, durch die Mia in einer ganz anderen Art Gefängnis gelandet war.

»Du hast deine Familie.« Charlie hielt ihrem Blick stand. »Und was Nick betrifft, er ist nicht annähernd so wie Jay.«

»Stimmt, aber inzwischen habe ich einen Job und ein ganz neues Leben.« Mia musste es ihrer Schwester begreiflich machen. »Ich will unabhängig sein, so wie du es immer gewesen bist. Ich will Geld verdienen und Entscheidungen treffen. Ich habe so jung geheiratet. Ich hatte nie etwas von alledem.«

»Meine Unabhängigkeit hatte ihren Preis. Ich war so fixiert auf meine Karriere, dass ich die Liebe, Ehe und ein Kind um ein Haar verpasst hätte.« Charlie warf einen Blick auf Lexie, die sich nun an ihre Brust kuschelte, und ihre Miene war so zärtlich, dass Mias Augen feucht wurden. »Außerdem verdiene ich immer noch mein eigenes Geld und treffe viele unabhängige Entscheidungen. Sean tut dasselbe, aber es ist schön, mein Leben mit jemandem zu teilen, der immer auf meiner Seite steht, egal was passiert. Sean passt auf mich auf, selbst wenn ich nicht glaube, dass ich es nötig habe.«

»Ob du willst oder nicht?« Ihre Schwester war noch immer derselbe unverblümte Mensch, der sie immer gewesen war, aber eine glückliche Ehe und die kleine Lexie hatten ihr ein Strahlen verliehen, das ihre Züge weicher zeichnete.

»Genau.« Charlie nickte. »Ich bin noch immer unabhängig, noch immer ich, aber umso mehr wegen Sean. Unabhängigkeit heißt nicht, dass du und die Mädchen allein sein müssen.«

»So habe ich das noch nie gesehen.« Mia starrte ihre Schwester staunend an. »Ich war so fixiert darauf, auf meinen eigenen Beinen zu stehen und die Frau zu sein, die ich nach Jays Worten niemals sein könnte, dass ich irgendwie die ganze Frau vergessen habe, die ich sein will.«

»Trotz Jay ist ein großer Teil dieser Frau eine Ehefrau und Mutter, eine gute.« Charlie griff nach dem letzten Keks auf dem Teller, den Mia vor einer Weile auf den Couchtisch gestellt hatte.

»Hey.« Mia schlug Charlies Hand weg. »Du solltest welche für Sean und Ty mit nach Hause nehmen. Wie viele hast du gegessen?«

»Ich habe mehr Hunger als sonst, weil ich Lexie stille.« Charlie schnappte sich den Keks und schenkte Mia ein freches Grinsen. »Wirst du Nick anrufen?«

»Vielleicht.« Mia grinste zurück. »Keine weiteren Informationen.«

Charlies Wangen blähten sich von dem Keks, so wie früher, als sie ein Kind gewesen war. »Ich bin deine Schwester, die einzige, die du hast.«

»Was der Grund dafür ist, weshalb ich dir überhaupt so viel erzählt habe.« Mia streckte sich nach ihr aus und umarmte sie. »Egal, was zwischen mir und Nick passiert, ich bin jeden Tag froh, dass ich hierhergezogen bin und dich in meiner Nähe habe.«

»Ich auch.« Charlie erwiderte die Umarmung, zusammen mit Lexie, und sie roch nach Haferkeksen und Milch. Gute, ehrliche Gerüche. »Nick muss dich lieben. Wie könnte er das nicht tun?«

»Ich habe nie gesagt, dass ich ihn liebe.« Auch wenn Mia es tat, war sie sich nicht sicher, ob er sie liebte oder auf die Art wollte, die sie sich wünschte.

»Das musst du auch nicht. Es steht dir jedes Mal ins Gesicht geschrieben, wenn du mit ihm zusammen bist. Sogar, wenn du von ihm redest.«

»Tut es nicht.« Mias Gesicht begann zu glühen.

»Du kannst dich dagegen sträuben, so viel du willst, aber die Liebe erwischt einen immer dann, wenn man am wenigsten damit rechnet. Ich habe nie geglaubt, Seans Ehefrau zu werden, geschweige denn eine Mom, aber ich habe den Mut aufgebracht, mich zu ändern und ein Risiko einzugehen. Und nun sieh, was passiert ist.« Charlies Lächeln war selbstgefällig.

»Du hast dein Happy End bekommen.«

»Nein.« Charlie setzte Lexie in ihren Tragesitz, während die blauen Augen des Babys zufielen und es in den

Schlaf sank. »Du liest zu viele Liebesromane. Ich bin immer von einem Tag zum nächsten glücklich. Sean und ich sind beide willensstark und stur, aber wenn wir Tag für Tag an unserer Beziehung arbeiten, werden wir ein Happy End schaffen.«

»An Liebesromanen gibt es nichts auszusetzen. Diese Bücher haben mir durch einige der schlimmsten Zeiten mit Jay hindurchgeholfen.« Und sie hatten ihr geholfen, ihren Glauben an sich selbst und den Mut zu einem Neuanfang zu finden.

»Das bestreite ich ja gar nicht.« Charlies Lachen war reumütig. »Die Bücher, die du mir geliehen hast, haben mich in dieser entsetzlichen Zeit abgelenkt, als Lexie in New Hampshire war. Ich habe nur gemeint, ein Romanheld kann einem Typen wie Nick niemals das Wasser reichen.«

Mia stand auf und trat ans Fenster, um auf die von Bäumen gesäumte Straße hinauszublicken. Ein kleines Mädchen fuhr auf seinem Fahrrad über den Gehsteig, schwankte auf zwei Rädern hin und her. Es schlingerte auf eines von Mias Blumenbeeten zu, bevor seine Mom das Fahrrad an der Lenkstange festhielt, um es in eine andere Richtung zu steuern.

Anders als Nick war Mia immer auf Nummer sicher gegangen. Aber sie war ein großes Mädchen, und große Mädchen taten, was sie wollten. Selbst wenn sie dabei schwankten oder einen Umweg nahmen.

Kapitel
19

Nick saß unterhalb von Harbor House auf einem flachen Felsen am See, die Hände in die Taschen seiner Kapuzenjacke gesteckt. Trotz des Sonnenlichts, das auf den schaumgekrönten Wellen funkelte, war der Wind kühl, und auf dem See schwammen keine Boote. Wieder war ein Labor Day vergangen, und spätestens am Ende der Woche würde er wieder in New York sein. Zurück in dem Leben, das er in die Warteschleife gelegt hatte, während seine Mutter krank gewesen war.

Er hatte Mia gebeten, ihn hier zu treffen. Um ihr den letzten Scheck für die Arbeit zu geben, die sie für seine Mutter erledigt hatte, und um sich zu verabschieden. Diese Zeit in Firefly Lake hatte ihn verändert – wer er war, was er schätzte und vielleicht sogar, was er wollte. Aber sie hatte nicht verändert, was er heute tun musste.

»Entschuldige die Verspätung.« Mias Haare waren windzerzaust und ihre Wangen rosig. »Ich habe nicht viel Zeit. Ich muss einiges an Arbeit für die Schule erledigen.« Sie setzte sich auf den Felsen neben seinem. »Ich wollte dich sowieso anrufen. Naomi hat angeboten, morgen Abend bei Emma zu bleiben. Wenn du Zeit hast, könnten wir in dem Irish Pub in Kincaid essen gehen. Dem mit der Livemusik.«

Nick steckte die Fäuste tiefer in die Taschen. »Ich kann nicht. Es tut mir leid.«

»Oh.« Der Wind wehte Strähnen von Mias Haaren an seinen Ärmel, und er spannte sich an. »Na ja, wie ich bereits sagte, ich muss viel für die Schule tun. Ich kann noch immer nicht glauben, dass ich mein eigenes Musikklassenzimmer habe. Auch wenn die Stelle befristet ist, ist sie ein wahr gewordener Traum.«

Nick nahm den Scheck, den er ihr ausgestellt hatte, aus seiner Jackentasche. »Das hier ist für den letzten Rest deiner Arbeit in Moms Haus. Du hast so viel geleistet, weitaus mehr als das, wofür ich dich bezahlt habe. Ich weiß nicht, was sie ohne dich getan hätte.«

»Es war mir ein Vergnügen.« Mia lächelte, als sie den Scheck entgegennahm, und ihre Fingerspitzen streiften seine, bevor sie das Stück Papier in die Gesäßtasche ihrer Jeans steckte. »Ich liebe deine Mom. Sie so glücklich mit Ward und in ihrem Zuhause zu sehen … Es hätte wirklich nicht besser laufen können. Selbst Pixie himmelt ihn an.«

»Pixie himmelt jeden an, der sie füttert.«

»Stimmt.« Mia stieß ein leises Kichern aus, das Nicks Herz schneller schlagen ließ.

»Ward fährt immer noch zurück nach Asien.«

»Für einen Monat, wegen seines Jobs.« Mias Miene war ernst. »Ward und deine Mom wollen zusammen sein, und irgendwie werden sie eine Lösung finden.«

Nick holte tief Luft. »Mia, hör zu, ich weiß nicht, wie ich es sagen soll, aber ...«

»Warte.« Sie legte einen Finger an seine Lippen. »Ich will dir zuerst etwas sagen. Ich wollte es dir an dem Abend neulich sagen, als Emma bei dieser Party war, aber du hast mich abgelenkt.«

Nick unterdrückte ein Stöhnen, als Schuldgefühle wie Säure in seinem Magen brannten. Er hatte nicht geplant, sie ein letztes Mal zu lieben. Er hatte sich gesagt, er würde es nicht tun, aber ein Blick in ihre Augen, und er war verloren gewesen. »Wir hatten eine schöne Zeit ...«

»Eine schöne Zeit? Ist das alles, was es für dich war? Es war mehr als eine schöne Zeit, jedenfalls für mich. Das ist es, worüber ich mit dir reden wollte.«

Nick nahm ihre kalten Hände in seine. »Du bedeutest mir viel, und wie ich bereits sagte, wir können uns weiterhin sehen, wenn ich wieder hier bin. Wenn du möchtest, kannst du auch nach New York kommen. Ganz beiläufig.«

»Beiläufig?« Ihre Stimme bebte, und der Blick in ihren Augen war wie eine Klinge, die eine seiner Arterien durchtrennte. »Beiläufig in dem Sinn, dass wir andere Leute treffen können?«

Sein Magen krampfte sich zusammen. »Keiner von uns wollte eine Beziehung.«

Sie lachte bitter auf und riss ihre Hände fort. »Stimmt. Nur dass ich, wie sich herausstellt, nichts Beiläufiges mache. Ich habe den Fehler gemacht, mich in dich zu verlieben.«

»Ich fühle mich geschmeichelt, geehrt, aber ich fahre in zwei Tagen zurück nach New York.«

»Und du bist nicht auf die Idee gekommen, mich früher davon in Kenntnis zu setzen?«

»Du hast immer gewusst, dass ich nach dem Labor Day weggehen würde. Ich will dich nicht aus der Fassung bringen, aber es gibt da einen großen Fall, bei dem der Seniorpartner mir die Leitung übertragen will. Ich habe vor einer Stunde zugesagt.« Ihm wurde noch schwerer ums Herz, als er die Worte laut aussprach.

»Mich aus der Fassung bringen?« Mias Augen blitzten auf. »Und wer wird deine Arbeit bei McGuire und Pelletier übernehmen?«

»Ich werde immer noch beteiligt sein, aber ich werde jemanden, der ein Referendariat braucht, als Aushilfe einstellen. Es braucht Zeit, einen guten Anwalt zu finden.« Er hörte die Panik in seiner Stimme und versuchte, sie zu verscheuchen.

»Verstehe.« Mias Mund war zu einer schmalen Linie geworden. »Wer ist es denn, der einen Job braucht? Jurastudenten sind in der Gegend hier nicht dicht gesät.«

»Travis ist der Bruder eines meiner Freunde vom College. Er will die Zulassung erwerben, um in Vermont als Anwalt tätig zu werden, und er braucht eine Auszeit.« Was durchaus stimmte. Verdammt, warum sah Mia ihn dann so an, als ob er eben einen Wurf neugeborener Kätzchen ertränkt hätte?

»Wie praktisch.«

Der Sarkasmus in ihrer Stimme entging Nick nicht.

»Travis ist ein guter Typ. Du wirst ihn mögen.« Und warum fühlte er sich bei diesem Gedanken schlechter anstatt besser?

»Ich bin sicher, das werde ich, aber hier geht es nicht um Travis. Es geht um uns.«

Ihre Worte trafen ihn wie ein Schlag in die Magengrube. Nick war seit vielen Jahren kein Teil eines »Uns« mehr gewesen. Er musste zurück nach New York, bevor er hier noch tiefer hineingezogen wurde. So tief hineingezogen, dass er nicht mehr herauskommen und dann allein zurückgelassen würde, so wie das letzte Mal.

»Mia, ich mag dich. Ich liebe dich für das, was du für meine Mom getan hast. Du bist eine fantastische Frau, und du hast einen tollen Typen verdient.« Seine Gedanken wirbelten durcheinander, und er schnappte nach Luft. »Jemanden wie Josh.«

»Josh Tremblay?« Ihre Stimme schwankte. »Er hat mir einen Deal für einen neuen Heizkessel angeboten. Ich habe Nein gesagt, weil ich nicht in seiner Schuld stehen könnte. Vielleicht wollte er mir ja nur aushelfen, so wie er jedem hier in der Gegend aushilft, aber ich konnte ihn nicht glauben lassen, dass ich in ihm je mehr als einen guten Freund sehen würde.«

Nicks Kehle war zugeschnürt und wund. Er hatte Josh selbst gesagt, dass Mia und er nicht zusammen waren. Er hatte keinen Grund, den Typen zusammenschlagen zu wollen. »Okay, vielleicht nicht Josh, aber jemand wie er könnte dir ein gutes Leben schenken und sogar ein Baby.«

»Ein Baby?« Mia rappelte sich mühsam hoch. »Wie kommst du denn auf die Idee, ich könnte noch ein Kind wollen?«

»Ich habe dich mit Lexie gesehen.« Er hatte beobachtet, wie sie das Baby mit so viel Liebe und Zärtlichkeit in ihren Armen wiegte. Und er wusste auch, wie sie mit ihren Mädchen umging. Mia war eine geborene Mutter.

»Lexie ist meine Nichte und meine Patentochter. Ich liebe sie, aber du hast eine völlig falsche Vorstellung. Ich will nicht noch ein Baby.« Ihre Stimme schwoll an.

»Vielleicht doch.« Und dieses Risiko konnte er nicht eingehen. Wenn Nick glaubte, dass er jetzt litt, dann würde er noch viel mehr leiden, wenn er und Mia zusammenkämen und sie ihre Meinung änderte, was ein Baby anging, so wie Isobel es getan hatte.

»Hier geht es nicht um ein Baby, was also ist wirklich los?« Mia zupfte an ihrem Sweatshirt, einem weißen, das sie sich vor ein paar Wochen von ihm geliehen hatte und in dem ihre schlanke Figur verloren aussah.

»Ich will keine Beziehung. Das wollte ich nie.« Er stand von dem Felsen auf, und Schmerz schoss durch das Knie, das er sich beim Baseballspielen verdreht hatte. Ein Schmerz, den er begrüßte, da er den in seinem Herzen verdrängte.

»In diesen letzten Wochen dachte ich, wir würden gut zusammenpassen. Naomi und Emma mögen dich, und ich gehe nicht zurück zu Jay, egal, wie sehr er mir droht oder meine Freunde, mich als Mutter oder sonst irgendetwas an mir kritisiert.« Bei jeder anderen Frau hätte ihr Blick biestig ausgesehen, aber Mia sah nie biestig aus.

Sie passten in der Tat gut zusammen, so gut, dass Nick das Ganze nicht weiterlaufen lassen konnte, denn wenn es endete, würde er noch viel mehr leiden, als er es ohnehin schon tat. »Hier geht es nicht um dich oder die Mädchen oder Jay. Es geht um mich. Ich habe dich nicht verdient.«

»Was?« Sie zog die Augenbrauen zusammen.

»Ich kann keine Kinder haben. Deswegen hat Isobel mich verlassen.« Er grub die Finger in seine Handflächen, um das Zittern zu unterdrücken. »Als wir uns kennenlernten, wollte Isobel keine Kinder. Sie war ganz auf ihre Karriere fixiert. Aber das war, bevor ich wusste... bevor wir herausfanden, dass ich keine Kinder zeugen kann. Dann wollte sie natürlich doch welche, und sie fand jemand anders, der sie ihr schenken konnte. Zuerst einen Jungen, und jetzt ist noch ein Baby unterwegs.«

»Ob du Kinder haben kannst oder nicht, spielt für mich keine Rolle.« Mia starrte ihn fassungslos an.

»Für mich schon.« Er presste sich eine Hand an die Brust, als könnte er die Verletztheit auf diese Weise unterdrücken. »Außerdem, selbst wenn ich Kinder haben könnte, wäre ich ein lausiger Vater. Sieh dir nur meinen Vater an. Ich könnte nicht so für Naomi und Emma da sein, wie es ein Stiefvater sollte, wohingegen Josh ein toller Dad ist und...«

»Hör endlich auf, von Josh zu reden.« Ihre Stimme war eisig. »Du wärst ein guter Stiefvater. Ich habe dich mit Kylie und meinen Mädchen gesehen. Und was ist mit Amy? Du liebst sie doch, oder?«

»Sie ist meine Nichte. Das ist etwas anderes.«

»Inwiefern anders?« Ihre Stimme stockte. »Cat ist eine alleinerziehende Mutter.«

»Cat braucht keine Vaterfigur für Amy. Und selbst wenn, würde sie nicht erwarten, dass ich das übernehme.« Er zuckte mit den Schultern, um zu verbergen, wie viel es ihm bedeutete, dass seine Schwester das Kind hatte, das er nie haben könnte.

Mia riss sich sein Sweatshirt über den Kopf und warf es auf den Sand. »Du hast dir viele Dinge eingeredet, die nicht wahr sind, um den Rest deines Lebens allein zu verbringen. Ich denke, du machst Ausflüchte. Du bist mich leid, genau wie Jay es war. Und weißt du was?«

»Was?« Nick bückte sich, um sein Sweatshirt aufzuheben. Vielleicht war es besser, dass sie wütend auf ihn war, denn dann würde sie nach vorn blicken und ihn vergessen. Sein Herz krampfte sich noch etwas mehr zusammen.

»Ich liebe dich, aber du bist ein Dummkopf, und vielleicht bin ich es ja auch.« Sie fröstelte in ihrem dünnen roten T-Shirt. »Du hast recht, ich habe mehr verdient als dich. Wenn ich den Rest meines Lebens allein verbringe, ist es wenigstens meine eigene Entscheidung. Nicht weil ich zu viel Angst vor einem Verlust hatte, um mich für die Liebe zu öffnen. Ich bin nicht Isobel. Ich bin nicht wie dein Dad oder deine Freunde, die bei dem Unfall ums Leben gekommen sind. Die Zukunft haben wir nicht in der Hand. Deine Mom hat diese Lektion auf jeden Fall gelernt. Ich will für immer ein Teil deines Lebens sein, und wenn du das nicht glauben kannst, dann ist es dein Problem.«

»Engel.« Der Kosename rutschte ihm heraus, bevor Nick es verhindern konnte.

»Nenn mich nicht Engel.« Auf Mias Wangen zeigten sich zwei rote Flecken, und ihr Atem ging in kurzen, abgehackten Stößen. »Um genau zu sein, ruf mich nie wieder an und sprich nicht mehr mit mir, es sei denn, es hat irgendetwas mit deiner Mutter zu tun.«

»Es tut mir leid«, murmelte Nick.

»Das sollte es auch.« Ihre Augen glänzten. »Mir tut es auch leid, für dich. Dieser Typ, an den ich mich erinnere? Der, der auf dem Motorrad herumgekurvt ist? Er hat vielleicht Ärger gemacht, aber er wusste, was er wollte, und er war furchtlos. Was ist aus ihm geworden, Nick?«

Eine Welle spülte über seine Tennisschuhe hinweg, und das kalte Wasser drang durch den dünnen Leinenstoff und kühlte seine Füße ab. »Er wäre auf dem Grund dieses Sees im Führerhaus eines Pick-ups um ein Haar ertrunken, während seine Freunde noch vor ihm tot waren. Sie starben bei dem Aufprall. Obwohl er es versuchte, konnte er ihnen nicht helfen.«

»Aber du bist nicht gestorben. Du hast überlebt.« Die Worte schossen aus ihrem Mund wie Kugeln.

»Nur weil ich es irgendwie geschafft habe, die Scheibe einzuschlagen und hinauszuklettern und die Cops sofort da waren.« Sein Atem ging ungleichmäßig. Jedes Detail dieser Nacht würde für immer in Nicks Gedächtnis eingebrannt sein.

Wie er und zwei seiner Freunde an dem Strand hinter der Wasserwachtstation getrunken hatten und dann nur zum Spaß auf dem Stadtanger eine Schlägerei angezettelt hatten. Wie die Jungs, als die Polizei gekommen war, in Panik geraten und in den Truck geklettert waren, um aus der Stadt zu fahren. Wie er sich mit ihnen gestritten und versucht hatte, die Schlüssel an sich zu bringen, sich aber stattdessen auf einmal auf dem Rücksitz des Führerhauses wiederfand und die Lake Road hinunterschoss, verfolgt von den Polizisten.

»Weil du überlebt hast, hattest du eine Chance, deinem Leben eine Wende zu geben, aber irgendwann im Laufe der Zeit hast du das verloren, was diesen Typen, den ich mal kannte, so besonders machte.« Der Schmerz in Mias Stimme zerschredderte den Rest, der von Nicks Herz noch übrig war. »Sicher, er hat Fehler gemacht, schwere Fehler, aber er hatte keine Angst davor, ein Risiko einzugehen. Er hatte keine Angst davor, sich um andere Leute zu sorgen.«

Nick biss sich auf die Unterlippe, schmeckte Blut, vermischt mit der Gischt vom See. Er sorgte sich um Mia, mehr, als er sagen konnte.

»Ich werde mich um deine Mom kümmern, und wenn sie irgendetwas braucht, werde ich dich kontaktieren, aber davon abgesehen war es das.« Sie stand ein paar endlose Sekunden am Rand des Wassers, aufrichtig, schön und stark, bevor sie die steinernen Stufen, die vom Strand wegführten, hinaufstieg und zwischen den Bäumen verschwand.

In Gabrielles Gemüsegarten blieb Mia stehen. Ihre Brust bebte, und ihr Blick war verschwommen. Regen prasselte auf die Steinplatten, und dicke Tropfen durchnässten ihr T-Shirt. Sie schnappte sich den Schirm, den Gabrielle im Geräteschuppen aufbewahrte, und stieg weiter zur Terrasse hoch. Sie könnte durch die Seitenpforte schlüpfen und Gabrielle, Ward und der Blase des Glücks, die beide umgab, aus dem Weg gehen. Sie drückte die Pforte sachte auf und kämpfte mit dem Schirm, während Kiefernzweige ihre nackten Arme zerkratzten.

»Mia, Liebes?« Gabrielle kam in einer orangefarbenen Regenjacke den Weg herauf. An ihrer Seite trug Ward Pixie, geschützt in einer Falte seiner Jacke. »Was ist los?«

»Ich wurde unten am See vom Regen überrascht. Der Sturm ist mit Sicherheit schnell hereingebrochen.« Sie lächelte, bis ihr Mund von der Anstrengung schmerzte.

»Du … Nick …« Gabrielle sah erst Mia und dann Ward an, der den Kopf schüttelte. »Du bist ja halb erfroren. Komm auf eine Tasse Tee herein, bevor wir dich nach Hause fahren.«

»Ich kann zu Fuß gehen.« Eine Windböe stülpte den Schirm um, und Mia hielt hastig den Griff fest.

»Du bist ja völlig durchnässt.« Ward nahm ihr den ruinierten Schirm ab.

Er hatte recht, aber sie konnte mit der Freundlichkeit der beiden im Augenblick einfach nicht umgehen. Außerdem war Gabrielle, sosehr Mia sie auch liebte, immer noch Nicks Mom. »Kann ich mir eine Regenjacke borgen?«

Gabrielle und Ward tauschten noch einen Blick.

»Meine blaue Kapuzenjacke hängt an dem Haken an der Küchentür«, sagte sie.

»Ich hole sie.« Ward tätschelte Mias Schulter. »Bin gleich wieder da.«

»Danke.« Mia stellte sich unter den Zweig eines Ahorns.

Unter der Kapuze ihrer Regenjacke war Gabrielles Miene besorgt. »Was hat mein Sohn dir getan?«

»Nichts.« Nur dass er ihr ihre Liebe ins Gesicht zurückgeschleudert und ihr Herz in kleine Teile zerstampft hatte.

»Oder gesagt?«

»Er war aufrichtig.« Und Mia hatte ihre Lektion gelernt.

»Dumm trifft es wohl eher.« Regentropfen funkelten wie silberne Tränen an den Rändern von Gabrielles Haaren.

»Ich habe nie gesagt …«

»Das musst du auch nicht. Ich bin Nicks Mutter, aber ich bin nicht blind gegenüber seinen Schwächen.« Sie rieb Mias kalte Hände zwischen ihren warmen. »Je mehr man jemanden liebt, desto mehr verletzt man ihn manchmal.«

»Ich bin nicht …« Was hatte es für einen Sinn, es abzustreiten? Gabrielle durchschaute die Menschen. »Es tut mir leid.«

»Es sollte dir nie leidtun zu lieben.« Gabrielle strich Mia mit einer mütterlichen Geste die nassen Haare aus dem Gesicht. »Aber ich habe von Nick geredet.«

»Er liebt mich nicht.« Und sie liebte ihn zu sehr.

»Da wäre ich mir nicht so sicher.«

»Nick denkt, er kann nicht mit mir zusammen sein, weil er keine Kinder haben kann.« Mia schnappte nach Luft. »Selbst wenn er könnte, sagt er, wäre er ein schlechter Vater.«

Gabrielles Augen weiteten sich. »Was?«

Mia zog eine Hand zurück und presste sie sich vor den Mund. »Du hast es nicht gewusst? Bitte sag ihm nicht, dass ich es dir erzählt habe.«

»Natürlich nicht.« Ihre Miene war traurig. »Aber das erklärt so vieles. Mein armer Junge. Das muss die Wurzel dieses ganzen Ärgers mit Isobel gewesen sein. Und die ganze Zeit über haben ich und die Hälfte der Frauen in der Stadt ihm damit in den Ohren gelegen, dass er endlich Kinder haben soll.«

»Und ich habe ihn gezwungen, Zeit mit Kylie zu verbringen.« Nick sorgte sich um das Mädchen, da war sich Mia sicher.

»Er wird sich auch nicht gestatten, sie zu lieben. Er ist verletzt, Kylie ist verletzt, und du bist verletzt. Willst du denn noch ein Baby?« Gabrielles blaue Augen blickten zärtlich.

»Nein.« Mia schlang die Arme um sich. »Ich wäre fast

gestorben, als ich Emma zur Welt gebracht habe, und mir war die ganze Schwangerschaft über schlecht. Das will ich nie wieder durchmachen. Als ich Nick sagte, es sei mir egal, ob er ein Kind haben könnte, wollte er mir nicht zuhören. Und dann sagte er, könnte nicht so für Naomi und Emma da sein, wie es ein Stiefvater sollte.«

»Ich glaube, er hat sich eingeredet, dass er nicht lieben kann, oder er will sich nicht gestatten zu lieben, was mehr oder weniger auf dasselbe hinausläuft.« Gabrielles Gesicht nahm einen versonnenen Ausdruck an. »Nick hat in seinem Leben viele Verluste erlitten, und er ist misstrauisch. Er will nicht wieder verletzt werden.«

»Ich kann ihn nicht ändern.« Sie hatte es bereits mit Jay und ihrem Dad versucht und nichts damit erreicht.

»Vielleicht kann ich ...«

»Nein. Wenn Nick sich je ändern sollte, dann muss es von ihm selbst kommen.« Noch eine Lektion, die Mia gelernt hatte.

»So, bitte sehr.« Ward legte Mia Gabrielles blaue Jacke um die Schultern. »Bist du sicher, dass ich dich nicht nach Hause fahren soll?«

»Ich komme schon klar.« Mia schlüpfte in die Jacke.

»Natürlich tust du das.« Gabrielle zog den Reißverschluss bis zu Mias Kinn hoch.

»Es regnet noch immer stark«, bemerkte Ward.

»Ich habe nicht das Wetter gemeint.« Gabrielle tätschelte Mias Wange. »Ich rufe dich später an.«

»Du versprichst mir, dass du nichts sagen wirst?« Das Letzte, was sie brauchte, war, dass Gabrielle, egal, wie gut sie es meinte, mit Nick redete. Was immer sie sich eingebildet hatte, was sie und Nick betraf, war vorbei, und Mia musste sich aufs Neue aufrichten und nach vorn blicken.

»Kein Wort.« Gabrielles Augen blickten besorgt. »Ich wünschte nur ...«

Genau wie Mia es gewünscht hätte, wenn sie nicht vor langer Zeit, schon bevor Jay gegangen war, mit dem Wünschen aufgehört hätte. Unter großer Anstrengung löste sie sich von Gabrielle. Sie hatte bekommen, was sie wollte. Unabhängigkeit und eine beiläufige Beziehung ohne Verpflichtungen, die das, was sie mit Jay gehabt hatte, entschieden in die Vergangenheit gerückt hatte.

Nur dass es sie einen Freund gekostet und ihr gezeigt hatte, was sie wirklich wollte, aber nun für immer verloren hatte.

Kapitel 20

»Ich hoffe, du weißt, was du tust.« Gabrielle saß auf der untersten Verandastufe, während Nick den Koffer, den er sich von ihr geborgt hatte, in seinem Lexus verstaute. Die Sträucher in den Blumenbeeten unterhalb der Veranda waren feucht von Tau, und die Sonne schob sich eben über den östlichen Himmel, um Harbor House in einen rosigen Schimmer zu tauchen.

»Klar weiß ich das.« Nick öffnete die Fahrertür, schlüpfte aus seinem Jackett und hängte es an den Haken hinter dem Sitz.

»Ich bin deine Mutter.« Und es war Zeit, dass sie wieder anfing, sich wie eine zu benehmen. »Der Krebs hat mir meine Haare, meine Energie und vieles andere geraubt, aber er hat mir nicht die Fähigkeit genommen, zu wissen, wann du mich belügst.«

Nick ließ die Wagentür offen und trat auf sie zu. »Wann habe ich dich je belogen?« Sein Lächeln kam zu schnell.

Gabrielle klopfte neben sich auf die Stufe. »Dann belügst du dich womöglich selbst.«

Nick stützte einen Arm auf das Verandageländer, setzte sich aber nicht. »Das ist doch lächerlich.«

»Ist es das?« Gabrielle stand auf und stieg zwei Stufen hoch, sodass sie ihm Auge in Auge und Nase an Nase gegenüberstand. Das Misstrauen in seiner Miene gab ihr Hoffnung, dass sie vielleicht einen Nerv getroffen hatte und er über ihre Worte nachdenken würde. »Und ich bin auch nicht senil, selbst wenn du mich vor meiner Zeit alt machen wolltest, indem du mich in einen Rentnerbungalow gesteckt hättest.«

»Wir haben das alles doch hinter uns.« Sein Lächeln schwand. »Ich fahre zurück nach New York, weil der Labor Day vorbei ist und das immer der Plan war.«

»Pläne können sich ändern, wenn man es zulässt.« Gabrielle berührte die kleine Narbe von dem Unfall an Nicks Kiefer, die im Laufe der Jahre zu einem Teil seines Gesichts geworden war. »Ich liebe dich, und ich will, dass du glücklich bist.«

»Ich liebe dich auch, Mom.« Seine Miene wurde etwas sanfter. »Und ich bin glücklich. Jetzt, wo du einen guten Menschen wie Ward in deinem Leben hast, bin ich sogar noch glücklicher.«

»Ich will, dass du für dich selbst glücklich bist, nicht um meinetwillen.« Auch wenn sie dem Glück, das sie mit Ward gefunden hatte, noch nicht ganz traute, sodass sie es langsam angehen ließen.

»Du zerbrichst dir zu sehr den Kopf.«

»Ich bin deine Mutter, daher gehört das zu meinem Job.« Gabrielles Kehle schnürte sich zu. »Mia hat etwas für dich dagelassen. Sie hat mich gebeten, es dir zu geben, bevor du losfährst.« Sie nahm die Versandrolle von einem der Verandastühle.

»Was ist das?« Nicks Finger schlossen sich um die Rolle, und ein Muskel in seinem Kiefer zuckte.

»Ich weiß nicht«, sagte sie, obwohl sie es sich denken konnte. »Mia hat gesagt, es sei etwas, was sie in dem Kleiderschrank in deinem alten Zimmer gefunden habe, und sie hätte vergessen, es dir zu geben.«

»Ich mache mich besser auf den Weg.« Nicks Augen verdunkelten sich von Blau zu Zinngrau, wie sie es seit seiner Kindheit immer dann taten, wenn er wegen irgendetwas aufgewühlt war. »Ich habe am Spätnachmittag eine Teambesprechung. Es ist ein großer Fall. Wenn ich gewinne, wird das mein Durchbruch sein.« Die Falten zwischen Nase und Mund vertieften sich, und im frühmorgendlichen Licht waren seine Augen violett überschattet.

»Fahr vorsichtig.« Gabrielle begleitete ihn zu seinem Wagen. »Ruf mich an, wenn du ankommst.«

»Mache ich doch immer.« Nick umarmte sie. »Wie wär's, wenn du mit Ward einmal übers Wochenende nach New York fliegst, um mich zu besuchen?«

»Das wäre schön.« Sie konnte es nicht über sich bringen, mehr zu sagen.

Er stieg in den Wagen. »Ruf mich an, wenn du irgendetwas brauchst, und vergiss nicht, Cat und Amy werden bald wieder hier sein.«

»Das werde ich nicht vergessen.« Aber es würde wieder nur ein Kurzbesuch sein, und ihre Tochter hatte darauf bestanden, in einem Bed and Breakfast in der Stadt zu wohnen anstatt in Harbor House, um ihr nicht zur Last zu fallen. Als ob ihr Kind und ihr Enkelkind je irgendetwas anderes als ein Segen für sie sein könnten.

Nick winkte, der Motor heulte auf. Der Luxuswagen ließ die Welt wissen, dass er ein Erfolgsmensch war. Nur dass Gabrielle, auch wenn der Wagen weit sicherer war, das alte Motorrad manchmal lieber wäre.

»Auf Wiedersehen«, flüsterte sie.

Mit einem letzten Winken bog Nick auf die Straße ein, und das Motorengeräusch verhallte und ließ nichts als Stille zurück.

Gabrielle ging zurück zum Haus. Sie hatte ihr Leben zu leben. Ihre Hand schloss sich um das Telefon in der Tasche ihres Pullovers. Ward hatte versprochen, sie heute noch anzurufen, wenn er in Peking landete. Eine Welt entfernt, würde er an sie denken und von ihr träumen.

»Ist Nick eben abgefahren?« Luc joggte in einer schwarzen Trainingshose und einem Eishockey-Shirt der Winnipeg Jets seitlich ums Haus.

»Ja.« Sie versuchte zu lächeln.

»Gib mir zwanzig Minuten, um zu duschen und mich umzuziehen, und dann lade ich dich zum Frühstücken in den Diner ein. Es ist zu lange her, dass ich Liz Carmichaels Buttermilchkekse gegessen habe.« An Gabrielles Seite blieb er stehen und tätschelte ihr die Schulter. »Ich würde mich über deine Gesellschaft freuen.«

»Ich will nicht undankbar klingen, aber einem Mann wie dir dürfte es an Gesellschaft doch nicht mangeln.«

Er grinste. »Mag sein, aber du bist die Gesellschaft, die ich mir aussuche. Außerdem haben Ward und Nick mich gebeten, ein Auge auf dich zu haben, daher könnte man sagen, ich mache nur meinen Job.«

»Das haben sie getan?« Gabrielle sah ein letztes Mal die leere Straße hoch, bevor sie die Fliegentür öffnete und Pixie auf den Arm nahm. »Wir müssen Vertrauen haben«, murmelte sie dem Hund zu, der sich in ihrem Griff wand. »Nick muss wiederkommen. Er und Mia sind füreinander bestimmt.«

Pixie leckte zur Antwort ihr Gesicht.

Gabrielle lachte, und dann ging das Lachen in ein Seufzen über. Dass Menschen füreinander bestimmt waren, hieß nicht immer, dass sie zueinanderfanden. Sie musste den Tatsachen ins Auge blicken und dankbar für das sein, was sie hatte. Sie hatte alles getan, was sie konnte. Die Veränderungen, die sie sich von Nick wünschte, mussten von ihm selbst kommen, weil er sie auch wollte.

Knapp vier Wochen später schob Nick seinen Stuhl vom Schreibtisch zurück und nahm einen Ordner aus dem Aktenschrank neben sich. Lichter funkelten in der Dunkelheit, und der New Yorker Verkehr dröhnte von der Straße zwanzig Stockwerke unter ihm herauf.

Jenseits des Lichtkegels der Schreibtischlampe war das Büro dunkel. Selbst die Reinigungskräfte waren längst nach Hause gegangen. Er wandte sich wieder zu seinem Computer um, blickte auf die Uhr auf dem Bildschirm und griff nach seinem Handy. Er hatte heute Abend

Sean anrufen wollen, aber wie üblich hatte er nicht auf die Zeit geachtet. Er scrollte zu der Nummer, und das Telefon klingelte in dem Haus am Firefly Lake. Einem Haus voller Liebe, Gelächter und allem, was ein Haus zu einem Zuhause machte.

»Nick?« Seans Stimme war belegt vom Schlaf. »Warum rufst du so spät an? Du bist doch nicht immer noch im Büro, oder?«

»Ich arbeite an einem Fall.« Nick sah wieder auf die Uhr. Es war erst halb elf. »Gehst du heutzutage mit den Hühnern schlafen?«

»So ist das eben, wenn man ein Baby hat. Charlie und ich müssen schlafen, wenn wir können.« Sean murmelte etwas. »Bleib kurz dran.«

Nick schob einen Aktenstapel beiseite, um das Bild zu finden, das bei der Einladung zu Lexies Taufe gelegen hatte. Von Kopf bis Fuß in Rosa gekleidet, schenkte das Kind der Kamera ein breites Lächeln. Charlies Lächeln. Und auch Mias. Nick wurde schwer ums Herz.

Er wandte sich wieder zu dem Computerbildschirm um und zwang sich, das Dokument mit dem Polizeibericht und den Bildern seiner Mandantin anzuklicken, der Gesellschaftsdame mit dem blauen Auge, das ihr Ehemann, ein Senator des Bundesstaats, ihr verpasst hatte. Bald ihr Ex-Ehemann und hinter Schloss und Riegel, wenn Nick bekam, was er wollte.

»Ich bin wieder da«, erklang Seans Stimme aus dem Telefon. »Geht es dir gut?«

»Großartig, ging mir nie besser.« Nick machte genau

das, was er wollte, und er würde diesen Fall gewinnen. Warum sollte es ihm nicht gut gehen? »Die Kanzlei hat einen Haufen Tickets für das Eishockeyspiel am Samstagabend. Hast du Lust, mich zu besuchen? Die Rangers spielen gegen Vancouver.«

»Dieses Wochenende?« Sean zögerte. »Tut mir leid, Kumpel. Ich kann nicht. Lexie ist noch so klein, da will ich Charlie nicht über Nacht allein lassen.«

Vermutlich wollte Sean Charlie nicht allein lassen, Punktum. Oder das Baby. Als ob Lexie irgendetwas tun könnte, was er versäumen würde, wenn er für mehr als ein paar Stunden fort war.

»Können Mia und die Mädchen nicht bei ihr bleiben?« Nick starrte zu den Sternen und dem Halbmond hoch, der hinter einem Wolkenkratzer auf der anderen Straßenseite hervorschaute.

»Mia hat mit der Schule zu tun.« Seans Stimme wurde kühl. »Und anderes Zeug.«

Nick hatte sein Recht aufgegeben zu erfahren, was dieses »Zeug« war. »Mia geht es doch gut, oder?« Er vermisste ihre Freundschaft, ganz abgesehen von allem anderen.

»Bestens. Alle in der Schule lieben sie, und sie hat sich in Firefly Lake eingelebt, als ob sie in Vermont geboren und aufgewachsen wäre.«

»Wunderbar.« Nicks Kehle schnürte sich zu. Warum musste Sean so selbstgefällig klingen? »Vielleicht können wir ja ein andermal zu einem Spiel gehen. Ich bin sowieso ziemlich beschäftigt.« Die Mandantin hatte der

Kanzlei eine dicke Stange Geld dafür bezahlt, dass er beschäftigt blieb.

»Wirklich beschäftigt oder absichtlich beschäftigt?«

Seans Worte trafen Nick wie ein Schlag in die Magengrube. Er schnappte unwillkürlich nach Luft. »Ich habe einen wichtigen Fall. Einen von großem öffentlichem Interesse.«

»Nach diesem wichtigen Fall wird es ein anderer sein, und dann wieder ein anderer.« Sean klang so vernünftig, dass Nick am liebsten auf irgendetwas eingeschlagen hätte. Oder irgendjemanden. »Wirst du das denn niemals leid?«

So leid, dass er, wenn die Woche zu Ende war, nur noch ins Fitnessstudio ging, sich nach Hause schleppte, sich Essen bestellte und ins Bett fiel. Allein und voller Sehnsucht nach Mia. »Diese Mandantin braucht meine Hilfe.«

»Sie alle brauchen deine Hilfe, aber ich glaube, du brauchst vielleicht auch Hilfe.«

»Was ist denn los mit dir? Hat Charlie dich in irgendeinen sensiblen New-Age-Typen verwandelt?«

Seans Lachen kratzte wie Sandpapier an Nicks Ohren. »Nein. Ich bin noch immer derselbe Typ, der ich immer war, nur ein glücklicherer. Hör mal, wenn du zu Lexies Taufe kommst, solltest du noch ein paar Tage dranhängen. Du könntest mehr Zeit mit deiner Mutter verbringen, und ich hätte die Chance, deinen erbärmlichen Arsch beim Billard fertigzumachen.«

Nick zupfte an seinem Hemdkragen. »Mom geht es

prima. Luc als Mitbewohner tut ihr gut. Außerdem wird Ward bis dahin zurück sein.«

»Aber du kommst doch immer noch zu Lexies Taufe, oder?« Seans Stimme wurde rau.

»Natürlich. Ich fliege am Freitagnachmittag nach Burlington.« Auch wenn das hieß, dass er am Sonntagmorgen mit Mia vor der St. James Episcopal stehen musste, ihr Anblick eine Erinnerung an das, was er sich gezwungen hatte loszulassen.

»Du denkst dran, Kylie nach der Schule abzuholen?«

»Kylie?« Nick wühlte unter dem Stapel mit Papieren auf seinem Schreibtisch nach der cremefarbenen Einladung.

»Charlie hat dir eine E-Mail und eine Nachricht geschickt. Mia hat alles mit Kylies Pflegefamilie und ihrer Sozialarbeiterin organisiert.« In Seans Stimme schwang mehr als eine Spur von Entnervtheit mit. »Wenn du Kylie am Freitag nach der Schule von ihrer Pflegefamilie abholst, kann sie das Wochenende in Firefly Lake verbringen. Schon vergessen?«

Nick hörte auf, nach der Einladung zu suchen. »Natürlich. Entschuldige. Ich hatte viel um die Ohren.« Wenn er sich auf die Arbeit konzentrierte, musste er nicht an den Schlamassel denken, den er mit dem Rest seines Lebens angerichtet hatte.

»Kylie kann es kaum erwarten, dich zu sehen. Sie freut sich schon riesig auf das Wochenende und Lexies Taufe. Hey, wie wär's, wenn du Kylie und ihre Pflegefamilie zu diesem Eishockeyspiel einlädst? Du hast doch gesagt, die

Kanzlei hätte einen Haufen Tickets, und bei dem, was du an deinem Fall verdienst, könntest du ihre Flüge und eine Übernachtung im Hotel bezahlen. Ich möchte wetten, Kylie würde sehr gern hingehen.«

Ja, das würde sie. Und er würde sie sehr gern mitnehmen. Ihr ein Team-Sweatshirt kaufen, wenn sie eines haben wollte, und Hotdogs essen, Limonade trinken und zusammen abhängen. Er sah wieder auf das Foto von Lexie und dann, fast versteckt hinter seinem Computerbildschirm, das zweite Foto dahinter. Das von ihm und Kylie am Strand, eingerahmt von den Zweigen, die sie zusammengeklebt hatte, und diesen ganzen violetten Federn.

»Es ist ein bisschen kurzfristig. Kylie hat vermutlich schon was vor.«

»Wollen wir wetten? Für dich hätte sie bestimmt Zeit. Selbst wenn nicht die ganze Familie mitkommen kann, bin ich sicher, ihre Pflegemom oder ihr Pflegedad würden sie bringen.« Sean hielt inne, als ein Baby im Hintergrund schrie. »Ich muss Schluss machen. Lexie macht einen Aufstand.«

Und Nick blieb allein zurück, mit dem Wählton in seinem Ohr, dem Surren der Heizung in seinem stillen Büro und einem Gerichtstermin am nächsten Morgen, der seine Karriere neu ankurbeln und ihm seinen beruflichen Stolz und die Selbstachtung wiedergeben könnte, die Isobel ihm an jenem Abend auf dem Konferenztisch im Sitzungsraum mit der Affäre genommen hatte. Einer Affäre, von der, wie sich herausstellte, alle außer ihm gewusst hatten.

Er nahm sich ein Snickers aus der Schublade, riss die

Verpackung auf und atmete den Geruch von Schokolade und Erdnüssen ein. Ein Geruch, der ihn in die Zeit zurückversetzte, als er mit seinem Dad in einem Boot auf dem Firefly Lake gesessen hatte, mit Snickers und Limonade in einer ramponierten Kühlbox. Sie hatten Stunden dort draußen mit ihren Angelruten verbracht. Eine Zeit, als sie über Sport, das seltsame Verhalten von Mädchen und Motorräder geredet hatten.

Und dann die Motorradposter, die sie gemeinsam gesammelt und die die Wände von Nicks Schlafzimmer bedeckt hatten. Die Poster, die er nie hatte wegwerfen können, aber vergessen hatte, bis Mia sie gefunden und seine Mom gebeten hatte, sie ihm zu geben. Die Poster, die er in einem Schrank in seiner Wohnung hinter seinen Skiern und leeren Koffern verstaut hatte.

Er konnte diesen Fall gewinnen. Er würde diesen Fall gewinnen, aber vielleicht gab es Wichtigeres im Leben, als zu gewinnen. Er warf den halb gegessenen Snickers-Riegel hin und griff wieder nach seinem Handy, um zu der Nummer zu scrollen, die er gespeichert hatte, sobald Kylie sie ihm gegeben hatte.

Sie könnte immer noch Nein sagen. Oder sie könnte Ja sagen und ihm einen Schritt weit helfen, wieder der Typ zu werden, von dem Mia geredet hatte. Der, der er früher einmal war.

Nick hielt inne. Es war zu spät, um Kylie heute Abend noch anzurufen. Selbst wenn sie anderer Meinung wäre, würde ihre Pflegemom es mit Sicherheit denken. Er trommelte mit den Fingern auf den Schreibtisch.

Was hatte Mia sonst noch gesagt? Der Typ, an den sie sich erinnerte, hatte keine Angst davor gehabt, ein Risiko einzugehen. Er scrollte seine Kontakte weiter durch und fand die Nummer, die seine Mom ihm gemailt hatte. Die Nummer, die er nie angerufen hatte.

Es war zu spät, um Kylie anzurufen, aber in Vegas war es noch früh.

Er stellte das Bild von Kylie und ihm vor seine Computertastatur. Ihr Lächeln erwärmte ihn und verlieh ihm unerwarteten Mut. Anders als er hatte sie ihren Dad nie kennengelernt. Er war nicht bereit, zu verzeihen und zu vergessen, aber wenn er nach vorn blicken wollte, dann musste er sich vielleicht wenigstens anhören, was Brian McGuire zu sagen hatte.

»Du musst doch gewusst haben, dass es deine Woche ist, in der du einen Snack für den Singkreis mitbringen solltest.« Mia stopfte das Liederbuch der Drittklässler mit einer Hand in ihre Aktentasche und mit der anderen einen Apfel in Emmas Lunchbox. »Warum hast du es mir nicht gesagt?«

»Hab's vergessen.« Emma lehnte sich gegen den Küchentresen und hob ein Bein in einem eleganten Bogen an. »Du kannst Cupcakes auftauen oder so. Wie du es immer tust.«

»Getan habe.« Mia reichte Naomi ihre Lunchbox und ihren Flötenkasten. »Ich arbeite. Deshalb habe ich nicht mehr so viel Zeit zum Backen. Ich werde auf dem Weg zur Schule Cupcakes in der Bäckerei kaufen.«

»Mom.« Emmas Stimme schwoll an. »Ich will keine

Cupcakes von der Bäckerei. Ich will deine. Ich habe meiner Lehrerin und meiner ganzen Klasse erzählt, was für eine tolle Köchin du bist.«

Mia wischte Toastkrümel vom Tresen und zählte bis fünf. Sie liebte ihre Mädchen, aber sie liebte auch ihren Job, und es war ausgeschlossen, dass sie in den zehn Minuten, die sie noch hatte, bevor sie im Wagen sein musste, zwanzig Cupcakes mit Zuckerguss hervorzaubern konnte. »Im Gefrierfach ist ein Laib Bananenbrot.«

»In Bananenbrot ist Obst.« Emma stampfte mit einem Fuß auf den Boden.

»Natürlich«, warf Naomi ein. »Warum würde es sonst wohl Bananenbrot heißen? Jetzt mach's Mom doch nicht so schwer.«

»Du bist gemein.« Emma öffnete das Gefrierfach und nahm den Laib heraus, auf den Mia zeigte.

»Und du bist eine Heulsuse«, gab Naomi zurück.

»Mommy.« Emmas Stimme stieg um eine weitere Oktave an.

»Mädchen, bitte.« Mia fand ihre Wagenschlüssel und vergewisserte sich, dass sie die Karte für Naomis Zahnarzttermin nach der Schule eingesteckt hatte. »Wir müssen los, sonst kommen wir zu spät, und...«

»Nick ist im Fernsehen.« Emma knallte das Gefrierfach zu und zeigte durch den Türrahmen auf den Fernseher im Wohnzimmer.

»Was?« Mia schnellte herum, die Karte für den Zahnarzttermin war vergessen. Sie hatte sich antrainiert, nicht mehr an Nick zu denken, zumindest nicht tagsüber. An wen oder was sie abends allein im Bett dachte, war eine andere Geschichte.

»Das ist er tatsächlich«, sagte Naomi. »Still, hört zu.«

Mia ging roboterartig ins Wohnzimmer. Nick stand vor einem Backsteingebäude mit Säulen, und er war von Reportern mit Mikrofonen flankiert. Seine Haare waren windzerzaust, und er trug einen dunklen Anzug und eine Krawatte. Sie setzte sich auf den nächstbesten Stuhl, um zuzuhören.

»Ich bin zuversichtlich, dass die Geschworenen zu der richtigen Entscheidung kommen werden.« In seinen Augen lag ein stählernes Funkeln, zusammen mit Wärme, Leidenschaft und einer Überzeugung, dass die Gerechtigkeit siegen würde.

Mia umklammerte ihre Handtasche. Trotz allem liebte sie ihn noch immer. Die Kamera schwenkte auf die umstehende Menge, in der ein paar Plakate hochgehalten wurden.

»›Gewalt ist nicht die Lösung, sie ist das Problem.‹« Emma las die Worte von den Plakaten ab. »›Es gibt keine Entschuldigung für häusliche Misshandlung.‹ Was heißt das?«

»Das heißt, dass ein böser Mann seiner Frau wehgetan hat, und Nick hilft ihr.« Naomi warf einen Blick auf Mia.

»Nick hat mir geholfen, als ich fast ertrunken wäre«, sagte Emma.

»Ja, das hat er.« Mias Kehle schnürte sich zu.

Nick setzte sich für Leute und Belange ein, die ihm wichtig waren. Er hatte vor all den Jahren versucht, seine

Freunde zu retten, als der Truck ins Wasser gestürzt war. Er kümmerte sich um seine Mutter und seine Schwestern, und er hatte sich um Mia und ihre Mädchen gekümmert.

»Und er hat Kylie und ihrer Mom geholfen«, ergänzte Emma.

Naomi schaltete den Fernseher aus und berührte Mias Schulter. »Wir müssen los, sonst verpasse ich den Bus.«

Mias Augen brannten, während sie in die Diele ging, ihre Jacke vom Haken nahm und routinemäßig überprüfte, ob die Mädchen ihre Lunchboxen, Schultaschen und Musikinstrumente hatten.

»Leg das Bananenbrot in eine Plastikdose«, sagte sie zu Emma. »Die mit dem blauen Deckel in dem Schrank über der Spüle.«

»Mom?« Naomi nahm einen Pullover von dem Treppenpfosten, während Emma in die Küche rannte. »Alles okay mit dir?«

»Es geht mir gut.« Ihre Stimme klang wie die einer Fremden.

Naomi warf sich den Rucksack über eine Schulter. »Ist es wegen Nick?«

Ihre Tochter war fast eine Frau, zu alt, um sich mit tröstlichen Lügen oder schwachen Ausreden abspeisen zu lassen.

»Ich vermisse ihn.« Mia vermisste ihn so sehr, dass ihr Herz schmerzte und vermutlich immer schmerzen würde.

»Auch wenn du es nie gesagt hast, wusste ich, dass es

zwischen dir und Dad nicht besonders gut lief.« Naomis braune Augen schienen älter, als sie war. »Als ich im Sommer gesehen habe, wie er zu Tiffany war, und dann, wie er damit gedroht hat, dir Emma und mich wegzunehmen, ich glaube, da habe ich es endlich kapiert.«

»Was kapiert?« Mias Zunge war schwer.

»Dad ist egoistisch. Er denkt nicht an andere Leute, so wie du.« Naomis Lächeln war wehmütig. »Er will gar nicht, dass Emma und ich bei ihm leben, nicht wirklich. Er will dich nur ausstechen, als ob wir alle eines seiner Geschäfte wären.«

»Schatz, es tut mir so leid. Dein Dad liebt dich, auch wenn er es vielleicht nicht immer auf die richtige Weise zeigt.« Mia umarmte ihre Tochter. »Und ich liebe dich über alles.«

Naomi erwiderte die Umarmung, sanft und mit dem vertrauten Geruch nach Erdbeershampoo. »Ich habe Dad immer wieder gebeten einzulenken, aber gestern Abend habe ich Emma dazu gebracht, dass wir zusammen mit ihm reden. Auf sie hört er mehr als auf mich.«

Mia studierte Naomis Gesicht einen langen Augenblick und erkannte, dass ihre Tochter eine eigenständige Person geworden war.

»Ich glaube, Dad kommt endlich zur Besinnung. Er hat uns alle aus der Fassung gebracht, am allermeisten dich, daher habe ich ihm gesagt, wenn er Emma und mich zwingen sollte, bei ihm zu leben, würde ich Ty an dem Tag heiraten, an dem ich achtzehn werde, und nicht aufs College gehen.«

»Das ist nicht dein Ernst!« In Naomis Stimme hatte ein neckender Ton gelegen, aber Mia musste sich sicher sein.

»Bleib locker, Mom. Du weißt, dass ich es nicht ernst meine.« Naomi schenkte ihr ein wissendes Grinsen. »Aber Dad weiß das nicht, daher hat er eingelenkt. Er hat gesagt, er würde seinen Anwalt bitten, Allison anzurufen, und er war sich sicher, dass wir eine Lösung finden könnten.«

»Und was ist mit Emma? Wie hast du sie in den Griff bekommen?« Mia hielt den Atem an. Emma war immer Daddys kleines Mädchen gewesen.

»Ty hat mir erzählt, dass Onkel Sam ein Boot an diesen reichen Typen verkauft hat, der südlich der Stadt einen Reiterhof hat. Die Tochter dieses Mannes ist zu groß für ihr Pony, aber das Pony ist wie ein Familienmitglied, daher würde es dem Mädchen das Herz brechen, es zu verkaufen.« Naomis Grinsen wurde breiter. »Die Familie sucht jemanden, der das Pony reitet, und es gibt sogar einen Ponyclub, der sich auf dem Hof trifft. Emma will lieber Pony reiten lernen, als bei ihrem Dad zu leben.«

Mia zog eine Augenbraue hoch. »Ich dachte, dein Dad hätte Emma ein Pony in Kalifornien versprochen.«

»Versprochen hat er es, klar, aber du weißt doch, wie wenig Dads Versprechen wert sind.« Naomis Lächeln schwand. »Er hat uns doch nicht mal eine Katze erlaubt, warum sollte er Emma dann auf einmal ein Pferd kaufen? Ich habe es ihr nicht mit genau diesen Worten gesagt, aber ich habe sie irgendwie die richtigen Schlüsse ziehen lassen.«

»Danke.« Mias Herz krampfte sich zusammen.

Naomi trat einen Schritt auf sie zu. »Und was Nick betrifft, du solltest ihn anrufen und ihm sagen, dass du ihn vermisst.«

Als ob es für Mia das letzte Mal so gut geklappt hätte, ihm zu sagen, was sie fühlte.

»Er ist wieder in New York, und er hat eine große Karriere vor sich. Du hast ihn doch in den Nachrichten gesehen.«

»Und warum willst du mit niemand anders ausgehen?« Naomis Miene war plötzlich ernst. »Emma hat gesagt, der Feuerwehrmann, der einen Vortrag vor ihrer Klasse gehalten hat, hätte dich gebeten, mit ihm zu Mittag zu essen.«

Emma sah und hörte viel zu viel für ihr Alter.

»Ich habe zu tun.« Mia warf einen Blick in Richtung Küche.

»Vielleicht braucht Nick dich ebenso sehr wie du ihn. Er weiß es nur noch nicht.« Naomi öffnete die Haustür, und kühle Luft wehte mit dem Geruch frischer Oktoberblätter herein.

Mia bekam Beziehungstipps von einer Sechzehnjährigen? »Beeil dich, Emma, wir kommen zu spät.«

»Du kümmerst dich um alle anderen. Das hast du schon immer getan«, sagte Naomi. »Du sagst Emma und mir, dass wir unsere Träume nicht aufgeben und uns mit nichts und niemandem zufriedengeben sollen, wenn es sich nicht richtig für uns anfühlt.«

Weil die beiden ihre Mädchen waren und Mia wollte, dass sie nach dem Himmel strebten und glücklich waren.

Aber sie hatte es auch verdient, glücklich zu sein. Sie hatte ihr Haus, ihren Job und ihre Familie. Wenn Naomi recht hatte, würde Jay einlenken. Mia musste aufhören, über Nick nachzudenken, und ihre Zukunft finden.

Ohne ihn.

»Wie sehe ich aus?« Kylie drehte sich vor dem Ganzkörperspiegel in der kleinen Boutique in Kincaid. Ihre Haare waren seit dem Sommer gewachsen, und blonde Locken ringelten sich über ihre Schultern.

»Wunderschön.« Nick musterte das dunkelviolette Kleid, das die Verkäuferin ausgewählt hatte. »Nach Lexie wirst du das hübscheste Mädchen bei der Taufe sein.«

Kylie wippte auf den Zehen, und ihre Wangen verfärbten sich rosig. »Naomi macht mir die Haare, und Emma hat gesagt, sie leiht mir eine Halskette, die sie zu ihrem letzten Geburtstag bekommen hat.« Kylie drehte sich noch einmal im Kreis. Das schmal geschnittene Kleid betonte ihre Figur, die kurviger war als noch vor Monaten, als sie im Regenbogen-Camp gewesen war.

»Braucht Ihre Tochter Schuhe?«, fragte die Verkäuferin an Nicks Seite und betrachtete Kylie.

»Äh, sie ist …« Die Worte der Frau trafen Nick mit voller Wucht. Der Raum drehte sich, und die Spiegel und Fenster verschwammen in dem Sonnenschein, der durchs Schaufenster hereinströmte.

423

»Ich kann meine Sneakers tragen.« Kylie starrte auf ihre Füße. »Es wird mich sowieso niemand ansehen. Ich brauche nicht einmal ein Kleid.«

»Natürlich brauchst du ein Kleid. Erinnerst du dich, was meine Mom gesagt hat?« Er zwang sich, die Verkäuferin – Marlene, dem Namensschild an ihrem schwarzen Top zufolge – anzulächeln. »Und zu einem schicken Kleid kannst du keine Sneakers tragen.«

»Ich werde dir ein paar Schuhe zeigen, nur wegen der Größe.« Marlene tätschelte Kylies Schulter und verschwand in dem hinteren Teil des Geschäfts.

»Du musst mir keine Sachen kaufen.« Kylie zupfte an den Ärmeln des Kleids. »Oder mit mir irgendwohin gehen, wenn du nicht willst. Deine Mom hat dich gezwungen, mit mir hierherzugehen.«

Er war offenbar aufgeflogen. »Shoppen ist nicht meine Lieblingsbeschäftigung, aber bei dem Eishockeyspiel hatten wir doch Spaß, oder?« Nick forschte in ihrem Gesicht, wünschte sich, er könnte wieder Licht in diese argwöhnischen grünen Augen bringen.

»Ja.« Sie schenkte ihm ein halbes Lächeln. »Aber das war etwas anderes. Da war meine Pflegefamilie dabei.«

»Meine Mom wäre mit dir shoppen gegangen, wenn sie gekonnt hätte, aber sie war erschöpft nach ihrem Arzttermin gestern.« Er markierte die regelmäßigen Kontrolluntersuchungen in seinem Kalender und atmete jedes Mal erleichtert aus, wenn der Krebs nicht zurückgekommen und alles im grünen Bereich war.

Kylies Lächeln wurde breiter. »Du bist mit mir hierhergegangen, weil du nicht willst, dass deine Mom dir in den Hintern tritt.«

»Stimmt«, lachte Nick, »aber du solltest nicht so reden.«

»Du tust es doch selbst. Ich habe dich gehört.«

Nick schluckte ein weiteres Lachen hinunter. »Ja, aber du könntest es vergessen und eine solche Sprache verwenden, wenn du es nicht solltest. Zum Beispiel vor Mia.« Der Frau, die nie weit entfernt von seinen Gedanken war, die er aber seit vier Wochen nicht mehr gesprochen hatte. Der längste Monat seines Lebens.

Kylies Lächeln schwand, und sie kratzte an einem Niednagel. »Ich werd's versuchen, aber was ich auch sagen wollte, ist, dass du kein Geld für mich ausgeben musst. Wenn du es dir nicht leisten kannst.«

»Ich kann es mir leisten.« Nicks Magen verkrampfte sich. Mit dem, was er in New York verdiente, konnte er sich alles leisten, was er wollte, bis auf die eine Sache, die am wichtigsten war. »Und ich hänge gern mit dir ab.«

Es war leichter gewesen, als er erwartet hatte, Kylie in sein Leben zu lassen. Vielleicht, weil er nach seinem Anruf bei seinem Vater, einem verlegenen, verkrampften Gespräch mit einem Typen, den er nicht mehr kannte, gesehen hatte, wie er selbst werden könnte. Alt und allein und verzehrt von Verbitterung und Reue.

»Du magst mich doch, oder?« Kylies Augen waren scharf. Eine alte Seele im Körper eines Mädchens.

»Natürlich mag ich dich. Ich würde dich niemals belügen.«

Im Spiegel neben ihm war Kylies Gesicht ernst. »Aber Mia hast du belogen, oder?«

»Was meinst du damit?« Nick sah sich nach Marlene um, aber die Verkäuferin war nirgends zu sehen.

»Mia ruft mich jeden Sonntagabend an, aber jedes Mal, wenn ich nach dir frage, gibt sie entweder keine Antwort, oder sie versucht, mich abzulenken, als ob ich ein kleines Kind wäre.«

»Mia und ich sind Freunde, aber sie hat mit der Schule viel zu tun, und ich muss arbeiten, und es war ...«

»Siehst du? Du wechselst jedes Mal das Thema, wenn ich Mia erwähne, und du bist im Wagen sitzen geblieben, als du mich gestern bei ihr zu Hause abgesetzt hast und mich heute Morgen wieder abholen kamst.« Kylie stemmte die Hände in die Hüften, eine Miniaturausgabe weiblicher Empörung. »Egal, was du getan hast, du hast Riesenscheiße gebaut, und jetzt musst du das wieder hinbiegen.«

»Kylie ...«

»Ist doch wahr. Du hast Scheiße gebaut.«

»Ich nehm's an.« Er hatte dem Mädchen gesagt, dass er es nicht belügen würde, aber obwohl er es wollte, hatte er keine Ahnung, wie er die Sache mit Mia wieder hinbiegen sollte. Falls er sie überhaupt wieder hinbiegen konnte.

»Du musst Mia sagen, dass du Mist gebaut hast.« Kylie nahm einen offenen Schuhkarton von Marlene entgegen und steckte sich ein Paar schwarzer Schuhe mit Killerabsätzen an die Füße. »Dich entschuldigen, ihr Blumen

426

und Schmuck und so schenken. Frauen mögen so einen Scheiß.«

»Kylie.« Nick warf einen Blick auf Marlene, deren Lippen zuckten. »Vergiss nicht, was ich dir über deine Sprache gesagt habe.«

»Jede Frau hat gern ein bisschen Romantik.« Marlene half Kylie, auf den Absätzen das Gleichgewicht zu halten.

Kylie schwankte zum Spiegel. »Diese Schuhe sind supercool. Damit sehe ich mindestens wie fünfzehn aus.«

»Sind diese Absätze nicht ein bisschen hoch für ein Mädchen in deinem Alter?« Wie könnte er mit Mia reden? Sie wollte nie wieder etwas von ihm hören. Es sei denn, es ging um seine Mom.

»Mädchen in ihrem Alter tragen solche Schuhe zu besonderen Anlässen. Väter wollen nie sehen, wie ihr kleines Mädchen erwachsen wird.« Marlene strahlte Kylie an, die ihr zur Antwort ein zögerliches Lächeln schenkte.

»Bitte?« Kylies Augen glänzten, bevor sie wieder auf die Schuhe sah und vorsichtig einen Fuß vor den anderen setzte. »Sie passen mir richtig gut.«

Nick machte den Mund auf und wieder zu. Er wollte die Aufregung und Freude in Kylies Augen nicht zerstören. »Wir nehmen die Schuhe, das Kleid und alles, was sie sonst noch braucht.« Er zeigte auf den Haufen Kleider, die Marlene an die Tür der Umkleide gehängt hatte.

»Ich brauche sonst nichts.« Kylie schlüpfte aus den Schuhen und hakte sich bei ihm unter. »Aber trotzdem danke«, fügte sie leise hinzu.

»Wofür?« Nick zückte seine Brieftasche aus seiner Gesäßtasche.

»Für alles.« Kylie drückte seinen Arm, und ihre Berührung war warm und vertrauensvoll. »Dafür, dass du mich in Burlington abgeholt und mit nach Firefly Lake genommen hast. Dass du mir etwas zum Anziehen kaufst, damit ich bei der Taufe okay aussehe. Und ich weiß, dass du mit Mia reden wirst.«

»Ich habe nicht … Ich habe nie gesagt …« Nick brach ab und reichte Marlene seine Kreditkarte.

Kylie löste sich von ihm und ging auf die Umkleide zu. »Ich vertraue dir. Du wirst wieder hinbiegen, was du getan hast, weil du der Typ dazu bist.« Sie verschwand hinter den Vorhang, und das Rascheln von Kleidern verriet ihm, dass sie wieder ihre Jeans und ihren Pullover anzog.

»Sie haben ein Mädchen mit einem starken Charakter.« Marlene legte die Schuhe wieder in den Karton und steckte ihn in eine der rosa Papiertragetüten der Boutique. »Machen Sie sich keine Sorgen wegen ihrer Sprache. Eine meiner Töchter war genauso, als sie in die Pubertät kam. Hat mich gern provoziert, meine Lisa, aber sie ist da herausgewachsen. Ihre Kylie weiß, dass Sie sie lieben und für sie da sein werden. Das ist das Einzige, was zählt.«

Nick nahm die Tüte mit den Schuhen entgegen. »Meinen Sie?«

»Ganz sicher.« Marlene reichte ihm seine Kreditkarte und den Beleg. »Und Sie werden das mit dieser Mia, die

Kylie erwähnt hat, auch wieder hinbiegen. Mädchen in Kylies Alter brauchen die Anleitung einer Frau, und es ist nicht gut für einen Mann, ganz allein zu sein.«

Nick schluckte. »Wie sind Sie darauf gekommen?«

»Kylie hat Ihnen diese Schuhe richtig schnell abgeschwatzt, oder?« Fältchen bildeten sich an den Winkeln ihrer grauen Augen. »Wenn es eine Frau geben würde, wäre bei Ihnen viel mehr Überzeugungsarbeit nötig gewesen, und Sie hätten darum gebeten, noch andere Schuhe zu sehen.«

Er hatte eine Schwäche für einen blonden Kobold mit funkelnden grünen Augen. Ein Mädchen, das Spaß, Lachen und Liebe in sein Leben gebracht hatte, obwohl er so dumm gewesen war, sich das um ein Haar entgehen zu lassen.

»Hey.« Kylie platzte durch die Tür der Umkleide und reichte das Kleid Marlene, die es zusammenfaltete und in eine weitere rosa Tüte legte.

»Selber hey.« Nick reichte Kylie die Tüte mit den Schuhen. »Wollen wir irgendwo einen Happen essen, bevor wir zurück nach Firefly Lake fahren?«

»Na klar, aber kein Salatzeug. Mia ist toll, nur dass sie wie ein Kaninchen isst.« Kylie nahm die Tüte mit dem Kleid von Marlene entgegen, dann sah sie ihn mit einem vertrauensvollen Blick an, während sie auf die Main Street von Kincaid hinaustraten, wo der herbstliche Blätterfall seinen Höhepunkt eben überschritten hatte. »Während wir essen, kann ich dir helfen, das mit ihr hinzubiegen.«

»Du bist zwölf.«

»Dreizehn nächsten Monat, und ich könnte es auch nicht schlimmer machen, als du es sowieso schon gemacht hast, oder?« Kylie winkte Marlene durchs Schaufenster zu.

»Okay.« Er wich einer Gruppe später Herbstspaziergänger aus und lotste Kylie zu der Burgerbude auf der anderen Straßenseite. »Was glaubst du, muss ich tun?«

Mia hielt den Blick auf Reverend Arthur geheftet. Sonnenlicht strömte durch das Buntglasfenster über seinem Kopf, und Lexie gluckste in seinen Armen, während sich das Taufkleid, das drei Generationen von Carmichael-Babys getragen hatten, um sie bauschte.

Seans Stimme und dann Charlies sagten irgendetwas. Nick sagte irgendetwas.

Dann ihre Stimme, als sie versprach, für Lexie da zu sein und ihre Nichte im Leben und im Glauben zu leiten. Reverend Arthur spritzte Lexie etwas Wasser auf den Kopf, und sie kreischte auf, was ein gedämpftes Lachen in der versammelten Gemeinde auslöste, die die Reihen hinter ihnen füllte. Seans Familie, ihre beiden Mädchen und Kylie, Gabrielle und Ward mit Cat und Amy sowie die meisten Bewohner der Stadt.

»Mia.« Charlie flüsterte und stieß sie mit dem Ellenbogen an.

»Entschuldigung.« Sie nahm dem Pfarrer Lexie ab, während Sean und Charlie eine Taufkerze anzündeten.

Mia warf einen verstohlenen Blick auf Nick, der

hochgewachsen und ernst zu ihrer Linken stand. Sie hatte es geschafft, ihm das ganze Wochenende aus dem Weg zu gehen, daher musste sie nur noch die nächsten paar Stunden überstehen, und dann würde er wieder verschwunden sein.

Dann würde der Schmerz in ihrem Herzen vielleicht nachlassen.

Sie wiegte Lexie in ihren Armen, und das Baby belohnte sie mit einem sonnigen Lächeln. »Alles vorbei, Schatz, gleich ist Mommy wieder für dich da«, murmelte sie, während sie und Nick Charlie und Sean zu ihren Plätzen in der ersten Reihe folgten.

Reverend Arthur öffnete das Gesangbuch für die letzte Hymne. Die Orgelmusik schwoll an und hallte von der Gewölbedecke der historischen Kirche wider.

»Mia.« Nicks Stimme war ein Zischeln unter dem Schutz der Musik. »Ich muss mit dir reden.«

Sie schüttelte den Kopf, machte den Mund auf und tat, als sänge sie. Die Hymne endete, und der Pfarrer erteilte den Segen, bevor der Organist den Schlusschoral anstimmte und der Chor und die Taufgesellschaft Reverend Arthur den Mittelgang hinunterfolgten.

»Warte.« Nick trat näher an Mia heran und hielt sie am Arm fest. »Ich meine es ernst. Ich muss mit dir reden.«

Aber sie musste nicht mit ihm reden. »Nicht hier.« Sie lächelte Kylie am Ende der Bank neben Gabrielle zu, dann Liz Carmichael drei Reihen weiter hinten mit Luc Simard und seiner Familie.

»Wo denn dann?«

»Ich habe versprochen, im Gemeindesaal zu helfen, den Lunch zu servieren. Wir sind Lexies Taufpaten, und Charlie und Sean wollen Fotos machen, daher können wir nicht ...«

»Das habe ich schon mit Sean geklärt. Sie kommen zehn Minuten ohne uns aus, und ich habe Cat eingespannt, damit sie an deiner Stelle den Lunch serviert. Ich muss dich sprechen.«

Seine Stimme war eindringlich, und ein kleiner Teil von Mia schmolz dahin. »Wir sind noch immer in der Kirche.« Jedenfalls streng genommen, auch wenn sie bereits den Eingang erreicht hatten, die Türen weit offen standen und die Glocken im Turm läuteten, um Lexies besonderen Tag zu feiern.

»Wenn ein Mann in einer Kirche nicht sagen kann, was in seinem Herzen vor sich geht, wo kann er es dann tun? Nehmen Sie mein Büro, mein Sohn.« Reverend Arthur wies zu einer Tür links neben dem Eingangsbereich. Ein weißer Haarkranz umgab seinen Kopf wie ein Heiligenschein, und er lächelte auch wie ein Heiliger, während er die Tür öffnen ging. »Nehmen Sie sich alle Zeit, die Sie brauchen.«

»Danke.« Nick ließ Mias Arm los und ergriff ihre Hand, während die Bürotür sich mit einem leisen Klicken hinter Reverend Arthur schloss.

Mia starrte Nick wie hypnotisiert an. Sie konnte nicht weglaufen, denn inzwischen würde nicht nur ihre Familie, sondern die halbe Stadt im Eingang der Kirche herumwuseln.

»Nick.« Er war der verschlossenste Typ, den sie kannte. War ihm denn nicht klar, wie viele Leute gesehen haben mussten, wie er sie hier hereinzog? Die Gerüchte würden sich schneller als ein Lauffeuer in Firefly Lake und darüber hinaus verbreiten.

Er schenkte ihr ein verschlagenes Grinsen, als wäre er ihr weit voraus. »Ich habe letzten Monat einen großen Fehler gemacht. Ich habe in meinem Leben viele Fehler gemacht, weil ich es nicht besser wusste.« Sein Lächeln wurde zärtlich und liebevoll. »Nur dass ich es bei diesem Fehler besser wusste und ihn trotzdem gemacht habe.«

»Ach ja?« Mias Mund wurde trocken.

»Ja, und das werde ich immer bereuen. Ich habe dich verletzt, und es tut mir sehr leid. Mehr, als du je wissen wirst.« Seine Stimme war leise, kehlig. »Du hast mir deine Liebe geschenkt, und ich habe sie weggeworfen, als wäre sie wertlos.«

Mia schluckte. »Ich ...«

»Nein.« Nick wandte den Blick nicht von ihrem Gesicht ab. »Dieser ganze Schlamassel ist meine Schuld. Ich war zu dumm, um zu erkennen, dass ich dich auch liebe. Zu dumm, um zu begreifen, dass ich die Vergangenheit und Dinge, die nicht mehr wahr waren, loslassen musste. Manche davon waren nie wahr, aber ich dachte, das wären sie, was, nehme ich an, ungefähr auf dasselbe hinausläuft.«

Mia griff nach Nicks Hand und hielt sich daran fest, als wäre sie eine Rettungsleine. »Du liebst mich?«

»Ich liebe dich, und ich hoffe, du liebst mich noch

immer und kannst mir aus vollem Herzen verzeihen.« Er trat näher, und sein warmer Atem streifte Mias Wange.

Sie atmete sein vertrautes Aftershave ein, warm und tröstlich, doch auch verführerisch mit einem Hauch von Gefahr. »Und wenn ich dir verzeihe, was dann?« Auch wenn ein Teil von ihr nicht an morgen denken wollte, sich in seine Arme fallen lassen und Ja zu allem sagen wollte, was er ihr bot, war sie nicht länger diese Frau. Sie wollte nie wieder eine solche Frau sein.

»Ich will, dass du darüber nachdenkst, dir ein Leben mit mir aufzubauen. Ein Leben für die Ewigkeit.«

Mia zog ihre Hände fort. Sie hatte dieses Versprechen für die Ewigkeit schon einmal gehabt. Ein Versprechen bei Sonnenuntergang an einem Strand in Florida, mit Jay auf einem Knie. Eine winzige Schatulle mit einem riesigen Diamantring von einem Mann, der sie beinahe vom Beginn ihres gemeinsamen Lebens an belogen hatte.

»Das sind nette Worte, aber wie kann ich mir sicher sein, dass du sie auch ernst meinst?« Vielleicht war sie im Begriff, das Beste wegzuwerfen, was ihr je passieren könnte, aber wenn sie nicht fragte, würde sie immer darüber nachgrübeln, ob sie zu rasch nachgegeben und wieder angefangen hatte, sich selbst zu verlieren.

»Das ist eine faire Frage.« Nick schenkte ihr ein halbes Lächeln. »Ich liebe dich umso mehr dafür, dass du sie gestellt hast. Ich kann nicht versprechen, dass das mit uns beiden einfach sein wird. Ich bin sturköpfig. Ich rede nicht gern über meine Gefühle, und außerdem arbeite ich zu viel, aber vielleicht kannst du mir ja bei alldem helfen.«

Sie schluckte. »Wenn das mit uns beiden etwas werden soll, würde ich an erster Stelle kommen müssen, vor deiner Arbeit.«

»Das würdest du, ich schwöre es.«

Mia hatte keine Zweifel an der Aufrichtigkeit in seiner Stimme. Aber trotzdem... Sie schöpfte Kraft aus der Frau, die sie war. Aus allem, was sie war. »Ich muss wissen, dass du mich um meiner selbst willen liebst.« Das hatte Jay nie getan, und Mia hatte fast ihr halbes Leben damit zugebracht zu versuchen, gut genug zu sein. Alles für einen Mann, der für sie nie gut genug gewesen war.

»Ach, Engel.« Nicks Miene veränderte sich, die Unsicherheit war verflogen, und all die Liebe, die er verborgen gehalten hatte, zeigte sich in der Zärtlichkeit seiner blaugrauen Augen. »Ich wollte nie, dass du irgendjemand anders bist als du selbst. Ich habe vielleicht viele Jahre gebraucht, um es zu begreifen, aber du warst immer schon eine wirklich tolle Frau. Du bist die Frau für mich, und wenn du mir eine Chance gibst, will ich dein Mann sein. Ich verspreche, ich werde immer mein Bestes für dich und Naomi und Emma tun. Ich will, dass wir alle eine Familie sind, meine Familie. Ich werde wohl eine Weile brauchen, aber ich werde diesen Dreh herausbekommen, wie man ein guter Stiefvater ist. Und wenn ich anfange, irgendetwas falsch zu machen, wirst du mich in die richtige Richtung steuern.«

Hoffnung erblühte in Mias Herzen, ebenso wie die Liebe zu Nick, die sie vergraben, aber nie verloren hatte.

»Und du glaubst mir, wenn ich dir sage, dass ich nicht noch ein Baby will?«

»Meine Mutter hat mir erzählt, was bei Emmas Geburt passiert ist. Außerdem habe ich von Sean genug über Babys gehört. Lexie ist toll, aber du und ich müssen kein Baby haben. Dafür schlafe ich viel zu gern. Unter anderem.« Er schenkte ihr sein Böser-Junge-Grinsen, und Mia wusste genau, worauf er anspielte.

»Ich liebe dich, Nick, und ich werde dich lieben, solange ich lebe.«

Die Bürotür knallte auf, und Kylie riss sich von Gabrielles Hand los. »Ist das der Teil, wo du sie küsst?«

»Nein, das ist der Teil, wo ich ihn küsse.« Mia beugte sich vor und schlang die Arme um den Mann, der ihr geholfen hatte, sich darüber klar zu werden, wer sie war.

Und wer sie werden wollte, mit ihm zusammen.

Epilog

Nick stand in der Diele von Mias Haus. Schneewehen türmten sich bereits hoch, aber drinnen war es warm und gemütlich. Ein Zuhause, trotz des herumliegenden Bauschutts. Drei Rucksäcke standen am Fuß der Treppe, zusammen mit einem Flötenkasten, einem Pferd aus Plastilin und einer violetten Schwimmbrille.

»Mädchen?«, rief er. »Wenn ihr euch nicht beeilt, verpasst ihr den Schulbus.«

»Keine Chance.« Kylie kam aus der Küche, Pixie an ihrer Seite, gefolgt von Harley, Nicks Collie aus dem Tierheim, und Chanel, Mias Kätzchen. »Ausgeschlossen, dass der Fahrer ohne Naomi losfahren wird.«

»Was redest du denn? Bert Stevens ist mindestens sechzig.« Nick reichte ihr die Schwimmbrille, und Kylie stopfte sie in ihren Rucksack.

»Sein Neffe nicht.« Kylie schnappte sich ihre Jacke von dem Haken mit ihrem Namen neben der Haustür. »Mr. Stevens kriegt eine neue Hüfte, daher springt Jordan für ihn ein. Er ist einundzwanzig und Sex in einem Parka.«

437

»Jordan Stevens ist ein erwachsener Mann.«

»Jetzt werd nicht gleich komisch.« Kylie schwang sich den schweren Rucksack über die Schulter, und Nick zuckte zusammen. »Naomi hat nur Augen für Ty.«

Was ihm und Mia Sorgen bereitete – die beiden Teenager waren zu jung, um das mit ihnen derart ernst zu nehmen.

»Mädchen?«, rief er noch einmal.

Emma rutschte über das Treppengeländer und sprang herunter.

»Du kannst von Glück reden, dass meine Mom nicht hier ist, um zu sehen, wie du das tust.« Nick zerzauste ihr das Haar. »Wenn sie mich oder meine Schwestern dabei erwischt hat, wie wir in Harbor House über das Treppengeländer gerutscht sind, hat sie uns auf unsere Zimmer geschickt.«

»Deswegen erlaubst du es mir ja. Du weißt, wie viel Spaß es macht.« Emma schenkte Nick das süße Lächeln, bei dem er jedes Mal einknickte. »Wann kommt Grandma Gabby nach Hause?«

»Am Samstag, damit sie noch Zeit hat, sich auf die Feiertage und die Hochzeit vorzubereiten. Sie ist schon ganz aufgeregt, dass deine Mom und ich an Silvester heiraten werden und sie eine richtige Grandma für euch Mädchen sein wird.« Als er am Abend zuvor mit ihr gesprochen hatte, klang seine Mom glücklicher als je zuvor. Sie war ganz erfüllt von ihrer Reise nach Arizona mit Ward.

Mia und Naomi kamen nebeneinander die Treppe herunter, und Nick stockte der Atem. Er konnte noch immer kaum glauben, dass Mia bald seine Ehefrau und das hier ihr gemeinsames Leben sein würde.

»Du bist heute Morgen früh hier.« Mia trug ein Paar sexy rote High Heels zu einer eng geschnittenen schwarzen Hose und einer weißen Bluse. Schlicht und elegant wie immer.

Nick reichte ihr für die letzten zwei Stufen die Hand. Nicht weil sie es brauchte, sondern weil er sie gern berührte. »Der Bauunternehmer will früh anfangen, damit das Team mit Kylies Schlafzimmer, meinem Arbeitszimmer und dem Familienzimmer bis Ende nächster Woche fertig ist.« Der Anbau an Mias Haus, in den er nach der Hochzeit ziehen würde.

Mia stieß mit der Hüfte gegen seine, eine flüchtige Geste, wegen der Mädchen. »Pixie, lass das.«

Nick hielt den Malteser fest, während Mia das Kätzchen nahm und sein Gesicht streichelte. »Pixie ist ein Mädchen, und sie mag Schuhe.« Wenn seine Mom und Ward nicht in der Nähe waren, war Pixie ein Teil seines Lebens und der Familie, die er zu jeder Sekunde jedes Tages anhimmelte.

»Wenn sie auf einmal Schuhe so gern mag, warum kaut sie dann nicht auf denen, die ich ihr eigens dafür besorgt habe?« Mia beäugte ihn über das schwarz-weiße Fellknäuel in ihren Armen hinweg.

»Warum an Discount-Sneakers herumkauen, wenn es Designerschuhe im Angebot gibt?« Er schenkte ihr ein neckendes Grinsen.

»Pixie hat schlechte Angewohnheiten entwickelt. Wir

hätten sie nie bei Charlie und Sean lassen sollen, als wir zu der Hütte gefahren sind, um unsere Verlobung zu feiern. Shadow hatte einen schlechten Einfluss auf sie.« Ein Lächeln umspielte Mias volle Lippen.

»War das Wochenende es nicht wert?« Nick wäre mit ihr überallhin gefahren, aber Mia hatte sich für die Hütte seiner Mémère entschieden, wo sie idyllische zwei Tage allein damit verbracht hatten, sich zu lieben und den Rest ihres gemeinsamen Lebens zu planen.

Mia lief rot an und wich einen Schritt zurück. »Emma, vergiss nicht deine Lunchbox.« Sie schwenkte die rosa Tasche an ihrem Riemen.

»Du wirst doch nach der Schule zu meiner Schwimmvorführung kommen, oder? Ich kann schon fast kraulen.« Kylie hielt auf der Türschwelle inne, und ihre grünen Augen zeigten nur noch eine Spur der misstrauischen Miene von einst.

»Natürlich nicht«, sagte Nick. »Ich würde es um nichts in der Welt versäumen, dich schwimmen zu sehen.«

»Die Dads der anderen Kinder kommen alle.« Kylie schenkte ihm ein schüchternes Lächeln. »Ich habe gesagt, meiner auch.«

»Kylie.« Nick stockte fast das Herz. Er setzte Pixie auf dem Boden ab und zog das Mädchen an sich. »Ich werde immer für dich da sein.«

Kylie zog Mia und dann auch Naomi und Emma in die Umarmung. »Weil wir eine Familie sind.«

»Das sind wir.« Mias Atem erwärmte seine Wange.

»Du bringst mich doch zu meinem ersten Ponyclub-

Treffen, oder?« Emmas Stimme kam aus der Mitte der kleinen Gruppe. »Mein Dad kann an dem Wochenende nicht.«

»Klar bringe ich dich hin.« Über Emmas Kopf hinweg fing Nick Mias Blick in wortlosem Mitgefühl auf.

»Und zu meinem Bandkonzert«, ergänzte Naomi. »Da kann Dad auch nicht.«

»Steht schon in meinem Kalender.« Nick holte einmal tief Luft. »Vergesst nicht, dass ihr nach der Hochzeit ein paar Tage mit eurem Dad in einem Hotel in Boston verbringen werdet. Er ist ein viel beschäftigter Mann, der um die ganze Welt fliegt. Ich bin sicher, er wäre hier, wenn er könnte.«

Auch wenn sich Nick da alles andere als sicher war, konnte er es sich leisten, großzügig zu sein. Jay wusste nicht, was ihm entging. Es waren genau die Dinge, denen Nicks eigener Dad den Rücken gekehrt hatte, bis er zu spät begriffen hatte, dass er sie verloren hatte.

»Danke«, flüsterte Mia, und ihre schönen Augen glänzten.

»Gern geschehen«, hauchte er zurück.

Draußen ertönte eine Hupe, und Pixie und Harley bellten einstimmig, während sie zur Haustür schossen.

»Jordan hat heute Morgen genau vor dem Haus gehalten.« Kylie stieß Naomi in die Rippen. »Ein zweiminütiger Fußweg bis zur Ecke wäre viel zu kalt für eine zarte Südstaatenblume wie dich.«

Naomis Gesicht rötete sich. »Ich bin keine …«

»Kylie, vergiss nicht, was ich über Hänseleien gesagt

habe … Pixie, nein, Harley …« Mia hüpfte auf einem Bein, während beide Hunde es auf ihre Schuhe abgesehen hatten.

»Entschuldigung«, rief Kylie, während die Tür hinter den drei Mädchen zuknallte.

»An manchen Tagen fühle ich mich hier drinnen wie ein Fluglotse.« Mia klemmte sich ihre Schuhe unter einen Arm und wackelte mit den Zehen, während das Kätzchen zur Treppe huschte.

Nick hängte seine Jacke an Kylies leeren Haken. »Du bereust doch nichts, oder?«

Er betrachtete die Bilder, die sie im Treppenhaus an die Wand gehängt hatten. Gerahmte Schulfotos von Naomi und Emma und Kylie. Eines von ihm und Mia nach Lexies Taufe, wo der Fotograf sie dabei eingefangen hatte, wie sie sich zueinander beugten, zwei verliebte Menschen, die keine Angst hatten, es zu zeigen. Und dann war da noch ein Bild von Kylie und ihrer Mom und ihrem Bruder, weil Kylies leibliche Familie, auch wenn sie eine langfristige Pflege arrangiert hatten, immer ein Teil ihres Lebens sein würde.

»Kein bisschen.« Die Süße von Mias Lächeln erwärmte ihn. »Ich bin eine glückliche Frau.«

»Und ich bin auf jeden Fall ein glücklicher Mann.« Er zog sie an sich, schubste Pixie und Harley zur Seite. »Ich liebe dich, Mia, von ganzem Herzen, und der Tag, an dem du meine Frau wirst, wird der glücklichste Tag meines Lebens sein.«

»Nicht bloß, weil du dann nicht länger mit deiner

Mom und Luc unter einem Dach wohnen musst? Bei dem Getue, das deine Mom um dich macht, und diesen zusätzlichen Trainingsstunden, zu denen Luc dich verdonnert hat, ist es bestimmt hart.« Ihre braunen Augen neckten ihn.

»In den Wochen, in denen ich nicht in New York arbeite, wohne ich in Harbor House, weil wir uns beide darauf geeinigt hatten, dass wir den Mädchen ein gutes Beispiel geben müssen.«

»Ich weiß.« Ihre Stimme wurde heiser. »Ich liebe dich auch. Bist du sicher, dass es okay für dich ist, wenn wir alle hier und nicht in Harbor House leben? Deine Mom hat sich so gewünscht, dass du das Haus übernimmst.«

»Harbor House ist immer noch ihr Zuhause, und wir brauchen alle unsere Privatsphäre.« Vor allem er und Mia. Sie hatten das mit der Liebe geklärt, jetzt mussten sie das mit der Ehe klären. »Vielleicht werden wir eines Tages dort leben, wenn wir es beide wollen, aber im Augenblick nicht. Außerdem könnte ich Luc wohl kaum auf die Straße setzen, oder?«

»Nein.« Mia lachte, dann wurde sie wieder ernst. »Du bist ein guter Dad.«

»Hast du gehört, was Kylie gesagt hat?«

»Das habe ich. Du musst nicht der leibliche Vater eines Kindes sein, um ein Dad zu sein.« Die Liebe in ihrer Stimme berührte sein Herz und würde es vielleicht immer tun. »Und du brauchst keinen guten Dad, um selbst einer zu sein.«

»Du hast mir geholfen, das zu erkennen.« So wie sie

ihm geholfen hatte, vieles zu erkennen, aber vor allem, sich selbst zu erkennen. »Brian bemüht sich.« So wie Nick sich bemüht hatte. Mit der Zeit würden sein Vater und er sich vielleicht einer Art Bekanntschaft annähern, wenn auch nicht einer Vater-Sohn-Beziehung. Er nahm mit einer Hand die beiden Motorradhelme vom Dielentisch. »Ich habe vergessen, die hier wegzuräumen. Kein Motorradfahren mehr für uns bis zum Frühjahr.«

Mia sah ihn unter ihren Wimpern hervor an. »Später.«

»Oh?« Er zog die Augenbrauen hoch.

Mia nahm die Helme und legte sie wieder auf den Tisch. »Wann genau wird der Bauunternehmer hier sein? Die Fünftklässler haben eine Feldexkursion ohne mich, das heißt, ich muss frühestens in einer Stunde in der Schule sein. Dieses Haus ist ausnahmsweise einmal leer von Kindern, und ich habe meinen Unterricht schon vorbereitet.« Sie glitt mit einer Hand über seine Brust und tiefer, ihre Berührung langsam und bewusst.

Er tat einen Atemzug. »Ich mag die Art, wie du denkst, Mia Gibbs.«

»Bald Mia Gibbs-McGuire.« Sie schenkte ihm ein sinnliches Lächeln.

Er zog sie an sich, um sie zu küssen, und sie glitt in seine Arme und noch tiefer in sein Herz.

Genau dorthin, wo sie sein sollte.

Danksagung

Wie immer bin ich Dawn Dowdle zu Dank verpflichtet, die nicht nur meine Literaturagentin, sondern auch meine Freundin ist. Sowohl persönlich als auch beruflich ist Dawns Unterstützung für mich von unschätzbarem Wert, und ich bin dankbar, dass sie mir bei meiner Schriftstellerkarriere zur Seite steht.

Ich danke außerdem meiner fabelhaften Lektorin, Michele Bidelspach, Elizabeth Turner, Artdirector, und dem gesamten Team bei Grand Central Forever für all ihre Mühe, meine Bücher zum Glänzen zu bringen.

Ich danke dem anonymen Rezensenten, der eine frühe Version dieser Geschichte über das New Writers' Scheme (NWS) der Romantic Novelists' Association (RNA) besprochen hat. Dieses Feedback hat mir geholfen, den Figuren mehr Tiefe zu verleihen, und mich vieles über die Kunst des Schreibens gelehrt.

Meine RWA-Golden-Heart-Klasse von 2015, die Dragonflies, ist eine ständige Quelle der Freundschaft und Ermutigung. Auch hier gilt die Anspielung auf die Libellen wiederum euch.

Jennifer Brodie, Tracy Brody und Arlene McFarlane haben mir durch einige sehr schwere Zeiten hindurchgeholfen. Danke, meine Freundinnen.

Ein besonderer Dank gilt Jennifer Brodie auch für ihre einfühlsamen Kommentare zum ersten Kapitel des vorliegenden Buches, als ich einen weisen und distanzierten Resonanzboden benötigte.

Meine liebe Freundin Susanna Bavin ist die beste Unterstützung, die eine Autorin sich erhoffen könnte. Großzügig, loyal und freundlich ist sie ein Segen in meinem Schriftstellerleben und darüber hinaus.

Ich danke den Frauen, die mir von ihren Erfahrungen mit Scheidungen und dem Alleinerziehen berichtet haben. Eure Hingabe an eure Kinder ist vorbildlich, und eure Kraft und euer Mut, euch ein besseres Leben aufzubauen, inspirieren mich.

Ich habe außerdem geliebte Menschen auf ihrem Weg mit dem Krebs begleitet. Auch ihre Erfahrungen haben diese Geschichte geprägt.

Ich danke meinem Ehemann, Tech Guy, unserer Tochter, English Rose, und Heidi, der Schwester meines Herzens, für eure Liebe und Unterstützung und dafür, dass ihr immer auf meiner Seite seid.

Zu guter Letzt danke ich meinen Eltern, die mir sowohl Wurzeln als auch Flügel gegeben haben. Ihre fortdauernde Liebe reicht über den Tod hinaus, um mir Kraft und Halt zu geben.

Lesen Sie weiter >>

LESEPROBE

Am Firefly Lake ist die Liebe zu Hause …

Als alleinerziehende Mutter will Cat nur das Beste für ihre Tochter Amy und nimmt widerwillig einen Job in ihrer alten Heimat am Firefly Lake an. Als sie Amys Eishockeytrainer Luc wiederbegegnet, fühlt sie sich augenblicklich in ihre Jugend zurückversetzt. Luc war ihr Jugendschwarm – und die alten Gefühle flackern sofort wieder auf …

Kapitel 1

»Nächster.« Die schrille, lebhafte Stimme kam von der Frau hinter dem Empfangstresen der Arena.

Cat McGuire trat vor und rümpfte unwillkürlich die Nase. Der stechende Geruchscocktail aus schalem Bier, Schweiß und Eishockey-Ausrüstungsgegenständen attackierte ihre Sinne. »Hi. Ich bin hier, um meine Tochter zum Eishockey anzumelden.« Sie warf einen Blick auf das zwölfjährige Mädchen im Pittsburgh-Penguins-Trikot neben ihr. Unter dem grellen Neonlicht wirkten Amys dunkelblonde Haare schlaff und farblos, und sie zog ein mürrisches Gesicht.

»Firefly Lake hat kein Eishockeyteam für Mädchen.« Der Ton der Frau war schroff, ihre Miene ohne ein Lächeln. Sie hatte lange braune Haare mit blonden Strähnen, glänzende rosa Lippen und trug einen zu engen weißen Pullover.

»Aber als ich vor Weihnachten angerufen habe, sagte der Mann, mit dem ich gesprochen habe, wir könnten uns heute persönlich anmelden.« Cat grub die Fingernägel in ihre feuchten Handflächen. »Ich habe ihm erzählt, dass es um meine Tochter geht.«

»Das war bestimmt der Typ, der die Schlittschuhe schleift. Er bringt ständig alles durcheinander. Aber es ist egal, ob Mädchen oder Junge – diese Anmeldung ist sowieso nur für Kinder bis fünf Jahre. Der Hauptanmeldeschluss fürs Eishockey war im

September.« Sie blätterte flink in einem Stapel Papiere. »Keine Ausnahmen, nicht einmal für dich.« Während die Frau sie musterte, regte sich ein Hauch von Erkennen am Rande von Cats Bewusstsein.

»Nicht einmal …« Cat brach ab. »Stephanie?«

Stephanie Larocque, das Mädchen, das Cat seit dem Kindergarten beneidet und gehasst hatte, nickte und warf sich die Haare über die Schultern, genau wie sie es immer auf der Highschool getan hatte. »Ich habe schon gehört, dass du wieder in der Stadt bist.«

Cat musste nicht fragen, woher. Sie war noch keine vierundzwanzig Stunden in Firefly Lake, aber es war ein kleiner Ort, und Neuigkeiten sprachen sich mit der Geschwindigkeit des Buschfunks im australischen Outback herum.

»Dann weißt du ja auch, dass ich im September nicht hier war.« Cat bemühte sich um einen gelassenen Ton. Sie war inzwischen erwachsen, genau wie Stephanie, und ihre Schultage lagen lange hinter ihnen. »Gibt es irgendwelche anderen Optionen? Amy liebt Eishockey.«

»Nein.« Stephanie schenkte Cat ihr bestes Cheerleader-Lächeln. »Vorschriften sind Vorschriften.«

»Mom.« Amys Stimme war nicht mehr als ein gequältes Wimmern. »Es ist schon schlimm genug, dass du mich gezwungen hast, nach Vermont zu ziehen, aber wenn ich nicht Eishockey spielen kann, dann sterbe ich.«

Cats Herz hämmerte. Sie musste das hier regeln – und zwar schnell. »Schatz, wir werden eine Lösung finden, ich …«

»Ich kann nicht zulassen, dass unter meiner Aufsicht ein Kind stirbt.« Die Stimme war tief, männlich und vertraut. »Hey, Cat.«

»Luc.« Cats Kopf schnellte hoch.

Neben ihr sog Amy hörbar die Luft ein.

Der Mann, der jetzt hinter Stephanie stand, schenkte ihnen beiden das gleiche lässige Lächeln, das Luc Simard Cat immer schon geschenkt hatte... Ein Lächeln, das Tausend Sportseiten geziert hatte. Auch sein Haar war noch immer wie früher, ein dunkles Goldbraun, wie Ahornsirup.

»Tolle Neuigkeit, das mit dem Forschungsstipendium. Ich hätte nie gedacht, dass wir noch miterleben würden, wie du wieder nach Firefly Lake kommst.«

Das hatte Cat auch nicht gedacht, aber verzweifelte Situationen erforderten nun mal verzweifelte Maßnahmen. Wenn alles so klappte, wie sie es geplant hatte, würde sie nicht dauerhaft hier leben müssen. Ihr Magen zog sich zusammen. »Das Leben hält manchmal Überraschungen bereit.«

»Das tut es mit Sicherheit.« Lucs Lächeln schwand, und seine blauen Augen trübten sich.

Cats Gesicht begann zu glühen. Mehr als irgendjemand sonst wusste Luc, wie man vom Leben aus der Kurve getragen werden konnte.

»Also, was ist das Problem?« Seine Stimme klang plötzlich bemüht sachlich.

»Ich...« Cat schluckte.

»Das Problem«, warf Stephanie ein, »ist, dass Cat ihre Tochter zum Eishockey anmelden will. Ich habe ihr schon gesagt, dass wir kein Mädchen-Eishockey anbieten, und selbst wenn, wäre der Anmeldeschluss für jedes Kind über fünf im September gewesen.« Stephanies Stimme hatte den gleichen selbstgefälligen Ton wie in ihrem ersten Grundschuljahr, als sie Cat gesagt hatte, die ganze Klasse hätte ihren Schlüpfer gesehen. Sie warf Luc einen Blick zu, und ihre Miene erwärmte sich. »Es ist nichts, worüber du dir Sorgen machen musst, Süßer.«

Cat blinzelte. Stephanie hatte Vermonter und Quebec-Wurzeln, genau wie sie. Soweit sie sich erinnern konnte, hatte in dieser Gegend hier keiner unter siebzig je irgendjemand anderen »Süßer« genannt.

»Die Eishockeyplätze sind schnell ausgebucht.« Luc lehnte ein

Bein gegen den Tresen. »Ich habe gehört, dass Amy eine gute Spielerin ist.« Sein Blick wanderte von Cat zu ihrer Tochter. »Deine Grandma hat mir viel von dir erzählt.«

»Wirklich?« Amys Augen weiteten sich.

»Absolut. Sie ist richtig stolz auf dich.« Er streckte eine Hand an Stephanies aufgedonnertem Haar vorbei und schnappte sich eine Handvoll Papiere vom Tresen. »Die Mädchen hier interessieren sich eher für Eiskunstlauf, nicht für Eishockey, aber es gibt keinen Grund, weshalb ein Mädchen, das Eishockey spielen will, es nicht tun sollte. Da Amy eben erst zwölf geworden ist, kann sie, wenn du grünes Licht gibst, im Jungenteam spielen. Ein Kind mehr wird keinen Unterschied machen.«

»Aber … aber …«, stammelte Stephanie. »Hier steht ausdrücklich ›keine Ausnahmen‹.« Sie hielt eine blaue Mappe empor. »Dafür könnte ich gefeuert werden. Ich brauche diesen Job, und …«

»Du wirst nicht gefeuert werden.« Lucs Blick schwenkte von Stephanie zu Cat und blieb auf ihr ruhen. Cats Atem beschleunigte sich. »Keine Ausnahmen, es sei denn, nach dem Ermessen des Coachs. Da Coach MacPherson von der Leiter gefallen ist, als er die Dekorationen für die Silvesterparty aufgehängt hat, und sich an drei Stellen das Bein gebrochen hat, vertrete ich ihn. Und in diesem Fall mache ich eine Ausnahme.« Er zog eine Augenbraue hoch, und sein Lächeln war süß und viel zu sexy, um angemessen zu sein.

»Mom?« Die Sehnsucht in Amys Stimme traf Cat wie ein Faustschlag in den Magen. »Bitte! Du hast versprochen, dass ich auf jeden Fall spielen kann, schon vergessen? Und es ist ja nicht so, dass es hier irgendetwas anderes für mich zu tun gäbe.« Ihr Gesicht war bleich, die Miene angespannt und von Verzweiflung gezeichnet.

Cat *hatte* es versprochen, und sie hatte Amy bereits dem einzigen Zuhause, an das sie sich erinnern konnte, ihrem Team und dem Eishockeyturnier entrissen. Sie holte einmal tief Luft. »Hier haben wir Familie und eine gute Schule für dich.« Cat musste Amy in schulischer Hinsicht wieder auf Kurs bringen. Und sie musste ihnen beiden eine bessere Chance geben, was Stabilität und finanzielle Sicherheit betraf.

»Schule ist für mich bloß Zeitverschwendung.« Amy starrte auf ihre Füße, aber nicht, bevor Cat das Aufflackern von Unsicherheit und auch Angst in ihren hellblauen Augen bemerkte.

Ihr Magen verkrampfte sich erneut. Hatte sie für diesen Blick in Amys Augen gesorgt? »Ich nehme an, du kannst mit den Jungen spielen, zumindest vorläufig.« Sie presste die Worte hervor und sah zu Luc hoch. »Danke.« Ihre Wangen brannten. Luc war noch immer freundlich, und obwohl er seit Jahren kein wirklicher Teil ihres Lebens gewesen war, war er prompt wieder hineingeschlüpft, um sie zu unterstützen, so wie er es immer getan hatte.

»Mom!« Diesmal war Amys Stimme ein aufgeregtes Kreischen. Sie hüpfte auf und ab, und ihre Winterstiefel quietschten auf den zerkratzten Fliesen. »Du bist toll. Er ist toll. Das ist das Tollste, was mir je passiert ist. Ich verspreche dir, du wirst es nicht bereuen.«

Cat bereute es schon jetzt, aber sie konnte Amy nichts abschlagen, was sie derart glücklich machte und ihr außerdem helfen würde, sich wohlzufühlen.

»Da dort draußen eine ganze Menge Leute warten, um zu tun, was immer sie tun müssen, bevor wir schließen, mach bitte weiter und hilf ihnen. Ich kümmere mich um Amys Anmeldung.« Er lächelte wieder, und Cats Herz setzte einen Takt aus.

»Ich … du …« Stephanies Gesicht war mit roten Flecken übersät.

Luc drehte sich nun mit verblüffender Anmut ganz von Stephanie zu ihr um, und Cats Zunge klebte an ihrem Gaumen. Sie vergaß immer, wie groß er war und wie er jeden Raum, in dem er sich aufhielt, ausfüllte und ihm die Luft zu rauben schien – zumindest ihre Luft.

»Manchmal braucht jeder eine helfende Hand. Kein Mann und keine Frau ist eine Insel.« Lucs Augen, die das gleiche Blau aufwiesen wie sein Henley-Rundhalsshirt, bohrten sich in Cats. Das T-Shirt schmiegte sich an seine breite Brust und die kräftigen Unterarme und reichte bis unter den Hosenbund seiner Jeans, und Cat zwang sich, ihre Gedanken zu stoppen.

Ihre Hände kribbelten, während sich Wärme in ihr ausbreitete. Sie würde gar nicht erst damit anfangen. Mit niemandem, aber vor allem nicht mit Luc. Als Kleinkinder waren sie in dieselbe Spielgruppe und zu denselben Geburtstagspartys gegangen. Er hatte sie mit Kuchen im Gesicht und Eiscreme in den Haaren gesehen. Im letzten Highschooljahr war er ihr Laborpartner in Chemie gewesen, und er hatte in den vergangenen vier Monaten ihr altes Schlafzimmer im Haus ihrer Mom gemietet.

In all dieser Zeit hatte er sie nie wirklich angesehen, es sei denn, als Freundin der Familie. Das Kind mit der dicken Brille, das die fünfte Klasse übersprungen hatte und das in Sport so schlecht war, dass es immer als Letztes in ein Team gewählt wurde, außer wenn er Mitleid hatte.

In ihrer Kleinstadtwelt war Luc ein Gott gewesen. Die Art Typ, der mit den hübschen, beliebten Mädchen ausging. Selbst wenn Cat die Art Frau für einen Mann wie ihn gewesen wäre, wäre es in so vieler Hinsicht falsch, Gefühle für ihn zu haben. Ihr Leben hatte sich seit der Highschool fast bis zur Unkenntlichkeit verändert, aber für so etwas hatte es sich nicht genug verändert.

Luc öffnete die Metallpforte, die den Empfangstresen vom Foyer der Arena trennte, und winkte Cat und Amy in den winzigen Raum, der als Trainerbüro diente. Schon vor Jim MacPhersons Unfall war das Eishockeyprogramm in einem chaotischen Zustand gewesen, daher würde ein Kind mehr wirklich keinen Unterschied machen. Aber selbst wenn, hätte es sich allein schon deshalb gelohnt, eine Ausnahme zu machen, um Cats Gesichtsausdruck zu sehen. Erleichterung, Dankbarkeit und noch etwas, das er nicht genau benennen wollte und das ein Gefühl in ihm wachrief, von dem er vergessen hatte, dass er es empfinden konnte.

Was Amy anging, so kannte er sich mit Kindern vielleicht nicht gut aus, aber ihre Sehnsucht war deutlich spürbar. Es war offensichtlich, dass sie das Eishockey fast ebenso sehr brauchte wie die Luft zum Atmen.

»Setzt euch«, sagte er und zeigte auf zwei Stühle vor dem Schreibtisch, der jetzt seiner war – zumindest bis zum Ende der Saison.

Cat stieß ihre Tochter an, die Luc noch immer anstarrte, als wäre ihm ein zweiter Kopf gewachsen.

»Du ... du wirst mich trainieren ...? Wie, echt jetzt? Das ...« Amy geriet ins Stocken.

»Aber sicher.« Luc schob einen Stapel Papiere und mehrere Anglerzeitschriften beiseite, um auf dem Schreibtisch des Coachs Platz für das Anmeldepaket zu schaffen. »Meinst du, du kommst damit klar?«

»Ja.« Amy beugte sich vor. »Du hast in der NHL gespielt. Du hast für Tampa gespielt und für Chicago und Vancouver und Winnipeg. Du warst im US-Olympiateam und bei der Weltmeisterschaft der Junioren, und du ...« Sie brach ab, als Cat sie mit einem Blick zum Schweigen brachte.

Luc hatte genug Narben, um all das zu beweisen – nicht nur körperliche, sondern auch solche, die nicht sichtbar waren. »Ich habe nach der letzten Saison aufgehört, daher bin ich jetzt nur ein normaler Coach.« Er nahm eine Plastikmappe von einem Stapel. »Wie wär's, wenn du dir ein paar der Spielerinformationen ansiehst, während ich mit deiner Mom rede? Da kannst du schon mal die Trikots sehen, und es gibt auch eine Menge Bilder von Spielen.«

Amy nickte begeistert und griff nach der Mappe, die er ihr hinhielt.

Luc nahm in dem ramponierten schwarzen Vinylsessel Platz und studierte die Frau ihm gegenüber. Cat hatte noch immer diesen ernsten Gesichtsausdruck, den sie schon als Kind gehabt hatte, und sie war auch nicht viel größer als damals, als sie in seine sechste Klasse gekommen war, fast zwei Jahre jünger, aber ein ganzes Stück schlauer als alle anderen. Sie war ein süßes Mädchen gewesen, und er hatte auf sie aufgepasst, wenn er konnte. Allerdings hätte er nie damit gerechnet, dass sie einmal ein Kind haben würde, das Eishockey spielte. Es musste wohl etwas mit Amys Dad zu tun haben, einem Typen, der nie auf der Bildfläche erschienen war und den, was für Firefly Lake ungewöhnlich war, niemand je erwähnte.

Cat sah ihre Tochter an, und ihr Mund verzog sich zu einem Lächeln, in dem so viel Liebe lag, dass sich Lucs Herz zusammenzog.

Er räusperte sich. »Ich habe ein schlechtes Gewissen, dass du und Amy nicht bei deiner Mom im Harbor House wohnt. Dabei habe ihr schon mehrfach gesagt, dass ich mir etwas anderes zur Miete suchen kann, bis das Haus, das ich bauen lasse, fertig ist.«

»Ich bitte dich.« Cats Gesicht rötete sich, und sie steckte sich eine Strähne ihres blonden Haars hinter das Ohr.

Warum war ihm eigentlich nie aufgefallen, dass sie hübsche Ohren hatte?, fragte er sich.

»Selbst wenn du nicht dort wohnen würdest, bräuchten Amy und ich trotzdem unsere Privatsphäre. Außerdem würde es mir nicht im Traum einfallen, Pixie mit meinen Katzen zu behelligen.« Ihre Miene veränderte sich. Nicht unbedingt abwehrend, aber wachsam und mit einer Spur von Ängstlichkeit.

»Der kleine Hund hat bei deiner Mom zu Hause eindeutig das Sagen.« Ein unerwartetes Kribbeln durchfuhr ihn. Cat hatte auch ein hübsches Gesicht. Große blaue Augen hinter einer fast unsichtbaren Brille, feine Züge und eine klassische ovale Gesichtsform. Warum war ihm auch das nie aufgefallen?

»Ich habe mein Apartment in Boston untervermietet und mir eine Wohnung über der Kunstgewerbegalerie in der Main Street genommen. Man ist mir beim Mietpreis sehr entgegengekommen, da ich im Gegenzug in der Galerie helfe. In den Wintermonaten ist nicht viel los, aber der Besitzer hat in nächster Zeit ein paar Einkaufsreisen geplant, daher braucht er jemanden, der sich um den Laden kümmert.« Sie warf wieder einen Blick auf ihre Tochter, und ihre Miene wurde etwas sanfter. »Wie ich immer zu Amy sage – letztendlich klappt alles irgendwie. Man darf nur den Glauben nicht verlieren.«

Cat war ganz offensichtlich jemand, für den das Glas immer halb voll war. So wie er selbst früher gewesen war, bevor er seine Frau und seine Hoffnungen und Träume zusammen mit ihr verloren hatte.

Luc nahm einen prall gefüllten Ordner aus der untersten Schreibtischschublade und richtete seine Gedanken wieder aufs Eishockey, wo sie hingehörten. »Hier drin ist der Trainingskalender, zusammen mit den Spielterminen und allen anderen Informationen, die ihr braucht. Der Dienstplan für die ehrenamtlichen Eltern ist bereits erstellt, aber wenn du willst ...«

»Nein.« Cats Stimme wies eine Spur Panik auf. »Ich bin eigentlich keine Eishockey-Mom. Ich helfe aus, wenn ich gebraucht werde, aber ...« Sie nahm den Ordner von ihm entgegen und legte ihn auf die klobige schwarze Tasche auf ihren Schoß. »Ich will erst einmal Amy helfen, sich in ihrer neuen Schule einzugewöhnen. Es ist nicht leicht, unter dem Jahr zu wechseln.«

»Natürlich.« Lucs Herz hämmerte schmerzhaft. Seine Mom war eine tolle Eishockey-Mom gewesen. Genau wie es seine Frau gewesen wäre, wenn sie die Chance dazu gehabt hätte.

»Danke.« Cats Lächeln war süß und aufrichtig. Es hätte nicht sexy sein sollen, aber irgendwie war es das.

Luc legte die Fingerspitzen auf den Schreibtisch und befeuchtete seinen trockenen Mund mit der Zunge. Was Frauen betraf, war er auf unbestimmte Zeit vom Markt, und das aus eigener Entscheidung. Er sollte nicht Cats glatte blonde Haare betrachten und sich fragen, wie es sich anfühlen würde, sie durch seine Finger gleiten zu lassen. Und er sollte eindeutig nicht über ihre zierliche Figur unter dem dicken grauen Pullover und der gut geschnittenen schwarzen Jacke nachdenken. All den Frauen zum Trotz, die deutlich gemacht hatten, dass sie interessiert an dem wären, was er zu bieten hätte, hatte Luc gar nichts zu bieten. Sobald der Bautrupp im Frühjahr mit seinem neuen Haus fertig wäre, würde sein Leben – sein ganzes Leben – darin bestehen, Eishockey zu trainieren und an der Seite seines Dads und seiner Onkel in Simards Molkerei zu arbeiten.

»Deine Mom ist schon ganz aufgeregt wegen der Hochzeit deines Bruders.« Angestrengt wechselte er das Thema. »Sie sagt, es ist so romantisch, dass Nick und Mia an Silvester heiraten.«

»Ja.« Cat lächelte, und verdammt, ihre sanft geschwungenen rosigen Lippen lenkten Lucs Gedanken prompt wieder dorthin, wo sie nichts verloren hatten. »Es ist toll, Mom so glücklich zu sehen, und Nick und Mia auch. Mit Mia fühlt es sich so an, als ob ich noch eine Schwester bekäme.«

»Nick war immer ein guter Freund.« Und das war erst recht ein Grund, weshalb Luc nicht so an Cat denken sollte, wie er es tat. Ein Typ machte sich nicht diese Art von Gedanken über die kleine Schwester seines Kumpels.

Luc riss sich vom Anblick von Cats Mund los, um aus dem frostüberzogenen Bürofenster zu starren. Die hohen Kiefern draußen waren weiß umrandet, und das offene Feld hinter der Arena ruhte unter einer Schneedecke, während es sanft zum Ufer des zugefrorenen Sees hin abfiel. In der Ferne ringelten sich Rauchschwaden aus den Schornsteinen der kleinen Stadt Firefly Lake, die eingebettet zwischen den dunkelgrünen Vermonter Hügeln lag.

Zuhause, Familie und Gemeinschaft. Alles, was Luc brauchte, um sein Leben wieder ins rechte Gleis zu bringen, gab es genau hier. Abgesehen von seiner Frau und dem professionellen Eishockey war das auch alles, was er je gewollt hatte.

»Das Trikot ist toll.« Amys aufgeregte Stimme holte ihn in die Gegenwart zurück. »Muss Mom irgendwelche Formulare ausfüllen und was bezahlen?«

»Ja, das muss sie.« Luc geriet ins Stocken.

»Während ich das erledige, wie wär's, wenn du in der Zwischenheit hinaus zur Eisbahn gehst?« Cat kramte in ihrer Tasche und zückte einen zusammengefalteten Geldschein. »Du kannst dir eine heiße Schokolade kaufen und dem Eiskunstlauftraining zusehen.«

»Mom.« Amy verzog angewidert das Gesicht. »Eiskunstlauf ist was für Mädchen.«

»Meine Frau war Eiskunstläuferin, bevor sie zum Eishockey gewechselt hat.« Luc presste die Worte zwischen seinen Lippen hervor, die sich auf einmal wie betäubt anfühlten. Wenn es um Sport ging, war Maggie ebenso getrieben und wetteifernd gewesen wie er. Als sie gescheitert war, war er nicht bei ihr gewesen, damals, als sie ihn am dringendsten gebraucht hatte. »Meine Mom war auch Eiskunstläuferin. Du musst richtig gut in Form sein, um diese Figuren zu laufen. Und anders als beim Eishockey trägst du auch keine Ausrüstung, die dich bei Stürzen schützt.«

»Schon klar, aber du würdest mich trotzdem niemals in eines dieser Kostüme kriegen.« Amy schenkte ihm ein Grübchengrinsen. »Ich musste einmal für eine Schulaufführung Pailletten tragen. Einen so schlimmen Juckreiz hatte ich in meinem ganzen Leben noch nicht. Kannst du dir vorstellen, in einem dieser Kostüme Schlittschuh zu laufen?«

»Nein.« Die Kraft von Amys Lächeln hielt seine Erinnerungen in Schach, und Luc lächelte unwillkürlich zurück. »Geh schon, wir kommen gleich nach.«

461

»Okay.« Mit einem weiteren Grinsen nahm Amy den Geldschein von Cat entgegen und steckte ihn in die Vordertasche ihrer Jeans.

Als Amy gegangen war und die Bürotür hinter sich geschlossen hatte, wandte sich Luc wieder zu Cat um. Das Mitgefühl in ihren Augen war nicht zu übersehen.

»Es muss schwer für dich sein, über deine Frau zu reden. Amy ist noch ein Kind, daher denkt sie nicht nach, bevor sie spricht.«

»Das Leben geht weiter.« Seine Stimme stockte wieder. Für alle anderen ging es vielleicht weiter, aber sein Leben hatte vor zwei Jahren aufgehört. Obwohl er den Schein wahrte und tat, was seine Familie und alle anderen von ihm erwarteten, fühlte er sich, als wäre der größte Teil von ihm betäubt. Bis heute hatte ihm diese Betäubtheit nichts ausgemacht. Bis Cat sie mit ihren großen blauen Augen und einem Lächeln, das wie eine warme Umarmung an einem kalten Tag war, durchdrungen hatte. Er räusperte sich. »Was ist los?«

»Nichts... ich...« Sie spielte mit dem Riemen ihrer Tasche. »Bis mein Stipendiumsgeld nach Neujahr eingeht, bin ich ein bisschen knapp bei Kasse. Amy braucht neue Schlittschuhe, und mit unserem Umzug, den Feiertagen und der Hochzeit und allem habe ich mich gefragt... Kann ich irgendwo ein gebrauchtes Paar kaufen?«

Lucs Kehle schnürte sich zu, während Schuldgefühle ihn zwickten. Wenn sie so knapp bei Kasse war, sollten Cat und Amy mietfrei im Harbor House wohnen. Aber das taten sie nicht, und er konnte das Gefühl nicht abschütteln, dass es irgendetwas mit ihm zu tun hatte.

»Lens Eisenwarenhandlung in der Main verkauft gebrauchte Ausrüstung, aber sie geht immer schnell weg.« Obwohl es den Leuten in Firefly Lake nicht an Geld mangelte, waren sie knauserige Neuengländer, die ein Schnäppchen auf zwanzig Schritte riechen konnten.

»Oh.« Sie zückte ihr Scheckbuch. »Dann wird Amy eben warten müssen...«

»Augenblick.« Er stand auf und kam um den Schreibtisch, um sich neben ihr auf den freien Stuhl zu setzen. »Die Anmeldegebühr fürs Eishockey kann warten. Steck das Geld stattdessen lieber in neue Schlittschuhe. Die gibt's auch bei Len, und er räumt Kindern aus dem Ort einen Rabatt ein. Zeig ihm Amys Unterlagen, damit er sieht, dass sie dazu berechtigt ist.« In der Zwischenzeit würde er die Anmeldegebühr mit dem Manager der Arena regeln. Cat würde es nie erfahren müssen.

»Wirklich?« Ihre Wangen röteten sich. »Das wäre toll. Ich will meine Mom oder Nick nicht um Geld bitten. Sie würden mir beide aushelfen, keine Frage, aber...« Sie umklammerte ihre Tasche und rutschte auf dem Stuhl herum.

Luc spürte einen Stich im Herzen. Es war ihr peinlich, ihre Familie um Hilfe zu bitten, genau wie es ihm bei seiner Familie peinlich gewesen wäre. Nur dass das wohl nie ein Thema sein würde, da er mehr Geld besaß, als er in seinem ganzen Leben je ausgeben könnte. Geld, um die Erweiterung der Molkerei zu finanzieren, von der sein Dad seit Jahren geredet hatte, und um seine Eltern auf die Kreuzfahrt zu schicken, von der sie immer geträumt hatten, die sie sich aber nie hatten leisten können wegen der Kosten, vier Kinder großzuziehen und die meisten von ihnen durchs College zu bringen. Er konnte Geld für alles ausgeben, nur nicht für das, was ihm am wichtigsten war, nämlich, für seine Frau und sein Kind, so wie er es geplant hatte.

»Bezahl die Anmeldegebühr, wenn dein Stipendiumsgeld eingegangen ist.« Er lächelte schief. »Ich weiß, dass du kreditwürdig bist.«

»Danke, ich...« Cats Stimme brach, und sie nahm eine Hand von ihrer Tasche, um sich damit übers Gesicht zu reiben. »Eishockey bedeutet Amy alles. Ich will, dass sie spielen kann, aber im Moment wächst sie einfach so schnell.«

»Eishockey ist ein teurer Sport.« Er legte ihr einen Arm um die Schultern und drückte sie leicht. Auf dieselbe freundliche Art, auf die er sie damals auf der Highschool immer gedrückt hatte, wenn sie ihn in Chemie mal wieder gerettet hatte. Aber bis heute hatten seine Finger nie gekribbelt, wenn er Cat berührte. Und sein Körper hatte sich auch noch nie erhitzt wie in diesem Augenblick.

Cat zuckte zusammen und wich im selben Moment zurück wie er. »Eishockey kann auch ein gefährlicher Sport sein, und jetzt wird Amy mit Jungen spielen. Sie hat nicht mehr mit Jungen gespielt, seit sie sieben war. Sie könnte verletzt werden.«

So wie Luc eine Verletzung davongetragen hatte, so schlimm, dass es seine Karriere beendet hatte. »Amy spielt Jugend-Eishockey. In ihrem Alter darf es keine Bodychecks geben.« Er bemühte sich um einen beschwichtigenden Ton. »Ich verspreche dir, ich werde sie gut im Auge behalten.« Das war sein Job als ihr Coach, und er würde das Gleiche für jedes Kind tun. Es hatte nichts mit der seltsamen und unerwarteten Anziehung zu tun, welche er auf einmal dieser Frau gegenüber verspürte, die er sein Leben lang gekannt und bis heute nie wirklich angesehen hatte.

Eine Frau, die nicht Maggie war. Lucs Magen verkrampfte sich zu einem Klumpen aus Schuldgefühlen und Trauer, fest zusammengeschnürt von einem vagen Band der Untreue. Maggie würde nie mehr wiederkommen, aber das hieß nicht, dass Luc sie vergessen konnte. Oder dass er es wollte.

✦